十二个男人

Theodore Dreiser

Twelve Men

[美] 西奥多 · 德莱塞 著
钟京伟 霍新村 陈芸芸 译

山东大学出版社

图书在版编目（CIP）数据

十二个男人/(美)西奥多·德莱塞著;钟京伟,
霍新村,陈芸芸译.—济南:山东大学出版社,2019.5
书名原文:Twelve Men
ISBN 978-7-5607-6345-3

Ⅰ.①十… Ⅱ.①西… ②钟… ③霍… ④陈… Ⅲ.①长篇小说—美国—现代 Ⅳ.①I712.45

中国版本图书馆CIP数据核字(2019)第101718号

图书策划：滕希功
责任编辑：秦大忠
装帧设计：牛钧

出版发行：山东大学出版社
社址：山东省济南市山大南路20号
邮编：250100
电话：市场部(0531)88363008
经销：新华书店

印刷：济南新科印务有限公司
开本：720mm×1000mm 1/16 印张：14.75 字数：272千字
版次：2019年5月第1版 2019年5月第1次印刷

ISBN 978-7-5607-6345-3
定价：36.00元

目录

1

彼得

在我认识的人当中，从性格而不是外貌角度来说，彼得超凡脱俗。他的个性有趣怡人，与众不同。在贫乏的美国文化领域中，彼得是荒原里的绿洲，是沙漠里的清泉。他懂生活，懂人性。对我来说，无论从精神上、道德上，还是其他角度来说，他都是自由的。

一个人游走在这令人费解的世界，才意识到这些特质是多么突出；这不是成功人士在财务和躯体上的虚假自由，而是一种真实的、内在的、精神上的自由。在此自由之下，思想展示出它的本来面目，让人独立坚强并审视自我；面对自然时，让人无所畏惧，能意识到自身的弱点和力量；能用和蔼可亲、不被束缚的双眼来审视自己、审视宇宙及人类的创造冲动，并将教条主义驱出门外；能让人谨慎地选择，并紧紧抓住简单而人性的东西，让人以自然、正常、勇敢、健康的方式完成生活，或将要完成生活。

1892 年，我在圣・路易斯(St. Louis)第一次见到彼得。那时我已经从芝加哥(Chicago)来到圣・路易斯，为《环球民主报》(*Globe-Democrat*)工作，而彼得是该报艺术部门的成员。从那时起直到他 1908 年去世，他几乎连头发丝都没变过——他个头不高，健壮结实，却以特有的方式走路迅速，甚至摇摇晃晃。他的头发胡须十分浓密，俨然一副流浪者的“装扮”。他有时会出人意料地草草剃掉，仅仅是为了再长新的。我敢肯定，他总是故作沉思，引人发笑。除此以外，他的样子总是幸福安宁，充满力量并活泼机敏，这些掩盖了其他表面特征，他总以温文尔雅的姿态示人，身上还透着点闲散慵懒的快活。

坦率地说，他对待自己严肃认真，却也不失轻松淡然，总是带着一副忍不住要笑出来的样子，好像在说："整个生活就是一个大笑话。"他总是穿着质地优良却邋里邋遢的衣服，上面有时沾着墨水，更严重的是，有时甚至溅上菜汤——他简直是个令人惊异的怪物，所有认识他的人，尤其是朋友和亲戚，都对他无可奈何。另外，他身上总是洒满烟灰，他吸过各种烟：烟斗、雪茄和板烟条，甚至在没东西可填的时候，他还抽烟卷。无论那时还是以后，他给我留下最深的印象就是他对荒诞的热爱，无论对待自己还是对待他人，他都无法用无趣的传统方式来做事，他甚至都无法用看起来正常的方式，他总是极尽所能，胡言乱语，我猜他是为了取悦自己，使生活看起来不那么平淡无奇而已。

然而，他热爱生活，爱它的方方面面，不愿去嗅探、改进或提高任何东西。他发现生活本来就如此美好。对彼得来说，生活确实绚烂多彩，他总是满腔热情，如饥似渴地生活、学习、做各种各样的事情。对他来说，生活既是艺术家、思想家的工作室，也是普通工人的车间，他从不真正批评任何人，只要这些人能够理解生活、描绘生活或创造生活，无论是充满感情和艺术性，还是带着目的和成见。在那时的我看来，对他而言，人无高低贵贱之分，现在看来，更是如此。所有的事物都是相对的。小偷虽是小偷，却也有其一席之地。杀人犯亦然。圣人亦然。并非人类在计划，而是自然在计划一切，至少是在运作一切，所做之事人类无法理解，人类很可能只是个工具。无论是大街上或妓院里爱吵架的妓女，还是头顶光环、闪闪发光的处女，她们都会令彼得同样兴奋并温柔以待。富人富，穷人穷，这一切都受至高无上的力量控制，无论这力量带有残忍的目的，还是毫无目的，都使人类按他们自己的选择，变得荒唐可笑、可怜乏味或高尚华丽。他同情无知和必然，轻视虚荣或为了残忍而残忍，鄙弃吝啬和囤积。他慷慨、实际而又感性，然而却在精神上很富有；尽管他从不富裕，但由于他自身气质的充裕和丰富，使他在日常生活中散发出一种富有而温暖的气质，透着思想上的丰腴（确实如此），而且他总是感恩一切。正如我已经说过的，他总是希望自己看起来像个小丑、饭桶、浪子甚至懒汉，有时慵懒地装作一切都不可能，有时又宣称对精彩之事拥有最深刻的信念。

我看起来在胡言乱语吗？我正在谈论一个非常重要的人。

据我所知，他出生在一个爱尔兰中西部家庭里，住在密苏里（Missouri）西南部。一直到他长大后，他生活的镇子里才有了铁路——这件事并没有令他难过，而是令他觉得好笑。关于这事儿他曾跟我提过一个庄稼汉的故事，那人从没见过铁路。有一次，他带着老婆孩子，很早就到达火车站，买票之后等了多时，他们不断地从各个窗子里向外看，后来他又回到售票员那里，问道："这东西什么时候开？"他指的是火车站这个建筑物本身。在彼得开始艺术创作时，他的学历仅限于传统高中或初中。然而，令人惊讶的是，他见多识广，但对任何学校或大学教育毫无兴趣。奇怪的是，他的父亲是个受过教育的爱尔兰裔美国人，职业律师，信奉天主教。他的妈妈是美国人，天主教徒，既严格又苛刻。我后来了解到，他的兄弟姐妹中有四位性格刚健有趣，属于野性不羁、不安分的美国人。从我们为数不多的几次见面中可以看出，他们都是不可知论者、节奏紧张、行动迅速——这种强烈的个性太有活力，容易给人带来压力。其中一位叫"K——"的兄弟，总是以彼得为由约我出去，他热情好动、神经紧张，说话语速快、生活节奏快，他让我有点害怕。他喜欢去嘈杂浮夸的地方，喜欢弹钢琴、开夜车；他生活奢侈，"衣着考究"，就像田德隆区（Tenderloin）居民口中所说的典型的华丽精明的推销员。他总是给一个新的公司代言，推荐着什么东西——桌子、止泻药、剃须皂、口香糖、安全剃刀、自行车、汽车轮胎或整部汽车。他不是在这儿，就是在那儿——在沃基肖（Waukesha）、威斯康星州（Wisconsin）、旧金山（San Francisco）、纽约（New York）、新奥尔良（New Orleans）——他简直无处不在。"哎呦！哎呦！这肯定会很有意思！"他带着喜剧演员的语调，伸开双手，大叫道："德莱塞（Dreiser），彼得最亲爱的朋友啊！来来来！让我们喝一杯，吃点东西。我在镇上只能待一天。也许你会想去看场演出——或去个高档会所？你觉得呢？来来来！让我们痛快地玩儿一晚上！你意下如何？"他会用闪闪发光、热情紧张的眼神盯着我，显然，他想用这种眼神让我安心，但却使我心神不宁，就像要发生地震一样。不谈这位兄弟了，还是继续谈彼得。

初次见彼得那天，他正弯腰伏在一个制图板上，为《环球民主报》周日特刊的蛇故事配图，这种令人惊叹的图文混合方式显然可以取悦读者。他画的是那种令人害怕并且非常有活力的蛇，它目光锐利、下颚张开、吐着信子，非常镇定地盘成一盘。

"哎呦！"我刚好进来找他有事，就顺便评论了一句，"多棒的一条蛇！"

"是啊，为了它前面的蛇编辑，你可不能画得太阴险啊，"他转过头，站起身，掸掉衣服下摆和胸口的烟灰，手缩在衬衣袖子里。然后他咳了一口痰，没吐到抛光铜色的痰盂里，而是吐到了一边，这个痰盂丝毫没有用过的痕迹，它下面的橡胶垫反而"装饰"着痰迹，这真令人感觉不舒服。尽管当时我没开口问，但这确实让我感到奇怪，因为这个痰盂实在是太新了。后来，我终于弄明白了。这是他幽默的一个小噱头，纯粹原创，不管它是机械刻板还是发自灵魂的笑话。如果有人无心而为或不熟悉情况，试图往他命名的“金痰盂”里吐痰，他总是快速起身，用几近阴森诡异的方式，严肃制止，同时抬起一只手，喊道：“忍住！别吐到里面！吐到旁边，吐到垫子上！这可花了我 7 美元呐！”然后他会庄严地坐下，继续画画。我见过他对所有人都这么干，除了对报社的领导。哪怕最迟钝的人，似乎都能被这样无用的荒唐话逗乐，并被其深深吸引。

但是我似乎跑题了。还是就那条蛇来说，他咨询了那个负责蛇故事的主管助理。“这些蛇越肥硕，越有毒，身上鳞片越多，”他继续说，“就越好。要是能在报纸上添点颜色就好了——红色的眼睛和舌头，蓝绿色的鳞片。北部的农民会喜欢这样的蛇。他们喜欢好看但有毒的蛇。”然后他咧嘴一笑，后退几步，将头歪向一边，伸手抚弄着头发和胡须，用审视和赞许的方式补充道，“你知道，对这份报纸来说，一条蛇再有活力也不为过。我们得把它们画得强壮，活力十足，精力旺盛。”他开怀大笑。

当然，我也忍不住大笑起来。这似乎有点不合时宜！破坏了这本该宏伟、优越的气氛。

我们很快便成了好朋友。

在同一个办公室里，座位距离彼得很近，坐着一个叫 D. W. 的人，他也是报纸美工，他对自己十分关注，极其用心，但在我心里，描述此人的作用仅仅是为了说明彼得是多么与众不同，充满分量。他脸型瘦削，面色苍白，表情如但丁式一样严肃。他头发煤黑，很像印度人，从中间认真分开，涂满头油，头发两侧和后面都油光铮亮，看起来像粘住似的。他的眼睛又小又黑，目光挑剔但不刻薄——眼神可怜兮兮的——嘴角两边各有几条细纹，好像在诉说着他忍耐了很多很多的痛苦，当然他并没有，不过好像是在企求别人给他些痛苦似的，我觉得，这给他带来些许同情。从某种意义上来说，迪克(Dick)就是一个演员，差不多是个悲剧演员，夹杂着少许幽默、玩世不恭和洞察一切的神情，这使他不至于沦落到荒谬可笑的地步。正如大多数演员一样，他是个很会装腔作势的人。他总是打着宽松飘逸的长领带，配着柔软的白色、蓝色、绿色或棕色的亚麻衬衫(那时，模仿“拉丁区”居民的美国人都有一件这样的衬衫)，他戴着黄色或黑色的手套，头顶又圆又软的鸭舌帽，穿着柔软却非常另类的漆皮皮鞋，早早地披上斗篷大衣，手持细长的手杖，领子上别着襟花——所有这些行头竟然出现在度日艰难、烟气弥漫、嘈杂喧闹的商业区圣·路易斯，这里住的可全是美国中西部的商人和农民啊！

有一段时间，我、彼得和迪克关系十分密切，不然的话，我是不会提到这样一个奇人的。我们仨在报纸界临时组成了类似"铁三角"的组合。以后的几年里,我们都是以组合的方式联系在一起,尽管后来我和彼得东移,两人相谈甚欢,会发现彼此有更多的共同点,从而越来越了解迪克这个人:他像狄更斯(Dickensian)小说中的人物,或许更像克鲁克香克(Cruikshankian)画笔下的,外形和气质都像。那些日子,我们仨密不可分:一起吃喝,一起工作,一起玩乐,就差一起睡觉了。在圣·路易斯一个快要废弃的厂房里(市场附近10号。现在我觉得那是商业区了),我有一间工作室,迪克在百老汇(Broadway)和洛克斯特(Locust)交汇点有一间工作室,正对着那时著名的南部宾馆。彼得则与家人一起住在南边,一个非常令人尊敬、舒适自在的社区。

这是我最普通的经历之一,对我来说,却是最有趣的一段经历。值得一提的是,我在学术上最敏锐的经历、人情世故最通达的时期,以及心智成长最快速的阶段都源自男人、指向男人或通过男人,而非女人,尽管有个别例外情况。几乎每个职业生涯的转折点都因遇到了强大的男人,因为遇到了他们,心智成长进入狂喜的时光,生命似乎开花散叶走向新的阶段,就像热带的季节,洋溢着绚丽夺目的光彩。

彼得就是其中一位。他还在我这个年纪时,就拥有上天赋予他的自然的理解力了。尽管他像我一样,也在天主教家庭中长大,仍然以狂暴的、拉伯雷式的(Rabelaisian)方式假装对那个信仰保持崇敬。有趣的是,他对一切事物抱有同情,无论是好的、坏的、抑或是不好不坏的事物——"也许里面有什么内涵呢?你永远无法判断。"然而他对遵循教会的教义毫无兴趣,他嘲笑教义的虚荣做作,却坚持自己的一套理论。显而易见,一想到忏悔和宗教仪式他就觉得可笑,特别是想到被跟他一样矮胖健全的世俗牧师赦免,说不定这人像他一样,还是个爱尔兰人。然而,他对德国人拥有由衷的赞赏,包括他们的一切:保守主义、啤酒厂、食物等等,而且他最后还娶了一位德国姑娘。

根据我的理解,除了自然本身,彼得什么都不信。生活中充满美好、意外、报应和恐惧,他对此心怀敬畏而非崇拜,他从生活中各个方面找寻乐趣。对他而言,生活美好精彩、灿烂神秘,有时恐怖可怕,有时美丽怡人,简直就是场大冒险。与那时的我有所不同,他丝毫没有拘谨拖延的清教主义倾向,而是向往活得丰富、有力、健康、自在,有时甚至疯狂。黑人、古罗马人、古埃及人、东方神话,还有欧洲怪诞的黑暗时代,肮脏的贫民窟和邪恶的角落,这一切都让他如此着迷。他不分昼夜地徜徉于此,持续探寻、阅读、歌唱、起舞、痛快游乐。

说到这儿,我想提一下他有个看似粗俗荒淫、实则单纯消遣的娱乐项目,那就是他偶尔会去妓院,圣·路易斯有很多这样的地方。在那儿他会吹吹长笛,其他人打手鼓或敲小鼓，他还会跳两三支怪异狂躁的土著舞，这舞能让人马上联想到中非的狂野景象。据我所知，他从不收取任何报酬。他就是这样一位友人，有点粗犷，有点文艺，还有点野蛮。我敢肯定，他心满意足地热爱这怪诞狂欢的色彩、声音和舞蹈。

我不知道他是如何结交到这些朋友的，他们建立友谊时，我不在场。除了彼此心仪，他们满足了彼得奇怪而独特的口味，我确定他们没有粗俗的肉欲。但我希望顺便提一下，只是看一眼这自由的场景就能滋润或侵入我的灵魂。现在我审视自己，发现那时我就是一条可怜兮兮、身材细长、窥探人生的鱼，渴望了解生活，却因自己阅历所限，惧怕生活，并惧怕生活可能带给我的一切，惧怕生活将毒瘤般的思想与行为展示在我面前。然而彼得却与我不同。对他而言，一切的一切，都是美好的。生活是迷人的景观，只要用心研究、观察并从中寻找乐趣，就能为之着迷。当我回首从前，想起他带我去玩儿的破旧、阴暗、低矮的房间，想起一口白牙、眼神闪烁的黑人女孩儿，想起他对节奏、舞蹈、击鼓、扭动身体的热爱，我对他深怀感激。他解放了我的思想、扩大了我的眼界、拓宽了我的观点。当我与他并肩齐坐，看他击鼓吹笛，关注他的快乐与热爱，这时我感受到自己的消极感、罪恶感和羞耻感；当我凝视一切，全身投入时，我意识到，我身边的这个男人在很多方面都比我“强大”，他心智更健康、更全面，而我是个精神懦夫。他永远不会失去生活，不会因为恐惧而忘却本心——而我们大多数人都已经迷失了。他强大、有力、无所畏惧，他也引导我像这样生活。

看起来我像是在贬低彼得，尤其是对那些思想闭塞，坐井观天的人来说，他像是不可理喻之人，其实不然，我马上向大家呈现他的其他方面。他并不低级，而是简单睿智、品味多元。彼得觉得美国及其观点、宗教和方方面面都很有意思，而不是严肃枯燥。他喜欢从神秘、仪式和秘密流派角度思考人类。他偏爱古代史、中世纪的空虚与残暴——他真是思想独特、好奇心胜。他在那个年纪已经知道许多历史学家和科学家（以及他们的作品），对我而言，这真是一份令人吃惊而又熠熠发光的名单——马伯乐（Maspero）、弗劳德（Froude）、赫胥黎（Huxley）、达尔文（Darwin）、华莱士（Wallace）、罗林逊（Rawlinson）、弗罗赛（Froissart）、哈勒姆（Hallam）、丹纳（Taine）、埃夫（Avebury）！他还熟知一些画家、雕刻家、建筑师及其作品，了解关于这些人或由他们配图的书籍，名单实在太长，无法在此一一列举。据我所知，在那段思想开放的日子里，他的主要兴趣是研究埃及古物学和自然原始的东西——天然纯净、发人探索、野性荒凉世界的一切奇迹。

有一次，他兴奋地大叫：“德莱塞！”他那明亮机警的眼睛闪烁着人性的温暖,“你对一些古代信仰的魔力有了解吗？比如古埃及宗教信仰里的圣甲虫,你知道崇拜它的重要意义吗？”

“圣甲虫？什么是圣甲虫？我从没听说过。”我答道。

“就是一种甲壳虫。一种埃及的甲壳虫。你知道什么是甲壳虫,对吧？那些东西在土里和尼罗河的泥浆里打洞,在特定的季节产卵,来年春天或时机成熟,这些卵就会孵化成小甲壳虫。而埃及人认为甲壳虫不会死,既然它们有这种能力,那也可以重建生命、掌握长生不老之术。所以他们认为甲壳虫肯定是神,便开始崇拜它们。”他停下来,用令人吃惊的眼神审视着我,眼睛就像玻璃珠,他想看看我是不是已经被他感染。

“真的吗!”

“当然啦。崇拜就是这么来的,”然后他可能再接着讲点关于对猴子崇拜的事,还有拜火教徒(Zoroastrians)和袄教徒(The Parsees)以及埃及神圣的公牛,埃及人对它性能力的崇尚已经达到宗教崇拜的高度,总之就是一种性崇拜;还有西顿(Sidon)和提尔地区(Tyre)的过度纵欲,那里会在大众面前展示男女生殖器的巨幅图像。

那时,我完全不知道这些事,在我贫乏的阅读中,我敢肯定连一点皮毛都未听说过。这点燃了我对阅读的强烈渴望——不是读那些学校里教的老旧不全的历史书,而是读这些之外的书或小册子,我觉得彼得一定能弄到。我迫切地询问他如何才能弄到这些书。他说由于清教主义和宗教信仰的限制,有时这些书是违法的禁书,或者翻译不全,不过他给了我一些书名和作者,他想或许我能够弄到,还给了我几个旧书商的地址,可以帮我弄到些书。

除此以外,他还对许多学科感兴趣,像人种学、地质学,还有天文学(至少是鼎盛时期的),以及许许多多的应用艺术,比如陶器制作、地毯编织、图片绘制、普通雕刻、木刻工艺、珠宝切割和宝石设计,我不知道还有没有其他方面,然而,就算是最严肃的研究,他也能为自己稀奇古怪的幽默留有余地,他总是如此,没有例外。他总是想笑,哪怕是最严肃或至少是半严肃的场合,他只要抓住机会就笑。这让我想起了那个迪克,他连彼得幽默的渣渣也比不上,他总是竭尽全力试图欣赏彼得的幽默。除了拥有真挚活泼的精神爱好以外,迪克一面是个浪漫潇洒之人,一面又是个自怨自艾、满腹抱怨之人。我觉得作为报社美工,他只是一个让人尊敬的工匠,然而在这方面彼得要强得多,不过彼得总以令人信服的方式尊重迪克,有时他似乎相信迪克代表着艺术上该知道的一切,可是我知道彼得心里可不是这么想的。

再谈些其他的事,迪克对与中国人有关的一切都有极大的兴趣,或许是假装感兴趣。他不仅学了点中国的语言，而且还知道点中国的历史，他还知道中国艺术与风俗的精神内涵和重要意义。他有时会显摆一下，带我们去几个无法用语言描述的中餐厅吃饭——浪漫主义作祟。他会向我们介绍几个中国朋友，他们的关系显然是迪克过去苦心经营出来的，现在他们相处得非常不错。正如彼得所说，迪克拥有一套开心秘诀，可以说服自己整个中华民族拥有极其神秘、优秀高级的东西。关于这一切，彼得过去常怀着极大兴趣分析理解迪克自创的传奇故事，他一边大笑，一边假装全盘接受。

有一段时期，彼得对所有这些都十分感兴趣。比如在圣·路易斯，哪些地方出售中国真迹的翡翠、丝绸、刺绣、瓷器、篮筐或雕像。他对这些的兴趣远远大于中国人日常生活的社会和经济层面，因此他总是说服迪克带他去这儿去那儿，去每个能去的地方，亲自感受一下当地特产的奇迹，这个过程让迪克焦急万分，叫苦不迭。迪克总是被迫劝说那些向他吹过牛的朋友拿出他们的宝物。我记得有一次，一个当地的艺术馆展出一些稀有的中国瓷器，这些瓷器没有出处和说明，迪克得让他的那些东方朋友来解释一下这个瓶，或说明一下那个罐，或说说与这个、那个还有其他花瓶有联系的典故——这些事儿让迪克陷入无边的麻烦中，而且往往劳而无功，因为当地所有中国人没有一个了解这些，尽管他们，包括迪克，都不好意思承认。

“你知道吗？德莱塞。”彼得对我说，他眼睛里闪烁着半恶毒、半温柔的幽默，“我这么做全是为了折磨迪克。他其实对此一无所知，那些中国人也不知道，但是把他们揪出来，让他们累得流汗，真是太有趣了。博物馆卖一种带着插图的小册子，上面有所有的说明，带着历史上真实的图片和对各种符号的解释，但是迪克却不知道，他彻夜难眠，努力查找这些符号代表什么。我喜欢看他们在解释那些东西时的表情。”他停了下来，“咯咯”地笑起来，很明显他胸有成竹，这更让人不安了。

还有一件同样的趣事，与宏伟的艺术、上层社会以及生活的其他形式有关，迪克希望通过婚姻“攀上高枝”，由于期望过于热切，这让他变得很夸张，从穿着、举止、谈吐，到写作和绘画风格无不如此，不知道还有没有其他方面。正如我前面所说，他在百老汇有一间工作室，普通大小，四四方方，是个商用房的上面的房间，但迪克尽其所能把它装饰成对他来说，极尽讲究或者说与众不同。在迪克镀金的想象力下，房间里充满了最珍贵、最精心挑选的物件、奇奇怪怪的家具、艺术品、图画、书籍——这些东西普通古董店都有大量存货，但是对迪克来说，他可是在布卢明顿(Bloomington)、伊利诺伊州(Illinois)长大的，这些东西都有最大的艺术价值。到目前为止，在夸张的野心和虚荣驱使下，他在文学或其他领域，已经写了各种各样的十行诗、八行诗、四行诗、十四行诗，还有大量的小故事，为此他拼命苦干，这些稿子被许多编辑退稿后，被他看似随意毫不在乎地扔在了工作室里——这样更能令那些可怜的不知情的“外人”吃惊。除此以外，这让他有机会伪装成惨遭误解、被人忽视、沮丧低沉的伟大的艺术家、诗人和思想家。

然而，迪克宏伟的计划或梦想，是娶一个富家女，一个西部新晋富豪但迟钝魁梧的女儿。为了这个目的，他调整了所有的艺术思想、写作方向、穿衣风格，期待美梦成真。仅仅从我个人的观点来说，我自己有个明显的倾向，那就是，在这一方面，我们俩截然不同：迪克是个艺术家，深不可测，举止高傲，既英俊，又文艺，职务也比我高，我觉得他肯定能实现这个金光闪闪的梦想。而我，既不英俊，也不文艺，也许毫无诗人气质，几乎不敢奢望有这样华丽的目标。通常在晚餐时间左右，他会缓缓走出办公室，打扮最为时髦新潮——穿着深蓝色的西装，踩着漆皮的靴子，戴着深色柔软的圆帽，脖子上飘着松松的领带，手上拄着细长的拐杖——我几乎确信那个渴望的终点已经握在他的手心里了，也许成功就在今晚，我可能再也见不到这个富家女的丈夫了，甚至不允许跟他讲话，只能作为一个几乎被遗忘的老朋友！也许现在他就在去见她的路上，而我，一个贫穷的呆子，还在这儿辛苦地干些没用的工作。我的好运会来吗？我就没有出头之日了吗？我的机会在哪里？老天真不公平！

至于彼得，他是那种能够快速察觉、理解，甚至同情这种想法的人，他一定会嘲笑这种观点并想方设法把它胡闹一番。有一天，他走进本地新闻编辑办公室，我正在工作，他弯腰伏在我的桌子上，憋在肚子里的幽默一下子爆发出来，他向我宣布：“嘿，德莱塞，我想出一个绝妙的点子来整整迪克！哈，天呐！”他停了停，用他那明亮的眼睛俯视着我，他那圆滚滚的小身体简直要被幽默撑爆了。“太妙了！噢，如果这个点子奏效了，迪克一定大为光火！听我慢慢告诉你，”他接着说。“你知道他对年轻的富家女有多么痴迷，你知道他总是‘盛装打扮’，谈论并写一些娶了西部富家女的故事。”（迪克总是写一些小故事，讲述孤独但伟大的艺术家如何遇到真爱，晚上他会在工作室里给我们读这些故事）“他说的那些去豪华大房子做客的事儿，全是糊弄人的。他每晚盛装打扮就像去参加舞会一样，其实就是出去闲逛。听好！我有个主意。我们明天去梅尔莫和雅卡尔商店（Mermod & Jaccards）买几张店里最好的印花纸。我们伪造一封信，然后签上我们能想到的最浪漫的名字——朱厄妮塔（Juanita）或库瑞涅（Cyrene）或多丽丝（Doris）——上面说清楚她是谁，说她是住在那边的亿万富翁的女儿，尽管她家教严格，在看到报纸插图下面的名字后，她还是想见见这个插图画家，懂了吗？然后我们写上她的提议，约他7点钟在波特兰广场(Portland Place)西门见面。我们让她描述一下自己：年轻漂亮，穿着动人的华服，我们一定会迷死他的。他会深陷其中，无法自拔。那时，我们卡着点碰巧在他等人的地点出现，缠住他，让他跟我们去公园或一起吃饭。我们打扮邋遢，得让他以我们为耻。他会羞愧不已，恨不得疯掉，但我们会坚持下去，破坏这个约会，明白了吗？在信里，我们强调他必须单独前往，因为她胆小羞涩，还担心被人认出来。天呐，他会疯的！他肯定觉得我们毁了他的生活——啊，哈哈！”他笑得都直不起腰来了。

这个点子奏效了。这方式很残忍，不过这种对他人恶行的捉弄，人们什么时候同情过呢？信纸弄到手，我们对措辞深思熟虑之后，彼得的一个在房地产办公室工作的朋友帮忙执笔。信里处处暗示着她年轻貌美，出身名门，令迪克着迷的浪漫主角就是这个样子。为了让他认出她，她的腰间会系上绿色的丝巾，这正好是春天，多么理想的季节啊。7点钟见面。她只能给他留一点时间，然后——后来——她没留下地址。

信件在恰当的时间从西部寄出，并在预期的时间到达办公室。彼得在我旁边的画架旁工作，他告诉我，他用眼睛的余光观察着迪克。

“你真该看看他，德莱塞。”他解释道，信寄到后一个小时他就来找我。“啊，哈！嘿，我敢说他觉得这是真事儿。他看起来有点不舒服。他刻意表现得自然，但不一会儿就戴上帽子出去，去了德克店(Deck's)——就是附近的酒吧。他可讲究啦。等到了那个晚上，我们就出现！我打算把自己打扮成流浪汉，像个笑柄。我会让他觉得丢脸。噢，天呐，他会疯的！他会觉得我毁了他的生活，吓跑了她。她连地址也没留下，他什么也做不了。啊，哈哈哈！”

在定好的那一天——下午和傍晚都是好天气，五月的太阳如火焰般蠢蠢欲动——迪克下午3点就放下手头的工作离开了，彼得把情况告诉我，然后我们就去准备了。6点钟，我俩集合，坐上车，在距离约会地点不超过一条街的地方停了下来。我永远也忘不了空气中的甜美气息，即使是这样，一想到爱情，还是透着一丝悲伤。太阳在唱晚祷，鸟儿也要归巢。但是彼得——不知该夸他还是该骂他——尽其所能把自己打扮得令人生厌——就像好几天没洗澡，简直是个蓬头垢面的流浪汉，那样子像是在野外睡了好几个星期似的。他的头发遮住了眼睛和耳朵，脸蛋和双手都脏兮兮的，鞋子也肮脏不堪。他甚至还把一颗牙齿涂黑了一点。他穿着一件无领衫，拄着个拐杖，一副快乐似神仙的神情，最令人恼火的是，他假装全然不知自己的样子有多么可笑，你能想象得到吗？彼得具有多重性格，从这个角度来看，他一定是个天生的演员。

我们隔着一条街等着，藏在几棵树后面。正点十分，迪克出现了，毫无疑问，他洋溢着希望与渴求，他款款走来，整个人打扮得如他所愿——雅致、平淡，充满艺术气息。他还戴着一顶崭新的草帽，穿着淡绿色"艺术家"式的衬衣，系着宽带的皮带，拄着手杖，蹬着深棕色的低帮皮鞋，领子上还别着襟花！为了这命中注定的伟大时刻，他显然作了最充足的准备。

就在那时，他还没预感到他的爱慕者可能不会来，这时我们突然袭击，带着卑鄙的冷静和无辜——这真该死！我们态度活泼、表现熟络、举止亲密。在这儿碰上他简直太巧了！夜色这么美好，我俩来公园散步，然后一起吃饭。迪克得一起来。

我看他打量着彼得：顶着破烂帽子，穿着无领衬衣，看起来下贱猥琐。这真是太过分了。碰上这样一个朋友，不，是这样两个朋友(因为按照彼得的意思，我尽可能打扮得像个病号，这倒挺容易的)！噢，迪克不会跟我们走，他在等人。我们必须理解他。

但是想甩掉彼得可没那么容易。他开始谈一些既轻松又严肃的话题。他开始整人，询问迪克离开办公室时手头做的工作，进度如何，是否顺利，何时完工；当迪克不想回答时，彼得又结束这一话题，进入另一个主题，开始详细叙述他自己做的工作以及与该工作有关的一些事情。他问一些空洞愚蠢的问题，恭维迪克的形象，取笑他跟某个女孩儿的事。可怜的迪克——他神情紧张，濒临绝望，他感觉到命运之神正悄悄远离。这太残酷了。他越发焦躁不安，厌倦又焦虑地看着四周，盼着赶紧离开，或让我们赶快消失。他很不高兴。在这十分钟到一刻钟里，各种各样的女孩儿从各个方向穿过广场，还有马车和驯马路过——显然，每个上面都载着他的富家女——终于，他像是鼓足了勇气，想方设法甩掉我们。"不好意思，二位"，他几乎是疯狂地喊出来的，"我不能等了。"在这黄金时刻！她是不会靠近的！"我想我要等的人不会来了。我得走了！"

他无力地笑了笑，落荒而逃，彼得半路又追了上去，劝他回来。他不肯，我们就站在约会地点望着他的背影傻笑。然后我们向公园方向走了几步，坐在一个视野开阔的长椅上交谈——确切地说是听彼得谈——他简直口若悬河，笑得岔气了。过了一会儿，到了 7:30，我们咯咯笑着走进公园，5 分钟后，我们又出来了，就像临时改变主意一样——而这时我们发现迪克看到我们靠近，便仓皇逃走。太令人伤心了，简直都有点悲剧色彩了。而彼得全然不觉。他只是大笑，都快笑抽风了。"哈，我的妈呀！"他笑得喘不上气来。"这太过了！啊，哈！太精彩了！他那可怜的富家女！他刚才还折回来了！哈哈哈！"

"彼得，你这个混蛋，"我说道，"你专挑别人的痛处，难道一点儿也不羞愧吗?”

“一点儿也不,一点儿也不!”他还信誓旦旦地说,“这对他有好处,为什么他就不该受苦受难?他会克服这个难关。他总是编造他的富家女。现在他弄丢了一个真的。哈哈哈!”他简直要笑得背过气去了,而且一直笑了几天、几周、几个月,但他从来不说出原因。他只是趴在桌子上咯咯笑,如果有人问他在笑什么,哪怕是迪克问他,他也会回答:“哦,这么回事——我曾经捉弄过一个朋友。”

如果迪克开始猜是谁,他也不说破。那逝去的浪漫!那褪色的梦想啊!

在这之后不久,第二年冬天,我离开了圣·路易斯,有几年没见过彼得,在这段时期,我辗转几个城市,最后来到纽约。我们保持着断断续续的书信联系,这最终促成他向我负责的报纸投稿,后来,至少部分原因是因为我,他来到了这里。我注意到一件事,尽管彼得对他想做的事没有确定的想法——像绘画、写作、雕刻、木刻等等——但他绝不为此操心。“我不知道自己最擅长的是什么,”有一次他对我说,“也许最后我会成为一个画家、一个作家或是一个收藏家——我还不能确定。我想学习,同时我要谋生——这就是我现在想要的。我想生活,所以我正以我的方式生活。”

有些人是城市的主人,更确切地说,他们是构成城市全部元素的主宰者,彼得就是一个。我觉得有时他是天生的作家,充满力量和魅力,只是至今他还没有自我发现。我认识许多作家,甚至许多天才,但是在对生活的睿智理解和浪漫回应上,没有人能超过彼得。他是个诗人、思想家、艺术家、哲学家,他还精通散文,他死后出版的散文集(《狼,穴居人的自传》)(*Wolf, the Autobiography of a Cave Dweller*)就足以证明其才华,但他自己却从未全面表达,这一点也不令他担心。他热爱生活的方方面面,生性快乐,助人助己,能看透人生悲喜,洞察人性痛苦和错误。一到纽约,他便开始全面审视和了解这一城市,考察博物馆、公共建筑、地理情况、政治人文等等,但没过多久,他便突然决定他不属于这儿,尽管我们要再次分道扬镳,他还是没说一句话就走了,而我有几个月都没有他的消息。至少他临时觉得需要在某个次要的领域再积累些经验,随即动身去做。再次跟他取得联系时,他已经在费城(Philadelphia)那时的显要报纸供职,拿着丰厚的薪水。

他在费城安顿下来之后,我们才开始全面了解对方,真正支持彼此的观点,这与我们先前多少有些快乐随性的友谊不同。也就是在这里,我们比以前任何时候都感觉到曾经在西部一起工作过的相互的影响力。在这里我第一次注意到他把握一个城市的轻松自如,他独特的多面个性让他反映出城市如此多的角度,只有多样化的性情才能到达如此境界。首先,无论他恰巧在哪个城市,他会对该市的过去和历史拥有强烈的兴趣，包括它的建筑、墓地和墓碑，这些都指向过去的生活，还有它现在的风貌以及所在区域的主要特征，它的河流、湖泊、公园和邻近的地域以及景点（我们去过这么多地方啊！），还有它最新式、最精美的建筑。没人比他更对一个城市的智慧资源感兴趣了——无论他恰巧在哪个城市——包括该城市的博物馆、图书馆、旧书店、报纸、杂志，还有那些我不知道的。他是第一个带我去费城的利里书店（Leary's）的人，他的爱好是评论书店的优缺点。后来他对当地政治、社会和金融趋势产生强烈而睿智的兴趣，尽管他一直认为当地政治低级混乱，在一些低级秩序的必要事物上可以有些安排和调整。他似乎以神秘的方式了解并感知各种领域里运行的规律。他的思想总是充盈而丰裕，只是跟他待在一起就是一件乐事了。他才思泉涌，但对他所知、所闻、所感、所疑，从来不争辩。于我而言，有时，他的思想如此丰富，就像色彩丰富、绚烂斑驳的宝石，熠熠发光。我总是感觉是跟一位名人在一起，气质冷静而不浮夸，性情宽容而有活力，他的智慧超越了他的年纪，如此真实而伟大，也许因为丰富的兴趣如此强烈和宽广，在这个专门化、商业化的世界里，他无法闪亮夺目，但他却是一个伟大的人物。

不过我总觉得他会闪闪发光。他能轻松而温情地吸引各个层次的人。他的思维从一种兴趣跳到另一种兴趣实在太过迅速了，但普通人仍然可以理解他，喜欢他。从某个角度来说，他蔑视他们狭隘盲目的心境，而享受他们生活的状态，似乎他想要融入他们的生活。然而，从他们的角度看来，几乎他所有的思想都是危险的。在朋友当中，他总是说话自由、诚实，谈论的话题是普通人不能或不会讨论的，彼得认为这些事都是追名逐利者无用的错误、谎言和狡猾的行为，而大多数现在却被当作真理对待。

他总是在评论人类惊人的迟钝、偏见，一旦抓住生活最荒唐的解释，便以令人吃惊的方式疯狂并悲哀地坚持。他也关注到愚钝的机会毁了我们如此多的梦想和生活——凶猛无情，同时对奇妙之事又看似空洞冷漠——但他不会因此而精神沮丧或无病呻吟；他只是好奇而已，观察着这一切。但是如果有人恰好反驳了他，他很可能会据理力争。同时，他永远在阅读，阅读，阅读——历史学、考古学、人种学、地质学、旅游、医药、传记，还有奇人奇事、自然奥秘。他不知疲倦地谈及从公元前600年开始便统治古希腊和古罗马的智力和社会条件，谈论那些哲学家、旅游、艺术、简单而自然的异教徒对事物的观点，他为这一切的消逝深感惋惜。我觉得他有时很遗憾自己没生在那个世界，没亲眼看看那里，无法看到消失的文明的全部碎片。有时他带着热爱与伤感流连于各个博物馆，审视古埃及人、古希腊人和古罗马人古老的艺术设计、公共和私人住宅设计，还有雕像、书卷轴、碑文、大烛台、船只、宝剑和战车。迦太基(Carthage),古罗马(Rome),古希腊(Greece),腓尼基(Phoenicia)——他们的殖民地、艺术品交易、食物、消遣和崇拜——都令他大加赞扬。类似于《泰依丝》(*Thaïs*)、《萨朗波》(*Salammbo*)、《索妮卡》(*Sonica*)、《君在何处》(*Quo Vadis*)这样的书都能触及他的心灵。

然而,也许看似有些古怪,他似乎跟一大班子的朋友保持着亲密联系,交际圈之广着实令我吃惊。比如说,里面有房地产经销商、公务员、一两个银行出纳、市中心开皮革店或雪茄厂的老板、鼓乐手、印刷工、两三个报纸美工和记者——名单太长,没法一一列举,而且上面的人似乎也不那么有趣,至少让人不愿主动去见或去联系。而他与所有这些人的关系都亲切友好,家常朴素,亲密无间。他对待他们就像种植东西需要营养层一样,换句话说,他从他们各自的领域汲取养分;这令我难以理解,对于我这样多少有些冷漠离群的人来说,我多么希望能像他那样行事,像他那样对待生活。

因为彼得充满渴望,给人安全感,他们的善意将会并已经把自己推向他。他从他们能做的事里汲取简单自然的快乐,也从自己能做的事情中享受乐趣。拥有了这些,那时,哪怕像那种无法分类到公务员或修甲女里的女孩儿,他也能竭力与其维持社交生活,有很多这样的活动,比如跳舞、"聚会"、在某人家里吃个饭、嬉笑打闹、划船、在开海时捕鱼探险、傍晚去饭店吃饭或看场戏剧,还有一些我不知道的。他会唱歌(他是个相当不错的男中音),还会弹钢琴、吹短号、吹笛子、弹班卓琴、拨弄曼陀林和吉他,不过他总说自己最喜欢的乐器是犹太竖琴、法国口琴(一种用嘴吹的乐器),还有在梳子上放一张纸,用力对着纸吹,发出不同寻常的声响,直到停下来。在任何"聚会"上,他总是滔滔不绝、蹦来蹦去、尽情跳舞,还做些吃的——有软糖、太妃糖、干酪,他总是一本正经地强调一定要把全部的细节留给他来做。"你们所有人,现在把这个切开,把这个留给你的达德利叔叔(Dudley)。这个谁干?我想要糖、巧克力、平底锅、大铲子,你们从来没吃过这么好吃的软糖,我要给你们露一手。"然后他会系上围裙或毛巾,投入到工作中,他能席卷所有僵硬的气氛,自然而然激起大家的好奇心,一步步将快乐的气氛提升,直至百倍。

是的,彼得总能唤醒大家。他能传达并扩散一种安逸温厚的感觉,既把这种感觉给予所有人,也从所有人中汲取。尽管他狡黠长相一般,但他还是很吸引姑娘们的,而且他没有无视她们的美。他总能轻易让她们放下矜持,并快速建立起纯粹的友谊,跟她们交换关于她们认识的这人、那人或某人的绯闻或消息。他确实是个大众情人,而且好像对谁都一样,很难说他是怎么做到的,但他就是做到了。在我们私下聊天的时候，他总是承认一些“晚上”或“下午”的事。“天呐，德莱塞，我发现了一个好地方！不知道怎么跟你说——这地方真是太棒了！这正是我需要的。这是个健康古老的地方，对吧？让我们再来一杯，喝点什么呢？”他会点上一杯或半品脱的德国淡啤酒，并满上酒，咧嘴一笑，像个滴水嘴。

当他在费城的时候，他告诉我在这里他开始了他的罗曼史，并最终让他成家立业，安顿下来，成为我见过的最安居乐业的男人，他的爱情故事是我听过的最天真烂漫，充满魅力的。那是他刚到费城的头一两年，似乎是一个周六下午，他在北部偏僻的工厂区散步，街上还有几个孩子在玩儿，这时他看到一个十三四岁的女孩儿，彼得向我描述：“她走过来，是我见过的最美的人。她头发金黄，穿着蓝色短裙，头上扎着粉色蝴蝶结——嘿，德莱塞，当我看到她时，我直接不能动了，我对自己说，哪怕让我等上十五年，我也愿意！伙计——你从没见过我那么吃惊！我的天呐！她穿着木底鞋，甚至不会说英语，其他孩子也不会。他们都是德国人——住在一个普通的德国人社区。”

“不过我看了她一会儿，然后过去对她说：‘过来，孩子。你住在哪里？’她听不懂，另外一个孩子翻译给她听，然后她用德语说：‘我不会英语。’”他嘲笑了她一下。“我认定她了。后来有个人告诉我她是谁，住在哪儿——然后，我回家后马上开始学习德语。三个月后我就能跟人交流了，不过那天之后两周内，我就找到了她爸爸，让他明白我想跟他们家做朋友来学习德语。我每周日过去，他们都在家。家里有六个孩子，我跟每个人都成了朋友。很长一段时间，我没法让小丫头（Madchen）（他们这样称呼她）明白到底发生了什么，不过后来我做到了，她现在明白一切。我为她感到疯狂，她一到年龄，我就娶她。

“你怎么知道她会同意嫁给你？”我问道。

“噢，她会同意的。我总是告诉她当她十八岁的时候我就娶她，她说好的。我确实相信她是喜欢我的。我为她而疯狂。”

我可以预期，五年后，当他迁往纽瓦克（Newark）并在新闻界混得风生水起，他便开始实施他的计划，他会突然返回费城结婚，为了让她高兴，他会提前准备好一套公寓。这是充满爱与家庭温暖的幸运婚姻。我从没感受过这么令人愉快的气氛。

从开始到现在，我似乎只描述了彼得最单薄的形象；其实他十分丰满，性格多面，兴趣广泛。对我来说，他诠释了所有快乐，一方面存在于普通的所谓家长里短的事里，让人想到生活的丑陋面，是最为简单寻常的人性的一面；另一方面存在于具有真正智慧和艺术的事物中，能从中汲取到舒适与满足，而这些都花不了几个钱——旧书，印刷品，还有各种形式与历史和科学有关的东西以及与应用艺术等有关的技能，例如瓷器与玻璃的着色和烧制，篮子、吊床和地毯的编织，木头的雕刻，日本和中国印刷品的收集和模仿，埃及人保存尸体使其不腐烂的艺术（他认识一个殡仪工作者，他试图施展重生术或至少试试手，学着埃及人的方法把一两只死猫制成木乃伊）。所有这些行当，他都按照样子训练自己并带着技能操作，尽管他总是坚持说自己只不过是个笨手笨脚的人，是个追随别人艺术的傻瓜。然而更重要的是，在这段时间以及以后一段时间，他对收集日本和中国的部件感兴趣：挂坠、印笼、香炉、翡翠和瓷器的图片、茶盅、花瓶、印刷品；这正是他在费城的那段时期，他似乎跟我之前提过的那些人在一起度日，还跟他的小德国女友谈恋爱，正好借此跑东跑西，去各个博物馆，为他那些有趣的收藏奠定了基础，后来他经常把这些藏品向好友或感兴趣的藏友展示。等他迁到纽瓦克之后，他担任主要报纸的首席漫画家，他已经收齐了全套的东海道图（Tokaido）（东京至京都之间的 40 个景点），还有葛饰北斋（Hokusai）、雪舟（Sesshiu）、索霍（Sojo）的各种作品；以及 100 个印笼、50 个挂坠、30 个香炉，涂漆的盒子和茶盅，还有各式漂亮值钱的物件——中国官员的官服和外套等等——后来他在藏友中出售或交换。记得他卖了整个的东海道图，耗时 4 年，赚了 1000 美元。就在他去世之前，他还在用挂坠交换印笼，并准备把印笼全都卖给一个人，这人再把藏品卖给一个博物馆。

除了这些超乎一般人类的兴趣，他还有很多常见的兴趣，比如打保龄球、乒乓球、高尔夫球、台球，还有打牌和掷骰子赌博——令我震惊的是，因为彼得的关系，我对赌博的看法竟然奇怪地转变了。他对如此多的事物感兴趣，他有时近乎狂热地追逐这些常见的兴趣，有时又似乎完全不想或不留恋这些。不过，可以肯定的是，无论他的兴趣是什么，感觉他总能很好地把持自己，知道自己该陷多深，到了该收手的时候，他能够马上停止。然而在他放松自己的瞬间，无论是在哪个领域，你会感觉他放纵自我，他的欲火甚至无法控制，不了解他的人肯定觉得他已经疯狂了。

记得我曾去费城找他度周末，像这样的聚会，我们来来回回经常有。那时他住在南部第四街区一个样子普通的公寓里，我前面提过的那群人也住在这里或来这里做客，无论我什么时候到这里，总是充满热情紧张的游戏气氛，让我感到生活气息和愉悦的辉煌。有十几人在扑克桌或骰子桌周围，有的坐着，有的站着，在夏天（冬天也经常这样），他们脱掉外套，撸起袖子，彼得在他们中间总是最显眼。桌子上或在一边会堆着钱、一大桶或一大罐啤酒、一盒子烟或雪茄，彼得在众人中间，兴奋地红着脸，领口敞开，头发凌乱，他那小身板穿来穿去，打着手势，或点着雪茄，或倒着啤酒，高声叫喊，两眼发红："那是我的！""我说我不要！""押六！两倍！""三倍""四倍""啊，掷骰子！掷骰子！""下注！下注！开，停下——吐出来！你赢钱了，快还钱，不然以后不赊给你了。""一倍，押四——押五——押A！""掷骰子！掷骰子！开！"如果他看到我，便会放柔了语气说："嘿，德莱塞，我已经赢了28分了！"或者"我总共已经输了30分了。我再玩儿一会儿，再赢5分或再输5分就收手。伙计们，我发话了，再来5分，不管结果怎样，我都离局。看到了吗？这些该死的泥鳅总是想要花招。他们输了不给钱。要是没有更好的牌，我一辈子都得纠缠下去。"

房间里可能会有三四个女孩儿——某个玩家的妹妹、情人或朋友——有的跳舞、有的弹钢琴或唱歌，还有房东和他的老婆，他俩总是一副邋遢的样子，彼得似乎知道很多他俩过去和现在的事儿。他鼓励所有人进入一种潇洒的朋友关系，这简直令我吃惊。这使我激动、令我着迷，有时甚至让我恐惧，我对生活的观点和欲望是多么的单薄、不足和无用啊。他精力充沛、慈悲慷慨、观点独特、精神愉悦，充满了健康和力量。他会参与各种活动，只要条件允许，无论室内室外，直到他已经汗流浃背，他才丢掉手上的器械——不论是纸牌、网球拍还是高尔夫球杆——然后声明："够了！够了！我玩够了。我赢了。"或者会说："我赢了。不玩了。不玩下一局了。来，德莱塞，我知道一个地方很适合我们——"然后他会评论牛排或鱼排，或玉米、红薯、番茄的新做法，他会带我去吃他过去常说的"老鼠杀手"，或是烧烤或是中国菜，点足够四五个人吃的菜，直到我阻止他才会停下来。他总是喜欢散步，当他散步的时候，他总是敏锐地注意到最近的政治丑闻，最新的发现、悲剧或艺术话题。只要他在场，整个世界对我来说都不同了，变得更有色彩、更有希望、更有乐趣。大门似乎是打开的；透过想象，我能看到里面的上千个领域——有家庭、工厂、实验室、小书斋、度假村等等。在他那个时代，一些大人物如麦金莱（McKinley）、罗斯福（Roosevelt）、汉纳（Hanna）、洛克菲勒（Rockefeller）、罗杰斯（Rogers）、摩根（Morgan）、皮尔里（Peary）、哈里曼（Harriman）都闻名国内外且积极活跃，他们的心境和观点兴趣——无论真诚还是伪善——都是他精彩分析的对象。我觉得他很佩服投机政治家，只要他们不是小肚鸡肠或琐碎小气，但他嘲笑甚至鄙视像麦金莱那种人的商业观点或贸易反应。统治者应该超越商业主义。我曾问他为什么这么讨厌麦金莱，他间接地答道："麦金莱只是傀儡，幕后推手是——汉纳。"罗斯福似乎总能逗乐他，他很讨人喜欢，虽然是个可笑荒谬、自私利己"好表现自己的人"，他总是说，"一定要提防泰迪（Teddy）（罗斯福的绰号），"但是这对国家有好处，能用愿景激励国家。洛克菲勒完全令人钦佩，他是一股力量，驱动国家走向独裁、巨头，甚至可以引发革命。汉纳也是如此，摩根也是如此，哈里曼也是如此，罗杰斯也是如此。也许是皮尔里发现了北极（North Pole），也许不是。他拒绝评论。老“博士”库克（Cook），假的发现者，临死前短暂出现，引发笑声一片。“我的上帝，这是什么胆量啊！丹麦人把玫瑰花环戴在他的脖子上！这是巨大的荣誉啊，德莱塞。这很宏伟。闵希豪生（Munchausen）、库克·格利佛（Gulliver）、马可·波罗（Marco Polo）——他们会永生，或应该永生！”

某个周六下午或周日，不是他来找我，就是我按时去找他，我们沉湎于长时间的闲庭漫步，不论去哪儿，或先坐有轨电车，乘船或坐火车，开到哪儿算哪儿，然后接着散步，有时，他不想这样，便只是散步，边走边聊。在这种时候，彼得总是状态最佳，我是永远的听众，就像柏拉图（Plato）和亚里士多德（Aristotle）的门徒在倾听老师讲话一样，我听他讲述生活，讲述他对自然不断拓宽的设想——她的残忍、美丽和神秘。有一次，我们越过卡姆登（Camden）来到较远的一处地方，我们散步走到一处水湾入口，船只和渔民都在这里过河。正当我们过河时，下面船上有人发现了一具疑似自杀的尸体，在水里泡了多日，尸体已经褪色，不过保存还算完整，看衣服至少是中产阶级的男子。我打算离开，只是看看就觉得恶心。而彼得却不然，他加入到打捞尸体的队伍中，不一会儿就跟一小群船工回来了，他们猜测并争论这个死人的身份和特征，他真正融入到这个群体中。最后他催促大家去搜尸体的口袋，派一个人去报警。但最重要的是，这人道主义的现实让我如此难堪，甚至没有勇气朝那个方向看，只能涨红了脸，而彼得却全身心地沉思死者的状态和性质以及他的化学成分——氯、硫酸、磷酸、钾、钠、钙、镁、氧——并猜测是哪些特有的化学组合能使腐烂的尸体呈现奇怪的金属蓝、绿、黄、棕。蛆虫正在啃食尸体一点也不会令他感到害怕。他考虑的却是它们的责任和功能！他大胆宣称，人类最多只是个化学方程式，是比人类智慧的存在创造出来的，也许其目的或人类的目的不那么聪明，无论他是什么或它是谁，既不好也不坏，正如我们所想的，亦好亦坏。他立刻投入到神秘中——至少是跟我在一起时，他似乎更喜欢沉思——谈到迦勒底人（Chaldeans）的占卜，他们在开战前如何研究星星和动物尸体内脏的位置，谈及非洲人恐怖的神物，谈及古希腊和古罗马神庙中祭司的技巧和预言，最后再给我讲个贪婪的鳗鱼商人的故事，他们为了次日清晨捕到足够的鳗鱼，把马的尸体固定到小溪中。我听了就反胃。我告诉他他让人恶心。

“我的朋友，”他鼓励我说，“你太敏感了。你可不能这样对待生活。无论发生什么，生活于我而言都是好的。我们身处于此，不能逃避。为什么不敢看尸体呢？尸体的化学成分不比其他东西的差，我们一直都在吃我们杀死的那些尸体。从某个角度来说,多一点少一点——又有什么不同呢?”

后来又发生了一件类似的事儿——他又吓到我了,当然,他知道他能吓到我——他带我去一家中国餐厅,鼓励我吃一盘炒杂碎,这家餐厅不怎么高档,他在菜里发现一个像孩子手指的东西,并吃了下去,他向我保证,“这真好吃——确实太好吃了。”

“你就是只狗!”我抗议道。“简直是猪! 你什么都吃啊!”但他还是由衷地咯咯笑并坚持他那一套。

然而,我刻画他的这一面只是为了完成他那精彩绝伦的形象,于我而言,简直不可思议。除了坚持这些事,其实他总是温暖、人性,富有同情心,擅长交际并小心谨慎,他的同伴都这么形容他,因此他无论到哪儿都受欢迎。彼得从不吓唬那些受不起惊吓的人。他发表完上面那样的言论后,不过一两分钟或五分钟,也许他就能描述花朵间神奇美丽的授粉过程,或是某个中世纪贸易协会的历史,或是凝望着美丽的风景,感叹自己无法用语言表达的感受。

在费城待了两三年之后——在这座城市我看到了彼得多彩的兴趣和思绪——他突然迁往纽瓦克,他已经关注那边的主要报纸一段时间了。他对部门负责人不满并与其争吵之后,没有其他通知,他引用了一位诗人的话,贴在桌子上,便离开了! 纽瓦克这个城市我之前从未关注过,他在这里非常开心;而我住在纽约,近在咫尺,我感觉有他在的地方就是人间天堂。尽管这个城市人口不足 30 万,而且似乎是一种阴郁的工厂区域,他很快以一种光明的方式向我展示了这座城市,这一切都因为他在那里。很快他便发现在市场水道下面,有一条运河穿过这座城市,我们沿岸边散步,能一直走到森林和田野里。在一条小街上,他发现了一个公寓,与其说发现,不如说创造,他把公寓打造成一个缤纷多彩、充满乐趣的地方,一段时间之后,我觉得它甚至超过了费城那一个。他加入了帕塞伊克(Passaic)附近的城乡俱乐部,就在同名的河上,我俩经常在俱乐部的阳台上吃饭。他还发现了一个有几家餐馆的中国人街区;一个有一家饭店的意大利人小区;还发现有个人拥有 4 万个稀罕的日本和中国古董,他的家在埃塞克斯县精神病院(Essex County Insane Asylum),这些东西摆满了房间,他是那儿的药剂师;还认识一个纽约的剧作家和经理人;还有个人有一家报纸财团;还有个人负责一个唱歌社团;还有一个人是射击俱乐部的董事长;还有人拥有,或者说为别人制作、烧制陶器。彼得永不停歇,充满活力,总是能在新的方向发展。令我吃惊的是,他开始为自己制作并烧制陶器,对仿造中国各种美丽的盘子和花瓶感兴趣,原作都在纽约大都会博物馆(Metropolitan Museum of Art)里展出。他的计划是先复制设计,然后买黏土,塑型,在陶器厂烧制,然后拿回家用液体瓷着色装饰，最后淬火。在六到八个月里，他利用周六周日或早上上班前工作，成功地造出三四个令自己满意的作品，并把确实漂亮的陶器留下当盘子，其他的都送人了。

后来，你猜怎么样，他又迷上了制作土耳其小地毯，为此他慢慢积累起架子和材料，给自己预备了一个土耳其风格的枕头，他在前面盘着腿开始缓慢而坚定地织毯子，颜色和设计对我来说完全令人满意。可以想象，这是多么缓慢枯燥的工作，他没事的时候用零碎时间干，光线好的时候，但绝不在晚上干，他坚持着色需要最好的光线。在这个古怪、家常、木制的机器前，放着一些没上漆的木棒和绳子，他有时坐在长凳上，盘着腿，击打、挑选、打结、解开——在我看来真是件繁琐的工作啊。

“看在上帝的份上，”我曾经说道，“你能想出比这还像神经病的事儿吗？这是我见过的最慢、最费劲的活了。”

“就是这样，这就是我喜欢它的原因，”他答道，看都不看我，继续勤勤恳恳地织着，“你有个明显的错误，德莱塞。你不知道从生活中微小的事物创造奇迹。你要记住，这是艺术，不是工作。我发现，无论是否能做出土耳其地毯，这都会带给我乐趣。如果我能做出一个漂亮的颜色，或完成设计中的一个小部分，我都会非常满意。那样我就能知道我可以做到，完成整个事情，你懂吗？这些工作有些人干了一辈子。你管它叫小事？我不是。乐趣就在做的过程里，证明你能行，而不在地毯本身。”他絮絮叨叨，手里还打着结，庆祝着自己的成果。过了一段时间，三四英尺完工了，这是件既柔软又结实的丝制品，他高兴极了，给所有人展示，坚称他会按时完工(多久？我经常怀疑)，那时就有一块绝佳的地毯了。

就在这时，他在纽瓦克建立起友谊和兴趣，于我而言，这是他承诺一辈子要坚持的东西。他对自己从事的报纸工作有着浓厚的兴趣，尽管他只是个漫画家，没过多久，跟这份报纸有联系的各种各样的部门都能看到他的影子，由于他的善意和热情的加入，都变得充满活力。出版商、编辑、艺术总监、总编辑和业务经理都跟他保持着友好的联系。他买了人寿保险，受益人是他未来的妻子和孩子！在雕刻铜板和印刷上，他帮助刻板部的经理；艺术摄影上，他帮助官方摄影师；在计划扩大当地博物馆上，他帮助艺术总监。由于他对奇妙和荒诞持续地热爱，不久以后，他便成功计划并执行了一个带有荒唐角色的骗局，想想就觉得这个无聊的笑话太愚蠢了，但它却成功地激起了至少四个州的当地人，有人还给报社拍电报，在周日特写中谈论此事，全国的报纸都在谈论它，最终彼得作为演员和舞台监督登场，塑造了能想象得到的最生动的形象。他做这些只为娱乐自己,正如他常对我说的,他就是想看看他能不能做到。

这个特殊的骗局源于我们童年记忆中可笑的老妖怪、逃跑中的流浪野人,他残忍、嗜血、恐怖。开始我对这个骗局一无所知,直到一个周日下午,我们俩正在散步,那是他到了纽瓦克之后的一两年里,他毫无征兆地突然宣称,“德莱塞,我偶然想到一个好主意,正在跟我们报社的小伙子们开始实施。这个主意虽然陈旧老套,听起来也假,但它跟其他想法一样奏效,甚至比正统的主意还要好。我正在创造一个野人。你知道一般的笨蛋对那些奇怪、另类、‘恐怖’的事有多么疯狂吗?以恶作剧著称的巴纳姆(Barnum)是对的。这种怪诞的想法每分钟就会产生一个。而我只是把它弄成了现实。这跟神圣的白象和汗血宝马一样棒。而且我要把舞台设在这儿,就在又小又老的纽瓦克——他们都会信以为真,你不会觉得他们不信吧,”他陶醉地大笑起来。

“我的老天,你要干嘛呀?”我叹了口气。

“噢,非常棒。我打算故技重演。一开始,每隔三四天我们就拍个电报预热——一条来自南泽西的拉姆布勒维利(Ramblersville, South Jersey),四五天后,再拍一条,来自二十五英里外的霍霍库斯市(Hohokus)。渐渐地,等春天来临,我就带他北上——就在这儿,进入埃塞克斯县(Essex County)——一个真正的野人,既凶猛又可怕。我会给让他披着长发,像个北美野牛,还红着眼,龇着牙,长着大手大脚。他会赤身裸体——至少到这儿的时候是这样。他有8英尺高。他猎食马匹、狗、牲畜、猪和鸡。无论男女老少,都害怕他。我会限定他穿过僻静的小路,夜里往窗子里看,追赶牲畜,将流浪者和小商贩驱出城。等着瞧吧。等夏天到了,我们会让他登上头条。在周日特刊上给他些版面。我们悬赏,让那些乡巴佬去可能的地方寻找他。也许有人真的能捉住个可怜的疯子,一个真正的野人。如果你能足够调动起当地人,你可以做成任何事。”

我大笑着说:“你这个疯子。你简直是个低级的喜剧演员啊彼得!”

几周过去了,为了表明此事的进展,他时不时地给我拍剪报的电报,这些不是从他的报纸上剪的,而是从一些严肃的期刊上剪的,比如纽约的《太阳与世界报》(the *Sun* and *World*)、费城的《北美报》(the *North American*),还有哈特福特(Hartford)的《新闻报》(the *Courant*),这全都基于他对丛林野人那滑稽的想象。长篇报道开始在各处出现,尤其在东部的报纸上,文章描述发现了这个难以琢磨、四处流窜的恶魔。在一个月里,他在很多地方出现,不过一般都是从北边来的。在一个地方,他一次杀了三头牛,在另一个地方,杀了两头,竟然还生吃了它们的肉!宾夕法尼亚州的达奇斯小溪(Dutchers Run)有位叫戈斯韦奇(Gorswitch)的老太太,她去看望她的儿媳安妮·戈斯韦奇(Annie A. Gorswitch)，返回途中，她走到奥斯古鲁拉县(Osgoroola County)僻静的小道上，忽然，一个可怕的身影出现在她面前。这个怪物半人半兽，十分高大，披着长发，眼睛血红，贪婪地盯着她，好像要抓住她，幸好有一辆马车从对面驶来，野人就此罢手，落荒而逃，只留下戈斯韦奇太太昏倒在地。谷仓和草垛四处被烧，偏远的窝棚里的单身寡妇吓得离乡背井……我真佩服彼得的勤勉和耐心。

在接下来的六月或七月的一天，在纽瓦克，我悠闲地向彼得问起了野人的事儿，他答道："噢，很好，很好！没法再好了！他很快就会来这儿。我们正在计划下周日或周六实施计划——这取决于我哪天休班。我们打算抓拍他。想一起来吗？"

"一派胡言！"我说道，"谁扮演啊？在哪儿啊？"

"好啦，"他咯咯笑着，"一起来看看吧。你很快就知道怎么回事了。我们会找一个真正的野人，我会让他出现在森林里。如果不信，你就过来看看。当初我说过当地人会被调动起来，你却不信。现在，他们真的被调动了起来。看看这一切，"说着，他拿出了竞争对手报纸上的剪报。有人在距离纽瓦克不足25英里的埃塞克斯县看到了这个野人。他在五个不同的州毁坏人们的财产。据推测，他可能是个变得狂野的疯子，也可能是从某个马戏团或泽西岛(Jersey)海岸失事货船上逃走的(这都是彼得自己的观点)。据说，截至目前，他的破坏已经造成数千元的经济损失。当地居民十分兴奋。各方都在悬赏抓他。生气的民兵队已经在抓捕他，并且还将继续抓捕工作，他们全副武装，直至野人落网。随时可能有重大进展……我看得目瞪口呆，这太荒唐了，在整个事件背后，都是彼得的笑声，他就是整个事情的中心和源泉。

"你这个家伙！"我抗议道，"你简直是个小丑！"而他只是咧着嘴笑。

接下来的周日，我可不想错过这场抓捕野人大戏的有趣收场，便早早起来，前往纽瓦克。时间刚好合适，我在彼得的公寓里见到了他，他的房间一片狼藉，而他正忙着往一个袋子里塞东西，公寓外面有辆车在等他，车里有照相的全体员工和一些其他人员，他们都笑嘻嘻的，彼得告诉我，这些人都是来帮忙完成这项伟大的工作的，有的负责追踪，有的负责埋伏，可能的话，还可以给这次冒险拍照。

"噢，那么谁来扮演野人呢？"我坚持问。

"别急！别急！先别打听了，"彼得笑着说。"野人跟其他人一样，也有权利和特权。记住，我提醒你们所有人，在他出现时，一定要毕恭毕敬。他非常敏感，不喜欢记者。如果被拍照，他会发狂的。这点你们得记住。"

我们适时到达一处疑似野人住处的地方。这个地方在老埃塞克斯和莫里斯运河(Morris Canal)附近,离布恩顿(Boonton)不远。一丛茂盛的灌木丛和一些岩石被选中,里面埋伏着一群地方武装队,大家从树后警惕地注视着周围,好像要发现点儿什么似的。彼得刚才悄悄溜走——突然我看到他向我们这边走来,头发竖起,身上抹了黑色泥浆,眼周围涂了白色涂料,手腕、脚踝和腰间都缠着几簇羊毛——简直跟大家预想的野人一个样,只是没有 8 英尺高。

“彼得!”我说道,“这太荒唐了! 你这个笨蛋!”

“注意你的措辞!”他威严地说道,“野人就是野人。我们的细节不能被视为儿戏。我是现存最古老、最著名的野人之一。别碰到我。”他带着电影明星的气势,大步流星地走向草地,他跟美术总监和摄影师讨论,要弄得最令人恐惧并让人信服,就像追捕者在不知情的情况下,碰巧看到了野人一样。

“但是你根本不到 8 英尺高!”我此时突然插话。

“小事一桩。不要注意这些细节,”他轻盈地答道。“我会出现在照片中。没有比这更容易的了。我们是野人,你懂的——”

有些场景精彩绝伦,触目惊心。他从树叶后面斜眼看,传递着他的惊吓和狡猾。这人真是个好演员。几年来,我保存着并将一直保存一整套照片,还有两页后来两周里的报道。

事情有时还被拿来谈论,好像本该如此似的,但是野人还是在人们的恐惧中消失了。他跑进附近的运河,冲刷掉所有的恐怖,或者说,他消失在彼得模糊的记忆中。后来野人的事只在报纸上看到过几次,他想象中的尸体在费城东北边的某个村子发现——或者通过“电报”传的小道消息那里发现的。至于彼得,他从运河里出现,或者从岸边出现,洗得干干净净。他咧嘴笑着,梳了梳头,整了整领带。

“你这个调皮的家伙!”我亲切地说道,“真是个不可救药的骗子啊!”

“德莱塞,德莱塞,”他哈哈大笑道,“没有东西像这件事一样伟大。你不应该嘲笑它。我是大众的恩人,是个真正的创造者。我创造了一个生命,跟其他所有的生命一样清晰独特。他存在于很多人的头脑中——包括我的头脑中,还有你的头脑中。你知道你真的相信他。就在 15 分钟之前,他还在丛林间窥视一切。他已经或将要让成千上万的人高兴,让他们害怕,给他们一个新的兴趣点。如果英国作家斯蒂文森(Stevenson)能创造出一个双重人格者(Jekyll and Hyde),那我为什么不能创造一个野人呢? 我做到了。我有他的照片可以证明。你还渴求什么?”

我默许了。总之,这是一场集愚蠢和艺术于一体的快乐体验,最重要的是,在这个奇异与荒诞的闹剧中,彼得是个艺术家。

从那之后，有一段时间，他的思想非常平静，也就在这时，婚姻、家庭与孩子的想法开始萌芽。从上面提到的种种，你可能会以为彼得对日常生活不屑一顾，对普通实用之事嗤之以鼻。事实上，正好相反。我从未见过有人如同彼得一样，思想如此激进，如此多才多艺，却对平凡普通的生活如此沉迷与渴求。就他自己而言，他完全同意沿着简单而非古怪的路线，去创造生活、发展生活、点亮生活。几乎他全部的艺术与乐趣都是富有装饰性和舒适性的。对彼得来说，一个好的杂货商、一个优秀的理发师、一个称职的酒店主人、一个敬业的裁缝、一个勤恳的鞋匠，他们都跟其他人或事一样有趣，或更有趣。他尊重他们的界限、他们的艺术、他们的职业，总而言之，是他们的勤勉、克制和对公平交易的欲望。他相信芸芸众生，尤其是他周围的人正在生活提供的苛刻条件下付出最大的努力。他看不上懒汉、愚人、骗子和小偷，也看不惯过分殷勤的清教徒或教条主义。至少在自己身上，他憎恶隆重的浮华和作秀。小房子、小花园、小门廊、简单干净的街区，拥有日常生活的氛围，勤劳的精神，遵守习俗和秩序，没有东西能像这些一样让他着迷。他坚持说拥有这些就够了。如果不是公众人物，公务缠身，人们根本不需要大房子。

“德莱塞，”他在费城或纽瓦克这样说过，如果之前没说的话，“如果有这种社区的话，有一天我就会定居下来。我会有我的小妻子，我的七个孩子，我的鸡、狗、猫、金丝雀，全都是德国品种，还有我的花园、鸟笼、烟斗；到了周日，我把我的妻子和七个孩子都带到教堂去做礼拜，这件事必须像上了发条一样规律，我们要擦亮鞋子，梳好头发，所有人都如此，我会带队前往。”

“是啊，是啊，”我说道，“随你说。”

“好吧，等着瞧。对我来说，世界上没有比温馨传统的家庭生活更有意义的了。一个人的生死都应属于家庭。这才是正道。现在我生活随性，放荡不羁，但这都没关系。我正在为最终的安定生活做准备，我告诉过你，我要做个理想的守法公民。这是我唯一的路。这是自然想让我们走的路。所有幼稚的事都已成为过去，全部清零。我们都翻过这一页。每个人都会这样，或者说应该有能力这样，如果他有点价值，那他就会找一个伴侣共同生活，并忠于她。这使世界变成了你我都乐于居住的地方，你懂的。我觉得有东西在呼唤我们过这样的生活。娶个女人并安定下来正是我们人类文明的智慧所在。我一旦安顿下来，就再也不会夜不归宿，心有旁骛。我会做个模范丈夫、模范父亲，你可以见证一切。你该不会认为我做不到吧。想笑就笑吧——反正事实如此。我会有我的花园，会与邻居和睦相处。那时你可以来帮我们把孩子哄睡，放到床上。”

“噢，天呐！差点漏掉一个细节！我们会有一个藤子做的婴儿床。”

“哦，好吧。想嘲笑的话随你便吧。等着瞧好了。”

时光飞逝。他仍然做着我之前说的那些事，在生活的漩涡中度日。不过，有时他还会提一下他的那些想法。有段时间我觉得他跟费城的金发女孩儿结束了。他偶尔谈起她，但越来越少。在帕塞伊克(Passaic)附近的一个高尔夫球场上，他遇到了另一个女孩儿，属于打得不错的那一组。我见过她。她不令人讨厌，有点性感，穿衣举止相当有魅力，她见识不多，但她快乐、聪明、时髦；与其他女孩儿相比，她很令人满意。

有段时间，彼得似乎对她特别着迷。她会跳舞，会一点乐器，高尔夫和网球都打得不错，而且她对彼得很感兴趣，或假装感兴趣。他最终承认他觉得自己爱上她了。

“所以费城的女孩儿结束了，对吗？”我问道。

“我感到很惭愧，”他答道，“但是恐怕确实如此。告诉你，我很有罪恶感，良心刺痛。”

我几乎从没听他这样说过话。那时他一时兴起，就像印度王子一样，喜欢收集戒指，攒了一整盒，他告诉我他会让她从里面随便挑。

有一天，他突然宣布，一切都“结束了”，他要娶费城少女。他把给新欢的宝石订婚戒指扔到了下水道里。起初他对分手原因和细节只字不提，但他跟我这么亲近，后来还是倒了出来。显然，他对我和其他人都提过他那简单的家庭计划，还有未来的孩子——要当个好公民，他也给新欢说过，而她有同感，也赞成他的想法。有一天，他把订婚戒指给了她，然而高尔夫俱乐部里有个人向他透漏了一些流言蜚语。这个女孩并不“单纯”。她还与其他男人，至少有一个男人，保持着“亲密”关系，即使跟他交往时也是如此。后来她坚持说自己很爱彼得，愿意过他想要的生活，但她没有完全结束以前的生活，或者说就算她说结束了，也不太让人相信。有些人就是不仅要嘴上说说，而且还得用事实证明才行。她给流言里提到的人寄了一张类似妥协书的纸条，后来纸条到了彼得手上。

“德莱塞，”他跟我说这件事时是咆哮的，“我活该。我应该了解更多。我清楚自己需要什么样的女人。这个女人给了我该死的快感，我罪有应得。我早该想到她并不适合我。她太自由了——可以当个终生情人而不是妻子。还有那些关于家庭的事！因为她喜欢我，所以一直在骗我。她确实不是我的类型，不够单纯。”

“但是你爱过她，是吗？”

“是的，我爱过，或者说我以为我爱过。不过，我过去也怀疑过。她有许多地方令我困扰。你觉得我关于家庭的设想是开玩笑的，其实不是。也许对你来说很单调,但这才适合我。我想这样,想过那种生活,过正常平凡的日子,我正打算这样做。"

"不过你是怎么跟她火速分手的呢?"我好奇地问。

"当我听说这些事之后,我直接去找她,当面质问她。你信吗?她甚至都没否认。她说一切都是真的,但她确实爱我,她会变的,变成我想要的样子。"

"哦,那挺公平的,"我说,"如果她爱你的话。反正你也不是什么圣人。如果你鼓励她,也许她会履行诺言的。"

"也许吧,但我可不这么认为,"他转过身,摇了摇头。"她喜欢我,但恐怕不够喜欢。既然她已经与别人有染,就不会再变单纯了。也许她想变单纯,但她变不成了。我能感觉到。我无论如何是不愿冒险试试的。我喜欢她——我确实为她疯狂,但我已死心,我要娶我的小德国女孩,如果她愿意的话。这件旧事以后不提了。等我结婚时,你可得给我当伴郎。"

在三个多月的时间里,新计划才得以完成,而小德国女孩——他后来叫她朱莱卡(Zuleika)——被按时接到纽瓦克,刚开始安置在一个充满魅力、受人尊敬、干净整洁的社区公寓里,后来搬到一个带院子的小房子里,前后都有草坪,在纽瓦克最温馨的一个家庭社区里。看到彼得不仅试图去做个传统丈夫,而且已经做了传统丈夫,这真令人开心。就在他结婚九个月后(精确到小时),在他那简单却特别的家里,他成了一名传统父亲。在这里我也只是说了些皮毛而已。我已经说过他的观点,特别强调并预见了这些观点。他把这些全都一一实现,直到他去世的那一天。在我看来,他是我见过的最令人满意的丈夫、父亲、公民。他有意而为,冷静而理智,但更加令我困惑的是,他的热情和活力竟然源自理智和远见。我对此很怀疑。我不是很愿意相信他可以做到,如果真有一个家庭充满欢乐、拥有吸引人的"幸福"气氛,那一定是彼得家。

"就是她了,"他看着娶她的日子,"我的太太——朱莱卡。她真是个美人。见过比那还好的头发吗?还有这儿,见过这样的粉红脸蛋儿吗?啊?看看呀!还有她那小小的德国鼻子!多么可爱啊!噢,德国女孩儿!就在我的背心口袋里,装着把我拴在家里的金环。在她的手指上,戴着臣服于我的徽章。"然后,他大声对我说,"六个月之内我就要征服她。来吧,朱莱卡。我们要一起完成这一切。你要发誓做我的奴仆。"

就这样,他们结婚了。

后来在家里,他像其他居家男人一样忙里忙外、熙熙攘攘。他总是忙忙活活地"建造"个什么东西,或布置他的藏品,或帮朱莱卡洗盘子、烘盘子,或教给她不会做的菜。他总是跑到商店或从市中心的市场带点什么居家的东西回来。

在第一个孩子出生前，他不知羞耻地声明："德莱塞，用不了几个月，我和朱莱卡就要有第一个孩子了。应该是个男孩儿，不过还不一定。我正在祈祷并上供——我们俩都祈祷。我让朱莱卡每晚都祷告。嘿，等他出生后，可没有溺爱这种事发生。决不允许夜里哭闹或抱着睡觉。这孩子将会规规矩矩地养大。我已经制定出所有的规则。不吃婴儿垃圾食品。孩子妈妈喝专门酿造的酒(Culmbacher)，以后孩子要喝也可以喝。我们家风严格有规矩——都是'传统而重要的'家规。"

我过去常笑话他，说他观点俗不可耐，品位普通低级。

不久后，孩子出生了，令他颇为满意的是，这是个男孩儿。我从未见过一个男人能"投入"到这种程度，完全转型，对事关孩子健康和幸福的小事如此用心。刚开始的几周里，他还是说不能宠孩子，或溺爱孩子，然而他很快就变了，变成我所见过的最宠孩子，甚至到了荒唐地步的宠娃狂魔。只要他的妻子同意，孩子肯定不分场合地待在他的腿上。虽然他们有佣人，但无论他去哪儿，或他们去哪儿，他一定把孩子扛在自己肩头。没有比坐在那里，紧紧抱着孩子更让他高兴的了，他在美式安乐椅里摇晃着，哼着歌，或闲逛到我纽约的家里，这孩子简直像个羊毛球。夜里如果他翻腾或哭闹，他就起身看他。婴儿服——摇篮——玩具——彩色橡皮球——玩具士兵，从孩子出生到后来，他天天围着这些转。

"不是要实行严格的家规吗——不摇床，夜里不起来，不娇惯哭泣的宝宝？"

"是的，我明白。在孩子出生之前，那都挺有道理的。但现在我有了自己的孩子，同时就有了新的想法。我说，德莱塞，听听我的建议吧。过普通日子吧。别想逃避。生他一两个孩子，或者三个。这事对我们的心灵有吸引力，你无法从别处得到。这就是自然之道。这是个伟大的计划。你和你的妻子，还有你的孩子。"

他边说边摇，将宝宝举到胸前。这画面真温馨。

彼得太太呢——看起来那么幸福。家里充满了光明、鲜花和笑声，其乐融融。就像在旧居时一样，他们新家也聚集了很多老朋友，还有附近街区的新朋友。在一两年的时间里，他已经建立起最棒的朋友圈，有拐角处的理发师、有杂货店老板、有附近开酒馆的、有开保龄球场的、有裁缝，还有那些邻居。无论是送牛奶的、送煤的，还是另一个拐角的理发师或卖雪茄的——他们都能告诉你彼得住在哪儿。在他小小的前"院"，整个夏天都开着两大片鲜花，后院是一块菜地——种着莴苣、洋葱、豌豆、黄豆。在家里，彼得总是最开心的，他要么工作，要么陪孩子玩儿，要么推着他到处转，要么在菜地里忙活，或是躺在地板上制作点什么——有时雕刻，有时画画，有时刻个盒子，这时小宝宝就穿着连体服到处乱爬。他总是忙忙活活，但总有时间看一眼孩子，或是假装吓唬他说："嘿，我说，别那么勤快。可别动我的东西啊。"星期天，他会坐在前面的走廊上抽烟，读《周日特刊》，享受自己婚后的幸福生活，这些时候大都抱着小宝宝。下午时分，他会抱着他四处转，有时去看望朋友，有时去公园，有时去纽约看我。无论早饭、午饭还是晚饭时，这个小小的继承人总是坐在他旁边的高脚登上。

"啊，这是橡胶勺。用那个敲，不会敲坏，也不会弄疼。"

"来块好吃的面皮皮儿(面包皮)""蘸点肉油油儿(肉汤)""——嘿？你觉得那个会硌牙吗？"

"朱莱卡，你儿子好像要喝一两勺啤酒，应该没事吧。你觉得呢？"

有时候，尤其是星期六傍晚，他想去打保龄球，还想陪着他儿子。这两个问题被他同时解决了，他给儿子穿上紧身毛衣，戴上帽子，扛在肩上，先去酒吧喝一杯，接着去了保龄球馆，在那里，这个小小的未来之星被固定在边上的椅子里，而我和彼得，还有他的朋友们就打保龄球。根据具体情况，他会在十点钟、十点半或十一点准备离开，不过在那之前，小家伙可能已经呼呼大睡，倚在彼得的围巾上，手指脚趾都累得不动弹了。

"彼得，快看呐，"我看了一下，说道，"你不觉得最好带他回家吗？"

"回什么家啊！就让他睡吧。他在哪儿都能睡着，我喜欢这样看着他。"房间里聚着一堆人，抽着雪茄，喝着啤酒，欢声笑语，彼得的各色朋友也都习惯了小宝宝在身边，并且跟他一样对孩子着迷。只有他能做出这些事来。他的行为和思想让人信服。他坚持做自己想做的事，既简单又自然，在跟他的相处中，越来越多的人不止是尊重他，我觉得简直是崇拜他，尤其是他周围那些简单居家之人，更是拥有了彼得的特质。

大约在这个时候，他最亲近的邻居们希望选他从政，担任个委员或州议员什么的，觉得他能有更好的发展。但他一个职位也不愿担任，无论如何都不会从政。也就是在这个时候，或再晚一些时候，在他的第二个孩子(一个女孩儿)出生之后，他开始投入创作一部杰出的散文诗集《狼》，他能出散文诗集，我一点也不奇怪。我觉得，如果他设计或建造了一栋伟大的建筑，或画了一幅伟大的作品，或是进入政界，被选为地方长官或参议员，那么这些全都是理所当然。他可以做到。他具备完成任何事的素质。我请求他让我把散文诗集推荐给一个有联系的出版社，我仍然欣喜地记得我们中间一个最有资历的出版商兼销售商的评论。"你不用担心任何事。这本书太好了，太有诗意了。无论这本书是否赚钱，我都投赞成票。我宁愿在这样的作品上赔钱，也不愿在一些确实能带来利润的垃圾上赚钱。”

真的。我那时完全同意，现在更是如此。

彼得人生的最后阶段如同其他人的一样有趣并充满戏剧性。他的婚后生活正按照他的计划向前推进。他对家庭和孩子的奉献，对妻子的爱恋以及他多元的兴趣，形形色色的朋友，这一切都令我感到好奇，尤其是想到他以前的样子。有一天，他来到纽约，拜访一家他最喜欢的中国进口公司，通过这个公司他弄到过艺术物件，并且还会时不时地弄到一些。他到我在巴特里克大楼（Butterick Building）的办公室找我，来确认一下我这周六是否还要像往常一样去他家，并且待到周一。他弄到了什么东西，正在计划着什么。我能够看出来。在电梯间他向我高兴地挥手说：“再见——周六见哦！”

但是在周五，当我在桌前跟人说话时，收到一份电报。是彼得夫人发的，上面写着：“彼得今天两点死于肺炎。速来。”

我几乎无法相信。我连他生病都不知道。他那年轻的金发妻子啊！还有那两个孩子！他的未来啊！他的兴趣！我扔下一切火速赶往最近的车站。在路上，我还在思索他常常提及的神秘话题——死亡，分解，不确定性，还有自然的冷漠与残酷。彼得夫人怎么办？他的孩子怎么办？

我到了之后，只看到整个家庭气氛尽毁，就像被风吹灭的灯火。彼得躺在那儿，冰冷僵硬。他的孩子在其他房间，完全不知道发生了什么，还是像往常一样咿咿呀呀。彼得夫人完全麻木了，一句话也说不出来。这一切来得太突然，犹如晴天霹雳，她完全没有意识到，甚至都没提前告诉我。医生也在那儿——也是他最好的朋友之一，还有最近的理发师也在！还有报社的两三个代表，保龄球场的老板，拥有价值 4 万美元古董藏品的人。所有人都跟我一样震惊。作为他最亲密的朋友，我负责安排后事：给他的亲戚们发电报报信儿，去找她认识的殡仪人员安排葬礼，到底在纽瓦克还是在费城举行还得看他太太的意愿，毕竟在纽瓦克她除了彼得，没什么亲人。

这真令人痛苦，绝望和灾难的气氛笼罩着整个地方。就像是顽劣的异教势力或生活之外的邪恶力量，犯下最丑陋的罪行。星期一，他来见我，那时还很健康。星期二早上，他有点轻微的感冒，但还是不顾妻子的反对，坚持不穿外套跑了出去。晚上他便开始发烧，吃了奎宁和阿司匹林，喝了热威士忌。星期三早上他情况恶化，请来了医生，但并没觉得情况严重。夜里，他情况更加糟糕，染上了肺炎。星期四，他躺在那里动弹不得，很虚弱，中午时分，已经用上氧气管，来减轻憋闷的感觉。夜里，他非常虚弱，并且还在恶化，但还是有望好转——但是，没想到这是致命的打击，也不能确定有丧命的可能，所以他太太没给任何人送信儿，连我也没有。星期五早上他既不好也不坏。“如果到今天夜里病情没有继续恶化，那他就会渡过难关。”到了中午，他的病情突然恶化。妻子和护士给他用上氧气，还叫了医生。到了一点半，他更加虚弱，太虚弱了。“他脸色发青，嘴唇苍白，”他的妻子告诉我。“我们把氧气管放到他嘴里，我问他：‘你能说话吗，彼得？’我既紧张又害怕。他稍微动了下头，告诉我他‘不能’。我对他说：‘彼得，你不能放手！你必须坚持！想想我！想想孩子！’我觉得自己都吓疯了。他一动不动地看着我。他有点僵硬，尽最大的努力咬着牙。然后他突然松劲，一动不动。他死了。”

我忍不住回想他的力量与能量——那是他最后一分钟，没法说话时做到的——临死前的一分钟，“咬着牙”“坚持”。是什么样的精神和意志，让他能如此坚持，直至最后？我感觉就像有人或有东西无情地杀了他，犯下了滔天罪行却逍遥法外——令人无可奈何。

他的古董、地毯、画作、盘子，还有许许多多的计划，还有即将出版的书，一切都在，但物是人非。我凝视一切，久久不能从震惊中平静下来。看着他的妻子和孩子，我一句话也说不出来。面对我们的梦想，这一切似乎都在诉说大自然的人性、残忍与冷漠。如果彼得想要成功，一定不会向它求助。

那天晚上，我睡在放置尸体房间的隔壁，烛光冉冉，我感觉好像彼得在走来走去，走来走去，从我旁边经过，走进他妻子的房间，他思绪万千，伤痛欲绝。他那想象中的灵魂似乎非常沮丧，忧心忡忡。他走过来，用手(或其他)摸摸我的脸。我感觉他走到妻子和孩子的房间，但没法让人看到他、听到他或理解他。我起身，看了尸体很久，然后又回到床上。

接下来的几天，事情塞得满满的。他的妈妈和姐妹都从西部过来，他妻子的妈妈和哥哥也来了。我得照管他的后事，办理他身后的保险，还要安排他的艺术品以及在费城的“圣地”举行葬礼，这必须得到当地天主教牧师的同意和支持，否则无法有葬礼。他的妈妈要求有个葬礼，但他一直不是个好的天主教徒，所以这事有点麻烦。当地教区助理拒绝了我，牧师甚至也不同意。最后我威胁神父，要以遭受不公待遇的母亲和妻子的名义，向主教区大主教上诉——然后他同意了葬礼。从头至尾我都感觉好像有人在犯罪一样，邪恶的谋杀罪。我脑中挥之不去，这些让我愤怒而不是伤心。

两年、三年、五年、七年后，我去看望这个费城小家庭。他的妻子跟父母一起住在一个厂区简陋的街上，她是一个建筑师的秘书兼速记员。她变化不大——只是强壮了一点，不那么无忧无虑，勤勉而有耐心。他的儿子，被他宠爱的 F——，甚至想不起他的爸爸了，那个女孩儿，当然一点印象也没有了。这个地方放着几幅他的画作，两三个中国盘子，他自己做的陶器，还有他的织布机，上面还有没织完的布。我留下来吃饭，做着以前的梦，但我觉得很不舒服就早早地离开了。彼得太太把我送下台阶，在我背后久久凝视，好像我是过去生活里留下的唯一记忆了。

2

言语的信徒

诺安克(Noank)是康涅狄格(Connecticut)东南海岸边一个落寞的小镇,它位于新伦敦(NewLondon)市和斯托宁顿(Stonington)市之间。这里的港口曾经能捕捞到大量鲭鱼和鳕鱼,人们得以赚得盆满钵满。而如今,这里的码头都已经荒废了,人们仅能捞到几只虾而已。这里有一个造船厂,厂里只有三百五十人;一个游艇厂,仅两三个雇工;一个帆布制品厂,还有十几个商店或棚屋。往日的捕鱼人如今就靠着这些维持生活。这里的一切都那么祥和。造船厂里的斧声、锤声,穿透一湾平静的海水,铛、铛、铛……地冲向远方。沿海岸线而建的小巷阳光充足,寥寥几家商铺生意萧条,店里的人懒得清闲。也许,这里的人们能听到厂里此起彼伏的吆喝声、铿锵有力的敲打声。海水拍打着码头的支柱,汩汩作响;有些渔民吹着口哨,不紧不慢地撒网,把偶尔捕到的鱼放到岸上;帆布制品厂里唯一的大功率缝纫机传出嗡嗡的响声,所有声音和谐地交织在一起。身在其中,引人深思。

那年夏天,我几乎对任何事物都保持着审视和批判的态度,想要探究各种事物的本质和存在的意义。有一天,造船人的棚屋里来了六个村里的人。听到有人在谈论人性,我便进屋坐下了。这里的人,有的看起来很奇怪,而有的看上去坐立不安。当你目睹过人生的不同阶段时,便会觉得生活不是那么复杂了。

“你们知道有谁特别知足的吗?”我漫不经心地问。只是没话找话说,并没有指望他们给我答案。

起先,他们沉默了片刻。我朝他们看了看,发现他们都看着我,表情严肃,像要对我说些什么。

年长的迈因(Main)大叔最先开口。

“嗯,我知道。有那么一个人。”

“我也知道。”造船人接过话茬儿。这时,他放下手边的工作,去想这个问题。

“嗯,我也知道。”一个老渔夫说道。他皮肤黝黑,身材矮小,蹲在那里,看起来很乐观。他是个卖鱼饵的,就住在隔壁小屋。

“雅各布(Jacob),我们想到的可能是同一个人,”迈因边说边好奇地朝造船人看去。

“我们想到的是同一个人,很有可能。”造船人回应老船长说。

“你们说的是谁?”我问。

“查利·波特(Charlie Potter)。”造船人说。

“对,就是他!”迈因大喊道。

“嗯,我觉得,如果说有人很知足的话,那么那个人就是查利·波特。”一个一直没有开口的老渔夫说。

我很诧异,没有想到大家的回答会如此一致。查利·波特,这个名字不说是普通的话,倒也算不上惊艳。通常,这个地方的人都不太安分,笃信宗教,还喜欢吹毛求疵。所以,听他们这么一说,我倒对这个人起了兴趣。

“这么说来,你们真觉得他是个知足的人,对吗?”我问。

“对,小伙子!查利·波特的确是个知足的人。”迈因极其肯定地回答。

“嗯……这倒挺有趣的。那他是个什么样的人呢?”

“哦,他就是个普通人,不是什么大人物。偶尔捕捕鱼,来造船厂干点儿活儿。”造船人接话道。

“就这样?没有别的了?”

“他动不动就说教。”迈因说。

啊哈!我想:他是个宗教家啊!

“一个传道者是应该以身作则。”我说。

“他可不是一般的传道者。”迈因急忙说。

“他只是围着宗教工作转。”

“什么意思?”我好奇地问,因为不明白“围着转”是什么意思。

“怎么说呢,”造船人说,“他做什么都不收钱,真是白干了。”

“那他怎么生活呢?”我追问道,因为还是不明白“围着宗教转”的意思。

“我也不清楚。他过去常靠捕鱼赚点儿钱。不过,也就是偶尔。”

“他还造游艇模型,”一个路人插话,“他前不久卖给 New Haven Road 一个,卖了 200 美元呢。”

一个随遇而安的万事通形象在我面前油然而生。一个空想家、空论家。

“还有别的吗?”我问道,因为想进一步了解这个人,“是什么让你们都觉得他是一个知足的人? 是什么让他感到这么知足?”

“嗯……”迈因想了想,用一种极富同情的口吻说道:“查利·波特只是个好人,就仅仅是这样。所以他才这么知足。他尽其所能地去帮助别人。穷人认为他该做什么,他就去做什么。”

“他很善良,真的再找不出像他这样的了,”造船人说道,“可这也是他的一个问题,真的。他太好了,但却没有照顾好自己。在这个世界上,一个人应该关心一下自己。如果自己都不照顾自己,那没有人会关心你。”

“亨利(Henry),你说得太对了。”虽不知是谁说的,可一听便知,声音中充满了兴奋。

他们说得很有趣,以至于我对这个人更感兴趣了。

“如果他不这么善良的话,会比现在过得好。”声音从房间的一个小角落里传过来。说这话的是一个 30 岁的助手。

“为什么这么说呢?”我好奇地问:“做一个善良、慷慨的人不是更好吗?”

“为人善良、慷慨,这没有错,可不能倾尽所有,让你的家人都吃不上饭吧。”

“查利·波特这么做了?”

“嗯……不,或许没有吧,不过有那么几次,他几乎就要这么做了。他自己、妻子,还有收养的孩子有几次差点儿就吃不上饭了。”

如你所见,不论是从道德方面说,还是从智力方面说,这里都类似一个中心:镇上的八卦在这里汇集;人们对哲学的思考,对镇上许多重要事情的探讨在这里迸发出火花。

“毫无疑问,这就是查利的问题。”过了一会儿,迈因说道,“他从不为自己的家庭考虑。”

“他做了什么让你觉得他慷慨过头了?”我向那个角落里的年轻人询问道。

“好吧。”他烦躁地说,“我不跟你细说了,但这里有人接济过他,有人被他接济过，还有跟他没有关系的人。”

“我认为，人应该首先为自己着想，对此，我深信不疑。”造船人打断说，他不再兜圈子，“这种放弃一切、失去自我的做法或许是对的，但我不认同这种做法。我认为，一个男人，首先要对自己的妻子和孩子负责。”

“我也这么觉得。”迈因不由地说。

“嗯……波特放弃一切，失去所有了吗？”我问造船人。

“珀蒂(Purty)一直在抱怨他，”他十分确信地说，接着，他又说了些关于波特的琐事，“想想那个时候，他在渔夫岛(Fisher's Island)的 Ellersbie 农场工作，那时刚好赶上那些人在装冰。亨利，你还记得吗？”

迈因点了点头。

“这没什么吧？”

“还没什么！喂，他把自己那双橡胶靴子给了醉醺醺的吉米·哈珀(Jimmy Harper)，这老头儿乎每天都在酒里泡着。之后，他自己就只能光着脚丫装冰。他可能被活活冻死了吧。”

“他怎么这么做呢？”我问道，对这个人更感兴趣了。

“哎，无知者无畏呗。”一个卖鲈鱼的小老头抢先说，“他深信上帝和《圣经》，始终按照上帝和《圣经》的指示做事，只是他不加入任何一个教会。他是我认识的人里边儿心最大的了。”

“就因为那个酒鬼连一双鞋都没有，”造船人接着解释道，“但他说什么也不干活儿。”

接着，他们陷入一阵沉默。造船人又开始了测量工作。不一会儿，角落里的那个助手补充说：

“对呀，就单看贝利(Bailey)跟他过日子的时候他那样儿吧。星期六一拿到钱，就全拿去买酒喝了。星期天早上，自己的妻子和孩子没有早饭吃，他就去找波特诉苦。如果他来找我哭诉，我躲还来不及呢，可波特从桌子上拿起早餐就给了他。我见到过这一幕。可我认为他这样做不恰当，尤其是他还要养活自己的四五个孤儿。”

“是他自己的孩子吗？”我禁不住问，想要弄清楚他的意思。

“不是，只是些在路上捡回来的孩子。”

我想：这人很奇怪，值得我去深入了解一下。

又是一阵寂静。我想离开这里，静静地想一下这个事情。走之前，我问造船人：

"除了他愚蠢的付出，你对查利·波特没别的看法了，对吧？"

"是的，没有了，"他惊讶地答道，"查利·波特是世界上最好的人，他很善良。"

他的回答很矛盾。我无奈地笑了笑，然后离开了。

过了一两天，我逛到了帆船制造人的阁楼里。现在我满脑子都是查利·波特，所以我问他：

"你知道这儿有个叫查利·波特的人吗？"

"知道，他在这住了15年多。"

"那他是个怎样的人呢？"

他在缝隙中看了我一眼，说道：

"你指的是哪方面呢？贸易方面？还是宗教方面？"

"他做了什么，让你们如此喜欢他？每个人都说他是好人，你认为呢？"

"嗯……"说着，他放下了手中的工作，像在谈论一件大事，"他是一个很特别的人，确实这样。他认为，别人需要什么，自己就该给什么。你如果向他要外套，他立马从身上脱下来给你。有些人为此指责他，怪他没有把自己的一切给妻子和孩子。可我不这么认为。我觉得他做得比任何人都正确。我有家庭，他也有，可一直不辜负自己的光环是很难的。"

他停了下来，似乎在等我反驳他。没有听到反对声后，他继续说："我个人还是很喜欢他的。我想他现在不在诺威奇(Norwich)了。可他是个守信用的人，跟他那些亲戚一样。他没为我做任何事，我也不想受人施舍。但这些都无关紧要。"

他突然不说了，一脸疑惑地看着我，好像有别的话要说。

"你说他很好？"我问，"他做的哪一件事情让你感觉这个人很好？"

"呃……我可能是他八竿子打不着的亲戚，所以不好说，"他回答说，"不时就会冒出各种各样的人，让他做各种各样的事情。不论有没有向他开口，他都会帮他们。我记得有一次，他给了别人一个微笑，让人久久不忘的那种。那次，他把打算在冬天吃的猪肉分给了一些有色人种，得有两三桶吧。他的妻子倒没有反对，但是，天啊，看看他那岳母，从那以后就跟他们住一起了，还时不时找他的茬儿。"

"她不想让他分给那些人，是吗？"

"嗯……不是的。她跟他意见不合，确切地说，是从来没合过。可那时是我们这里最冷的一个冬天，他去取猪肉，把肉从7英里以外的地方拖回了住处。

结果他却把好不容易弄回来的肉给分了。虽然他们相处得不愉快，可如果没这事儿的话，也不至于那么糟糕。不过现在，他们的关系有所缓和了。查利真的太好了。如果你那么问的话，这应该也算他的一个缺点吧。”

我欣慰一笑，觉得自己对这人有了进一步了解：常年在外，偶尔回家找食物和避所；收养了一个孤儿，是他徒步从七英里外死去的一个母亲身边抱回的，在寒冷的冬天，给了孩子温暖；有三个孩子，两个是自己的，却给了孩子们同样的父爱与呵护。

有一天，我和邮局局长在当地邮局闲逛了半个小时。期间，我问了他同样的问题：

“你认识查利·波特吗？”

“我认识。他和我一起航行了11年多。”

“一起航行？”

“我们曾乘同一艘船出海。曾经，这个港口能捕捞到很多鲭鱼和鳕鱼。不过，我们也曾遭遇过不测。”

“发生了什么？”

“哦，我们的船撞到了岩石上。”

“有人遇难吗？”

“没有，大家团结到一起，互相帮助。我还记得，查利是最后一个脱离危险的。等所有人都安全了他才从船上撤走。”

在那一瞬间，我作了一个决定。

“你知道他现在在哪儿吗？”

“嗯，他在诺威奇布道或是做着些传教的工作。他总是为穷人忙来忙去，或做一些类似事。他从来不为自己做些什么，我想，他也许喜欢做这些事吧。”

“你知道他靠什么维持生计吗？”

“我不太清楚。他相信上帝会给他所需的一切。不过，他也工作，可总是换来换去的。但他却执著地相信，不管他需要什么，上帝都会帮助他。”

“哦？真这样吗？”

“反正，他活着。”

过了一会儿，他补充说：“哦，是的，查利是个好工人，他从不偷懒。他在这里捕鱼时，干起活来是最努力的一个。没人可以那样指责他。”

“他不好相处吗？”我问，因为想要尽可能多地了解这个人。那个夏天我特别闲散，而这些人对他的评价又诱使我一探究竟。我想知道是否存在这么一个人，如果有，那这些人对他的评价正确与否。毕竟，好人的形象会被一再夸大。

“哦，不。他是我认识的最好相处的人。如果你去查利那里，当然，前提是他在的话，你就会知道他有多好。通常是这样的，不过这也只是我的想法。你知道的，他跟他的妻子和岳母住一起。”

我订了一张下午的船票，1:30 到新伦敦，5 点就可以到诺威奇(Norwich)。米尔(Mill)城虽然小却很繁华，狭窄的街道上挤满了人。我没有他的地址，也无从得知。恰在这时，停船的港口附近有一家报亭的门开着，我朝里面的人喊：“你知道诺威奇有个叫查利·波特的人吗？”

“就是经常为穷人忙活的那个？”

“对，就是他。”

“嗯，认识。他应该住在 Summer Street 12 号。你在城市指南中能找到那里。”

这样的回答出乎我的意料。诺威奇的人跟诺安克人似乎有某些相似之处。

我走过一条条街道寻找着 Summer Street，最终发现一条同名的小路，路边景色十分迷人。沿一个较缓的斜坡缓缓而上，一路都有榆树同行。有些小屋的门廊极为漂亮，一个劲儿向外伸展，几乎都要伸到大街上了。阳台上的吊床摇椅，树下的长凳，所有这些都为人们送来了夏日独有的闲适与清凉。可如果看看磨坊的工人，瞧瞧山谷中工厂的模样，人们就会意识到生活的严峻，感到有必要努力工作了。

“这是 Summer Street 吗？”我向一位老人打听。傍晚空气清爽，这位老人正在城市中漫步。他皮肤黝黑，鼻梁上架着一副眼镜，腋下夹着一把伞，手中擎着一份晚报在看。

“布雷斯的主啊！”他边说边会心地向四周看，“啊，不能说，啊，这条街被问了 50 次，但是没有人知道他的名字。”

他那爽朗的笑声在群山中回荡着。

“你不会恰好知道查利·波特吧？”

“哦，是的，啊，知道查利·波特. 他就住在不远处。”

查利·波特的房子挂在一个陡峭的斜坡上，是个 2 层的框架，站在房子边俯瞰，能看到一条清澈的河流。从房子里走出去 1 英里多，就来到河边了。一座座房子点缀着陡坡，一个个磨坊排列在山谷中。两个小女孩在房子右侧的草地上玩耍。左边的窗前坐着个男人。这个男人让人看着很舒心，感觉也挺结实。他正朝山谷望去。

“查利·波特住在这儿吗?”我向一个小孩儿打听。

“是呀。”

“他曾经住在诺安克吗?”

“对呀。”

就在那时,一个看上去四五十岁、面相和蔼的女人从长满蔓藤的门后走出来,对我说。

“找波特吗? 他在外边儿。”

他在房子一头干了点细碎的活,不一会儿,查利·波特就来到了我面前。他身材矮小,还很胖,得200多磅重。他的脸和手都晒成了棕色,有的地方还晒伤了,这是诺安克的每个渔夫都有的“印记”。他穿的外套都已经起了褶皱,一条灰色裤子松松垮垮,显得人瘦了许多。头戴一顶帽子,2英寸,污渍斑斑。柔软的帽檐儿不经意地耷拉下来,遮住了他的眼。一张胖胖的脸让人感觉很饱满,但却起了点儿皱纹。他的手粗大,走起路来也不稳,有时向着一边倾斜,有时向水手那样左右摇摆。不曾想,一个如此奇怪、矮胖的人会被那么多人知晓。

“请问您是波特先生吗?”

“对,我是。”

“我住在Mystic Island东边一个小山丘上,离诺安克很近。”

“是吗?”

“我来是想找您聊聊的。”

“进来坐还是在外边?”

“就坐在台阶上吧。”

“行,那就在台阶上坐着吧。”

他晃着走出了门,习惯似的坐在了又窄又矮的台阶上,赤脚踩在凉爽的砖块上。我挨着他坐下,他一脸善意地看着我,而这眼神如此熟悉,让我感到他十分值得信赖。这一切,都源于一种合乎礼数的举止和善良的天性。

“前几天我去了诺安克,大家都在造船人那里闲谈。然后,我问他们,是否存在一个很满足的人。他们想了一会儿,对我说有这么个人。迈因老头和其余的人都觉得你就是那个人。我想知道,他们说的是真的吗?”

我好奇地望着他,想看看他有什么反应。如果他表现出满足和愉悦,那就证明我的猜想是错的。然而,事实是那个男人沉默不语,茫然地看着远方。接着,他深吸了一口气,俯下身去,一只手举在半空,像是要拍我一下,可却停住了。

“是的，兄弟，”他停顿了一下说，“是这样的。”

“这样挺好的，”我说着，思考着他用的“兄弟”这个词语，“那什么让你感觉很满足？”

“我也说不清，可我去做一件我感觉应该做的事情时，就会有这种感觉。你知道吗？我觉得自己也不缺什么，所以也就没理由不幸福了。”

“什么事是你应该去做的呢？”

“我应该爱我的同伴。”

“那你这么做了吗？”

“是的，兄弟，我确实这么做的，”他神色自然，热情洋溢，没有一丝虚伪和浮夸，“我爱每一个人。不论一个人是否卑微或吝啬，我都爱他。我也爱你，真的，我爱你。”

他伸出手，轻轻拍了一下我。尽管我心里有些抵触，可我还是非常激动，就像多年都没有过这种感觉了。他看起来憨厚老实，但却有一种魔力，可以让人感到很温暖。他的眼神跟语言一样，让人十分信任。他或许真的爱我，又或者他只是以为自己爱我。可那又如何？

我们陷入了沉默。下面的景色非常迷人，短暂的寂静使我忍不住向下看去。这座小房子虽然谈不上豪华，可简单而不简陋，屋内整齐，一看便知这座房子的主人就是他。过了一会儿，我说：

“可以看得出来，你觉得有些同伴的处境有点糟糕，能不能告诉我你是怎么改善他们的状况的？”

“看情况吧，”他解释道：“这些人有的只是感情，没别的了。就拿流浪汉来说吧，我经常拿这个举例。当他要总结过去时，记忆里除了烟杆儿和烟，剩下的就是情感了，不管承不承认，穷人和有钱人都是这样的。我做的是不去伤害他们的感情。”

他看着我，那种神情，就好像他知道如何解决世上大多数难题了。那迷人、慈爱的眼神此时有些迷离，但却充满了浪漫。

“不错，”我说，“可是你怎么做呢？具体做些什么来帮助他们呢？”

“嗯……”他好像从没留意过自己怎么做的。接着，他说：“我按照《圣经》上说的来帮他们。你也知道，我相信《圣经》，完全相信。”

“嗯，我知道，可你怎样去做呢？不是单纯地向他们布道吧，你具体做什么呢？”

“不是的。我并没有向他们讲《圣经》。我有自己的方式：我尽可能按照书上说的去做，去到任何需要我的地方。如果有人生病了，我就是医生；有人有困难了，我就挣钱让他们能活下去。我会尽我所能去帮助他们。这就是我的做法。”

“你什么都没有的情况下怎么再去帮别人呢？因为诺安克人告诉我你工作不是为了赚钱。”

“我不是为自己赚钱，从来不，那样是自我追求。我所赚的钱和得来的一切都是献给上帝的，我从没占有它们。上帝是不允许一个人有自我追求的。”

“那你用赚到的钱做什么？没有钱，你就没法生活啊。”

起先，他一直望着那河流和小桥，看着下面的城市。而现在，他看着我的眼睛。

“我工作 20 多年了，每次挣的钱花不了几天。我不想要任何东西，所以我会拿这些钱帮助别人。有几次，我几乎快一无所有了，这时，我会呼唤上帝，‘万能的主啊，请赐予我煤炭吧’或是‘主啊，赐我一张明天去纽黑文的票吧’，在我最需要帮助的时候，主都会出现。我要离开的时候，口袋里连 5 美分都没有。可这时，主就会出现。因为你只要对主忠诚，他就不会抛弃你的，一分钟都不会。”

我瞪大眼睛，吃惊地看着他。

“你的意思是，你到了车站却没钱车票时，车票会自己飞到你手里？”

“哦，兄弟，”他温柔地看着我说：“当你有信仰的时候，你就能体会到。”

他的手轻轻地落在了我的后背上。

“不管去纽黑文也好，或去其他地方也罢，前提是他得知道什么叫车票吧？”

“可是，”我想不通钱从哪儿来，“你到那里时没有买票的钱，那你的车票究竟是怎么得来的？谁给的你呢？能不能举个例子？”

“怎么说呢，就在上个礼拜，兄弟，马萨诸塞州（Massachusetts）梅登（Maiden）的一个女人写信给我，想要我去看看她。她得了肺病，感觉自己要死了。我在诺安克（Noank）住的时候认识的她。她觉得见到我之后，身体可能会好起来。”

“那个时候我一分钱没有，但这并不是问题。”

“‘主啊，’我说，‘梅登有个生病的女人，他想让我去看她。虽然我没有钱，可是我会赶到车站去坐车。’之后我就去车站了。我在等车的时候，一个男人朝我走来，对我说，‘兄弟，我是来给你这个的，’说着就递给了我 10 美元。”

“你认识他吗？”我惊呼。

“之前从没见过。”他和蔼地看着我笑。

“他没有说别的吗？”

“没有。”

我瞪大眼睛望着他。见我如此，他又补了几句，像是为了让我更能理解他：“上帝保佑，我知道他是上帝派来的，从一开始就知道。”

“你的意思是说，你一分钱没有站在那里，等着上帝来帮你，结果他真的来了？”

“他若求告我，我就应允他。”他仅引用了《圣经》第九十一篇里的话作为回答。

我百思不得其解。这时，一个小女孩从院子进来，在我们面前停下了。

“我可以到桥的那边去玩吗，爸爸？”

“可以。”他说。

当小女孩走出去很远后，他对我说：

“他是我收养的一个孩子。”他望着地面。

“你还收养了几个？”

“三个。”

“你要把他们抚养长大？”

“嗯。”

“在诺安克，人们觉得，你可以随心所欲地生活，可以尽你所能地去帮助别人，可是，有了孩子和妻子后还这样的话，生活就会很艰难了。”

“嗯……开始的时候她确实感到不安定，可她从没想过要什么。她也会亲口告诉你这些。她也不需要什么，所以一直以来，她很满足。”

他沉默了。我猜想，他可能在考虑那些同伴对他的看法吧。

“确实，我们在做自己认为对的事情时总会做错另一些事情，而这种事情很常见。”

当他说这话时，波特太太走到房子的一角，站在了街道上。房屋下面的城市周六有夜市，她要去赶夜市了。

“她来了，”他说，“你可以问她。”

“要问什么？”她一脸安详，面带微笑地看着我。

“诺安克的人觉得你跟了我不幸福，”他说，“他们担心我没法满足你的要求。”

我想，比起大多数人，她更能容忍邻里之间那些闲话吧。

“自从我嫁给了我丈夫，我就没有什么想要的了，”她说，“我非常知足。”

说到这儿，他们看了对方一眼。那眼中，是满满的爱。

“是这样的。”他说。愉快的谈话过后，他的妻子出门了。“我妻子对我的帮助很大。嫁给我之后，从来没抱怨过。”

“人们很少把自己的想法表达出来。”我说。

“是，不过你也看到了，她从不发牢骚。不过刚结婚那会儿，她确实有点儿担忧。”

“你在诺威奇有传教团还是进教堂传教？”

“没有，我不相信教堂。”

“不在教堂？”

“不，在我看来，教堂里的牧师就是个笑话。”

“那你信什么呢？”

“个人服务。教堂，慈善机构还有社会团体都没什么价值。你没法跟其他教徒深入地交流。他们主要是建造房屋，接下来就是讨论薪酬了。可传教还有更好的方式。”这让我想起了圣·弗朗西斯(St. Francis)和他最初的梦想。那些人把他赶出去，还建立了修道院，规定了服装。而圣·弗朗西斯此前特别反对这么做。“爱心不是把会招蛾子的旧衣服捐出去，而是把自己正在用的捐出去。在这个世界上，爱是一个人唯一能够给予的东西。当你给别人你的爱时，你就给了他一切，而你的爱也会以各种方式呈现。”

“你刚才怎么说来着？”我问，“钱总是会有的？”

“是的，只有当你用手和心去给予爱时，才会有所回报。啊哈！”他突然饶有兴味地说，“处处留情的男人到头来会很惨！那些风流事儿，对别人的亏欠，他们所说的或者做的那些令人恶心的事情，所有的这些都让他们不敢坦然地在街上行走，他们时刻警惕着，生怕被跟踪。他们不敢直视你；不敢光明正大地走在路上，只得绕道走。可怜，痛苦，不快乐的人啊，他们在担心，在哭泣，在相互躲避！”

他沉默了，像是沉浸在自己想象的画面中。

“确实如此。”这时，我决定，像宗教中的传道士那样，讨论一下“给予”这个话题。

“你怎么做的？你没有给他们钱，那你是怎么帮他们的？”

“我有时也给他们钱。有那么几次，他们需要我给他们点儿钱。可是兄弟，通常情况下，他们需要的并不是钱。旧衣服和慈善团体不是打开他们心灵的钥匙。”他坚定地说，“你要爱他们，兄弟。他们已经伤痕累累，过得很悲惨了，所以你要多跟他们交流，去表达你的爱。”

“哦，”我感到疑惑，想着一会儿再讨论这个问题，“但是，别人需要你时，你会怎么做？能举个例子吗？”

“嗯……有一天晚上，在我路过一所小房子时，”他接着讲道，“我听到有个女人在哭。我来到门前，推开门，走了进去。看到一个陌生男人进来，她不哭了，满眼的疑惑。”

“‘女士，’我说，‘我是来帮助你的。不介意的话，能不能跟我说说你为什么哭呢？’”

“接下来，她坐在那里跟我讲她丈夫是如何整天喝得大醉，如何让她整天饿肚子的。我把身上的东西都给了她，并告诉她，我去找她丈夫谈谈。第二天我又去了她家，把她丈夫逮了个正着，我就对他说：‘兄弟啊，你睁开眼睛看看你都做了什么吧，以后别再这样了，不然你后悔都来不及了。’之后，我就告诉他，看他这样，他妻子内心有多痛苦，我是怎样尽力安慰她的。希望在我离开时，他能答应我不会再这样了。他答应了，而且直到今天也没再像以前一样。快两年了，他工作一直很努力。”

说起自己的个人服务，他非常自豪。

“嗯，确实是个很好的例子。”我说。

“噢，还有很多这种事儿，”他说着，“不过这是唯一的方式。在 New London，我们曾度过了一个凄惨的冬天。那个冬天真让人恐慌。非常冷，几千人没有活儿干，真的太恐怖了。我四处奔走，只希望能让他们的冬天更好过点儿。可后来我发现，我的力量太微弱，情况越来越糟。于是，我就去找市长了。我看到政府正筹集善款帮助穷人，我就问他们能不能把善款给我点儿，我只用 1.5 美分就能让他们填饱肚子。”

“一顿饭 1.5 美分？”

“是的，他们开始很惊讶，认为这是不可能的。可最后他们给了我点儿钱，而我也让挨饿的人吃上了饭。”

“吃得好吗？”

“嗯，就跟我自己吃的一样。”他回答说。

“你是怎么办到的？”我问。

“噢，我会做饭。我去市场逛了逛，跟卖家说，要鲭鱼头，卖剩的大比目鱼——有钱人买鱼排之后剩的肉，这些值不了几个钱儿。之后我就找了个帮手，借了艘大船，亲自去钓了几次鱼。哦，你知道的，我是个好渔夫。再然后我就临时找了一个有房顶的砖厂，好让我能在里面生火，我把水壶带到了那里，用借来的木板临时搭了桌子，还向别人借了盘子、勺子、刀叉，还有些杯子。我做了鱼汤、鱼肉。那个冬天，哎，我弄的桌子真是不错。”

“做了那1.5美分的大餐。”

“对，1.5美分。你可以在新伦敦打听打听，我就花了这么多。市长说他对此也感到十分惊讶呢。”

“不错，但他们给你钱，这不算个人服务啊，”我问，因为他说过只认可个人服务，“给你钱的这些人，他们个人没有在做服务啊？”

“确实，他们不是在做个人服务，”他轻描淡写地说，“但你也看到了，他们把钱给了我，而我为人们提供个人服务。懂了吧，他们是通过这种方式提供个人服务的。”

“是啊，这确实是一种方式。”我勉强地笑了一下。他觉得理所当然，而我却尽量不再讨论这个在我看来如此矛盾的问题。我思索着，却被他的话语打断。

“我那年冬天也给他们衣服穿来着。我搬着一桶桶、一箱箱的旧衣服去分给有需要的人。有些人感觉穿旧衣服很丢人，但是，我帮他们克服了这种心理。我就穿着旧衣服，对他们说，没关系的，兄弟，这些衣服我也穿，身上这件就是从这个桶里拿的。拿去穿吧，这大冷天的。”

“你能经常得到企业的援助吗？”

“一般可以，况且，我也会连着干一段时间，能挣不少钱。你知道吗，一个小型游艇150美元，所以我会自己花工夫做个。之后，出去捕鱼，挣些钱。在这儿，每年7月4日，我都能捕捞到200来条黑鱼，每只都差不多四五磅重呢。'”

“能卖不少钱吧。”我说。

“嗯，确实。”他回答。

“大约能挣多少钱啊？”

“哦，我不卖，”他说道，“我打鱼不是为了赚钱。我把鱼都分了。”

“你怎么分的？”我笑着说，“总不能贴个小告示，让别人来拿吧？”

“这倒没有。我妻子拿了些，我女儿拿了些，我自己拿着剩余的那些，我们一起走街串巷，去给我们觉得想要黑鱼的人。”

“如此一来，那就不划算了不是？”我打趣地说。

“嗯，这些黑鱼的确肥美。”他自顾自地说，好像没有在听我说。

我们不再讨论个人服务这个话题。我表示，他的服务只是个权宜之计而已。时代变了，人们也一起跟着变。身在其中，他们自己可能也没有意识到。也许，那些接受他善心的人还依然如故吧。

"我明白你的意思，"他说，"可那也改变不了什么。就还那样做就行，就这样，明白？对一些人来说，虽然这不能彻底改变境遇，却帮助很大。直接给钱是很可怕的，我从不那样做。至少不经常给。我尽可能奉献自己。我也会给他们食物和衣物，但我更想给他们指一条新的道路。可那并不是给他们钱。很多人都需要一种新的活法，他们经常寻找，可又不知如何去找。然而，我的兄弟，上帝知道一个人是否贫穷，是否吝啬。你要做的是让这个人完全相信你，之后我会求助上帝。如果你想帮他，那就必须让他战胜自己的灵魂，而这是金钱做不到的。对，没法做到。"

他天真地看着我，眼神中透着坚定的信念，令人不由为之赞叹。

"战胜自己的灵魂？"我好奇地问。对我来说，这是件很神奇的事："什么意思？你怎么帮他们战胜灵魂的？"

"战胜灵魂就是说改变他们的态度。如果真想让一个人走上正道，你就得改变这人的态度，让他不要再一味追求自我。大多数人纠结于自己的错误和不好的方面，他们担心自己的抉择不够正确。所以，除非你让他们下决心去奉献自己，否则做什么都没用。他们总是在寻找，但大多数情况下不知道自己想要什么。不过他们要的并不是钱，因为大多数人即使有了钱也不知道怎么用。他们的头脑不够机灵，他们的感知不够清晰，你能做的就是让他们对自己满意。而奉献自己可以让他们做到这点。不管是男人还是女人，为别人而活，帮别人做事情，这样的人总是快乐的。这是个事实。自私的人永远不会快乐。"

他搓着手，像是感觉自己完美地解决了世上的难题。我就说："好吧，你现在已经把一个人从泥潭中解救了，对，照你说的，'救赎'，那接下来呢，接下来会发生什么？"

"那他就得救了，"他回答，"然后他就会感到幸福，之后会感到满足。"

"我懂了，可是，他是不是要去教堂或是遵从某些规则？"

"不是的，"他温柔地回答，"只要对别人怀着一颗善心就好。"接下来，他引用圣经的话说："'在神——我们的父面前，那清洁没有玷污的虔诚，就是看顾在患难中的孤儿寡妇，并且保护自己不沾染世俗。'爱是恩慈，你知道吗，"他说："爱是不自夸，不张狂，不求自己的益处。"

"是啊，"虽说如此，可我不得不承认，他崇高的信念让我很困惑（多崇高！多崇高啊），"之后呢？"

“然后，整个世界就变了，变得更加美好。世上所有痛苦的产生都是因为人们缺乏同情心。一旦解决了这个问题，我们就可以和平相处。你知道的，我们还要为此付出很多努力。”

我想，对啊，看看下面那些磨坊，贪婪，欲望，对快乐的痴爱以及美好却易碎的梦想都是驱使他们追逐私利的始作俑者。

“我是个无知的人，什么也不懂，”他继续说，“可我愿意学习。我想弄明白所有的事情，可我现在已经办不到了。一件事情在没有弄明白之前我们不能停下来，得坚持下去。这可能会花些时间吧。”他平静地看向远处。

“顺便问一下，”我说，“在 Fisher's Island 上时，你给他皮靴的那人现在怎么样了？”

他不可思议地看着我，好像这件事情的结果我理所当然应该知道一样。

“就是说，”他既开心又骄傲地说道，好像在谈论一个我们共同的朋友，“我不久前见过他。你懂的，他现在已经变成一个好人了，真的。他不再喝得大醉，而且还努力地工作。说来你可能不相信，他告诉我，是我改变了他，就是因为我给了他一双旧皮靴。你信吗？”

临别时，我与他握手。夜色将至，我们看着彼此，我问他：“你害怕死去吗？”

“兄弟，跟你说，我不怕，”他回答，“我什么都不怕。我按照自己的意愿活，而且，我也决定会一直这样活。”

他微微一笑，再次用力地握了一下我的手。就在我要转身离开时，他说道：“如果今晚我死了，那也无所谓。只要上帝需要我，他就会让我去。他需要我，我知道。再见了。”

“再见。”我回应着。

他站在栅栏边，开始俯瞰这座城市。当我在下一个街角转弯时，我看到他似乎从沉思中走了出来，蹒跚着回到了那座房子里。

3

我的兄长——保罗

我更愿意记住功成名就时的保罗(Paul)。这段时期虽然很短,但他却是美国多首知名流行歌曲的词曲作家,比如《沃巴什河岸上》(*On the Banks of the Wabash*)、《告诉他们你见过我》(*Just Tell Them That You Saw Me*)以及其他歌曲,是纽约(New York)最成功的一家音乐发行公司的第三位股东,还是一位小有名气的演员和剧作家。他就像百老汇(Broadway)白色灯光下的飞蛾,不停飞舞。他正是凭借着一点的好运气和些许的才华,取得了如此的成绩。他有多重身份:曾在专为天主教培养有抱负的神职人员的西方神学院做见习生;担任过适合各色人等口味的巡演剧团或大篷车"哈姆林魔力油"(Hamlin's Wizard Oil)的驻唱歌手和艺人,足迹遍布俄亥俄州(Ohio)、印第安纳州(Indiana)和伊利诺伊州(Illinois);曾在两三家有名气的滑稽说唱团做过插科打诨的滑稽演员和报幕人;曾是一家西部小城报纸的"趣闻专栏"编辑和发起人,有时也创作稿件;是上文所提及几首和其他百首歌曲的作者;曾做过黑脸独白艺人;曾在托尼·帕斯特(Tony Pastor's)、迈纳斯(Miner's)和尼布洛(Niblo's)的戏班子里担任过类似的白脸独白艺人;喜剧主演;曾在《危险信号》(*The Danger Signal*)、《两个约翰》(*The Two Johns*)、《锡兵》(*A Tin Soldier*)、《午夜钟声》(*The Midnight Bell*)和《蔬菜商人》(*A Green Goods Man*)(他自己写的一部滑稽剧)等音乐剧和滑稽剧中担任过主演或联合主演。他的气质自然天成,充满快乐、诗意和浪漫。毫无疑问,这被视为带有浓厚的中产色彩,但与这世界上其他任何事物一样具有无限魅力。他当时心无挂念,毫无财务困扰,而且身强体健,又自带喜感和娱乐天赋,让他成为让人仰望的最具魅力的明星。

我对他的记忆开始于他 25 岁的时候,当时我还很小。他是我的大哥。那时,他没有跟我们住在一起,他曾回到镇上找我们的母亲,想帮她。六七年前,他厌倦了家中一成不变的日常生活,再加上这个家在当时也不能给他提供任何有用的机会——即使现在也不能,他觉得不要也罢,就一声不吭地走了,没有告诉我们他要去哪。家中大权把持在我父亲手中,他对宗教和道德伦理很感兴趣,而我哥哥对此嗤之以鼻。除了我妈妈,家中几乎没有人理解他。家里也只有我妈妈理解或至少支持我们。让他去学校上学,是为了让他成为一名牧师,但是他逃学了。七年后,他回到了这座小城,穿着皮毛大衣,戴着丝绸帽,手里拿着时髦的手杖——一副戏剧家的绅士做派。他在其他地方参加过滑稽说唱表演,在里面扮演滑稽演员。他觉得我们不像这个世界上的好人那样拥有运气,所以他回来了,是他的菩萨心肠让他回来的。

然而,萦绕在我心头的是他当时拥有并表现出来的一种特质。这一特质从那时起便伴随他一生。那是一种灵动的友好,温暖、真诚、温柔,并未因其严肃的性格而损耗半分。他崇尚简单之美,这让人印象最为深刻。他已发行了一本质量不高的歌集——《保罗·德莱塞歌曲集》(*The Paul Dresser Songster*)(所有演出的歌曲)。他自己留了几本,也给了我一本。我们没有乐器,他凭记忆教了我几首。我们家一点吸引力也没有,还麻烦不断,迫于贫困,我们不得已住在这里。我们需要他回来,或至少我们非常需要他的帮助。他还是家里最热情的那一个,就好像他一直没有离开过。他在家里很快乐,我妈妈就是他快乐的源泉。他很喜欢她。印象中,不论妈妈在厨房里还是其他什么地方,他总是围在她的身旁,热情洋溢地讲他未来的计划,诙谐幽默地谈他遇到过的困难。在我们眼里,保罗自负高傲,像少不更事的青年人一样。他会拍拍她的肩膀,或抱着她,亲吻她。她死后几年,仍然是他最挂念的那个人,他会哭诉母亲和他所遭遇的磨难。过不了多久,他就会给她一些钱,还会把他所有不穿的衣服送回家,让妈妈缝缝补补给弟弟妹妹们穿(感谢妈妈辛勤的双手!)

现在我回首往昔,深切地感觉到自妈妈去世后,家人中唯一一个真正懂我的人,抑或是支持我的思想和艺术观点的人,也许有些奇怪,但确实是我最亲爱的哥哥——保罗。并不是说他在思想上或在其他方面进行过什么改变,欣赏高级艺术，学习知识，为我指点明津，也不是说在以后的几年里[如在我写完《嘉莉妹妹》(*Sister Carrie*]后很长一段时间里)他明白我想要做的事情。他从未真正理解我所做的事情。他的世界里只有流行歌曲、来自社会中层的演员或喜剧演员、喜剧，还有比尔·奈伊(Bill Nye)、波屈列姆·V·纳斯比(Petroleum V. Nasby)等来自创作界的风趣审美家和《斯波欧德可文集》(*Spoopendyke Papers*)和《萨曼莎在萨拉托加》(*Samantha at Saratoga*)的作者们。直到后来我才认识到，我哥哥身上洋溢着中产阶级的简单、浪漫、幽默、温柔和粗俗。我这样说，绝无高傲、贬低之意，正是他的这些性格，消除了我对他的敌意，完全赢得我对他的信任。也正是如此，让我欠他太多。我本应不假思索地承认他曾为我所做的一切，或说出他到底对我有多重要。

想象一下，一个人要是重 300 磅，高 5 英尺 10 英寸半，你肯定会认为他很笨重，但我哥哥却没有一点超重或精神颓废之感。他是一个热情洋溢、光芒四射的人，为人聪明、热心、快乐、有情，就像牧羊犬一样，给人以温暖。别人因他的温暖而亲近他，甚至尊敬他。我们总会因生活琐事心情低落，而他多数时候精神饱满、热情奔放、精力充沛，又温柔可亲。即便我们当时非常生气或心情很糟，也难以抗拒他的微笑。这种温柔或同情心正是他最优秀、最为显著的品质。我们多数人在经历脆弱、过失或痛苦和磨难之后才能理解这一点。也正是这一品质赋予他坚定的力量和魅力。他很感性(有人觉得他粗俗)，对女人的喜好几近疯狂，这一点我得承认。有时，他也会表现得轻佻、孩子气，而且爱开玩笑，很诙谐。当然，他还有其他讨人喜欢的品质。面对生活，他积极向上，就像喷泉，喷涌不止。人们认为，他有做事的能力(仅限他擅长的领域)；他有达成所愿的实力，不论他当时是否在做；他有分享成功的超强意愿。在我看来，这些品质非常珍贵。有些人非常成功，但他们的成功纯粹是利己——排他，而非包容；他们不会让你走进他们的生活，与你分享。我哥哥就不同，他慷慨大方，有时甚至不惜伤害自己，这毫无虚言。他即使不是那些欲壑难填和从未给他以援手之人的猎物，也是他们的敲诈目标。他精力充沛，生活多姿多彩。数千人(保守估计)关注议论他的生活。

我第一次来纽约时，他无疑已是当时最负盛名的流行歌词作者了。他当时已经在出版界有自己的关系，足可以为我在混战的商业大海中提供立足之地，至少这也是我这么快来纽约的原因。我对纽约满是恐惧，而他在这里，一切看上去又没那么糟。他与别人一起开了一家公司。这家公司位于纽约二十街紧挨百老汇的一栋办公大楼的一、二层。这栋大楼是由居民楼改造而成的，这种情况在纽约很常见。1894～1897年间，每逢夏季，各大巡回剧团会回到纽约做修整。我哥哥一直在其中一个剧团任职。有人发现他在帮忙接待、照顾潜在的买歌客户，还利用他的人品吸引来轻歌舞剧和喜剧舞台上的名家。他这样做推动了公司在音乐发行方面的成功。

我还是在这里说一下，我哥哥根本没有做生意的头脑，还有他也不会向有钱人、权贵或名人要手段、献谗言。他觉得他自己就是个名人，确实也是。他经常取笑牧师、道德家、宗教家，还有那些心胸狭隘、顽冥不化和以自我为中心的人。他可以惟妙惟肖地模仿各色人等，总能为各种无聊的、寻欢作乐的聚会带来活力。现在我回想起来，他刻画的角色有：争论不休的爱尔兰老洗衣妇；躺在草坪上暴脾气的胖德国人；《哈姆雷特》(*Hamlet*)中身材瘦弱、情绪低落、衣着褴褛的演员或抱怨命运不公的老学究；为1美元争吵不休的吝啬鬼。刻画这些角色时，他总能激发他们的幽默感。时至今日，这种幽默感依然栩栩如生。他还取笑过演员、爱尔兰临时工、黑人和犹太人。他模仿他们怎么能那么像！根本没有办法将他的面部表情、语调、动作付诸笔端，根本无法用语言进行描绘。虽然无法将他的表现跃然纸上，但至少我可以借助下面的故事说说他的心思。

有天晚上，我们走在去剧院的路上，在拐角处有个盲人在寒风中唱歌，他手里举着个小锡杯子，希望好心人发慈悲往杯子里扔几个硬币。我哥哥马上注意到他——他总是能发现这种事情——大街上到处都是匆匆赶往剧院的人，如此欢乐的场景与贫穷所带来的凄苦形成鲜明的对比。哥哥天性好玩、幽默，虽然他对别人所遭受的痛苦或不公的命运也会同情心泛滥，仍然会在施以援手时搞点恶作剧。

“有硬币吗？”他问。

“三四个。”

他找了一个露天的糖果摊，换了25美分，然后回来等着那个盲人开始唱下一首。盲人唱的歌曲根本就没有引起他的注意，但是这个盲人歌手有个习惯，就是当有硬币掉进他的杯子时，他就会在歌曲的歌词中间加一个“谢谢”。

正是这个不起眼的行为吸引了我哥哥，但是我对此一点兴趣都没有。他站在离盲人歌手很近的地方，手里拿着硬币，一直等到他重新唱一首歌，然后开始丢硬币，每次都等着盲人说“谢谢”。这导致整首歌听起来成了这样：

“亲——爱——的”(叮当！——“谢谢！”)“我——”(叮当！——“谢谢！”)“逐渐老去——”(叮当！——“谢谢！”)，“银色的——”(叮当！——“谢谢！”)“发丝出现在——”(叮当！——“谢谢！”)“金发中——”(叮当！——“谢谢！”)。

“今天”(叮当!——“谢谢!”)“在我额头闪烁”(叮当!——“谢谢!”),“生命”(叮当!——“谢谢!”)“正在快速消失”(叮当!——“谢谢!”)……最后盲人歌手看上去有些犹豫不决,但是他的贫困和绝望又让他不敢,也不能停下来,只能唱到最后一个硬币扔到他的杯子里。最后,他说的“谢谢”比他唱的歌词都多。有人路过看到了这一幕,“哈哈”大笑起来,其他人也跟着笑起来,也包括我。这个乞丐,其实就是个惺惺作态装可怜的人,终于发现他边唱边谢谢让他大出风头,把杯子里的硬币都倒在手里,表情扭曲,半犹豫、半堆笑地说道:“我觉得只要您不停往里扔硬币,我就会一直说‘谢谢’。上帝保佑您!”

我哥哥微笑着走开了,心满意足。

但是,我不想单纯把他写成一个幽默的人、歌曲作家或出版商,而是想把他描写成一个怪怪的、讨人喜欢的名人,有很多有趣的、特别的,甚至无法言说的特质。在所有小说人物中,他认为杰克·福斯泰夫(Jack Falstaff)与他最为相似,爱女人、爱冒险、爱显摆,但是心地善良,富有同情心。同心情确实是他非常突出的性格,甚至比幽默还要突出,尽管多数情况下他表现出的是后者。也许人们会记住他那无数次从未想过要回报的慷慨解囊和及时救济。我记得曾有个男孩,是在我们曾生活过的小镇长大的,从未有机会接受教育或其他形式的培训,后来慢慢地学“坏”了,最后沦落为银行抢劫犯。经侦查,发现他伙同另外三个人参加了一起银行抢劫,并在打斗和逃跑中杀死了一名守卫。四个罪犯中只有他被捕了。在某地的监狱中,他听到有人在唱我哥哥的伤感民谣《囚犯与鸟》(*The Convict and the Bird*),记起来他认识保罗,然后给他写了信。在信中,他讲述了他的经历,还说了他现在没朋友,也没钱。

我心地善良的哥哥立刻感受到了这封信中所包含的痛苦,他把信给我看,想知道该做些什么。我建议他找个律师。当然,这位律师也是他在法律圈众多杰出朋友中的一员——他在各行各业都有热心粉丝。他接这个案子,可能免费也可能会稍微收点律师费。我们还可以联系到理查德·克罗克(Richard Croker),他是坦慕尼协会(Tammany Hall)的领导人,也是保罗的朋友。他还可以向州长简要介绍一下男孩的不幸生活,希望有所助益。

上述这些他都做了,甚至更多。他去了兴格监狱(Sing Sing),见了典狱长,跟他说了说男孩的故事,又去找了男孩,或者说应该是男人,还给了他一些钱。他通过比较有影响力的朋友拜见了州长,跟他说了男孩的事。这件事拖了很久,男孩获得了减刑,死刑改为无期徒刑——这是最好的结果了。我哥哥对此满是感激,欢喜雀跃,甚至你当时很可能会以为他是保住了他自己的性命。

“天呐!”我开玩笑说:“你肯定觉得你帮了他大忙了,不过是让他蹲一辈子牢而已!”

“是的,”他咧嘴笑着说——满是挑衅,“他最好死,是不是? 那好,我给他写封信,问问他想要哪一种?”

我又想起来一件事,他曾去帮助一个“穷困潦倒”的演员,为此我责备过他。这个演员曾一度非常红,在他那个年代很显然一点都不值得别人同情。他当时是奢靡、浪费无度的团体中的一员。我当时觉得他们过着糜烂放荡的生活。现在,由于人老珠黄,完全被他那个圈子抛弃、遗忘,他需要怜悯帮助。机缘巧合,他认识了保罗,要么是保罗之前就认识他。现在,保罗出名了,经常出现在报纸上,引起了他的注意。这人跟他姐姐生活在一个离长岛(Long Island)很远的贫穷小镇上。保罗收到他的求助后,想调查一下他,也可能是想享受一下那种有点高尚的情怀或感觉。他要我无论如何都跟他一起去。所以在11月一个沉闷的下午,我们去见了那个老头。他并没有给我留下什么深刻的印象,因为在他这个年纪和这样的悲惨状况下,他仍然表现出一副惺惺作态、虚情假意的样子。我们离开时,我说:“保罗,你干吗每次都替人买单呢?”从我一到纽约,我就发现这一点了。我在到纽约的这几年里,他都是这类胡搅蛮缠事件的买单人。不是某位已故朋友的遗孀需要一堆煤或一袋面粉,要不就是哪个行事莽撞男孩的父母没钱将他从监狱或管教所里赎出来而向保罗开口要保费或求他打通更高层的关系寻求宽恕;不是某位穷困潦倒男演员或女演员自己无法“回纽约”要他给电汇预付火车票钱,就是某个刚过世的过气演员需要一副棺材和一场体面的葬礼。

“嗯,当你老了,生病了,你知道会怎么样吗? 小弟,”他最近总是这样叫我,“只要你当红又有钱,人人是你的朋友。但是一旦你落魄,没人愿意来看你。明白了吗?”他总是为他那些曾经辉煌现在人老遭人遗忘的朋友伤心难过。他写的最抒情的歌曲中,有许多就传达了这种感情。

“确实是这样,”我抱怨道(现在觉得当时太无礼了),“那他们为什么不在有钱的时候稍微存一点呢? 他挣的跟你差不多。”那人曾是个大明星。“他以前很有钱,不是吗? 他为什么来找你?”

“嗯,你知道事情会怎么样的,小弟,”他怀有歉意温和地解释道,“但是当你还年轻、健康时,你不会考虑这些的。我知道这是怎么回事;我就是那个样子。我们所有人多多少少都有这样的问题。我有,你也有。不管怎么样,年轻时就是花钱买享受,不是吗? 当然了,你老了,你不能奢求太多,但是我仍然想去帮助这些人。”每当这个时候,他的眼神就像是母亲在注视生病或受伤孩子时的眼神,而不是在思考人生的眼神。

“但是,保罗,”我想到了另一件事,他刚刚电汇了 25 美元,帮助埋葬某个人。我又念叨说,“你为什么不为自己存钱呢?你为什么要把钱给与你无关的普通人呢?你不是慈善机构,也没有人要求你给那些碰巧遇见你的所有穷人食物吃,衣服穿。你生病动不了时,你觉得会有多少人来帮你?”我并不是个小气的人。那些日子,我一想到我和他老了后,有可能会贫困潦倒,就感到心惊胆战。我也不知道为什么。我也不是没有能力养活自己。

“嗯,你知道的,”他的声音和举止,像极了我们的母亲,一样的惊讶,一样的期盼和甜蜜,一样的有发自内心的善良和温柔,“我不能说我没挣到钱,是不是?”当时,他正处于事业的巅峰期。“不管怎么样,对他们太苛刻,能有什么好处啊?我们都有可能走到那一步。有时,你不知道是什么把你拖垮的——并非全是挥霍浪费。一探究竟也没有什么意思,试着开心吧。我们以前多穷啊,妈妈和爸爸曾那么为我们操心费力。”每每提及妈妈或爸爸以及他们曾遭受的困难,他总会眼泛泪光。“不是因为我有,而是我见不得别人受苦,这就是原因,”他的眼里闪烁着温柔,“但是,毕竟,”他满怀歉意地补充道,“我给的不多。他们不会拿走太多的,他们又不是天天来找我。”

还有一次,那是圣诞前夕,是我到纽约的第二年还是第三年,我对这个城市还很陌生,也不太确定要做什么。除了保罗和两个姐姐,我不认识其他人。两个姐姐,一个当时已经离开纽约,另一个因为自己有这样那样的困难,再加上跟我们有些隔阂,没有跟她联系——其实主要是我们的错。她婚姻感情上的问题导致她郁郁寡欢,也是与我们疏远的主要原因。我觉得我不能,也不愿意去她那里。那时,由于与我哥哥是老板之一的出版社存在一些不快(这家出版社出版我编辑的杂志),使得我和保罗也有些不和,也不是什么深仇大恨,只是当时有些疏远和冷漠。

我住的地方是城里的贫民区,所以我除了窝在家里没有什么地方可以去。我想或许我可以去一家价位中等的我能负担得起的酒店吃晚饭。我有三四天没有见到我哥哥了。我在百老汇附近闲逛了一两个街区后,碰见了他。我一直觉得他在跟踪我,还真是。其实他就想看看我干什么。他还是如往常一样穿戴时尚,很舒服。

“你上哪去?小弟。”他高兴地喊道。

“哦,没有什么特别想去的地方,”我回答道,我觉得语气很平稳,“就是沿着马路走走。”

“现在，看着，小伙儿，”他开始用上了“小伙儿”这个词，一脸堆笑地说，“跟我吵架有什么用呢？现在是圣诞前夕，不是吗？这太丢人了！过来，我们去喝一杯，然后一起去吃晚饭。”

“嗯，”他当时表现出一副他很成功他过得很好的姿态刺痛了我，我口气很坚决地说，“我可以跟你喝一杯，但是晚餐我有别的安排了。”

“哦，别这样说。你这么生气有什么好啊？虽然我们经常吵架，但你知道我从没有变过。别计较了，来吧。你很清楚我是你哥，你是我弟。跟我还计较什么。我们和好吧，好不好？放下吧！来吧，我们去喝一杯。你看，还有重要的事呢，现在可是平安夜啊，小伙儿。我们去吃点家乡菜。”

他笑得很迷人，很有说服力，也很温和。也只有他才能这样微笑。我“缴械投降”了。我们进入最近的一家灯光闪烁的酒吧，这是历史悠久的第五大道酒店(Fifth Avenue Hotel)，来过圣诞节的人们熙熙攘攘，进进出出。他好像又想出什么新点子。

“你见伊(E)了吗，最近?”他问道，提到了我那个多灾多难的姐姐。她当时生活确实很艰难。她丈夫撇下她走了，她自己含辛茹苦地养育着两个孩子。

“没有，”我满是羞愧地回答道，“我有一两周或更长时间没有见她了。”

他咋了咋舌头，他也有一个多月没有见她了。他的脸耷拉下来，看上去很沮丧。

“糟糕透了——也很丢人。我们不应该这样做，你知道，小伙儿。这样是不对的。我们去那里看看，怎么样?”她当时住在三十街的上区。“看看她过得怎么样，给她带点东西？你觉得呢?”

我身上当时没有闲钱，但我很肯定他说的“带些东西”是什么意思，谁会为这些东西买单。

“嗯，我们要是去买东西，我们得快点了。”我催促道。我非常赞同这一想法，因为它会带着和平、富足和善意。我们急急忙忙喝了一杯，就离开了酒吧。附近就有一家纽约最大的食品公司的分店，而且靠近保罗最喜欢的酒店——洲际酒店(Continental)。在去的路上，我们觉得只靠我们自己肯定搬不了这么多东西，而事实是很可能得我们自己搬。最后，保罗说他可以从洲际酒店雇几个黑人搬运工或擦鞋匠，就可以解决这个问题。我们进了超市，超市经理满脸堆笑和谄媚，帮着我们选了一只火鸡、香甜的土豆、豌豆、黄豆、沙拉、一块咸肉、一块火腿、葡萄干布丁、一篮子美味多汁的水果，还有一些我叫不上名字的东西——食物。我可以肯定这些食物可够做十几顿饭的。我们借了个需要很快就得还回去的篮子，然后他把食物打包都装了进去。之后，我哥哥走向酒店，带回三个神采飞扬、知道有小费拿的黑人。三个黑人小弟领着我们走向百老汇，这是去我姐家最近的路。在路上，我们又买了冬青花环、玩具、糖果、坚果等一些东西。即使那时，我们也不确定我们的计划会不会成功。我们穿过小巷，来到一栋公寓前，应该说是一栋平房的门前。我觉得我们是最滑稽的圣诞队伍，担心她已不住在这了。

我们还是按了门铃，门咔哒一声打开了。三个黑人先进了门，按照我们的指示询问这里是不是我姐姐家，确认后坚持把东西放下。我俩跟在后面，看看她有没有收下这些东西。

剧情按计划进行着。我们站在台阶下面，听到我姐姐打开了门，说她没有买这些东西。门开着，三个黑人进了屋，把东西堆放在桌子和地板上。我们也跟着走了进去。我姐姐对我们的突然造访和心意的转变很意外，就那么怔怔地看着我跟保罗。

"我们想着过来看一下，跟你一起吃个晚饭，伊。你要是乐意，明天晚上也可以，"我哥哥笑着说，"圣诞快乐，你懂得。今天是平安夜。这些都是我们老家的食物，看见了没？小弟和我觉得我们不能分开，尤其是今晚。"

他向姐姐快乐地笑了起来，拿出了他最深情的一面。但是，姐姐因我们近来的疏远和生活的不易深感歉意，团聚的喜悦让她瞬间热泪盈眶。我跟保罗也高兴得手舞足蹈起来，之后我们三个人抱在一起。

"好了，好了！现在所有的不快都结束了，"保罗大声说道，双眼满是泪光，"都过去了。以前的种种，我们不管了。我跟小弟都很清楚，我们没有家。你原谅我们了，是不是？我们俩都为此感到羞愧。我们也吵架了，一周都没有说话。是不是这样，小伙儿？但现在也好了，嗯？"

我的眼里也泛起了泪花，没有人可以抗拒得了他。他总有能力以最简单的方式达成最温馨的结局。我们一起吃了晚饭，还有第二天的早饭。我们住了下来，相互帮助，甚至还洗了盘子，并擦干净。那之后，我们一直相亲相爱。最后，我哥哥也是在这个姐姐家去世的。在他离开人世的最后几周里，得到了姐姐无微不至的照顾。

正如之前我说的，我向来更愿意记住这个时候的他，他在人生巅峰时的状态。那段时光里，他大部分时间都是开心快乐、无忧无虑的。他是一家音乐公司的第三大股东，当时这家公司正处于事业的鼎盛时期。公司推出的歌曲，还有他写的歌，红遍大江南北。当时，他在吉尔赛饭店(Gilsey House)、马尔波罗饭店(Marlborough)和诺曼底酒店(Normandie)都订了房间，轮流去住。这三家酒店都在百老汇。万人瞩目之地就是他的家。清晨，他伴着缆车的叮当声和汽车的喇叭声起床；夜晚，正当修理工借助闪烁的灯光维修轨道，送奶车来回运送着货轮上卸下来的牛奶时，他开始入睡。他以自己的方式成为餐馆和酒店里的最受欢迎的顾客，剧场经理办公室、酒店酒吧和大堂的座上宾，还经常参加那些有恶棍、没落贵族以及体育、戏剧、新闻界过气名流在的聚会。现在，我依然还能记起与他走得很近的一些人，有已离开百老汇且人品不怎么好的"蝙蝠"马斯特森(Masterson)、著名摔跤手马尔登(Muldoon)、骑师托德斯隆(Todsloan)、"斗士"尼尔森(Nelso)以及职业拳击手詹姆斯·J·科比特(James J. Corbett)、基德·麦考伊(Kid McCoy)和特里·麦戈文(Terry McGovern)。他还经常拜会詹姆斯·墨菲(James Murphy)、麦克马纳斯(McManus)、克里斯蒂(Chrystie)、蒂莫西·奥沙利文(Timothy Sullivan)、理查德·卡罗尔(Richard Carroll)和理查德·克罗克等坦慕尼协会的头头们。他会参加他们的集会和教区活动，唱唱歌，表演节目。这些人偶尔也会去他的"办公室"。罗马教会中的掌权者、上等教区且有好酒窖的"神父"以及城市法官也是他那个奇怪圈子的一部分。他总是去找这个人或那个人，"把某人弄出来"，或是他们让他去帮忙，比如唱歌，弹琴或表演节目。只要有时间，他们就会在酒店餐厅或其他地方见个面，喝上一杯，讲讲"有趣的故事"。

他的幽默感，对恶作剧的情有独钟，可从他曾给我讲的新故事——这个故事一如既往地低俗——中窥见一斑。我和其他十几个人被这个故事逗得哈哈大笑，以至于眼泪顺着脸颊流了下来。大家都没有听过这个故事，他又心情不错，决定成为第一个在百老汇讲这个故事的人。他非让我跟他一起去，可能是因为他发现我那段时间一直给他喝彩和笑声，也可能是因为他想到处炫耀他有这么一个弟弟，他一直都觉得我是一颗冉冉升起的新星。当时是春季或夏季的晚间六七点钟，我们回到他在吉尔赛饭店的套房，他换了身衣服，然后来到酒店酒吧，很快被认识他的人围在了中间。要了杯威士忌，点上香烟，他开始跟一个人、两个人、三个人、五个人、十个人讲这个故事，讲完后笑声雷动。然后，我们离开了酒吧，穿过马路，来到与吉尔赛饭店在同一条街的韦伯 & 菲尔德(Weker & Fields)(当时是滑稽音乐的殿堂)，他认识那里的售票员和经理，跟他们讲了这个故事。在那里收获了更多的笑声，也许再加一根香烟。接着，我们又离开了。这次去跟位于十三街的帕尔玛剧院(Palmer Theater)的售票员讲这个故事，然后又去了三十一街的格兰德旅馆(Grand Hotel)酒吧、三十二街的帝国剧院(Imperial)、三十三街的马提尼克剧院(Martinique)以及在三十四街和百老汇西南角的一家有名的药店。这家药店的经理也是他的朋友。当然了，这家药店现在已不复存在。那天晚上月光明亮，和风徐徐，他手拿一杯威士忌，如他所说的，是为了“装面子”。

然后，我们又去了位于三十五街和百老汇之间的一个地方——以前曾是奥立克旅馆(Hotel Aulic)，现在成为备受指责的“奥立克酒店演员哲学学院”(Hotel Aulic or Actors' School of Philosophy)”，也是当时名演员的聚会之地。在那里，能一晚上见到所有的“二流演员”以及所有巡演剧团的“轻喜剧演员”和“反派演员”。他们通常穿着奇装异服，吹嘘着他们在皮奥里亚(Peria)、帕萨迪纳(Pasadena)、瓦拉瓦拉(Walla-walla)等地方是如何“镇住观众”的。我哥哥就是这一群人中最闪耀的一颗星。

后来，我们穿过街道来到《先驱报》大厦(Herald Building)，它的灯光就像黑暗中猫头鹰的眼睛闪闪发光，楼内印刷机轰鸣如雷，楼旁高架铁道上的机车轰鸣而过。他曾认识这里的一个业务经理。我们穿过街道，来到对面的先驱广场剧院(Herald Square Theater)，剧院上方有个不大的闪闪发光的牌子——是这座城市里最新颖的事物之一。他还认识这里另一位业务经理。接下来，我们又去了三十六街的马尔波罗饭店酒吧大堂和三十八街的尼克博克剧院(Knickerbocker Theater)经理办公室，然后在诺曼底酒店酒吧和大堂逗留了一会。在那里，一位光彩靓丽的专业女演员拦住了他，跟他说了一些夸张的俏皮话——不知道还有没有别的。然后，我们又去了三十九街的卡西诺赌场(Casino)的经理办公室，街对面的一家酒吧，三十九街百老汇西面的另一家酒吧，位于四十街和百老汇之间的大都会一楼的意大利餐厅，最后慢慢走到了当时娱乐界和体育圈名流的朝圣之地和所有那些精通游戏规则、“英明”的和拥有“真才实学”之人的至圣所——位于百老汇和四十二街的大都会酒店(Hotel Metropole)。当时，大都会酒店在不夜区的最北面，这是最后一站，但也是最重要的一站。那里到底是怎样的一片天地啊！酒鬼们围坐在圆桌旁，背靠在沿墙的皮椅上，旁边窗户冲着整个百老汇和整条昏暗的四十二街。

这里的一切都很美好，花哨的衣服、鲜艳的草帽、细长的手杖、闪闪的钻石、“性感”的袜子，安全舒适的氛围。在这个世界里呆上短暂的一段时光，很容易就会产生幻觉，以为自己很快乐，很有名气。我最亲爱的哥哥，绝对是这些人中最如鱼得水的一个，他的身影无处不在——“喂，德莱塞，你来得正是时候！快进来！有什么好玩的事吗？我告诉你件趣事，保罗，一件有意思的事——”更多的美酒、香烟、故事——多数是关于谁谁取得什么成就了，哪里有什么“重要演出”了，哪里有打架的，哪里有死人的，打牌打赢了，赛马中的欺诈，职业拳击；还有谁谁很卑鄙了，谁谁很了不起等等，还有关于诅咒、女人以及那些身份低微、无恶不作的坏蛋如何欺凌剧场中的美女等等，没完没了。

他的故事怎么样了呢？——哈，我讲了这么多唯独忘记讲他的了。他的故事四处流传，不知是一次，而是七次、八次、九次甚至是十次。我们到了大都会，都十点半了，才吃上饭！一路上不停地握手，八卦——“这是我弟弟，西奥多(Theodore)。他从事写作，现在是个记者。”一阵阵大笑后，开始喝酒！“哈，兄弟，不错。我给你讲一个吧。前几天，我在路易斯维尔(Louisville)听说的。”正讲着时，一个衣着破烂，没写过什么好歌的歌曲作家打算要打断这位口若悬河的演讲家，跟他借了1美元。还有一个男演员，衣着寒酸，神情迷离，讲起了他这一年的悲惨遭遇。我这位亲爱的兄长，每到一个地方，都有人与他打招呼，拍拍他的背，与他笑着聊一会。他很成功。当时，他最好的一首歌正流行。他在一家事业发展不错的音乐公司有股份，他可以名利双收。

天呐！天呐！这个人太厉害了，但事情不会永远这样发展下去的！

我哥哥的另一个特点是喜欢女人。这确实是一种可笑，有时甚至有点滑稽的品质。一直以来，他在他的歌中唱尽了年轻处女的美丽、纯真、甜美等等；而在现实中，他喜欢的和吸引他的女性却完全是另一种类型——当然也有年轻漂亮的，主要还是成熟的、相貌平平的、甚至有点野蛮泼辣的女人——对这种口味我完全不敢恭维。到处都在喊着“最亲爱的保罗”，特别是在他的工作室和剧院里。就前者，这样称呼他的当属流行民谣歌手最多，有些女歌手非常有魅力，而且态度傲慢，还有每天从自世界各地赶来的女歌手想找在美国甚至英国舞台上能唱的歌。保罗作为公司的成员，他主要负责与这些所谓的专业歌手接洽，与她们见面，了解她们的情况。偶尔也会碰到有理想抱负的女作曲家。当然，与他见面的基本都是女性。

但是，据我所知，不管是年轻的，成熟的，有魅力的，还是冷漠的，不管是男的还是女的，从未有一人像他那样惹人爱，或像他那样可以轻松化解人们之间的冷漠或烦躁情绪。保罗是灿烂的阳光，积极向上，就像春光明媚的早晨。他蓝色的眼睛，专注，温柔；他弯曲向上的嘴唇，总带着笑意；他精力旺盛，反应敏捷，而这些总让我想到我的母亲，她向来与活泼不沾边。

他是怎么吸引到人们的啊，尤其是女人们！只要他出现，她们就表现出毫无羞耻的胆量来勾搭他。面对这种情况时，我总是很奇怪世界大肆宣扬的所谓的“风气稳定”都成了什么。那些女人们似乎也没有什么品行可言，年轻、漂亮的尤其如此。她们对那些自己不感兴趣的人冷若冰霜。但是，只要保罗这样的人一出现，她们就会搔首弄姿，极尽诱惑。她们竭尽能事地吸引彼此，有时会呈现一种滑稽感。

“他现在正当红啊。”一个用肘碰碰另一个说。

“嘿，表现得温柔一些，对！”这里是说来个微笑或是温柔地瞟女同胞一眼。

“泡妞根本就不是这个样子的。好漂亮的妞，啊，是不是？”——当某位漂亮的女士裙摆飘飘地走过，回眸一瞥时，某个人说的。

“难怪他这么高兴。”一副老学究做派的演员酸溜溜地说。他没有什么工作可做，整天在这里晃悠，想讨几顿免费餐吃。有一次，他小声跟我说，声音低沉，语气沉重：“要有这么多女人为我疯狂，我也会很开心。”

与美丽邂逅的结果就是不论何时我碰见他，上午、中午还是晚上，他总有最重要的人要他招待。他所说的“最重要的人”当然就是女人。随着时间流转，他开始不再把我当作是一个身形瘦长、情绪低落的年轻人，着手把我介绍给他的一些了不起的追随者们。也就是在那个时候，我才得以一窥他是如何沉迷于女色，还有这是怎么影响他的生活的。

一天，我们都坐在他的办公室里，有一大群演员、歌曲作家、歌手。我们很随意地闲聊着，拿保罗开起了玩笑。“我敢打赌，”有人说道，“假设有陌生人拿着一把左轮手枪跑进来问‘那个勾引我老婆的男人在哪’，保罗肯定是第一个躲起来的人。他不会等到弄清楚到底是不是他。”

接着，人们哄笑起来，还有人动起脑筋来。当然，这个玩笑的对象当时并不在现场。有个经常混迹在此的演员非常擅长化妆。为了我们，他不止一次乔装出现在办公室里。这次，为配合我们，他将自己伪装成一个非常严肃，甚至还有点残暴的男人，年纪在 35 岁左右，留着络腮胡和山羊胡。在我们的帮助下，他在保罗肯定会在办公室的时间点，怒气冲冲地闯进来，四处张望地问道：“保罗·德莱塞在哪？”

保罗转过身来。我觉得，他多少有点害怕，而且那么一瞬间他好像被这个男人的表情给镇住了。

“德莱塞先生在那！”有个同盟心甘情愿地告诉他。

陌生人转过身，盯着保罗，“你就是那个与我老婆有私情的混蛋，是不是？”并边喊边逼近他，把一只手放在他的右屁股上。

保罗没尝试去解释。尽管他之前从没有见过这个人，他也不会想到去否认这个人的指控。他站起身来，向后动了动，跌坐在椅子后面的横木上，惊慌地举起双手，大喊："喂！喂！别开枪！"他表情有内疚，惊讶，还有困惑。随后，有人说道："看他一脸茫然，好像要找出这是哪一个因他而感情受伤的丈夫。"有人喊道——我们事先约定过，玩笑不能太过了——才向他证实，这只是个恶作剧。那个演员摘下帽子，撕下脸上络腮胡和山羊胡，露出了这个受感情迫害的丈夫的真实面目。保罗一开始绷着脸，很恼火。随后，他领会到了他在这个恶作剧中由于他的态度模糊而产生的幽默，接着跟其他人一起大笑起来。但是，我觉得这个恶作剧给他提了个醒，因为后来他从未对已婚女士表示过兴趣，总是离她们远远的。

当然，他最擅长的还是写歌。在我介绍其他事情前，我想先说说这个。这是一种天赋，让人无比佩服的一种天赋。他去世前，凭这一天赋，赚钱无数，但都挥霍在花天酒地上面了。虽然没有能力创作出最好的歌，但是他总能让音乐时而柔情，时而悲伤，时而欢乐，时而美好——这就是民谣词曲作家所具备的特征。一直以来，他努力让歌曲传达他的内心，不急不躁，徐徐而来。不论在哪，只要有钢琴，有时他也会用风琴（他最喜爱的乐器），只要让他独处一会，他就可以思考，即兴创作一些悲伤或伤感的曲调。有一些，他会草草记下；有一些，他很擅长的，就会尽力填上合适的词。这种时候，他更喜欢独处，或者跟一个脾气秉性与他差不多的人在一起。他跟我一个姐姐一起住了几年。那段时间，他有个单独的房间，专门用来创作。对他这个身形巨大的人来说，那间屋子显得很局促。他把自己关在这个小屋子里，花数小时随意弹奏着乐曲，尤其在傍晚或晚上的时候。他好像特别钟爱黄昏，那时，他会一首接一首的弹，直到弹到一首特别的曲子，通常是一首新歌，而此时他都会热泪盈眶。

这些歌曲的内容实际是多么的苍白和渺小，它们不过以讲故事的方式诉说细碎的情感和无足轻重的奇闻，是对家乡、母亲、痛失的爱人和逝去的英雄（来自虚构的故事）的无用叹息；但是，这些情愫至少通过音乐的方式，总是深深地触动我。既然它们能流传如此之广，肯定也触动了其他人。我总能体会到，这些歌曲中传达的一种渴望、追寻、温情、飘忽不定又满是幻想的情调，与实际的生活认知无关，感叹着生死的神秘和悲怆，赞扬大海、星星、花朵、生命的无常、成功和失败。从他创作出的第一首歌《宽大的翅膀》（*Wide Wings*）（由位于印第安纳州埃文斯维尔的一家小型音乐工作室发行），到红遍全国的《从未来到的一封信》（*The Letter That Never Came*）、《我相信它，因为我妈妈告诉过我！》（*I*

Believe It, For My Mother Told Me So)、《囚犯与鸟》《宽恕来得太迟》(*The Pardon Came To Late*)、《告诉他们你见过我》《蓝与灰》(*The Blue and the Gray*)、《鲍尔里街头》(*On the Bowery*)、《沃巴什河岸上》,他还创作了许多其他的歌曲,但从未自满笔辍。我觉得他除了写歌,从未真正地快乐过。在这期间,正如我说的,他担任过很多角色——黑脸旁白艺人、滑稽演员、经纪人、出版商,等等。

我记得跟他在一起的那段时光里,他写了两首最著名的曲子,《告诉他们你见过我》和《沃巴什河岸上》。当时,他心情很反常,极度沮丧。直到他唤醒了真正让他高兴的事情之后,他才有了明显的喜悦或满意,这种状况才得以结束。

第一首歌肯定是源自一次与某位女士或女孩的真实邂逅。这位女士或女孩的生活缺乏爱或激情。总之,那是11月某个周日的下午,天气昏暗,他来到他在出版社的办公室——我们会时不时地去趟他的办公室,那里有一群跟我们意气相投的人。进入办公室,就像走进了俱乐部,然后进入一个小房间,房间里有架钢琴,就做了"试音间"(职业歌手通常是在这个房间里学他们想唱的歌)。他开始即兴创作,或一遍一遍重复他心中已成的某段旋律。过了一会儿,他走出房间,跟我说:"听听这段好吗,小弟?"

他自弹自唱了第一节和副歌。到后半段时,他被歌曲中所蕴含的深情打动,声音哽咽,不得不停了下来,眼中噙满了泪水,他伸手将它们拭去。过了一会儿,他接着唱了下来,没有犹豫。在我看来,这类型歌曲的创作过程跟歌曲想要表达的内容同样有魅力。后来(次年春天),在唱片发行商为了让歌曲"红起来"采取了各种努力后——在《剪报者》(*Clipper*)和《明镜》(*Mirror*)上打广告,让许多不同的歌手演唱等等——这首竟然开始大卖了,成千上万的光碟在我眼前打包,快寄到全国各地,我为此感到很惊讶。来自全国各地的信件和电报开始涌入——"请今天寄出:德莱塞的《告诉他们你见过我》"。整个公司瞬间变得异常忙碌,如常言道,再次走上了"赚钱的康庄大道"。就在之前,公司业务已下滑,我哥哥的财务状况也出现了问题。但现在,他再次回到他的巅峰状态。在这个圈子里,只要了解或对流行歌曲以及它们的作者感兴趣的人都知道他和他的歌,还有近来的成功之作。可以这么说,他在百老汇重回巅峰。他的理发师、酒吧老板、酒店员工、剧场售票员、酒店经理以及所有马路艺人和歌手都听过这首歌,认识他这个人。一家有首创精神的纽扣公司竟然把歌词印到了纽扣上。舞台上的喜剧演员,报纸的评论员,银行出纳员或裁缝,甚至就连那些古板的商人都想追赶时髦,将歌词用作离别语。全国各地的手摇风琴家、乐队和剧院的管弦乐队，也都在演奏这首歌。你到哪都能听到有人在传唱这首歌，不论是在某个拐角处，还是走进廉价的音乐厅或杂技馆。这首歌太棒了，掀起全民对它的追捧。当然，我亲爱的哥哥走起路来也脚底生风，面满春风。现在，他钱多，朋友多，身体又健康，为他是一名著名的、成功的、有天分的流行歌曲作家而自鸣得意。

《沃巴什河岸上》这首歌也是如此，甚至比上首歌的成就更大。这首歌被他所在的州最终选为州歌，而且该地区中的多条街道和一个小镇以我哥哥的名字命名。虽然我在作曲或填词方面没有一点天赋，但我还是不经意间参与到这首歌曲的创作中。每当我思及我曾参与其中，我就倍感高兴。那是在一个夏季心情愉快的周日早上（我记得应该是 1896 年），那时我还是他们发行的一个小型月刊的编辑，他和我都跟我姐姐伊住在一起。那天，我们要去他办公室处理点小事。我有许多杂志需要查阅；他则想创作点什么，抒发他那热情洋溢、情感丰富的灵魂。

“你觉得现在什么样的素材才能成就一首好歌？”他坐在钢琴旁，随意地敲打着琴键，满腹心事却随意地问我。我当时正坐在桌旁，看我的稿子。“你就不能给我点建议，偶尔也好啊，小伙儿！你应该有点想法的。”

“我？”我反问道。我想，我可能有点傲慢。虽然我很崇拜他，但有时我对他的作品也不太敢恭维——我自负，却不独立。“我可写不出这种歌来。你为什么不写写美国的州啊或河流啊？就像《我的肯塔基故乡》(*My Old Kentucky Home*)、《迪克西》(*Dixie*)、《老黑奴》(*Old Black Joe*)——你为什么不写这方面的歌呢？介绍美国的歌呢？人们喜欢这样的。比如，印第安纳州——关于它的什么呢——沃巴什河？它可与其他任何一条河流媲美，你还是在这条河边‘给养大的’呢。”

即使现在，回想起他当时因捕捉到我这个建议而表现出的激动神情，我也总忍俊不禁。我的这个建议似乎很合他的意。“点子不错，”他赞成道，“你会怎么写呢？你写出来，我谱曲，怎么样？我们合作吧！”

“但我不会写，”我回答道，“我不知道怎么写歌词，你写吧，我可以给你帮忙。”

经过他说服后——我觉得那天早上的好天气帮了大忙——我拿出一张纸，思考一会后，潦草地写下了歌词的第一段和合唱部分，其实与发行后的成品没有差多少。在我看来，其中有一两句太长，没有节奏感，最后我和他一起又推敲了推敲。在这之前，我甚至都羞于把初稿交给他，因为我深信我不合适写歌，而且我有些清高和愤世嫉俗，就是不想做我的好哥哥热爱的工作。

他读了后，坚持认为这个作品不错，而且让我创作第二段，编一个故事，加个女孩——我严肃地拒绝了他的提议！

“不，你加吧。这是你的歌。我已完成了。”

后来，由于我在杂志经营方面与公司意见不合，我离开了——其实是被迫离开——这让我有点生自己的气；不是生他的气，我确信这一点，因为我知道自己很难相处。

时间流逝，我与保罗失去了联系。我已在另一个几乎完全不同的领域取得了成功，做了一名杂志的撰稿人。虽然我经常想起我哥哥，但是我很少关注他或他的事业，而是将更多的心思放在我自己这里。在来年春日的一个夜晚，我躺在床上准备睡觉，我听到一群男孩在哼唱，沿着我房间所在的街道由远及近。一开始，我没听清歌词，但是那个旋律立马引起了我的注意，那个曲子是如此的哀伤、迷人。我侧耳聆听，沉迷其中。我确信这是一首“已流行起来的”新歌。当他们走近我的窗前时，我听到了几句流畅、和谐至极的歌词，“沃巴什河岸上”。

我跳了起来，那是我写的词！这是保罗的歌！他又有一首歌“火”了——《沃巴什河岸上》，孩子们已开始在街头巷尾传唱了！我从窗户探出身来，仔细聆听着，看着他们相互搭着肩走近又走远，整条街上都回荡着他们的歌声，好像专为我而唱。那天的夜是那么的温暖、甜蜜！一轮满月挂在天空，我年轻、孤独，又惆怅，想起我已飘逝的青葱岁月，而我也差点哭了起来——主要是因为高兴。三个多月，这首歌传遍各地，上过报纸，上过舞台，被街头艺人传唱，管弦乐队演奏，就连街上的行人都哼唱着。有一天，在百老汇的马尔波罗酒店附近，我碰见了保罗，拄着一柄金手杖，穿着丝绸衬衫和时髦的夏季西装，戴着艳丽的草帽。

“哈，”我口气中满是讽刺，因为我离开的日子里，他未曾对我的事情表现出一丁点的兴趣，我对此依然耿耿于怀，“在河岸嘛，我知道。”

“在河岸，”他诚挚地回答，“小弟，是你给我出的主意。你现在忙什么？为什么不来看我？不管怎么样，我都是你哥哥。那首歌有一部分是你写的。”

“别说了！”我粗暴地喊道，“这辈子我都写不出那样子的歌来。你知道我不行。那些歌词一文不值。”

“哦，好吧。但是，这是事实。你怎么养活你自己？为什么不来看我？为什么生我的气？你知道我住在这。”他抬头看看那时风光无限的酒店。

“好吧，也许哪天我会来的。”我回答道，语气冷漠，不打算重拾就好，然后我们就各走各的了。

但是，几年后，这一切有了后续。这一后续正体现了他鲜明的特征，并作为生活中真正的美好留在我的脑海里。我在此记录下这一段美好。

大约五年后，我对工作已不抱希望，又遭受到生活的无情打压，好像陷入了精神崩溃或旧疾复发的状态，身体倒是没有大碍，但这让我没有心情或心思继续我的工作，或去做任何其他事情。希望就消失在悲伤的雾霾中。我不愿花费脑筋去做事，很显然将会一事无成。在那段时间里，我几乎不再关心世事，生活需要的东西也越来越少，直至最后跌入行尸走肉的深渊里，我的骄傲无处安放。我一直以来太自负，太自我。显然，我面前只有一扇门可以进，而我已在门口了。由于囊中羞涩，我不得已搬到B街的破烂社区——最贫穷的贫民区之一。我极想独处，就我一人。但是，我做不到，因为偶尔我还要去见人。迫于生计，我不得不与多家出版社打交道。有一天，我正走在百老汇附近的街道上，恰巧遇见了保罗，他还是一如往常地光鲜亮丽、心情愉悦。我觉得我比以前更憎恨他。我能明显地感觉到，他对我的穿着打扮以及我不想被他看见的心境感到很震惊。他很想知道我住哪儿，想让我过去与他住在一起，想让我告诉他我遇到什么麻烦了——我固执地没有听他的，最后还离开了——虽然我坚持什么也不要，但还是给他留下了我的地址。

第二天一早，他就早早地来到了这里，坐在出租车里，一身光鲜亮丽的打扮。他是我所见过的最热情、最温柔，也是最能扰乱别人内心的人。他就像是个为生病的孩子而心不在焉的妈妈。

“看在上帝的分上，”他看到我时，说道，“你就住在这个地方——还用这个门牌号！”(我的门牌号是130号，他对数字13很迷信)“我就知道这里的门牌号有个13！”他嚷嚷道，“我就在纽约啊，我的天呢！你竟然落魄到这种境地！我应该早点知道的。你就这熊脾气。我不知道从什么时候开始，就没有你的信了。好吧，你不走我也不回去了，就这样。你现在必须跟我走，明白不？穿上衣服，就可以了。司机会拿你的行李箱。我知道有个地方你可以住。你可以明天、后天或下周去那里，但是现在你得跟我走。天呢，我觉得你应该感到害臊，而我也因为对你的方式感到歉疚。”他热泪盈眶。

我很懊恼，也很沮丧，虽然我心怀感激，但我忍受不了他的这种心情。我恨它，恨我自己，恨我的状态，还有我的生活。

“我不能，”最后我还是说了，或者这也是我的想法，“我不会去的。我不需要你的帮助。你不欠我什么，你已经做得够多了。”

“欠？该死！”他反驳道。“谁说‘欠了’？你是我弟弟——我们血脉相连！嗯，说到欠，我还欠你一半的‘在河岸上’，这点你是清楚的。你不能继续这么生活了。你生病了，没什么精神。别糊弄我了。喂！你是个大男人了，小弟。你需要走出来！该死！——难道你不明白吗？——不要让我——”他掏出手帕，擦了擦眼睛，“现在你自己解决不了，你以后可以，难道你看不出来吗？走吧，拿上你的东西。我要是不这样做，我永远都不会原谅我自己的。你必须要来，就这样。你不走，我也不走。”然后，他开始四处找我的包和行李。

我还是进行了抵抗，但徒劳无用。他的感情如此强烈，如此温柔，让我毫无招架之力。我让他帮我一起收拾东西，他还帮我付了房租，尽管也不多。去酒店的路上，他硬把一卷现金塞给我，这是他身上所有的钱。我当即就妥协了，当天还是第二天，他又给我买了一套西装、帽子、鞋子、内衣等所有必需品。他在他套房的隔壁给我开了一间房，我要在那里住两天。随后，他开车带着我一起去了韦斯切斯特（Westchester）一处很有名的疗养院，负责人是他的一位老朋友，从前是个颇有名气的摔跤手，他的名望正好与这份工作很切合。他给我在那里预订了 6 周的房间，费用他出，如他所说，直到我“重新站起来”。安顿好我后，他就离开了。我回城前，他来看过我两次。即使身体还是老样子，但我的精神已恢复得挺好了。

但谁能忘了他在初次恳求我时，那掺杂的悲恸和炽热的情感，那写在脸上真切的悲伤，那在情感和行动上的无私慷慨，还有那过度的自责？有人认为，这种温柔和担心只存在于父母和孩子间，很少存在于兄弟间。保罗就给予了我这种情感，如爱情般温柔。他年长于我，事情很多，而我不过是一个急躁、不安分和易怒的人。

请注意，虽然男人脾气不好，但并不是所有人都自私，铁石心肠。

当然最后要写写他的过早辞世。他去世时，还不到 55 岁，要是他的内心再稍微坚强一些，他可能会活到 70 岁。他的死其实跟他公司倒闭（他公司倒闭原因不在他，主要是因为内部纷争与争斗，当然，这是别人告诉我的）有很大关系，还有就是他傻傻地认定这会断送他在财务和社会上的辉煌。他单纯，易取信于他人，但内心脆弱；他温暖，有趣，但又过度敏感；很容易因他人遭受的一连串艰难处境变得沮丧，甚至会给他带来重大的打击，即使这种处境并没有那么糟。你肯定见过猫、狗、鸟等很多情感丰富的动物，当它们被带到一个陌生或不友好的环境中，很快会失去活力，死去。它们没有智慧，对于它们不懂或不知道的事情无法进行思考。现在,他的朋友们都离他而去;那个华丽的世界,他曾是其中的一分子,现在也不再需要他。这真的是很悲哀。他表现出一副恐惧的样子,被抑郁和绝望的斗篷罩在里面,无法挣脱出来。然而,实际上,如果当时他能认清事实,也就没有什么可怕的了。

然而,哥哥去世的前两年,我就知道他离大限不远了。看起来如梦一般,他曾认定自己就是那个繁华世界不可或缺的一分子,如今却被它抛弃了,这让他难以忍受。他现在没有多少钱——至少大不如以前了,他不能再出手阔绰地招待老朋友了。他公司失败后不久,我在百老汇碰见了他,谈及他的打算,他说他准备以出版人的身份再进入商界,但我知道,他做不到,因为他既没有经商的能力和天赋,也没有这心思。他只是个歌曲作家和演员,不是个商人,他也从未做过其他的事情。他尝试在这种新的环境中写歌,但写不出来,写歌太难了。

他需要有人能给他打气鼓励,这个人可以是经纪人,必须有强大的自信,能接手他的事业,并告诉他该怎么做。但是,他没有这样的人。他的朋友们,就像冬天里受惊吓的鸟儿,早已四散而逃。我当时没有能力亲自为他做点什么,虽然我已从困境中慢慢走了出来,但多少还是有些抑郁。

大约在他事业失败一年后,我姐姐伊说,保罗已搬到她那里,跟她住在一起。那时,他正在接受各种各样的检查——虽然这些检查不是必要的,但是他已支付不了这么高的费用了。她记得他的好,对他倾其所有。几个月后,他好像联系到另一家出版社。但是,那时他的身体状况已很不好,大概只能从酒精和女性朋友的爱抚——唉,她们也只有爱抚了——中寻求慰藉了。后来我见了医生,他说:“保罗没有多少日子了,他得了恶性贫血症,内部器官开始衰竭,他自己还不知道。活不了太久了,他心情太差了。”我知道会这样的,而且能救他的只有金钱和成功,还有就是来自那个他曾融入其中现在却给不了他什么的小世界对他的爱抚和奉承。所有那些曾对他溜须拍马的人,据我所知,几乎没有人来这个他被迫隐退的地方看他。有那么一两个已过气的演员来找过他,还把他仅有的那点钱给借走了;还有几个人来过,但那时他已一无所有了。他的那几个合伙人,正在内讧,虽然对他的所作所为不公平,还是离他远远的。他经常对我姐姐讲,他见过坏的马蹄铁,遇到过斗鸡眼的女人,还有到哪里都能碰上的数字 13——所有这些暗示都成了压死他的最后稻草。最后,他身体已没有力气,哪里也去不了,有时会卧床几天。躺床上时,感觉还不错;起床,就感觉很虚弱。他想去“城里”见见那些人,但很快就回来了。一天,他回到家后,发现他的帽子在床上。据当时在场的姐姐说,可能是哪个孩子无意放的,但是他看到时,却非常之惊讶。他觉得那就是死亡的象征,不久前曾有人这么跟他说过!!!

那个时候,他希望每天都能看到我,我们之间的情感维系得并不怎么好,这很奇怪。他渴望跟我说说他的早期生活,它的传奇生活——也许将来我会根据这个写一部小说,讲讲他的事情!(我最亲爱的哥哥,现在献给你吧,就像摆在你脚旁的一朵瘦小的花!)为了哄他开心,我做了笔记,虽然多数故事我都知道。每当这时,他又变回到以前的那个他,满嘴的趣事,金句不断,完全沉浸在往日的心情里。他现在坚持认为他很快会好起来的。

11月底的一个晚上,我还没来得及去看他(我住的地方离我姐姐那里大约有1英里远),就接到了我姐姐伊打来的紧急电话,我哥哥在下午五点钟突然离世,他脑内有条血管突然爆裂。我到的时候,他的身体都已冰冷,他那双温柔的手叠放在胸前,脸转向枕头的一侧,眼睛和嘴巴流露出了一种无以言喻的甜蜜表情——身体就像是空了的甲虫壳。人们为他流泪,现场还来了一群记者,他的讣闻第二天见诸报端。随后,他一大波朋友来了,到处都是花圈,花圈,还是花圈。我很好奇人们能从标准化的花圈样式中得到怎么样的满足感——裂开的支架和半开的接口。

作为天主教徒,我大嫂和其他亲戚,一致坚持在他最喜欢的牧师所在的教堂中给他安排一场庄严、高规格的葬礼。整个百老汇的人都来了,还有更多的花圈。祭坛上有人诵读他最新的歌。之后,他的灵柩被运往远处的天主教墓地。教堂的牧师,也是他的朋友,主持了下葬仪式。墓地里,寒冷、凄凉、阴森。后来,他被迁葬至芝加哥(Chicago)。

但是,我仍然觉得他的灵魂没去芝加哥或任何其他地方,而是在二十九街和四十二街之间的百老汇。当春夏来临时,酒店中的酒吧和餐馆的门打开了,一群演员进进出出,他西装革履,容光焕发地现身,还有他那"有趣"的故事,手风琴中流淌着他的歌曲,他的朋友们向他伸出手,轻拍他的肩膀,笑谈着最新的奇闻异事。

啊,百老汇!百老汇!还有你——我亲爱的哥哥!这就是你想让我写的故事,这就是纪念你的佐证。与我所想所感比起来,这显得那么的苍白和暗淡。曾让我开怀大笑的那数不胜数的奇闻故事到哪里去了?那些音乐、灯光、歌曲又去哪里了呢?

安息吧,安息吧。我们所有人也都会归于平静。那曾是一场梦,现在也是。我是梦,你也是梦。我们要为此哀悼,还是回到梦中?

4

乡村医生

他给我的印象极为深刻——个头高大，表情严肃，背部微屈，脑袋像柏拉图或第欧根尼(Diogenes)，眼神温和亲切，总是凝视前方，不过这眼神对不诚实的人来说似乎太过仁慈了。他长着又长又密的棕灰色胡须，冬天身穿灰色长衫(一直到生命的最后都沾着污渍，打着补丁)，头戴柔软的黑帽，暗暗地遮在眼上。然而，这是多么好的一位医生啊！他开的药方那么简单，甚至有时都不用药物就能治病。

"孩子，你父亲病得很严重。现在，你来帮我做点事吧。从这儿出去，沿着奇韦尔镇(Cheevertown)的小路走一两英里，然后你向小溪这边的任何一个农民要一大把桃树枝——大约这么多，懂了吗？就说是格里德利(Gridley)医生让你给他要的。夫人，他拿回来之后，你选七八枝，折断泡到热水里，等水变成琥珀色，把它给先生喝了，一次三四勺，每隔三四个小时喂一次，希望你们能看到他好转。我知道这个病挺严重的，不过他能康复。"

后来他确实好了。我父亲曾因胆结石病得很严重，最后实在是太虚弱了，我们甚至都认为他肯定活不了了。那时房子里充满了阴郁的气氛。沮丧和恐惧笼罩着我家，我们心疼父亲，他也因病痛呻吟不断。后来这位医生到了，用智慧和幽默给了我们充满希望的预言，最后开了像这样温和的药方，结果父亲的病痊愈了。医生有时总是看似遥不可及，其实他近在咫尺，而且体贴入微。

在三月的傍晚，我沿着又长又冷的乡村小路跑出去，满脑子都是医生对大家的重要意义。他对我们家来说太重要了，对每个人来说也都是如此。我对药物或者如何救人性命一无所知，但我坚信他知道，而且无论他的方式是多么保守，而又令人疑惑，他一定会救我的父亲。他真是太了不起了，知道那么多事——比如说，他竟然知道嫩桃枝能治疗突发的胆结石。

走在路上，我能感觉到乡村生活的简朴和困顿，虽然我年纪尚幼，仍对此印象深刻。这里几乎没有人能负担起高昂的药费——我们家尤为如此——格里德利医生了解这一切，所以总是把这些情况考虑进来，很少开药房里的东西。大多数时候，他用我们身边能找到的东西，配成药方治病。

清风吹着清晨下的雪，地面还是白的，落日的余晖在地上闪耀，空气里都是春天的气息。由于不认识这些农民，我在想，到底会不会有人像医生说的那样，在小树苗上给我砍两把新鲜桃枝呢。他们真的认识他吗？路上有个人——正驾车回家——告诉我有一个老米尔斯(Mills)先生，在前面种了 5 英亩的果园。不一会儿，我就到了他家门前，面前出现一位骨瘦如柴、戴着眼镜的妇女，她朝屋里喊她的丈夫：

“亨利(Henry)，这里有个小孩儿说格里德利医生让你给他砍两把桃枝。”

亨利走了过来——他高高瘦瘦，脚上蹬着高靴，身上穿着毛绒衬里的旧皮衣，头上戴着羊绒帽。

“格里德利医生让你来的，是吗？”他满眼疑惑地打量着我。

“是的，先生。”

“出什么事了？他要这些干什么用？你知道吗？”

“先生，我父亲得了严重的结石，格里德利医生就让我来这儿了。”

“哦，好的。等会儿，我拿上刀。”他回到屋里，不一会儿拿了一把手柄上带着牛角的大刀出来。他领我穿过谷仓，来到另一头的果园。

“格里德利先生让你来的，是吧？”他边走边问，“我觉得我们都得听他吩咐，谁都免不了有个头疼脑热的。”嘴里聊着一些琐事，他已经给我砍了一大捆了。他说：“不知道这些是多还是少。桃树枝子！我从没听说过这东西能治病，不过我觉得医生肯定心中有数。他总是这样——知道一些我们想不到的事。”

在暮色中，我抱着这一大捆桃枝，步履艰辛地往家走，手指都冻僵了。第二天清晨，父亲喝了桃枝泡的茶，竟然有所好转。一两周后，他就可以像以前一样下床走路了，这段时间他谈起茶的功效，觉得这确实是个新颖奇怪的药方，这整个事情都印在我的脑海中。医生告诉他，以后任何时候只要旧病复发，就可以找些新鲜桃枝泡茶喝，会对病情有好处。而这次的治病却没花我们一分钱。

在后来的几年里，我对他更为了解——他体贴入微，执拗却温和，只要情况允许，他总是随叫随到，生怕病人的药费超出他们的经济能力。

记得有一次，我有个妹妹病了，病情很重，我们甚至开始担心她会死掉，晚上我们轮流值班守着她，帮她按时喂药。有一天晚上，正好是我值班，我一会儿打盹，一会儿看书，一会儿听外面松树被风吹动的声音，我发现妹妹病情正在恶化。她体温升高，浑身疼痛，最后我不得不把妈妈叫来。听完我的描述以后，她让我去请格里德利医生——那时还没有电话——虽然她有些犹豫，但还是让我去通报他妹妹的病情，并问他能否来一趟。

那时我只有 14 岁。去医生家的路一片漆黑，因为要省电，镇上在凌晨两点会熄掉所有的灯。树间狂风大作。我的鞋底踩在地上的声音就像巨人发出的声响。记得我当时走在令人毛骨悚然、恐怖阴森的路上，觉得每走一步都有可能遇到各种各样的小鬼，后来终于看到大路上医生家的轮廓了——他家是个黄色的建筑，有很多房间，前面的走廊很宽——幸亏他家门前的大玻璃盒里点着一盏小灯。

我走上前敲门，再敲门。没有回应。然后我开始用力敲。最后，透过门两边镶嵌的红色玻璃板，我看到医生修长的身影，他穿着白色长睡袍，拿着一盏小手提灯，站在楼梯顶端。他的脚上穿着灰色棉拖鞋，他的胡须翘起，形状荒诞怪异。

“等会儿！等会儿！”我听到他喊，“马上就来！来啦！别吵吵闹闹的！看来我这辈子是别想睡个安稳觉了。”

他下楼，打开门，向外看。

“怎么了？”他问道，样子有点儿生气，“出什么事儿了？”

“医生，”我开始叙述我妹妹的疼痛，最后传达了妈妈的话，“能麻烦他尽快过来吗？”

“你妈妈！”他抱怨道，“就算我去了能怎么样呢？什么也做不了。给她号脉，然后告诉她没事儿！我就能做这些，跟你妈妈做的一样。那个病得有个过程，”他看着我，好像我该受责备，然后接着说，“竟然凌晨三点这样把我叫醒！”

“但是她真的很疼，医生。”我继续诉说。

“好吧——每个人都得承受一些疼痛！不疼还算生病嘛。”

“我知道，”我悲伤地答道，坚信妹妹可能会死掉，“但是她的疼痛十分严重，医生。”

“好啦，走吧，”他答道，把灯弄亮，“我知道这相当愚蠢，但是我还是会来的。回去告诉你妈妈，我稍后就到，但真的没必要，真没必要。她这会儿不会比我更难受的，一点儿也不——”他关上门，上楼去了。

对我来说，这事儿算不了什么，但是对医生来说，却很残酷，我事后推测，他被人从熟睡中叫醒，疲惫不堪地下了床，而且，可能在我去之前，他已经被叫醒过一两次了。往家走时，我更害怕了，我没看到路上的柴房，路过时，里面突然有一只公鸡拍打着翅膀打起鸣来——这声音吓得我向旁边跳出去几米远。接着，当我沿着篱笆向前走时，有两只闪着金光的眼睛正从黑暗里俯瞰我，其实后来我在白天发现，那是篱笆上面舒适的休息板。天呐，我的心瞬间沉了下去！我一下子跳到了土路上，用尽全力抓起一块石头，也可能是一个土块，下意识地朝那边扔了过去。然后我开始向前跑，结果还掉进了沟里。这真是一段令人吃惊的经历啊——简直可以用悲剧来形容。

医生并未如期而至——我无法原谅他没让我等他一起到我家来。不过，他肯定是太困了。妹妹的病情显然不要紧，完全可以等到早上再说。不过，他还是留下了一瓶新药方，里面可能装的清水，然后他就回去了。但是夜晚确实是对医生和病人的考验，尤其是在乡下，这些都深深地印在我的脑海里。

这位医生留在我脑子里的另一件趣事是，有一次我看到他拄着双拐在镇上蹒跚而行，一只手里还拿着药箱，要去看望病号，不过他自己似乎病得很重，也需要治疗。那段时间他的风湿病很严重，但这显然没有阻止他去看望那些需要他的病号，在他看来，这些不能成为让他休息的理由。

我早期注意到格里德利的趣事之一，是他对所谓的物质利益极不在乎。我经常问自己，为什么一个如此有能力的人不向往外部世界的华丽光环与精彩欢乐，他原本可以在那个世界闪闪发光，而他却选择将整个自己和全部才华奉献给这艰苦的乡下？周围其他镇子上的医生，哪怕远在芝加哥(Chicago)，也总是请他去会诊。他懂生活——了解生活的方方面面——从我后来经历的很多事都可以得出结论，那就是只有牧师和充满智慧的医生可以了解生活。他隐身在这艰苦的乡下，周围可能围绕着拉伯雷(Rabelais)、伯顿(Burton)、弗雷泽(Frazer)和蒙田(Montaigne)，在这里他做着自己的梦，塑造着自己的思想。

医生的一个老病人，既是他的朋友也是邻居，正好跟我都搬到了另一个城市，多年后他曾经跟我评论：“嘿，我生活中的甜蜜回忆之一就是描绘那四个人，有老格里德利医生，过去在斯雷奇尔镇(Sleichertown)开旅馆的埃德·布尔德

(Ed Boulder)，还有国会议员巴尔(Barr)和法官摩根(Morgan)。夏天傍晚，其他三人坐在布尔德的旅馆前面等皮尔斯顿(Pierceton)公交车，听布尔德讲滑稽故事，他们都哈哈大笑。格里德利的笑声总是开始很温柔，然后力量和音量都慢慢加强，最后变成欢快的喊叫。周围芳草碧绿，考尔德太太(Calder)赶着鹅群一路嘎嘎叫着走来，鹅群也像他们一样又说又笑。这场面太有趣了。"

可以推测，他最重要的特质之一就是对金钱、对钞票完全无视，人们会奇怪他怎么养家糊口啊。我后来了解到，在他的一生中，他那勤劳节俭的妻子，过去总是对此颇有微词，却没什么用。他不会收自己觉得没必要的费用，也不会收取穷人的钱。

"有一次他对我叔叔非常生气，"他女儿曾经告诉我，"因为叔叔主动要求以百分之三的提成，替我爸爸去催讨病人的债务，还有一次他跟一位当地的医生终止合作，就因为对方坚持要严格算账并收费。"

他这种慷慨总是导致有趣的结果。比如有一次，他坐在沃索(Warsaw)前院草坪上，抽着烟，椅子斜靠在树上，翘着"二郎腿"，一个衣衫褴褛没穿外套的穷苦农民走过来，打过招呼之后，便开始向医生解释他的妻子病得很重，希望得到医生的建议。他看起来很不安，时不时地擦着额头，医生边听边偶尔问点问题，并"嗯嗯"地轻声回应着，他听完全部叙述，对病情也心中有数了。他声音低沉，语调可靠，边说边从口袋里掏出一个空白小本子，在上面写下药方，他把药方给农民，接着又交代了几句。农民掏出 1 美元硬币，递给医生，医生在手指尖夹了一会儿，接着从口袋里也掏出一枚一样的硬币，边聊边拨弄，最后他把那个硬币递回农民手里。

"拿着它，"他愉快地说，"去药店按方子拿药。你妻子会好起来的。"

他走以后，医生在那里坐了很久，抽着烟斗，吐着烟气沉思，手里转着他自己那枚硬币。一会儿，他抬头看着身旁的女儿说：

"我刚才在想我开个药方才用了多少时间啊，而他赚这 1 美元却要用很长时间。我觉得他比我更需要这 1 美元。"

他总是这样慷慨大方，夏日的某一天，他正坐在自家院子里，晒着太阳抽着烟，享受他的惬意时光，这时，有两个人从不同方向骑马来到他门前，都向他打招呼。他起身迎出去。他的妻子像往常一样在大厅里缝衣服，看见丈夫在门外，便斜着椅子从门框往外看，她注意到这两个人，他俩都是医生多年的病号。其中一个是家境殷实的农民，总是付"看病账单"，而另一个则是"不怎么好过"的磨坊主，妻儿都体弱多病，他从不索要账单，也不让人给他寄账单，看好几次病才偶尔给医生1美元。这两个人都跟他谈了一会儿就走了，然后医生回到屋里，吩咐黑仆人伊诺克(Enoch)备马，他自己去书房准备药箱。格里德利夫人自然对经济状况感兴趣，她总是恳求他，千万别让慷慨影响了他的判断，看医生出来了，她便上前打听："我说，医生，你打算跟哪一个走啊？"

"怎么了，苏珊小姐(Susan)，"他答道——以一种亲切的方式称呼他深爱的妻子——他非常了解妻子正在想什么，所以声音里带着抱歉，"我跟W先生走。"

"我觉得那样不对，"她语气里略带强调，"N先生跟W一样，也是你的朋友，而且他总是付账单。"

"是这样的，苏珊小姐，"他嬉皮笑脸地转过身，"N先生可以去皮尔斯顿找博丁医生(Bodine)，而W先生除了我找不到任何人。你怎么忍心让他空手而归呢？"

他这样乐善好施的性格给他带来的影响就是，在整个乡下，无论男女老少，几乎没有人没受过他那善良智慧的恩惠，或多或少，或直接或间接。换句话说，他几乎做过所有人的医生，要么是问诊，要么是会诊。他去过所有地方，无论大街小巷，总是有人找他看病——有富贵人家也有穷苦人家；不管是家境如何，他都一视同仁，给予热忱的帮助和精湛的医术，他总能在穷人身上找到发光点——也许是人性——这让他总是想在穷人的病床边多留一会儿。

"他总是这样，"他的女儿说，"我妈妈过去老是为这事儿操心。她总是说，爸爸最爱不幸的人；越是不幸，越能得到他的关爱。"

他总能轻易而有效地控制富裕病人，让我来说说。

我们镇上，有一位德高望重的老上校，他相当富有，但脾气暴躁，在内战期间立功无数。他是个大人物，大家都怕他，对他敬而远之。在格里德利看来，像这样怪癖严厉的人，跟个孩子或小学生差不多——有时需要指导他做事甚至强制他做事才行。医生确信，无论贫富贵贱，所有人都需要支持与关怀，而他，作为医生，就是提供者。毕竟他跟上校相识已久，在公共场所——像在主要街角，或是学生们经常去的邮局——总能听到他责备虚弱的上校没能照顾好自己——比如说，天气这么潮湿阴冷，出门又没穿胶鞋或大衣，或者说他其他方面做得不好。

"你又这样了！"有一次我听到他这样对上校喊叫，当时上校正出邮局，而他正进去(那时乡下还没有免费邮差)，"——没穿胶鞋，也没穿雨衣，就到处跑！你又想半夜叫我起来给你看病，是吧？"

“医生,我早上出门的时候还没这么潮湿呢。”

“再回去一趟穿衣服确实太麻烦了！要是压根没出门的话,可能就不会感觉麻烦了！”

“我穿！我穿！你别再发火了,医生。我这就回家穿上。”

医生只是目不转睛地盯着他的背影,就像个老校长,笑嘻嘻地看着威武庄严的上校往家走了。

还有一个病人叫佩格勒姆先生(Pegram),他是个高大、和蔼而慷慨的老人,他很喜欢医生,不过他脾气极为暴躁。他得了一种不知名的病,显然药物有时不太管用。这似乎更加重了他的爆脾气,最后医生发现如果让他足够生气,这个病竟然会消失。这似乎跟其他的治疗方式一样管用,所以他有时会乐于用一下。

此外,这位老绅士有一块儿非常漂亮的野牛皮地毯,关于这块地毯,当地人都在传这样一个消息,那就是这位绅士许诺如果他死了,就把这块毯子留给医生。可是只要一提到死他就暴跳如雷——医生对此很清楚。有一天夜里,他发现绅士情绪低落,几近绝望,用什么合理的法子都不管用,医生就回家了,第二天一大早,他什么都没说,就把他的黑仆人打发到他家,来要那块毯子——这显然表明老佩格勒姆先生已经死了,或快死了——起码表示他没救了。到了佩格勒姆面前,伊诺克便一脸无辜地说:“医生说那个,既然佩格勒姆先生已经不行了,那个野——野——野牛皮毯子就归他了。”

“什么!”这个爆老头坐起身,从床上爬下来,“你说什么？野牛皮毯子！我的老天！你回去告诉老格里德利,我还没死呢！一刻都没死过！甭惦记了!”然后他立刻穿上衣服,当天就出门转悠去了。

多年后,我从他女儿和其他熟人那里听说,人们遇到医生后,总会以寒暄的方式问问如何治疗一些小毛病,而他总是一如既往,半幽默半正经地回答,如果是他得了这样的毛病,他就会怎样怎样;当然并不是真的要他们这样做,而只是为了打发他们,然后指出一些无害的东西来——他从来不会害任何人。他女儿说,有一次,他驾车去镇上,路上遇到一个拉木材的人,他不认识这个人,但是这个人却很熟悉医生,他停了下来,给医生看他耳朵尖儿上的一个痛点,问他怎么治。

“哦,”医生顽皮随意地回答,“我觉得我会割掉它。”

“嗯,”这个人答应着,对这个不花钱的建议很是满意,“用什么割呢,医生?”

“哦,我觉得得用剪刀。”他顽皮地答道,从没想过有人会把他的笑话当真。

司机开车颠簸地走了，医生再也没见过他或听说他，直到大约两个月后，他在大街上又遇到了这个司机，这人微笑着走向他并热情地打招呼："你好啊，医生，你看，我把这儿割掉了，现在已经好了！"

"哦，"医生一脸严肃，对这件事没有任何印象，但他还是看起来很感兴趣，"——你割掉了什么？"

"哎呀，耳朵尖儿啊，那个疼的地方啊。你告诉我把它割掉，我照做了。"

"哦，"医生很好奇，甚至有点吃惊，问道，"用什么割的？"

"哎呀，用剪刀啊，医生，按您说的呀。"

医生盯着他，渐渐想起了整件事情。

"你割的时候没遇到什么问题吗？"他不安而好奇地问道。

"没有，没有，"司机说，"我把剪子磨快就行了。我磨了两天呢，鲍勃·哈特(Bob Hart)帮我割的。割了以后就好了，不过我跟你说啊，割软骨的时候可疼了。"

一想起他的小手术，司机就满脸笑容，医生也笑了，但是据他女儿说，从那以后，他再也不提供这种随意的建议了。

他的两个儿子，弗雷德(Fred)和沃尔特(Walter)，在学校上学，这所学校我也上过一段时间。他俩都喜欢鸟，在家里养了很多不同品种的鸟——他们不像其他人那样把鸟养在笼子里，而是通过引诱和训练把鸟养成宠物，让它们住在院子里柱子上的开放式鸟窝里。医生本人也特别喜欢这些鸟和其他各种鸟，据他的女儿和儿子说，他总是盼望春天来临，鸟儿都会飞回来——有画眉、冠蓝鸦、鹪鹩和知更鸟——他总是满怀希望地说："好啊，现在，它们很快就会回来了。"他女儿说，夏天，他总是津津有味地看着它们在空中盘旋，当夜幕降临，他站在那里看着他们从四面八方聚集到树上的鸟窝里，别提有多高兴了。然而，秋天来临，它们便开始向南方长途跋涉，他有时站在那里无奈地看着天空和树干，再看他那长满羽毛的朋友们最后一眼，夜色渐浓，它们消失在视野，再也不回巢了，他伤心地对女儿说："唉，多利(Dollie)，画眉都走了。我好失落。我想看到它们，一失去它们我就感到伤心，一想到冬天要来了我就感到难过。"

"通常在12月25日或26日，"有一次他女儿兴奋地对我说，"他会注意到白天变长了，便兴高采烈，因为春天马上就要来了，它们也要飞回来了。"

他与鸟儿之间最有趣的事之一就是关于他们父子养的两只乌鸦的事，它们分别叫作"吉姆"(Jim)和"齐普"(Zip)。这些乌鸦渐渐跟他熟悉起来，听他的家人说，它们就像人一样缠着他，经常飞两三英里到镇上找他，然后一路陪着他，在篱笆和树枝上停停落落，他边驾车，乌鸦们边呱呱叫！这两只鸟都是江洋大盗，小到针线，大到缝纫机，都是它们的目标，当然，如果它们能搬动的话。它们总是在屋子周围走来走去，兴高采烈地寻找一切能下嘴的东西，它们曾经带走一套勺子，并藏在了屋檐下。还有一次它们偷了半打锡把的小折刀，那是医生给孩子们买的，乌鸦似乎喜欢这种亮闪闪的金属。后来孩子们又把折刀弄回来，乌鸦又偷走，孩子们又弄回来，反反复复好几次，最后都搞不清楚到底谁是刀子的合法主人了。

有一天，医生正坐在市中心的一家商店前，他喜欢在晴天这样打发时间，这时他突然看到那两只乌鸦中的一只正从头顶飞过，嘴里还叼着什么东西，那个东西正掉在离他不到100英尺的地方。他对乌鸦叼的东西很感兴趣，就跑过去看看，结果发现那是一只锡把小折刀，原来乌鸦正要把它运到安全的藏宝处。他捡起了折刀，那晚回家后，他问他的一个儿子能否借用一下小刀。

"没了，"他的儿子说，"我们的小刀全都没了。乌鸦偷走了。"

"我知道，"医生甜蜜地说，"所以，刚才我在市中心遇到齐普，就向它借一把，结果它答应了。瞧，这把小刀。"

他拿出刀子递给儿子，儿子对这事儿充满了怀疑和好奇，但是医生坚持说这是乌鸦借给他的；就是因为这个玩笑，每次医生碰巧用小刀时，都打发儿子去问齐普借一把。

尽管他有时略带悲伤，但我觉得他不是个悲观的人，他总是以很多方式，或恶作剧，或古怪幽默，以此从大量行医实践带给他的巨大压力下解脱出来。他最中意的放松方式之一就是实施这些小恶作剧，大家都知道他有时甚至大费周折，只为让自己开怀一笑。

对他来说，最有趣的一个笑话，也是他最喜欢跟别人讲的一个笑话，是跟皮尔斯顿附近乡村歌唱学校有关的，在这里，阅读(至少是字母表)、拼读、地理、算数、语法等等，都会用唱歌的方式教给学生。这种教育方法目的是让学生通过唱歌记住所有知识。因此在地理课上，学生会唱出国家名、山名、最高峰的名字，还有城市、河流、主要景点等等，直到有关这个国家的全部信息都用歌曲或韵律记住为止。有时他们会邀请当地官员参加学校教学日，很多时候，医生都会参加，他是一个严肃而虔诚的听众，当然，只是为了消遣。有一次，他路过学校，听到窗子里缓缓飘出歌声"非洲——啊，非洲——啊，月——月——月亮上的山脉"，他决定进去听一会儿。他把马拴在外面，便去敲门，一个小英语歌唱老师请他进去坐下，然后号召全班同学展示一下他们最高的水平。他们唱完后，老师转向他，问他是否有特别想听的内容。

“没有了，”医生严肃地说，眼里却闪着狡黠的光芒，“我本来想让你们唱一下落基山脉(Rocky Mountains)的，但是这个山太高了，我时间又这么少，我觉得这要求也许太过分了。”

“噢，一点也不，一点也不，”老师轻快地回答，然后转向同学们，带着高傲的微笑，大声喊道，“女士们，先生们，有一位态度科学的绅士觉得唱高山比唱矮山困难。”结果全班立刻开始演示，从发音上来说，唱高山和唱矮山其实没什么区别。

然而，只有那些在病床上的人还有了解格里德利医生的人，才会发现他最杰出的品格：敏锐热心，对受苦的人报以真挚的情感和怜悯，无法忍受让病人承担痛苦，多一分也不行。他柔声细语，笑声爽朗，手法轻柔，忠于职守，已经超越了个人利益和幸福。据他女儿说，他最反对直接告诉病人的朋友或亲戚已经没有希望了。他会用微妙的语气和措辞，将致命的话语分解，可能的话会分成几步来说，从而减少对方的痛苦。“我还记得我父亲的情况，”他的一个朋友说，“那时他已经时日不多。医生明白大限将至，他不得不说些话，好让我们有所准备。我俯下身子，将耳朵贴在父亲的胸膛上，对他说‘格里德利医生，我觉得这病控制住了。我能听到肺底部的呼吸声’。”

“‘是啊，是啊，’他悲伤地对我说，用不会被误解的方式暗示我说，‘基本上总是这样。精力已经无法恢复了。生命迹象太弱了’。这些话从一开始就意味着‘你父亲不行了’。”

一个孩子得了脑膜炎，有人来问他孩子的病情——是好是坏。他答道：“他会跟我以前接触的一个病例一样，无痛地离开。”

还有一次，一个妇女快不行了，她的一个亲戚问他：“医生，这个病危险吗？”“夫人，这个病本身不危险，”他情绪悲痛，充满怜悯地答道，“但是它在一定条件下是致命的。现在希望破灭，机体已经无法抵挡它的破坏力了。”

他的一个病人住在距离锡尔弗湖(Silver Lake)几英里远的老房子里，这个农民在谷仓旁干活时遭遇了严重的事故，可能伤到了胆囊。事故本身并不严重，但是如果伤到了胆囊就是致命的，胆囊如果真的受伤了，他的眼球会在第十天变黄。医生担心会有危险，把这种可能性告诉了他的亲人，他说，到那个时候就无能为力了，不过他仍旧每天会过来，尽可能地帮助病人减轻痛苦。接下来的九天，他每天都来，坐在病人床边，陪他度过难熬的几个小时。第十天清晨，他仍然来到病人家。他女儿从病人亲戚那里听说，那一天，医生脸上尽量隐藏他的担心和焦虑。他走到门口,进来以后站得远远的,假装伸手去拿水桶。他拿上水桶,转过身,仔细看着病人的眼球,看了很久,然后他沿着院子走到离屋子较远的树下,坐在椅子上,垂头丧气,带着明显的悲伤,病人已经时日不多,这令他伤心不已,好像这是他自己的孩子一样。

"不用说话,"病人的一位亲戚说,"当我们看到他垂头丧气,步履沉重,每个动作都向我们诉说着没有希望了,死神胜利了。"

我后来得知,在他的常年老病号里,有一个叫伊德·洛根(Id Logan)的穷苦不幸的老人,他住在沃索西边6英里远的小木屋里,有一英亩土地,只有老天知道他一年年的是怎么熬过来的。

伊德没有钱,没朋友,没亲人,总是受病痛的折磨或挨饿,医生一提起他就会充满同情地称呼他"可怜的老伊德·洛根",他路过他家附近时经常过去看看他怎么样了。在一个下雪的冬夜,当医生经过一天的舟马劳顿往家赶时,想起这正好到了他的老病号家附近了,医生觉得他可能有什么需要,便调转马头朝病号家走去。到了屋门口,他发现烟囱里没有烟,窗子上连一点雾气都没有,好像屋里没有热气。他轻敲了几下门,没有人答复。他打开门走进去,发现他的老病号病得很重,已经神志不清,躺在破旧的床上,痛苦地呻吟着。炉子里没有火,床上的铺盖就是两三床破旧褪色的被子,大雪从木头之间的裂缝里,从门下面还有窗子缝里往屋里灌。

医生走上前去,发现老病号旧疾复发,危及生命,他立刻给病号吃上药,这样就能给他提供些力量,然后他走到院子里,拴好马,从积雪下面捡出一些小木片,回屋生起了炉火。接着,他又烧上一壶水,点起油灯,这样病人能好过一点,做完这些,他坐在床边,整个晚上都没睡,不断地往炉火里添柴,让病人尽可能地舒服一点。到了第二天清晨,病人去世了,当太阳高升,他才回到家,家里人都焦急地询问他去了哪里。

"我陪着伊德·洛根呢。"他说。

"他生什么病了?"他女儿问道。

"现在没事了,"他回答说,"只是昨晚而已。"事后很多年,每当他提起"可怜的老伊德"的死,总是感叹一个人如果没朋没友,病死在榻前,一定是非常可怕的事情。

他对老朋友和旧物件有着深厚的情感,他无法忍受老朋友搬走,同样也无法忍受失去一个病人。他最老的朋友之一是一位信奉基督教、叫作威克斯(Weeks)的老妇人,她住在劳特尔克里克(Louter Creek)的尽头,医生已经在她家出诊行医将近50年了。在他的后半生,这个家庭渐渐支离破碎,最后只剩下这位老妈妈,她决定搬到惠特利县(Whitley County),跟女儿生活在一起。在搬走之前,她希望能见见格里德利医生,于是他拜访了老人。老人做了简单的饭菜来欢迎医生的到来。吃完饭后,他们一起回忆了旧时光,医生准备离开时,老人离开房间,当她回来时,胳膊上搭着一条漂亮的绒线毯子,她伸出手,紧张又虚弱地对面前的小听众说:"医生,我要搬到惠特利跟女儿一起住了,我觉得以后没法经常见到您了。跟我一样,您也越来越老,对您来说,到我这里来实在是太远了。我想把这条毯子送给您,这是我从60岁起就开始亲手织的。虽然这并不贵重,但是它寄托了我对您的爱和尊重,感谢您为我和我的家人付出的一切。"

她把东西举到胸前,眼睛湿润,声音颤抖。而医生看到这充满敬意的仪式,完全出乎意料,在她讲这段话时,他已经起身,站到她的面前,态度庄严,情绪激动,眼睛湿润,充满感激的泪水。

他用双手接过这质朴的礼物,稍微平复了一下他激动的情绪,对老人说:"夫人,非常感谢您精心准备的礼物,我在这上面感受到您深深的情意。我知道,每根线都交织着您的情感,这比世界上任何羊毛线都结实,比所有的纺织品都耐用。我已经给您看了50年的病,亲眼目睹了您的喜怒哀乐。我会像尊重您一样,爱护这条毯子,但是您必须答应我一个条件,我才能接受它。威克斯夫人,条件就是,以后无论夜多黑,雪多大,水多深,只要您需要,您一定要让人来找我,我会很荣幸也很快乐的。除非您答应我,不然我不会感到安心的。"

老妇人答应后,他拿着毯子,走出房间,骑马回到家,到家后他吩咐家人说:"我想现在就把它铺在床上。"

他的女儿总是乖巧地顺着他的奇怪想法,马上照做,从那天起,直至他去世的那天,这条毯子一直陪在医生身边。

对我来说,最有意思的事儿之一是跟他晚年的病和去世有关的。在他最后的岁月,每当有个头疼脑热,他都拒绝给自己开药方,他总是说,一个医生如果有点脑子的话,应该不会傻到吃自己开的药。按照他一贯的幽默态度,他总是让附近刚开始行医的年轻人来给自己看病。比如,有一位年轻医生业务很好,但还需要有人支持再提高点知名度,他偶尔会来帮医生看病。这次,他叫来一位态度冷静的年轻医生,这位年轻人很令人钦佩,但没什么行医经验,他对年轻人说"医生,我今天感觉不舒服",便躺到床上,等着那位年轻人给自己治疗。

而年轻医生考虑到格里德利医生颇高的声誉和医术,非常紧张,都不知道该做些什么了。

“那么，医生，”年轻人看过舌头，号过脉搏，试过前额，终于开口了，“您肯定比我更了解您的病情。您觉得我该开点什么药？”

“医生，”格里德利甜蜜地答道，“现在我是您的病人，您是我的医生。我不会给自己开任何药的，我只吃您给我开的药。这就是我请您来的原因。现在请您根据我的病情开药吧，我会吃的。”

这位年轻医生想遍了所有的新药或特效药，最后决定用一个不同于以前的药，他也是最近才听说这款药的，它在近期的医学论文中很受欢迎，效果明显，他身上正好带着样品。他没有问医生是否听说过此药，也没问他的想法，就直接开了。

“很好，我很喜欢它，”格里德利严肃地评论道，“我之前从没听说过它，但是它听起来真实可靠。我会吃的，让我们看看效果。还有，我喜欢像您这样有自己想法的年轻医生——”据他女儿说，他吃了那个药以后，很有效，他总是说年轻医生需要多了解医学发展的最新情况，药物在不断变化，也许这就是老医生该淘汰的原因！他年老体衰，时日不多，但是当那一天来临时，他会快乐满足地离开。

据我所知，他的精神世界里最甜蜜也最有趣的是他对痛苦与死亡的态度，充满了惊讶、同情、温柔和信任等人性特征，他无法不带个人情感地去看待痛苦与死亡。在死亡面前，他永远像个学生，有一次，他冷静地宣布他的个人信条，即当一个人死了，他就是死了，在意识上也走到了终点。有时，他又改变了观点，充满几乎虔诚的希望。我一直保存着他读过的一本书，那是艾米莉·勃朗特(Emily Brontë)略带恐怖的小说《呼啸山庄》(*Wuthering Heights*)，我注意到他在书中给许多有关死亡和来生的段落作了注释。其中一段是这样写的：

“不知道这是不是我自己独有的特性，当我在房间里望着死去的人，如果没有疯狂或绝望的哀悼者在我旁边，我会感到无比的开心。我看到一片宁静，人间与地狱都不能将其打破，我感觉从此以后生无止境，无限光明——他们已经步入来生——生命无限，真爱永存，快乐圆满。”

他在空白处补充道：“我总是有这种感觉。我知道这是多么自然的过程啊。一想到这儿，就无比宽慰！”

有位年轻的牧师快不行了，医生给他写下了最后的药方，并对他充满了温柔体贴的挂念，他用拉丁文写下药名后，又在下面补充了几行字：

“在生命的最后时刻，当颤抖的灵魂在空中飘浮，死亡平息了最后一刻心跳，噢，愿仁慈的天使出现，犹如永恒海洋上空的一颗恒星！”

当他自己也到了最后的时刻，他的老朋友戴尔上校（Dyer）来看他——那个不穿外套和胶鞋的人——他对上校说：“戴尔，我快要走了。我已经站在死亡的阴影里。我就站在它的边缘。我眼睛看不清，说话也不连贯，死亡的身影阻挡了我的视线。我知道这意味着什么。这就是终点，但我一切都好。我不害怕。我曾经说过很多，也做过很多，如果我没说过也没做过就更好了，但我这辈子从来没有故意伤害过任何人。我从不关心自己，只关心我撇下的那些人。我从没存过钱，死的时候跟出生时一样贫穷。我们不知道未来会有什么，一层薄纱挡住了视线。好像有一只手要引领我们安全通过，但是我说不清。没有人能说得清。”

这段有趣的话是他在去世前不到一天时留下的，这正是他慷慨大方、值得信任、充满哲学的思想总结。

“如果在那条河上有碧绿的草地和平静的河水，那他会静静地越过，”他的一位崇拜者在当地报纸上发表了一篇社论来纪念他，“‘想让别人怎样对你，你就要这样对待别人’这个原则，有人深信并践行。那么依此来看，乐善好施的医生将不会受到任何伤害。如果无法用意识来表达，只有绿地与河水的静静围绕，那么绿地将更加葱翠茂密，河水将更加清澈发光，因为他曾经在此生活，在此工作，现在又无比信赖地重回它们的怀抱。”

5

硬汉卡尔亨

认识他时,恰逢我得了抑郁症,我的身体状况受到了精神抑郁的影响。几乎可以说,我当时精神出了问题。然而,我对他和他的治疗非常不屑。好多年前我就听说过他,他是一位名声在外的摔跤手,更准确地说是前摔跤运动员,退役的全胜世界冠军。在孩提时代,我就知道他像《皆大欢喜》(*As You Like It*)中的那个名叫查尔斯(Charles)的摔跤手一样,和莫德耶斯卡(Modjeska)一起周游过美国。在此之前或者之后一段时间,他曾训练过那个时期的世界冠军得主约翰·L·沙利文(John L. Sullivan),当时约翰·L·沙利文没有任何竞争力,是他训练并指导他赢得了最成功的一场比赛。在那之前,从年轻的时候开始,他前后干过很多种工作。他出生在爱尔兰一个农民家庭,靠在船上给厨房打杂来到了美国。他曾经在包装公司干过装卸工,在鲍厄里(Bowery)餐馆干过厨师助手和服务员,在酒吧当过保安,在职业拳击比赛中当过陪练,当过警察,内战期间他参军成为列兵,做过售票员、表演型摔跤手,在艺人公司当过"骗子",后来还去马戏团干过。直到他后来赢得了摔跤世界冠军,成为约翰·L·沙利文的教练,他才赢得了至高的声望。他后来在纽约州北部某个县开了一家体育疗养院,这家疗养院很快就发展壮大,如今成为纽约附近韦斯切斯特(Westchester)地区最为著名的时尚机构。

对这类让人敬畏的人或从事令人敬畏职业的人，社会其他人士对他们怀有崇敬之情不足为奇。我最感兴趣的是，各界知识分子竟然也对他们满怀崇敬之情。这些人崇尚力量、机敏、勇气、所谓的蛮力或其他种种特质。这是一种卑怯的崇拜，尤其更多地产生于处在社会较低阶层的男人和儿童当中，他们的这种崇拜一定是表现为极致的奉承。

然而，这次的情况到目前为止，就卡尔亨而言则完全不同。不论他年轻的时候做过什么，现在的他完全变了，或者，至少早些年的青涩早已被他其他的经历慢慢地打磨掉了，主要是通过自我提升，通过后天周旋于陌生人之间学习礼仪，学习更好的行为举止和风俗习惯。在跟陌生人交往过程，他不是简单地模仿他们的行为举止，而是接受这些陌生人的习惯，并且在一定程度上把这些习惯融入到与他们的交往中。准确地说，在东部最时尚的居住区，他拥有数百英亩最好的土地。他已经把位于纽约北部的一处巨大的庄园交给了一些慈善修女会。他的马厩里存放着各种各样的时尚汽车，并且还圈养了六七十匹最差的马。这些马是他有意选出来的，供他的“客人”们选择。各行各业的男人们到这里来拜访他，很开心地向他预付 600 美元，用于为期六周的训练课程。他们带来了或者打算带着自己的车和侍从寄宿在附近，但是所有这些，在此期间他们都用不上。我是被我亲爱的哥哥介绍过来的，准确地说我是被强塞给他的。如果亲密的朋友真正在他的生活中存在的话，我哥哥和他是亲密的好朋友。被带到他那里的时候，我心情非常忧郁，情绪低落，然后就被留在了那里；他很少亲自接待客人，或者立刻接待客人。在去那里的路上，在我被介绍给他之前，我的好哥哥就告诉过我很多关于他的事情，包括他的情绪、方法、傲气和诀窍。正如猜想或谣传的那样，所有这些在很多情况下都颇有裨益；所有这些都是粗鲁的，并且是有意为之的粗鲁。

抵达那里的那一天，在见到他之前，我就对这些产生了深刻的印象。这里简单而又与众不同。这家小旅馆或者疗养院或者“维修店”（后来我才知道，他也习惯于这么称呼这里），坐落于一片高地上，居高临下可以俯瞰到周边的奇妙全景。当时是春天，天气温暖又明媚。修剪过的围栏环绕四周，修整过的高高的女贞树看起来平整光滑，十分好看。在中央位置，矗立着宽敞的灰色房子，呈长椭圆形，带着简单的法式落地窗，装有栏杆的宽大阳台从二楼延伸出来，遮阳篷下的阴凉处摆放着几把摇椅。这所房子所处的位置是一个缓缓的斜坡，一直延伸到松德海峡（the Sound），距离东南部有数英里远，教堂的顶尖和村庄里的山墙交相呼应，远处水面上玩具大小的帆船形态各异，也为这里增添了不少韵味。向西 20 英里，高低起伏的绿色呈现出波浪般的美丽。天气晴朗的时候，附近村庄里的各式屋顶在树林中若隐若现。正南方可以看到海水的痕迹以及一些奇形怪状的建筑，在白天看来，这些并没有什么特别之处，却为远处的美景增添了模糊的轮廓。但是到了晚上，万家灯火的柔和光芒则体现了纽约城的快乐和彻夜狂欢。放眼向北望去，碧波荡漾，层层叠叠的波浪渐渐消失在朦朦胧胧的蓝绿色的雾霭里。

后来我才知道，为了达到特定的目的，这里才这么安排的，这种安排是非常合理和明智的。这里通风好，设备完善。一楼是间规模很大的体育馆，壁龛外面的一头儿悬挂着四五个练习拳击用的吊袋，还有健身实心球。另一头儿是办公室兼接待室，行李房兼储藏室，储物柜和餐厅。从中间向东延伸的侧厅有淋浴室、休息室以及阳光充足的会客室。在二楼，大厅宽敞通风，大厅的一头儿是卡尔亨的私人套房，大厅的两边是巨大的图书馆、台球室和吸烟室，大厅的另一头儿是两排卧室，共有 100 多间，依次排开，并且每个房间都可以通往前面提到的那个阳台。这些房间的布局有点像客船的客房，带中央通道、外甲板和通往外甲板的通道。一楼另一个侧厅是厨房和佣人房，除此以外没有什么其他的了。向东穿过大片的草坪或者草地，在疗养院的前面是一个雄伟的马厩，壮观得几乎和主楼一样令人印象深刻。在这个地方总是能或多或少地看到仆人、马夫和女仆以及许许多多不同职业、不同年龄甚至来自不同国家的人。他们是美国最具代表性的第一代和第二代移民。

在我到达的那一天，我并没有见到期望中的主人、监管员或者训练员。等了一两个小时之后，那个性情古怪的人才来见我。当他真的出现时，我看到的是一个具有绅士风度的穿着衣服的野蛮人，我从来没有见过这样的人。他外表优雅，举止高贵，身材匀称，气宇轩昂，仿佛是黎塞留(Richelieu)或者吉斯公爵(the Duc de Guise)从肖像画中走了出来。他穿着浅黄褐色马裤，鲜红色马甲，黑白方格的骑马上衣和棕色皮靴，并配有带马刺的绑腿和皮马鞭。说真的，那一刻他穿着裁剪精良的骑行装，让我觉得他不是一个人，而更像一头猛虎，或者一只异常凶猛并且时不时打呼噜的猫，他衣着华丽，就像儿童故事书里描写的那些戴项圈、穿靴子的老虎。他走起路来脚步轻盈，像猫一样。他那双坚毅、清澈、像灰色的动物的眼睛，透露出的敏捷、尖锐和搜寻的目光，常常让我们感到备受折磨。有人告诉我，他已经 60 岁了，我真的很难相信。他看起来顶多像善于保养的 50 多岁的人。他唇上的须和下巴上的小山羊胡子都是灰色的，修剪得短短的、整整齐齐的，更增添了他的气质。他头发浓密，往后梳得高高的，眉毛浓黑，眉尾向上翘起，更为他增添了高贵的风度。他看起来阳刚、聪慧、冷漠、偏执甚至有些险恶。

“嗨，”他见到我就大声喊道，“是你要见我？”

我报出姓名。

“嗯，是这么回事。你哥哥跟我说过你。来，坐下吧。有人会来招呼你的。”

他走后，差不多过了一个多小时，我还在等。对于住在哪个房间，有什么可吃的东西，我几乎一无所知 ，我原本想有人会出于礼貌来跟我说句话，但是没人这么做。

这个接待室不伦不类的，里面挂着礼帽、便帽、马鞭和长手套。坐在这里等着时，我突然想到自己可能会跟这里的一些人一起住上几周。那会儿是下午两三点钟，许多人都无所事事，三三两两地在一起聊天、看书，所有的人都穿着普通的运动服——柔软的羊毛衬衣、短裤、跑鞋或者散步鞋。显然，他们大部分就是所谓的渊博的专家或艺术家、医生、律师、牧师、演员、作家；还有些商人、工厂主，年轻的和中年的社会人士以及政治家、有钱的闲人。一般来说，他们的乐趣或者说癖好都有点糟糕。我立刻认出了一位著名的法官，他在纽约某高级法院工作，还认出了一位在说英语国家中家喻户晓的演员。后来我才知道，其他人都是要么与生俱来，要么因其自身的成就或他们与一些事件或者公共事务有关系。正如我后来才相信的，出现在这里的人之所以有那么多是智力超群的人，而不是那些智力低于普通人的人，要么是由于他们的能力，要么与和他们相关的人有关，这些人都真诚地感激庄园主人发明的治疗理论，或者至少他们从这些理论中获得了快乐并且受益匪浅，或者至少因这些理论而成名。

我说过，我并不是一个很容易被感动的人，带有自身学说或理论的疗养院对我而言并没有吸引力。尽管如此，我在这里等待时，突然发生的一个事件给我留下了深刻的印象。疗养院来了一辆漂亮的汽车，车里坐着一个清瘦、傲慢的男人，他往四下看看，自然是希望有人能凑过来。他小心地从车里爬了出来，等他都确认好所有的小旅行包和大行李箱都从车里取出放在砾石广场以后，才付钱给司机。然后，他走了进来问道：“啊，卡尔亨先生在吗？”

“先生，我不知道啊，”作为唯一在场的一个人，我回答说，“他刚刚还在这里，但这会儿已经走了，我想不久就会有人来接待我们。”

他踱来踱去，不一会儿又问：“嗯——相当奇怪的欢迎方式，是不是？我给他发过电报说我会到这里来。”他不安地走来走去，几乎要暴跳起来，时不时地看看窗外，评论着这种相当随意的接待方式。

大约 15 分钟过去了,仍然没有人来招呼我们,只有仆人们或“客人”偶尔穿过房间,在我们视线范围内的所有人都吝啬得不肯跟我们说一个字,甚至没有对我们表现出丝毫的兴趣,这位新来的客人开始兴奋起来。

“太不正常啦,”他怒气冲冲地走来走去,“三个小时前我就给他发过电报,我在这里已经干等了足足 45 分钟了! 应当说,我从来没见过这样办事的!”

话音刚落,严肃、目光坚毅的主人就回来了。他似乎要赶着去某个地方,对我们俩也是毫不感兴趣。看到我们在这里,也可能是对这位新“客人”的感觉,他端起野蛮而又冷漠的架势,以犀利的眼神盯着眼前的陌生人,并没有因我们漫长的等待而有任何道歉的意思。

“是你要见我?”他再次直截了当地问。

这个陌生人就像一只暴躁易怒的黄蜂,他觉得自己受到了侮辱,或者说被轻视怠慢了。

“你就是卡尔亨先生吗?”他干脆地问。

“是的。”

“我是斯奎尔(Squiers),”他大声说道,“我从布法罗(Buffalo)给你发过电报,订了一个房间。”他边说边激动地挥舞着手。

“啊,不! 你没有订房间。”主人尖酸地回答。他的回答带有明显的想法,试图表达出他的冷漠甚至蔑视:“你那会儿发电报只是想知道,你是否能订一间房。”

他愣了一下,周围的温度似乎突然降了下来,这个满怀期望的客人似乎意识到自己之前犯了某个错,导致出现了现在这种状况。

“啊,哈哈——是的,好吧,那么现在还有房间吗?”

“我不清楚,我不确定。不是每个来访者,我们都会接收的。”他的眼睛似乎要盯进这位访客的内心里。

“那好吧,X 先生是我的朋友,他曾告诉过我。”这个陌生人马上半恼怒半致歉地解释,他是怎么到这里来的。

“我不认识你的什么朋友,也不知道他对你说了什么。如果他告诉你可以发电报订房间,那是他搞错了。不管怎样,你不是和他打交道,你是来找我。既然你已经来了,请坐下休息片刻。我看能不能给你找个房间。但是现在我没法知道你能否留在这里。你必须得等一会儿。”他转身离开了。

另一位惊呆了:“好吧。”过了好一会儿,他才绕着走到我跟前发表评论:“谁要是想到这里来,我想恐怕都得忍受这些事情吧,但是这的确太不寻常了,是不是?”他坐了下来,蔫蔫地干巴巴地等着。

过了没多久,负责登记的办事员接管了我们,后来我听这位客人解释说他肺部不太好,走了很远的路才来到这里,我相信他是从丹佛(Denver)来的。他早就听说,谁想到这里来,只需要发个电报就足够了,尤其是像他这种情况。

“有些人的确是这么想的,”办事员认真地评论说,“但是他们不了解卡尔亨先生,他在这些事情上是随心所欲了点。我想他做这个不是为了赚钱,而是为了自娱自乐。申请到这里来的人远远比这里接收的人要多得多。”

我开始看到一丝希望,或许这个地方有些什么东西,但是知道上床睡觉前,我都没有感觉到任何变化。吃过非常简单的晚餐之后,我被带到自己的房间,是那种相当简朴的单人间,一到 9 点钟,所有的灯都熄灭了。我点了一小截蜡烛,想从手提包里找些东西,这时听到外面大厅传来声音:“请熄灭蜡烛,熄灭蜡烛!全部上床睡觉!”那时我才觉察到这里所执行的是非常严格的管理制度。

第二天早上 5:30,我还在熟睡中就听到了响亮的敲门声。头一天晚上我已经留意到床头上方有一个框起来的标识牌,上面写着“客人必须穿运动短裤、运动鞋和运动上衣,6 点准时在健身房集合”。“6 点健身房集合,6 点健身房集合!”这个声音一直在大厅里回荡。我跳下床,这个地方笼罩的气氛让我感觉到,试图轻视这里的规矩是非常危险的事情。对我来说,主人那老虎般的眼睛并没有吸引力,他看我的眼神并没有比看别人时更温柔。我已经付过 600 美元了—最好我能赚回本钱。不到五分钟,我就穿好短裤、运动上衣、睡袍和运动鞋到楼下的大厅了。

就在那个大房间里,我曾经在健身房里见过的那些古怪的人已经开始集合了。有胖子,有瘦子,有留着中分的夸张胡子的,有留着蓬松大胡子的,有留山羊胡子的,有大腹便便的,有突起膝盖的,有瘦瘦胳膊的,有秃头或者半秃头的,还有戴着角质眼镜甚至是夹鼻眼镜的!不一会儿,锻炼就开始了。对于年轻人和体格强健的人来说,只穿着短裤、运动上衣和跑鞋一点儿也不会让人难以接受,但对于这些中年人来说,却并非如此。在外面的世界,他们都衣着华贵,开着汽车,有人伺候着,可能在城市有房产在乡村还有别墅,开着工厂,雇用了大量的工人,或者经营着某些机构,想到这些我非常难过。简直太讽刺了,太可怜了!他们就像丢了外壳的牡蛎般软弱,包括我自己也是如此。这的确是莫大的悲哀!

正当我在沉思的时候,许多人发现我是新来的,都建议我选一个搭档一起来练习健身实心球,随便一个搭档都行,只有这样才有可能不会被主人“带走”

或者被他点名。我马上照他们说的做了。当我们组织起来开始练习，每组成员之间保持抛接两三个轻质健身实心球的时候，我们的主人，那个坚强的、肌肉发达的男人走了进来。他身穿连帽罩衫，看起来更像某位得道高僧，或者中世纪的武僧，而不像个教练。他走到中央，挂起罩衫，展现在我们面前的是他轻盈的身体以及与我们穿的一样的衣服。他大跨步跳跃的时候，更吸引人的是他健美结实的双腿，健硕的胸肌和线条优美又有力量的双臂。和其他人一样，他马上抓住一个巨大的皮质健身实心球，喊出了一个名字。一个瘦瘦的，半秃着脑袋、细胳膊细腿的酒鬼答应着站了出来。我认为，对这个人来说，他身上穿的短裤和运动上衣，简直就是个巨大的讽刺。他走到主人的对面找好位置，马上进入了接球和应对气势汹汹的对抗中。

“现在快点，再快点！啊，加油！把球扔回来！扔给我！你打算这么抱一整天吗？上帝，你干嘛在那儿傻站着？你在那里干嘛？你以为你在干什么——喝茶吗？得了吧，我可不想把一上午的时间全花在你一个人身上。快动起来！动起来，你这个拖后腿的！你还自称编辑，为什么连张宣传单都编不出来，你连扔个球都能扔偏了！把球扔直一点，扔直了！看在上帝的份儿上，你以为我在哪儿？在办公室外面吗？把球扔直一点，真是见鬼！”整个过程中，他从散落得满地是球的地板上随手抓起一个又一个的球，扔向受训者的方向。在受训者搞明白自己的处境前，就已经砸中了，6 盎司的充气球高速飞过来，先是一个球砸到了脖子上，接下来一个砸到了胸口，至少有两个球一直在他和主人之间不断地抛来抛去。后来一个球击中了他的肚子，他发出了微弱的“哦呃”声，停下了所有的努力，用双手护住了受伤的部位。在这种情形下，占优势的一方只是朝对方满脸得意地笑了笑，手里仍举着一个球，做出要继续抛过去的样子：“这会儿你是怎么啦？来吧，你停下来干什么？根本就不疼。你连两人之间抛接这么小的两个球都做不到(那些球差不多有六个或者八个，可不止是 2 个)，还能指望你做什么……我现在 60 岁了，你才 40 岁，你竟然连我的节奏都跟不上，你还妄想着给大家的生活提什么建议吗？要我说，就当可怜可怜那些民众吧！好了，换人，下一个继续！”然后，主人终于放过了他，喊了另外一个名字。

这次应声出来的是个胖子，秃着头，喉部的赘肉下垂得厉害，大腹便便。后来我才知道，这个人是服装生产商，他手下有 600 多人，他的健康和神经状况都不太好，身体真的是“千疮百孔”。被点到名字，显然让他非常紧张。他迅速进入状态，疯狂地想要抓住球，主人故意抛出古怪的球，让他不停地左右奔跑，始终保持紧张的状态。

“动起来，动起来！”我们的主人仍然像以前那样坚持，并且变得更加暴躁了，“我说，你就像只螃蟹！你怎么动的？你要是多长点脑子，少长点内脏，肯定比现在更好。你是个多好的标本！这就是出门坐出租车，半夜吃晚餐又不锻炼的后果！醒醒吧，快清醒一点吧，你早就该用腰带勒紧肚子。少吃点，少睡点，你就不会这么肥了，甚至你的头发可能也不会掉光！醒醒吧，清醒点吧！你想要干什么，去死吗?”他边说边迅速地把球抛向受训者，而受训者好几次像要哭出来，他身体上的毛病全部暴露出来了。他太胖了，看起来可能会摔倒，他的脸闪着红光，双手颤抖着，失去了知觉。伴随着一句“好吧，下一个”，第三个受训者被叫了出来。这次应声站出来的是一位家喻户晓的演员，是一位明星。虽然他动作敏捷、精神抖擞，但是他清楚地知道自己即将面临什么，因此他还是紧张不安。他在这里已经待了好几周了，身体也得到了相当不错的调整，但是他的内心的的确确仍然惴惴不安。他跑了起来，尽可能做到快速接球和抛球。和其他人一样，现在该轮到他来接受这种考验了。在这个世界上，即便是我们普通人，也只有极少数会受到这种抱怨和责骂，更不要说这些处在舞台聚光灯下的成功人士了。“我说，你根本就不是个演员，你一点都不爷们！你就像个炖烂的洋葱！动起来，动起来！快点，快看看你的动作，那是你吗？看看你举起的胳膊！你以为球在哪里呢，在天花板上吗？又不是灯泡！快点，快！你演哈姆雷特的时候，像哈姆雷特一样被杀死真是个奇迹，可是你不能一直是死的啊！你真是，你知道吗，你现在是真的死了。动起来，动起来！”直到这位可怜的演员受不了主人不断抛飞过来的球，不断击中他的脖子、耳朵、肚子。终于他放弃了，叫喊道：“好了，我没法快得超过自己的极限，我不能！超出我能力的事，我做不到！”

“啊，继续下一位！你还是回合唱团吧！”主人说着放弃了对他的折磨，“你还是从婴儿班找人陪你玩弹珠吧。”然后，他又喊了另外一个人。

到现在为止，就被选中的可能性来看，可想而知我相当紧张。他可能会叫到我！和我一组的那个人，身材矮小又瘦弱，我认为他选了我是因为他知道我是新来的，无关痛痒，甚至我可能还觉得很尴尬，他认识到了我的想法，也意识到了他自己的想法。通过和我一起热火朝天的练习，他在尽量给人留下一种好印象：我们一直在尽力用心地练习。“加油，我们快点练习，这样他就不会注意到我们了。”他可怜巴巴地说道。他可是说到我心眼儿里了，这会儿你应该认为我和这个人有一辈子的交情了。

但是，主人并没有叫到我们，至少今天上午是这样。不论是由于我们俩的努力，还是由于我不够重要，太微不足道了，总之，我们逃脱了一次被折磨的机会。在第四天还是第五天，他还是找到了我，没有比我更惨的了。我被击中、绊倒、被砸中，直到完全趴在地上动弹不得。有一半人相信我会被他害死，但是我活了下来。当他折磨其他人的时候，我被送到了场边恢复体力。但是，他对我的称呼，对我不够灵活的关节以及我所谓的头脑的评论，一直让我耿耿于怀。那种感觉就像学生时代，我作为一个差等生，在学习最简单的基础知识的时候，所处的那种恶劣和看似恶毒的环境一样。我羞愧地缩手缩脚的，完全被现实的场景打败了。

在毗邻的淋浴间，主人每天都亲自监督客人们洗澡，他把更多非同寻常的方法都呈现了出来。在很大程度上，他的方法的效果体现在，他能让那些参加他的培训课程的人承认自身的无能、无力和愚钝，消除他们的权威感和价值感。显然，不管他们在外界如何，在这里对他而言，他们都是孩子、懦夫、失败者、傻瓜，他们都没有意识到身体才是最重要的财富。在这里，他们赤裸裸地感受到了自身的不足之处，这种感受比在健身房里的感受更为深刻。这些律师、法官、医生、政治家或社交名流，不管他们在外界顶着怎样的头衔，不管他们的衣着是如何光鲜，不管他们是法官还是平民，在这里，他们只是留着胡子，四肢纤细，脖子细长，凸额头，赤身裸体的人罢了——好吧，充分发挥你的想象力吧。通过进行特定的额外练习之后——100 次踮脚尖，100 次深蹲（如果真的能够完成的话），100 次举起双臂与双肩保持直角，或高举胳膊过肩，或以正确的角度左右甩动胳膊，然后双臂复位，直至手指碰触到臀部，然后再一次汗流浃背……那么，此时就会有人来及时地告诉你（这一辈子就这一次）怎样快速、灵活地洗澡。

“好了，现在，你准备好了，是吗？”这是主人对一位尊贵的法官说的。可能他跟我一样，也是前天才到这里的。“来吧，现在，只给你 10 秒钟的时间，跳进水里把自己从头到脚淋湿，20 秒内跳出来，把全身涂满肥皂，10 秒内再回去并冲掉所有的肥皂，20 秒内全部擦干一现在开始！”

这位杰出的法官开始行动了。尽管主人已经解释过，对付冷水的唯一办法，就是通过活动身体来消除它的影响。但是，他并没有听从刚才的建议迅速地动起来，而是蜷缩着身体，几乎一动不动地站在水里，瑟瑟发抖。事实证明，主人的建议是大有益处的。

他身份高贵，身材修长，瘦骨嶙峋。他把金丝边眼镜暂时放在一边，把粗花呢外套和浆洗过的亚麻料衣服都脱了下来，然后开始一丝不苟、小心翼翼地清洗起来。但是在冷水里，所有的努力都白费了，卡尔亨粗鲁地催促他。我希望被这个野蛮人继续抓住不放的人是他，而不是我。这个野蛮人似乎从扰乱我们所有人的社交自信和理智中，享受到了无限的乐趣。

“涂肥皂啊！”当洗澡的人从水中出来再次出现在房间里时，主人严厉地大喊，“把前胸涂上肥皂！把肚子涂上肥皂！还有胳膊，真见鬼！往胳膊上涂，别光知道擦胳膊！现在，往腿上涂，见鬼了！往腿上涂肥皂！难道还不会怎么往腿上涂抹肥皂吗？别整天傻站在那里！涂腿上！现在转过身，往后背上涂肥皂，涂后背！看在上帝的分上，涂涂后背吧！赶紧的，快点！现在，再回到水里去，看看能不能把肥皂都洗掉。别把自己搞得跟冻住的蜜糖似的！动起来，快点行动起来！上帝啊，你想洗上一整天吗？就好像这辈子从没洗过澡似的！我还是第一次见你这样的大懒蛋。你到这里来，满怀期望我为你做点什么。但是，你却木头一样杵在那里，不动弹！现在，快点动起来，快点！”

尊贵的法官按他的要求去做了，也就是说，他尽量以最快的速度去做了——但是，展现在其他人面前的却只有精神萎靡和虚弱不堪。当然，这是他在这里遭受的野蛮待遇，是最糟糕的了，正如和许多情况下一样，这种待遇给人造成了极大的伤害。对于一个人尊严的伤害，往往比任何其他方面的伤害都严重得多。如果，一个人是位高权重、备受尊崇的官员，却被称呼为“大懒蛋”，或者某位名医、商人被称呼为“木头一样的人”，这种打击尤为明显。这个特殊的目标再次回到水里，开始紧张地搓手搓脸，想把肥皂冲洗掉。听到对他的辱骂时，他的注意力转移到了其他地方——他左前臂的背面。

我们的主人似乎被激怒了，“好吧，好吧！”他暴躁地大叫起来，鹰一般的眼睛紧紧盯着他，“你打算用一整天的时间来洗那个地方吗？看在上帝的分上，你该知道，擦洗干净身体从水里出来吧？行动起来！快点动起来！搓搓你的胸口！搓搓你的肚子！该死，搓搓后背！搓搓脚趾，然后出来！”

他拼命地搓洗一个地方，这种滑稽的努力失败后，他便一直被指挥着搓洗着其他地方，就像他的身体是某个复杂庞大的机器，而他以前从未正确地理解过这个机器。他当然非常慌乱，似乎完全不知道该怎么去做，更不用说去取悦于那位苛刻的主人了。

“快点！”主人坚持着，最终不耐烦地说，“快从水里出来吧，现在你该知道怎么洗澡了吧？作为一个男人，你当了15年法官，你简直就是我见过的最无聊的人了。如果你在家也是那么洗澡的话，你怎么能洗干净呢？快点出来，把你的身体擦干！”

这位尊贵的受训者，看起来有些疲倦和厌烦，他非常沮丧，用一种质地非常粗糙的毛巾擦干了身体。"他竟然说这种话!"有人曾听到他事后对别人说去过此事,"他并不习惯跟绅士打交道,这很正常。这个人说话像个恶棍。你想想,我们交钱是为了听他说这些吗?!好吧,好吧,我想我受不了了,我已经受够了。该起来积极反抗了,积极地反抗!"但是,经过再三权衡之后,他还是留了下来。营养的早餐以及他身体的需要,才是更重要的。不管怎样,几周之后,他仍然没有离开那里,精神状态暂且不提,他的身体情况有了明显的好转。

大概在第二天还是第三天,我又目睹了另外一个场景,让我大笑不已。当然,只有主人不在场的时候,我才敢真正地放肆大笑。同样,还是在这个房间里,来了另外一位杰出人物。我分不清楚他是律师,还是社会人士。当时,他不是按照主人规定的方法,而是非常悠闲地洗澡,突然就被我们的主人发现了。我们的主人向来喜欢用一分钟或者更短时间的洗澡理论对某些人进行指指点点,他耐住性子盯着观察了几秒钟,走过来大声喊道:"洗洗你的脚趾,行不行?洗洗脚趾!难道你就不能洗洗脚趾吗?"

这位老练的绅士意识到,现在他生活的环境,和原来他大概已经习惯的环境大不一样了。于是,他俯下身子,开始搓洗自己的脚趾头。但是,显然除了脚趾头以外,他并没有想搓洗其他的部位。

"这里!"他大喊道,他的声音听起来比刚才更刺耳了,"我说了,洗洗你的脚趾,不是脚趾的外侧!涂上肥皂!难道你还不知道怎么洗脚趾吗?上帝知道,你都多大年纪了!洗洗脚趾的缝隙,洗洗脚趾的下面!"

"我当然知道怎么洗我的脚趾,"对方直起身子,不耐烦地回答,"更重要的是,我想让你知道我是绅士。"

"好吧,那么,如果你真的是绅士,"主人反驳道,"你应该知道怎么洗你的脚趾。洗洗脚趾——别顶嘴!"

"哼!"洗澡的绅士叫嚷道,表情看起来比之前更滑稽了,"我可不习惯别人这样对我说话。"

"我不得不这么说,"卡尔亨说道,"如果你知道怎么洗你的脚趾,或许你就不必忍受别人这么跟你说话了。"

"哦,见鬼!"对方愤怒地叫道,"简直太蛮横了!我可不在这里待了,乔治(George)会带我离开这里!"

"好啊,"卡尔亨接着回应道,"但是,走之前你必须洗干净你的脚趾!"

主人静静地站在那里,平静地盯着,直到等对方把脚趾洗干净为止。

正是这种气氛,让这个地方成为迄今为止我所见过的最令人惊讶的地方。

就如同磁石对铁块有吸引力一样，这里也吸引了许多名人和成功人士。同时，这里为他们提供的条件又恰恰是他们最不认同的。不管在外面的世界，他们是什么样子，在这里他们都是一样的。这里的主人至上，他用鲜明的个性主导了所有的人，并且把他的个性毫不犹豫地展示了出来。

我认为这里的早餐丰富而又平淡无奇，包括麦片、排骨和咖啡。早餐过后，8:30～11:00，我们自由活动。有的写信，有的把要洗的衣服送去洗衣房，有的读书，要离开的人整理打包行李，有的只是闲坐。自由活动到 11 点还是到 10:30，这取决于练习的性质。每个人必须加入一个小组，有的人选择自己擅长的长短途障碍跑，有的人选择去骑马。所有的练习都必须在适当的时间内完成，只有这样才能及时赶到淋浴室洗澡换衣服，再休息十分钟后吃午饭。对他们而言，这些练习本身是相当简单的，包括长短途障碍跑(长途障碍跑全程 7 英里，短途障碍跑全程 4 英里)、散步、或者散步和跑步交替进行。以上这些练习课程，我们常常会爬山坡穿山谷，穿越未经铺设的泥巴路，沿着小溪或者河流干枯或潮湿的河床，走过石块众多杂草丛生的田野，露水或者春雨常常弄湿了我们的衣裳。但是在大多数情况下，尤其人们长时间没有进行有规律的运动的情况下，能够完成这些并不容易。第一天的时候，我觉得我自己根本不可能完成，我绝对不是一个可怜巴巴的步行者。其他人，特别是那些新来的人通常是累得筋疲力尽，最后被人接回来，或者因晚回来一个小时，而被主人重重地责骂。除了蔑视弱者以外，对所有人，主人似乎有上千种让人觉得厌烦的方式来表现他的蔑视。

“如果想看有些人能变成什么样的可怜虫，”有一次，当一个可怜的训练者在短途障碍跑中遇到相当大的困难时，他说道，“看看这个人吧，这个人出去 50 分钟了就跑了 4 英里，看看他。你们肯定以为他是不是要死了。他自己恐怕也是这么想的。在纽约，他从一个酒吧到另外一个酒吧，或者从一个龙虾宫到另一个龙虾宫——顺便说一句，龙虾宫可真是个好名字。他一晚上能跑 17 英里，可从来没抱怨过一句。但是，到了这空气清新的乡下，经过一整晚的休息，吃了丰盛的早餐之后，他竟然 50 分钟跑完 4 英里都做不到！好好想想吧，也许他还以男人自诩，还尽在朋友、老婆面前自吹自擂，上帝啊！”

一两天之后，这里来了一位美国少校，四十八九岁，体格粗壮，一副十分傲慢的样子。他的闲职一方面让他适应了散漫的生活，另一方面也让他最终来到了这里。因为某些在职的官员，如果过于肥胖，则将面临着被辞退的风险。而这里让他无法忍受的测试(或者他自认为无法忍受的测试)，可以让他避免被辞退。少校向卡尔亨作了解释，他的计划是在这里练习，以便于以后能够通过那些困难重重的测试，而卡尔亨对那些给予解释的人总是坦率，并且言谈粗俗。

我认为，卡尔亨讨厌这样，他憎恨人们利用他和他的方法来达到自己的目的，憎恨人们在生活中比他更能干。尽管如此，他还是接收了他们。他觉得他们瞧不起他，是因为他出身低贱，而单单靠体力来维持生计。我想，他基本上认为自己这个想法是对的。但是，这份工作为他带来了荣誉，在某种程度上，这份工作支撑着他能够凌驾于这些人之上，他不能放弃。现在，人们如此迫切地需要他的帮助，或者说需要锻炼，以增强信心。这种渴望迫使他采用所有他能想到的最尖刻、最残忍的态度来刺激他们。我认为至少在某种程度上，他是这样想的。因为说到底，他确确实实是太聪明了。尽管我们所有的观点中都有潜意识的"缺乏"激励的冲动，他却不会有丝毫的小家子气的想法。他就是这样一个人，曾经当过警察，曾经是摔跤手，曾经是职业拳击手，曾经当过士兵、服务员、送牛肉的、保安或者教练。这位曾经在西点军校接受过训练的自负的陆军少校，对生活一无所知，甚至连怎么照顾好自己的身体都不知道。到了 48 岁的年纪，却遭遇变故而被迫来到这里。相比而言，我们的主人却凭借着他的活力和斯巴达式的勇士精神，使得他在 60 岁的时候仍能够保持完美的状态，重塑这群三教九流，掌控如此庞大的机构。他并不是自身强大力量的创造者，无论如何，他自身无法控制的冲动和脾性已经为他安排好了一切。尽管他似乎忘记了，或者说他根本就不知道这一点，但是从一定程度上来说，他是对的。

尽管如此，少校来到这里请求接受训练，卡尔亨也同意了。虽然少校已经为自己的栖身之所付了一大笔钱，也为质量可能会大幅度下降的伙食花了大价钱，但是卡尔亨仍然抑制不住让他出洋相的欲望，让他意识到自己是个可怜人，也许卡尔亨正是通过这种对比来显示自身的出类拔萃。于是第一天，卡尔亨安排少校和其他人一起进行短途障碍跑，预计这群"慢跑者"在 12 点返回，12 点半就能坐到餐桌前享受午餐了。但是，少校并没有按时出现，他当然被所有人甩在了后面。可能一两英里以后，他就筋疲力尽了，在爬山穿谷的过程中，他努力寻找好走的路线，甚至沿着捷径返回"维修店"，或者他可能像有些人那样，完全放弃了，坐好心人的卡车或者农民的马车逃去最近的火车站。

无论如何，卡尔亨坐在位于餐厅正中央的专用桌子旁边，离其他人远远的（这是个有利的位置）。他环视四周，没有看到新来的客人，便问道："有人看到早上才来的那位所谓的军官了吗？"

所有人都说他被落下两三英里，除此以外，他们什么都不知道了。

“我早就知道会是这样，”他直截了当地说，“这就是办公桌少校最好的例子，我们的军队中有这种人。他们整天窝在转椅里，穿着带穗饰的制服，向别人发号施令。你们肯定会想，像他这样一个人物，曾经在西点军校接受过训练，在菲律宾服过兵役，应该能让自己保持一种良好的状态。而事实根本就不是这样的。一旦他们的工作有点起色，他们就像围坐在酒店餐厅，或者在社交舞会上大肆炫耀，向别人吹嘘自己是多么有能耐。这个男人，这位军官，现在肯定情况糟透了。我要是派匹好马去接他，他十有八九连马背都爬不上去，我得派辆卡车或者其他什么车才行。”

他坐了下来，大约过了一个小时，疲惫不堪的少校终于露面了，是马夫骑着马去接他回来的。后来，听那天接他的马夫背地里跟别人说起来，少校当时是被他扶上马接回来的。从那时起，每两天或者三天，我们上午都要进行骑马运动、短途障碍跑和长途障碍跑。少校就成了主人攻击的特殊目标，主人对于刁难他乐此不疲，刺激他说“除了长了内脏，没长什么别的了”——这话那时候听起来真的太恶心了。如果他这也不能干，那也不能干，他究竟为军队做出了哪些贡献，还指望能留在军队里？士兵们怎么可能会遵从一个像他这样的废物？主人用此类的话不断地打击他。开始的时候，我非常同情这位少校，后来我渐渐钦佩起他来。卡尔亨把最差的瘦骨嶙峋的老马分派给他，他却从来没有抱怨过；逼迫他吃掉所有那些他不喜欢吃的食物，他也没有抱怨过；当我们大部分人无所事事的时候，他坚持一整个下午都在外面活动，尽管他已经习惯了喝酒，但是他坚持不喝酒。据我所知，这位少校后来在那里待了 12 周，而不是 6 周，最终通过了测试，留在了军队。

再回头看看卡尔亨，他的方法总是包含着唠叨和纠缠虽然他已经到了 60 岁的年纪，但是仍然具有惊人的力量。他的唠叨和纠缠，以及对自身蛮力的那种无所顾忌的依赖和自豪，使得其他所有人都看起来是那么弱小，那么无能。他们或许有头脑，有技术，但是来到这里，在他的地盘上，他们都或多或少地要么由于精神原因，要么由于身体原因而无所适从。他冷漠、目中无人，丝毫不在于他们是来是留，还是走，甚至在他们愤怒时还嘲笑他们。时不时有传言说，他找到了很感兴趣的某些人，但这种情况并不经常发生。在我看来，他鄙视他们，只因他们是如此地软弱。他甚至鄙视生活和享乐，鄙视放荡和懒惰，根据他的判断，这是多数人的特征。比如说，我记得有一次他告诉我们，当年他在美国军队中服役时，曾经在冬天被关在宿舍里，围坐在炉子周围，正如他形容的，抽着肮脏不堪的烟斗，或嚼烟叶，吐痰，连续几周下来都不会换洗衣服。他憎恶这一切，接着就生病发烧了。即便是在最寒冷的天气里，他也尽量开着门。那时，他只有一套内衣和一套制服，只能每隔两三天到附近的溪水里清洗。除此以外，没有什么其他办法保持整洁。受条件所限，有时没有肥皂可用，而且常常需要破开冰层才能弄到水。把衣服摊在灌木丛上，或者挂在树枝上晾干的时候，他就在寒冷中赤裸着身子跳舞、奔跑和跳跃。

“那些可怜的家伙，”他非常轻蔑地说，“他们常常坐在宿舍里，对我的做法感到奇怪。他们围在火炉前嘲笑我、戏弄我。很多人就是死在了那个冬天，而我活到了现在。”

于是，我们全明白了。我曾经琢磨过许多张胖乎乎的脸和凝聚的灵魂。长期以来，他们把自己困在舒适的办公室、餐馆或者家里，仅仅骑两个小时的马，就让他们筋疲力尽。我实在好奇，这种事情怎么会对他们产生吸引力。我想他们之所以会这么做，主要基于两种原因，要么是精神错乱，要么是受到无法效仿的巨大力量的驱使。

但是，卡尔亨对他们却并没那么宽容。我记得有一天，疗养院来了一个身材粗壮的希伯来人，满脸忧伤，半秃着头，胖胖的四肢，大腹便便，他来这里想让卡尔亨接收他。就像激怒其他客人一样，我想卡尔亨想折磨这个特殊的目标，他答应了他的请求。此后，从希伯来人踏进这里一直到他离开这里，我和他几乎同时离开，卡尔亨似乎带着残忍和粗鲁的想法跟随着他。他分派给他一匹野性十足的马，不是踢人就是咬人。骑马的时候，易斯奇(Itzky)先生(我认为，易斯奇是他的姓)就被安排在靠近队伍前列的位置，这样卡尔亨就能看到他。准许骑马的时候，每次在上马之前，我们总会在宽敞的马厩里对所有的装备进行初步的军事化检查，装好马鞍，拴好缰绳，再牵马出去。这位特殊人物既不会给马配马鞍，也不会给马戴马嚼子、拴缰绳。当他靠近时，这畜生总是上蹿下跳，用一种邪恶的眼神盯着他，甚至还咬他。

最重要的是，卡尔亨似乎很重视这种压力。能让他的客人感受到这种与其工作相关的压力，他很开心。为此，他会使用最轻蔑、最严厉的字眼来评论他们。因此，他对易斯奇先生是相当刻薄的。他检查了马鞍和缰绳，冷嘲热讽地说道：“哦，我看你还没学会怎么系腰带吧。”或者：“我的确相信，你屁股上也装了马鞍。可以肯定的是，如果你能安，你肯定会这么干的。当一匹马知道了自己没有配好马鞍，你怎么能指望它保持理智和平静呢？不管有没有骑手，没有哪匹马不知道这些。瞧瞧这些从全国各地聚集到这里的笨蛋和废物，我要是匹马，我也会踢人、咬人的。松开皮带，用正确的方式绑好”(可能没有什么不对的地方)“把马鞍往前挪一挪。不然,你想骑在马屁股上吗?”

然后,上马的高潮时刻到了。当然有大家公认的、完美的方式——他的方式:左脚踩进马镫,轻松地落在座位上;也可以用同样的动作,把右脚踩进右侧的马镫里。想象一下,50、60、70个男人,高矮胖瘦各不相同,健康状况和情绪也千差万别,他们中许多人在到这里之前,还从来没有骑过马,他们像是被吓坏了的孩子一样紧张和害怕。这种方式的骑马,这样笨拙的摸索,他们终于坐到了马鞍上,恰到好处地踩进了马镫!卡尔亨自始至终骑着马走在前面,他像军队的首领,骑坐在威风凛凛的战马上注视着我们,眼神中充满着无限的厌烦和蔑视,他的这种目光使我们的麻烦增加了近千倍。

“好吧,你们全都上马了,是不是?你们上马的动作都非常优雅,我喜欢坐在这里欣赏你们。瞧瞧赫尔伯特(Hulbert)太可笑了,他把腿甩过马背差点就把马的牙齿踢掉。埃芬厄姆(Effingham)努力想从另一侧跌落下来。易斯奇先生在哪里?我怎么没有看到他?哦,是的,他在那儿,好吧。”(此时,易斯奇正在发疯似的努力把一只胖乎乎的脚伸到马镫里,并试图把自己拉上去。)“你怎么样,还好吗?难道你没法把腿抬到那么高吗?瞧瞧这个人,45年来,他就是那个一直经营着斗篷和套装企业,雇用着500个工人的男人,他竟然连马背都上不去!想想看,500个人竟然就是指望这样一个人谋生!”(正说到这里,易斯奇成功地骑到了马背上。)“好吧,他真的骑到马背上了!现在就看跨越一两个障碍之后,你能不能坚持住,掉不下来。易斯奇,找到右边的马镫,就在右侧马肚子那里,明白了吗?这是一群多么优秀的人啊!让他们带领我们穿过这柔美的乡村!见鬼,怪不得我在这个地方的名声没那么好听!好了,走吧,看看你们能不能坚持住,不摔下来。”

我们骑着马小跑穿过马厩大门和女贞树门,为马儿向更远的地方快速奔驰做准备。这对于经验丰富的骑手来说,没有什么难度,但是对于新手而言,不论是面对马的紧张还是对自身的恐惧,都是巨大的挑战。第一天,由于已经多年不骑马了,加上自己对骑马技术的不自信,我几乎没有办法坚持骑在马背上。过了几天以后,我才变成一名相当老练的骑手。就在那时,易斯奇先生出现了,在他之后其他人也是状况百出。在这次的特别行程中,我一直在想易斯奇先生从马背上跌下来或者滚落下来,再也不能骑马的事情。他距离维修店和卡尔亨有几英里远,他的困境一点也不值得同情。我们骑了一小段路后返回时,遇到他瘸着腿在路边,愁眉苦脸地看着队伍和乡村风景。

“好吧,你现在怎么回事?”卡尔亨用他极其严厉的目光盯着他,说道。

“我桑(伤)到脚了,我木(没)法继续骑马了。”

“你是宁愿走回去吗? 牵着你的马走回去?”

“凑(就)是,我木(没)法骑了。”

“那好吧,如果你还想吃午饭的话,就牵着你的马回马厩。从此以后,你就和幼儿班一起进行短途障碍跑,直到你觉得自己再也不会从马背上摔下来为止。我养了一马厩上等的好马,让这些好马为这群不会骑马的傻瓜服务,我有什么好处? 这群傻瓜只会糟践它们。一匹好马在马厩里待上一两周以后,就不适合绅士们骑了。他们又扯又拽,还踢它甚至打它,而实际上马儿比他们更有该死的眼界。”

我们骑马离开了,只有易斯奇孤零零地留在那里。我们是三个人并排骑马的,我左右两侧的人悄悄地嘲笑他,就好像我们都配备了上好的马似的。“神经病,说这种刻薄的话!”“这个老骨头!”“想想看,像这个东西应该被叫作马!”但是对于易斯奇先生,没有人公开表达抱怨,也没有人对他有特别的同情。他们相信他的确是个胖子,是个血汗工厂的老板,让他走回去,流流汗吧。

不管发生了什么事情,在所有人都在努力寻求重建他们自己的团体,这个快乐的领域里,同情也就只有这么多了。

这么多人无论是相貌、能力,还是困扰都各不相同,但是他们一直引人发笑。如此一来,让我想起一个精益钢制造商,他是一家大型轨道辙岔和转辄器公司的百万富翁总裁。他来自堪萨斯(Kansas)城,饱受贫血、神经衰弱、心脏神经紊乱以及其他多种病症的困扰。他已经年过半百,非常在意自己,关心家庭、事业和他的朋友。他迫切地想从他所听到的这个名声在外的课程中获益。从第一天到这里,他就在我附近散步或跑动,乘机向我打听关于卡尔亨的事以及在这里生活的情况。后来,他才对自己的身体情况有了信心。显然,他的主要麻烦在他的心脏,一种幻觉症让他产生了恐惧感,害怕自己快要死了。这种状况反反复复地折磨着他,让他拿不准自己是不是真的生病了。一来到这里,他就向卡尔亨吐露了自己难以理解的事情,而卡尔亨已经为他做了检查,并用相当粗鲁的语言表态,他非常适合做“所有在这里他不得不做的愚蠢工作”(“相当粗鲁”,据他后来跟我解释时所说)。

然而,当我们出去进行短途障碍跑时,他的心脏疼得厉害。同时,这也相当清晰地让他知道,如果想要留在这里,就不得不履行所有的义务。在经过一两英里或者两三英里的快步走和慢跑之后,他对我说:“你知道,我真不确定我能做到这些。太剧烈了,比我想象的要剧烈得多。现在我的心脏不太好,它跳得可厉害了。”

“但是，”我说道，“我相信，如果他跟你说你能忍受得了，你就肯定能行。如果你做不到，他不太可能对你这么说的。他给你做过检查，不是吗？我相信他不会故意强迫一个忍受不了的人去做这些的。”

“你说得对，”他半信半疑地承认，“可能真是这样吧。”

他仍然不断地抱怨来抱怨去，并且变得越来越焦虑不安，直到他最终放慢了脚步，被人落在了后面。

准点回到健身房之后，我迅速洗澡换衣服，然后在浴室的阳台上等着，看这次会发生什么事情。按照惯例，卡尔亨刚刚结束锻炼回来，他此时正站在门里或门口附近，想看看其他人的进展情况。这时，那位精益钢制造商一瘸一拐地回来了，他迟到了15分钟。他一只手捂着心口，一只手捂着嘴巴。当他走近的时候大喊道：“卡尔亨先生，这下我相信了，我真的忍受不了这个。恐怕我的心脏出毛病了，它跳得太快了。”

“带着你的心脏见鬼去吧！你的心脏一点毛病都没有，难道我没告诉你吗？现在赶紧去洗澡！”

这位惴惴不安的制造商可能是被吓住了，也可能他的疑虑被消除了，他下水去洗澡。10分钟以后，他出现在餐厅里，看起来和其他人一样感觉轻松自在。后来，有一次他在我们一起慢跑过程中跟我承认，是卡尔亨给了他自信，让他相信他的心脏没有任何毛病——我相信，他的心脏确实没有问题。

关于卡尔亨最有趣的地方是他的这种与众不同、非常原始和直率的观点，即使有时候是残酷的。在这个鲜明的物质世界里，他就是中心，就是太阳，而我始终保持着伟大生命的意识。他不了解高深的心理学知识，对艺术或者哲学也没有丝毫兴趣，但是看起来他仍然能运用，甚至体验这些知识。他用他自己的方式，证明了从1万年前的库纳克萨(Cunaxa)带回来的古希腊法则和鲜明的思想。甚至，他以他粗鲁的方式揭示了历史的远景和平衡。他了解人性，显然他感受到了最佳状态的生活和处于最底层的生活，对任何一个方面的情绪或者欲望都把握得恰到好处，既不会太多，也不会太少。

但是，每天都在这一特殊的领域里“交涉”，与牧师、律师、医生、演员、制造商、爸爸或妈妈年轻的未来希望、备受宠爱的家族继承人、年轻的混混儿以及所谓的来自“上流社会”的社交人士打交道，这些人在金钱方面非常富有，但是在某些情况下又和其他人一样，缺乏健康的知识和必要的活力。人们不禁会猜测，他究竟是怎样的一个人，如此地冷漠而又粗鲁，对他们来说，竟然那么有吸引力。他们来自美国的各个地方——太平洋、墨西哥湾、大西洋，还有加拿大——然而，虽然他们不喜欢他，或者他对待他们的方式，但他们还是留了下来。无论是走路、跑步，还是闲逛，人们总是会听到这样或者那样的声音：卡尔亨太苛刻了，他是一个“粗鲁的人”，一个“自命不凡的人”，一个“廉价的拳击手”，最好听的说法莫过于说他是个“摔跤手”，我生气的时候，也常常这么想。但是，抱怨归抱怨，他们留在了这里，我也留在了这里，都没有离开。他粗鄙庸俗，但是我们依然没有离开。并且，仔细想一想，我开始认为，他是我所认识的人当中最为出色的一个，而他所对付的这些人全是些最难对付的人。总的来说，他们内心的需求或者他们的状况，或者来自于唾手可得的丰厚财富，或者来自于耀眼的物质上的成功，而后者就造成了他们自身极度自私的观点。因此，他们是我曾经见过的最为冷漠，同时，在某些方面更加苛刻的一群人。他们中的大部分人早就以放荡不羁的方式见识了生命中太多的东西，于他们而言，剩下的东西没有多少值得他们去享受了。他们几乎对所有的一切都嗤之以鼻，包括卡尔亨也是如此。但同时，他们又为他所吸引。我试图解释给自己想让自己相信，不管你愿意还是不愿意，有些人自身具备的那种钢铁般坚定的力量迫使大家靠近他；或者他们基本上已经厌倦了生活，同时他们是那么自私和自负，这就要求一种与众不同的、刚性的情绪，再加上如此让人感受到威胁的训练课程，才能让他们真正感兴趣。像他们这样处于病态的人，也只有他才是唯一可以帮助他们打发时间的人。

正如我所说，卡尔亨的总体方案中一部分工作就是安排好散步、慢跑和长途、短途障碍跑的起始时间。这样，如果他们能迅速完成，赶在12:30前回到疗养院，就还有几分钟的时间洗个澡凉快一下，换身衣服，然后去餐厅。如果卡尔亨没有提前到浴室门口，便会在餐厅里等着，坐在他的小桌子旁，随时关注着所有人的返回时间和状态。于是有一天，我们中的一部分人比原定计划提前完成长途障碍跑后，气喘吁吁地庆祝这打破纪录的7分钟。当时，我们中没有人知道他就在附近，我们进入餐厅的时候，他就在那里对我们的成就嘲笑不已。

“你们以为自己很聪明，是不是？”他尖酸地说道，关于他是如何知道我们在更短的时间内完成锻炼，他没有过多的讲述。“你们到这里来，每周付给我100美元，然后你们却想着对你们自己的金钱和健康，自作聪明地耍花招。我希望你们记住一点：我的声望，仅仅和你们在这里花钱想要得到的结果有关系。我不需要你们任何人的钱。我需要的是，你们服从我的命令。现在，你们每个人都有手表，你们只需要给自己计时，在规定时间内完成障碍跑。如果你们不能按时完成,那是另外一回事了。我可以原谅那些身体太虚弱或者病得太重的人,但是对于那些只会自作聪明的笨蛋,我不需要原谅。我希望以后再也不会发生这种事情,明白了没有?”

那顿午餐,我们吃得非常沮丧。

我们那时的午餐和晚餐都是精确到分钟计算的,跟午餐和晚餐有关的,还有一件事,那就是欢快的桌边演讲,通常是那些个别犯错误的人讲述关于他们所犯的过错,其他时候,则只是大家对日常生活的评头论足以及对人性天生的固执,说说风凉话而已,在逗乐的同时,也一定会激励一部分人。有谁会听到周围人所犯的过错而不感兴趣呢?

当时我在那里的时候,有一位纽约来的社会人士,名字叫布莱克(Blake)。他很不幸地陷入了过度酗酒的深渊不能自拔,最终因神经紊乱而被送到了这里。他在很多方面,就像我们在任何地方遇到的其他有修养的人一样,和蔼可亲,谦逊体贴。他有着平和亲切的气质,首先,他对任何生活方式都保持着理解和同情,如果有时对他进行善意的测试,会发现他具有高度的包容性。他对喝酒的那种狂热,或者说他试图努力在这个枯燥的世界上找到一丝感觉,他这种温和的尝试并没有引起卡尔亨的过度反感,也没有被他当成嘲笑的对象。至少我认为,卡尔亨喜欢这个男人。布莱克严格遵守秩序,真诚地努力满足这里的条件,他仅仅要求每周一次去纽约州白原市(White Plains)或者拉伊(Rye),或者纽约,去处理一下公事或者其他一些琐事。但是,他的大部分请求通常都是立即被公开拒绝了。虽然卡尔亨有自己的私人套房,就位于这座宏伟建筑的尽头,人们觉得在那里也许可以向他私底下提出请求,但是没有人在那里能见到他,他拒绝接受任何形式的抱怨、请求或者拜访。如果你想和他说话,你就得等他和大家一起锻炼的时候找他——这是个常识性的规矩。但是,如果有人提出了合理的请求或者诉求,或者如果有人在这种情况下,凭着良好的直觉判断出孰是孰非以及每个人的期望是什么,他会静静地倾听,边说话边放慢脚步,甚至会邀请他们到办公室详谈。尽管他们的要求大体上和布莱克的要求类似——经过一周或者两三周的锻炼之后,他们想请假去某个地方待上一两天,尤其是当身体状态好转以后,毫无疑问,他们又开始怀念那种城市生活的舒适和乐趣了。

对于他们的这些要求,他多少还是固执己见。他们千方百计,借口朋友或者经纪人在附近的城镇,或在纽约豪华的度假地有特殊的安排,不管有没有经过卡尔亨的同意。只要他们真的离开了,卡尔亨总是有办法知道他们到底去了哪里，做了什么。并且，如果他们违反了某条规则，或者破坏了他们的约定，那么他们的特权也就到此为止了，甚至他们会被马上驱逐出去。他们的车会被拖到疗养院前面的路上，他们会被赶到别的什么地方栖身，也许对他们来说，这才是最好的方案。

然而，有一次，布莱克经过允许，周六周日去纽约处理一些紧急公务。正如他所说，他以自己的名誉担保，一定会远离灯光闪耀的玩乐场所。可是，他并没有遵守自己的承诺，相反，有人见到他在市区的某些舒适的场所喝得烂醉，他喝了那么多的酒，或许足够让他坚持到再次有机会返回市区。

周一早上还是周日晚上，他回来的时候，卡尔亨假装没有看见他。直到午饭时间，他终于完成了长途障碍跑，洗完澡，让自己尽可能地看起来清白又健康，才步伐矫健地走进了餐厅。但是，卡尔亨已经在房间里等着他了，他坐在房间中央的小桌子旁边，身边蹲着两条纯种的柯利牧羊犬，不管是在外面还是在屋里，它们总是跟随着左右。他拍着其中一条狗的头，开口了，“一条狗，”他用最讥讽的语气非常清晰地说道，毫无理由地提到这个，通常预示着他的批评即将劈头盖脸地击中某个地方，“比一般人都好得多，把那些人和狗比较，简直就是对狗的一种侮辱。狗真的很不错，它们没有粗俗的坏习惯。在定时喂食的纯种狗面前放一盘食物，他肯定不会病态或傻乎乎地狼吞虎咽，它只吃它身体所需要的量，然后就停下，猫也是如此。”（当然，他说的这些并不是真的，但是——）。“狗不会因为喝太多酒而变成红鼻子。”这时候，所有的目光都转向了布莱克的方向，那个人的鼻子还隐隐泛着红色。“狗也不会得淋病或者梅毒。”所有人的目光又都转向了那三四个富有的年轻的恶棍身上，他们几个都被人怀疑得了这类病。“狗也不会在宾馆的酒吧和劣质酒上消磨时间，不会喝到舌头变大，也不会逢人便夸自己是多么富有、自己的家族是多么有历史。”（这句话暗示着布莱克做过这样的事情，但是对此我很怀疑，所有的目光再一次都转向了他。）“狗不会食言，在它可怜的认知范围内，它是忠诚的。它只做那些它认为被要求去做的事情。”

“但是，如果你让一个人，特别是一位绅士，就是你们当中一直标榜自己是个绅士的人，（布莱克可从来没这么干过）让他继承 800 万美元或者 1000 万美元的遗产，给他一个大学学历，让他充分地融入社会，那么他会做什么呢？除了沾染上许多恶习以外，他什么该死的事情都做不好——他会从一个沙龙跑到另一个沙龙，一个赌场跑到另一赌场，从一个女人的床上爬到另一个女人的床上，从一个饭局赶到另一个饭局。任何有必要知道的事情，他都不需要知道。从肉体上或者其他什么方面而言，他可能只是一条最低贱的狗，但他仍然是个绅士——因为他有钱，穿着高筒靴，戴着高高的礼帽。在我那个时代，我曾经见过50个可怜的职业拳击手，他们能把这些所谓的绅士们打得狼狈不堪。他们信守承诺，努力地让身体保持健康。他们努力在这个世界上站稳脚跟，赢得属于他们的生活，成为有影响的人物。”（可能他想到了他自己。）“但是，绅士却总想着吹嘘自己的过去、自己的家族，告诉你他得回城里去处理公务——他的律师或者其他什么主管想要见他。然后，他就穿梭往来于宾馆的酒吧，与那些娼妓们鬼混在一起，而回到这里以后，还指望我让他重新塑造他，好让他的红鼻子变得颜色淡一点。他以为在他没有其他地方可去的时候，可以在我的地盘上寻求依靠，等恢复好以后能再多喝一点。”

“好吧，我想正式通知这里所有的所谓绅士们，尤其是其中的一位，”他用重重的语气特别强调，“那是行不通的，这里不是妓院或者沙龙所附属的医院。至于你交到这里的区区600块钱，我根本就不需要。我曾经赶走了来过这里的好多人，他们曾经来过不止一次两次。我明白，他们都想利用这个地方、利用我，帮助他们继续他们令人恶心的酗酒和欢宴，而不是真的来利用好这个地方。聪明的人都知道，他们不是真的要利用我。他们就是一群败家子，只有他们的父母、妻子，只有那些哭着、喊着把他们送到这里来的人，才是真想利用我的人。我会接纳他们一次或者两次，但是也就仅此而已。一个人治愈以后离开这里，我知道他是真的治好了。我再也不想见到他了。我希望，他到外面的世界去生活，并在那里站稳脚跟，而不希望半年以后他再次回到这里，哭哭啼啼地想要重新塑造形象。这样的话，他只会让我感到恶心，让我觉得不舒服。我觉得他该离开这里了，就会让他离开。那时候才是他在这里的一切都结束的时候。让他走吧，去哄骗随便什么人。我已经把自己知道的一切都传授给了他，没有什么神秘的了。一旦他在这里待过，他就可以和我要求的那样，自己做那些我能为他做的事。如果他不想做，那也只好就这样了，没什么大不了的。我还想再说一点：对今天某个人来说特别合适，这是对他最后一次警告了。他已经来过这里两次了，这次离开之后，他就再也不能回来了。现在看看，你们中的一部分人，能不能记住我早就告诉你们的一些事情。”

他渐渐平息了怒气，打开了一小瓶品脱红酒。

有一天，我正好在那里，他又开始说了：“如果说，在我们的国家有一类人需要提升的话，那就是律师。我不知道为什么会是这样，但是，律师的工作在本质上使得他们玩世不恭，常常摆出一副无所不知的面孔。大多数律师比他们要对付的恶棍更像恶棍。他们总是试图在某些情况下掌控案件,而在某些情况下,他们不得不钻法律的空子,解救本该接受法律公正的惩罚的某些人,使他们免受应得的惩罚。然后他们就被标榜成了诚实的人、品德高尚的人。想想看吧,看看我在这里树立的某些榜样,判断一下。”接着,这里的某位律师用敏感、探寻的目光向他扫去,然后低下头,眼睛紧紧地盯着自己的盘子,或者把头转向窗外,以避开别人凝视的目光。你会以为他们是社会的精英,他们所从事的是真正尊贵的职业,甚至认为,他们在自身能力方面远远高于其他人。好吧,如果把纵容和狡猾看作是优良品质的话,他们的确是出类拔萃的人。但是,我个人不并不这么认为。一般说来,他们是这里身体最弱的人,他们行动迟缓,喜欢沉思,脸色蜡黄,我想其他部分原因在于他们缺乏锻炼。在讨论的时候,他们永远不会直接发表意见,也从不热衷于此。律师总是想用“如果”或“但是”这样的词汇设置陷阱,用某种方式来应付你。他们从不愿意又快又直接地回答你。我已经观察他们 50 年了,他们差不多一样的德行。他们自认为个性鲜明、与众不同,但事实上并非如此。“他们中的大多数人对生活的了解并不像一个名副其实的、全能的商人或社会人士了解得那么多,”不过,他暂时还没有丝毫讨论这两种人的想法,“对我来说,这辈子我永远都想不明白,为什么一个真正有魅力的女人会想嫁给一个律师。”他继续说下去,接二连三地表露对这些人的不满,他一直不停地指责他们做得不好的地方,直到你不想听为止。假如你从来没有听他谈论过任何其他职业的话,你一定认为律师是他所遇到的人当中最卑贱、最狭隘的人,他们无论从精神上还是身体上,都是最无能的人。其他没有人对他超群而又粗俗的陈述持反对意见,正是由于他具有老虎一般的气质会让人有种感觉,跟他争论的后果就是,你的身体会被他撕裂,一直好几天都会流血不止。

第二天,或者一两天或者五六天以后,他又会谈论医生、商人、社会人士或者政治家了,这取决于他的心情。天呐,这些人被他抨击得体无完肤!他似乎总是在思考他的这些受害者的弱点,急切地(也可能没有那么急切)让他们展示出自己是多么地可怜、不可靠和渺小,他们只是流着口水的生物罢了。关于商人,他是这么表述的:“这些普通人一般都做着某些小生意,有的开着工厂,有的搞批发,有的开经纪公司、宾馆或者餐馆,他们通常有着明显的中产阶级的思想。”这时,所有的商人和工厂主都会竖起耳朵认真听他讲。“你会发现,通常情况下,他们仅仅了解和自己行业有关的一点东西罢了,其他的他们什么都不懂。有人懂得关于斗篷和西装的所有知识(这可能是给了可怜的易斯奇一记耳光)。

关于皮具、鞋子、灯具或者家具，他也可能多少知道一点，这就是他知道的所有的知识了。如果他是个美国人，那么他会全力以赴地致力于自己的小生意，没白没黑、累死累活地干，并且让所有和他相关的人都努力工作。为了多赚几千美元，为了看起来和兜里有几千美元的那些人一样，他会克扣雇员，欺骗朋友，让自己和家人挨饿吃苦。但是，他并不是想与众不同，而事实上他们只是想和别人一样。如果他们中有人在哈德逊（Hudson）或者在环河路街区（Riverside Drive）买了房子，那么等他有钱了，他也想去那里住。如果他们中有人或者他认识的其他人，加入了某个俱乐部，那么即便是俱乐部不想接纳他，或者他自己根本就不喜欢，他一定也要加入那个俱乐部。他想和其他同伴用一样的裁缝，抽同一个品牌的雪茄，去同一个地方避暑。甚至，他想和他们在长相上也一样。上帝！当然变得和其他人一样的时候，他们就觉得自己成了某些大人物。对于他们行业外的事情，他们没有任何想法，但就是因为他们赚了些钱，他们就想告诉别人该怎样生活，怎样思考。想象一下，一个有钱的屠夫或者做斗篷的，或者随便什么其他人，竟然告诉我该怎样思考、怎样生活！”

他目不转睛地盯着他，好像看到了很多关于他描述的例证。并且有意思的是，符合他的描述的那些人，看起来就好像他不可能说的是他们一样。

到这里来的人各行各业的都有，其中，我认为他最不喜欢的就是医生。这个原因当然要归咎于医生们所做的工作或者将要做的工作与他一直努力要完成的工作类似。并且，医生们对于他所做的工作嗤之以鼻，至少批判地审视他的所作所为，试图找出其弱点。毫无疑问，在很多情况下，他认为医生们到这里来是为了学习和复制他的方法和理念的，而后也没有把他们学到的知识体面地归功于他。对于他而言，任何人向他提出来的不友好的想法或者“理念”都可以忽略。在我逗留的很短的一段时间内，曾经有一个身体结实，表面上温文尔雅，心理极度自负的医生，他和我在同一桌吃饭，总是滔滔不绝地发表他的观点，炫耀他的医术等等。他非常傲慢地向我吐露，卡尔亨的观点和方法肯定是有价值的，但是在这里被“过分强调”了，“太过分强调了”。不过，人们也可能过分强调药物的价值。至于他自己，如果可能的话，他决定要采用一个折中的方法。正是出于这个原因，他才来到这里向卡尔亨学习。

至于卡尔亨，这位年轻医生的傲慢和理解暂且不提，或者可能正是因为他的傲慢和理解，他非常厌恶他，几乎不能容忍他。他喋喋不休地评论这些手舞足蹈的小医生，他们随身带着药丸盒，轻而易举地从书本上获得知识，吹嘘着他们所谓的学习，学习“那些别人已经付过钱让他们学习的知识”，付钱的当然是他们的父亲了，正如他曾经说过的。当他们生病的时候，至少其中一些人到这里来找他，甚至来偷窃他的理论，开设一家属于他们自己的寒酸的、高仿的疗养院。他了解他们。

有一天中午，我们正在吃饭。在他坐到自己的中央小桌子之前，他偶尔会溜达着四处看看，他眼神好，总能在某些地方发现一些小纰漏或者不好的行为，然后立即采取行动。这个疗养院有好多规矩，其中一条就是，放在你面前的食物必须得吃掉，尤其是当你同伴的食物和你的食物不一样的时候，更是如此。因此，一个胖子和一个瘦子坐同一桌吃饭，胖子得到的食物可能是一小份瘦肉，没有土豆，没有面包，也没有蛋卷；而瘦子得到的食物恰恰相反，可能是一大份的肥肉，一个烤土豆或煮土豆，充足的面包和黄油，可能还会有些配餐。通常情况下很可能是这样，每个人都对自己分配的食物不满意，事实上也确实如此。于是，他们会试图交换盘子。

但是，这样的事情是卡尔亨不能容忍的。有一次，我和前面提到的那位医生坐同一桌。他偶尔经过我们的桌子，发现医生没有吃掉他自己的胡萝卜。这个菜，我猜是特别为医生准备的。因为，一个人在到此地逗留的前两天里，如果无意识地忽略了某些东西，那么在接下来的日子里，这些东西将会被硬塞进他的喉咙。这样的事情从一个客人传到另一个客人，他们还不定期地告诫那些新来的人。然而，在这样特殊的情况下，卡尔亨注意到了没有吃掉的胡萝卜，愣了片刻，说道："怎么回事？难道你不吃胡萝卜吗？"那会儿，我们差不多都吃完饭了。

"你是说谁？说我吗？"医生抬起头回答道，"哦，我不吃。你知道的，我从来不吃胡萝卜。我不喜欢吃胡萝卜。"

"噢，是吗？"卡尔亨亲切地说，"你不喜欢吃胡萝卜，所以你就不吃！那好吧，但是在这里，你得吃。吃点胡萝卜，对你的身体有好处。"

"但是，我从来都不吃胡萝卜，"医生直截了当地反驳，略微带着不满或者反抗的情绪，他发觉这可能是条新规矩。

"不行。在外面，可能你不吃胡萝卜，但是在这里，你必须得吃。在这里你得吃胡萝卜，明白吗？"

"好吧，但是，我明明不喜欢吃，为什么一定要让我吃呢？我吃了胡萝卜，身体就不舒服。难道仅仅是因为这是条规矩，或者为了取悦你，我就得吃一些让自己身体不舒服的东西吗？"

"为了取悦我也好，为了取悦胡萝卜也罢，或者取悦任何该死的东西，总之，你得吃胡萝卜。”

医生平息了情绪。接下来的一两天，他四处闲逛，喋喋不休地絮叨整个事情是怎样的一出闹剧以及让别人吃不适合的食物是多么荒谬的事情。但是同样讽刺的是，在他逗留期间，他还是吃掉了胡萝卜。

对我来说，我喜欢吃煮熟的大土豆、大量的肥肉和瘦肉。结果，由于我傻乎乎地表现出了对饮食的这种偏好，我得到的却是小得可怜的、低劣的、让人难以下咽的小土豆以及分量少得可怜的肉类，当然，另外还有许多其他的“小菜”。而后来跟我一同吃饭的同伴，一位饱受痛苦的、患神经衰弱病的社会人员，他分到的土豆竟然有我的两个拳头那么大！很快我就了解到，他特别厌恶这么大块的土豆。

“瞅瞅这个，你瞅瞅这个！”每当看到放在他面前的大家伙时，他常常暴躁地大叫，声音中带着一种令人厌恶的抱怨，“他明明知道我不喜欢吃土豆，你瞅瞅他给我吃的是什么！你瞅瞅，他给你的那些小得可怜的土豆！他唠唠叨叨地让人厌烦，特别是在吃饭的问题上，这真是一种羞辱。我觉得，吃个大土豆对我来说不会有什么好处，我认为一点作用都没有。而你得吃这么小的，同样也不会有什么用。但是，我还不得不全都吃干净，不然就会被赶出去，眼下我得先站住脚再说。”

“好吧，振作点吧，”我满怀同情地对他说，可能眼睛还瞄了一眼他的大土豆，“他不会一直盯着我们，我们可以想个办法。你把你的大土豆捣碎，加上黄油，撒上盐，我也把我的小土豆捣碎，加上黄油和盐，等他一不留神，我们俩就换过来。”

“嗯，太好了，”他同意了，“但是，我们最好小心点。万一被他看到，他一定会像魔鬼一样，大为恼火的。”

有一段时间，这个办法我们用得非常好，一连好几天我都得到了自己想吃的土豆，并且暗自庆幸自己的能力。有一天，我正在悄悄地从他的盘子里叉起土豆，正放到自己的盘子里时，看到卡尔亨走了过来。我猜，我们的小动作被他发现了，事实也的确如此。也许是某个卑鄙的女服务生揭发了我们，也许是卡尔亨自己从他的专用桌子那里看到的。

“现在，我知道这张桌子上刚刚究竟发生了什么事，”他发疯似地咆哮道，“我希望你们俩停止这种愚蠢的行为，这个大笨蛋！”（他说的是我，备受尊敬的我本人）“他没有足够的意志力，也没有让自己的身体保持健康的状态，所以才不得不被他的哥哥送到这里来。他脑袋不够清醒，所以他搞不明白，我做的计划是为了他好，而不是为了我自己。他和到这里来的大多数该死的傻瓜们一样，他们浪费了他们的金钱，也浪费了我的时间。他认为，我是在跟他玩什么可爱的小游戏，这些小游戏或者什么其他的事情，让他自己显得比我可爱多了。别人还以为他是个作家，多少有点常识。不管怎样，他的哥哥是这么说的。至于这里的另外一个人，"这会儿，他一边对着聚在一起吃饭的人讲话，一边对着我的朋友点头致意，"离他上次求我还不到三个星期的时间，当时他求我，想知道我能为他做些什么。可现在你看看，他竟然搞这种土豆作弊的小把戏！"

"我发誓，"他对着整个房间里的人，蛮横地继续往下说，"有时候，我真不知道该怎么对付这些该死的傻瓜们。对于这两个人和这里的其他 50 个傻瓜来说，最正确的做法就是把他们和他们的行李一起，统统都丢到大马路上，让他们都滚去下地狱。他们根本就不值得一个尽职尽责的人的关心。我禁止赌博，但是事实上发生了什么呢？一群笨蛋和自制力差的人，他们脑子还没有钱多，借口出去散步却悄悄溜出去一个下午，坐下来或赢或输上一捆钱，也仅仅是为了炫耀他们到底是什么样的一群家伙，他们都做了哪些该死的运动以及他们是什么样子的大人物。我禁止吸烟，并不是因为我觉得吸烟会害死谁，而是觉得吸烟在这里看起来不好，会给到这里来改掉坏习惯的年轻人树立一个坏的榜样。除此之外，我不喜欢有人在我这里吸烟，不想看到、也不允许有人在这里吸烟。然而，事实上发生了什么呢？一群娘娘腔、妈妈的宝贝儿和被宠坏的家族继承人，他们的父亲没有足够的智慧制止他们，让他们走出去工作，后来他们就来到了这里。自己或者让仆人偷偷摸摸地把香烟藏起来，然后躲在谷仓后面，或者大树底下偷偷地抽烟，就像那些出身卑贱的男学生一样。上帝啊，这真让我恶心！一个人花费毕生的精力琢磨出一个好方法，能让其他人从中受益。不是因为他想要赚他们的钱，而是因为他们需要他的帮助。可是，如果他总是要面对这样一群畜生的话，这又有什么用呢？到这里来的人中，20 个甚至 40 个人里面，都很难找到一个真正想让我帮忙，或者真正要帮助自己改变现状的人。他想要的不过是有个人能够督促他，让他去走他该走的路，然后把他踢进去，而不是自己想全力以赴、自力更生。为这些该死的傻瓜费心思，能有什么好处？这些人该打好铺盖卷儿，被人拿着狗鞭子都赶出去，"他在空中挥着手，"这简直太让人恶心了，这是不可能的事儿！"

"至于你们俩，"他转向我们接着说，但是突然他又停下了，"见鬼，有什么用！我干吗要为你俩费心思？随你们俩去做该死的事好了，就这么病着好了，要不就去死！"

他转身就走出了餐厅，只留下我们仍然坐在那里。我被他这番劈头盖脸的训斥惊得目瞪口呆，我们的小聪明被揭穿了，我几乎说不出话来。我一点胃口都没了，感觉自己非常难过。想想看，是我让别人遭受了本该承受的斥责！我觉得，公平地说，我们应当成为其他人批判的目标。

“我的上帝！”我的同伴非常悲伤地哀叹，“我总是会这样，我所做的事情没有一件是对的。这一辈子，我做什么事情都不走运。7 岁的时候，我妈妈去世了，爸爸对我从来不闻不问的。四五年前，我开始陆陆续续做了三四种小生意，没有一个成功的。我的游艇去年夏天着火烧毁了，而我自己，饱受神经衰弱的折磨已经两年了。”他列出了一份长长的单子，上面的病名就像他得到的荣誉一样。而且，正如我听说的那样，他的身价居然有 900 万！

再说另外两三件有趣的事情，我要讲的故事就讲完了。

和我们的乡村骑行有关的事情中，其中最异乎寻常的莫过于卡尔亨对待生活的态度，以及他对当地人和过路的陌生人的评价。有一天，我记得非常清楚，我们正在沿着一条乡间小路骑行，路面树影斑驳，树枝旁逸斜出。我们一大队人马是四人并排前进的，突然，他以非常军事化的口气命令道：“立定！四排都有，向右看齐！向前看！”我们所有人都面向左侧突然呈现的草坪迅速排好队。马厩外面的草坪上，四仰八叉地躺着一个水管工和他的帮手，他们身旁有一个水管工的小炉子，上面坐着一个小小的壶，我猜里面装了铅，可能已经煮沸了。水管工大约 35 岁的样子，他的帮手是个十四五岁的小伙子，他们俩的身上都是污垢，正在晨晖中享受着休闲时光。

卡尔亨离开了靠前的位置，回到了队伍中间，这里离水管工和他的帮手最近。他指着这两个人，用异常清晰的声音说：“你们也看到了吧？这就是为你们工作的美国工人，他们是最好的工会工人，穷困的、饱受压榨的工人。看看他们。”所有人都看着他们。“这些可怜的水管工，”这时候，他们动了动身坐了起来，突然被我们这些蜂拥而至的人围观，他们根本不知道究竟发生了什么事，“他辛苦地工作，一个小时赚 60 美分，而这个可怜的帮手一个小时只能赚 40 美分。这会儿，他们是在工作，以每个小时 1 美元的价格，就是在等着那些铅沸腾。除了等待以外，他们俩什么活也干不了，你们知道的，铅只有处理好了才能用，不然不能用。”

“好吧，现在这俩人，”他继续往下说，他的口气本来带着一丝讥讽的味道，却突然变成了某种气愤的轻蔑，“想象一下，他们俩和睦相处，努力使自己生活得更好，当靠撒谎这种方式，骗取别人对他们应做的工作的信任，让他们为这些工作付钱。他不能依靠他自己，他什么都不懂。他要是懂的话，可能就会马上找出毛病出在哪里，并且用不了三分钟就修好了。但是，如果他真的那么做了，工会知道以后一定会联合抵制他，他们会来敲诈他，放火烧了他的谷仓，逼迫他为自己所做的事情付出代价。我了解他们，不得不和他们打交道。他们给我修水管，和这俩人一样，他们就这样躺在草地上，我一个小时付他们1美元。他们用的铅，一磅要收费五美元。如果他们忘了带什么东西，就得回城里去取。这些时间，你也要付钱的，一个小时1美元。在乡下，他们上午9点开工，下午4点就收工。如果你对此有什么意见，他们就干脆罢工不干了——他们可是工会的工人，自己不干，也不会让别人来干的。一旦他们开始干活，就得每隔几分钟休息一下，像这俩人一样。什么东西都必须煮沸，不然就得等着，没法继续干。是不是特别不可思议！是不是非同寻常！当然，我们所有的人都是自由、平等的，他们就是和我们一样好！如果你有工作、能赚钱，要是有水管要修的话，你就得用他们。列为四队，以右侧为基准，出发！”我们策马飞奔着离开了，飞奔疾驰了好长一段距离，似乎他想要从当前沉浸的情绪中逃脱出来。

水管工和他的帮手呆呆地注视着我们离去，这会儿才完全搞明白刚刚发生的事情。这个身材矮小粗壮的水管工，坐在那里，眨了眨眼睛。最后，他完全恢复了理智，大喊起来：“嗨，见鬼去吧，你们——”但是，那时候我们已经沿着小道走远了，我不确定卡尔亨是不是听到了他的喊叫。

有一天，我们正沿着一条通往临近城市的公路骑行，这条路据说有2万英里那么长。在路上，我们遇到了一辆超大型的啤酒马车，车上坐着一个体格庞大、面色红润、极度肥胖的德国人，他可能已经走了很长的一段路，但是目的地仍然遥不可及。天气异常炎热，这个德国人昏昏沉沉的，慢吞吞地驾着他的车。当我们走近时，卡尔亨突然喊停，让我们按他的规矩排好队，而啤酒厂马车的马也按照洪亮的口令“吁”停了下来。驾车人在他高高的座位上，低头盯着我们，眼神里满是好奇和迷惑。

“现在，你们就会明白我说的是什么意思，”卡尔亨没头没脑地说了起来，“当我提到‘人’这个词的时候，这个词应该修改或者以某种方式改变一下。只有这样，在我们用这个词的时候，它所表达的意思才能比现在更确切。看到车座上坐着的那个人了吗？我能称他是‘人’吗？然后也管我叫‘人’吗？像查尔斯·A·达纳(Charles A. Dana)那样的也是？或者像格兰特(Grant)将军也一样？见鬼了！瞅瞅这个人，瞅瞅他的体型！瞅瞅他那个大肚子！你们以为像他那样的东西——如果你愿意称他为人的话，长了多少脑子？或者，你们以为他真的比猪圈里养的猪更优秀吗？如果把一匹马赶出去，让它自力更生，它保证会吃得恰到好处，以保持健康的状态，这对于狗、猫或者鸟来说，也是如此。但是，若让这些东西，让这些被称之为‘人’的东西好好表现一下，给他一份工作，给他足够的钱或者给他随便吃东西的机会让他吃，看看会发生些什么吧。这些东西把自己和啤酒管子连在一起，还自我感觉良好。他的肠子多得足够能让他建个香肠工厂了。于是，我想，他就自我膨胀了或者堕落了。想想看吧！我们还喊他叫‘人’——甚至别人也这么喊。”

在整个令人惊讶和出人意料的高谈阔论过程中（在此之前，我从来没见他拦住过谁），这位笨重的驾车者，对英语懂得不多。他一开始是目不转睛地盯着我们，后来眉毛紧张地拧在一起，并没有完全弄明白是怎么回事。人群中不断发出的偷笑声和此起彼伏的欢笑声，才让他隐隐约约地感觉自己被人取笑了，他被人当成了某种让人不满的笑柄。终于，他的脸阴沉下来，眼神中满是怒火，他胖胖的红脸颊变得更红了。“婊子养的！”他开始咆哮，“猪头，狗东西！该让警察把你们都抓起来！”

他狠狠地抽了一鞭子，愤怒地驾着车从我们中间迅速穿过去，继续前行，我小心翼翼地把我的马拽了回来。发表完不友好的评论以后，卡尔亨再一次命令我们保持有序的队形，从容地带我们离开了。

或许他最有意思的地方就是，他反对和蔑视任何形式的低效率行为。如果他让你做一些事情，无论是什么事情，你没有立刻跳起来准备去做，或者你不情愿去做，又或者根本没有能力做到的话，那么他就有说不完的话。有一次，我记得非常清楚，他带我们坐着他的狩猎车出去（他有一辆，还是两三辆这样的车），这种笨重的狩猎车，涂得亮亮的油漆，车轮是黄色的，是用七匹马还是九匹马拉着，我记不清楚了。除非下雨，这种狩猎活动通常在每个周日上午或周日下午进行，上午 11 点或者下午 2 点钟你会突然听到某处响起的大声呼叫，或者是“上午 11:30 去狩猎”，或者是“下午 2 点去狩猎”。“全体上车！”他手里握着所有的缰绳，坐在高高的驾驶座上，旁边或许还坐着一位客人，其他的人要么挤在车里，要么在车顶的座位上。他驾车带着我们东倒西歪地在乡间的小道上疯狂前行，几个马夫穿着制服跟随在左右，充当着警卫和侍从的作用。其中一个坐在他后面的小座位上，他准确的名字我已经不记得了，他左右晃动着身体，吹响了长长的银色号角，号角发出的声音与当下狩猎的氛围非常融洽。通常情况下，号角吹响之前没有任何预警。因为卡尔亨不能忍受我们外表上有任何的瑕疵，所以一听到号角声，我们都手忙脚乱地穿上合乎周末礼仪的服装。当他的马夫摇摇晃晃地驾着车在约定的时间到达门口时，如果我们还没准备好并在门口等在那里，他一定会大发雷霆。

在我的记忆中，这种特殊场合，我们都迫不及待地爬上狩猎车。每个人都穿戴整洁，刮干净了脸，还擦了粉，卷曲的胡子向两侧分开着，帽子干干净净的，戴着得体的手套，脚上的鞋子擦得锃亮。高高地坐在前面的是卡尔亨，他自然是最气派的了。他手里的长尾鞭子已经整理妥当，随时准备着挥出去，甩到最前面的马头上；坐在他背面的是小号手，戴着高高的帽子，穿着黄色高筒靴，身穿华丽的制服。至于制服的颜色，我已经不记得了。

然而，在这次出行的最后一刻却发生了一个小意外。那个一直担任专职仆人和全权小号手的马夫或马倌，是生病了还是他的母亲去世了，他是真正能吹响华丽号角的人。不管怎样，那天他没在。为了不激怒卡尔亨，另外一个马倌穿戴整齐，拿起号角，坐到了座位上，只不过，他不会吹号角。正当我们爬上车的时候，我听到他问："有哪位先士会吹号角吗？你们有谁知道怎么吹出号角的旋律？"

虽然有人在私底下交头接耳，但是没有人回答他。有些人会吹，或者他们虽然认为会吹，但是犹豫着，不敢承担如此大的风险。这时，卡尔亨听到这些讨论声，知道可能这个替补人员不会吹号角。他转过身，冷冷地说道："我说，你们的意思是，我身后这些人没有一个会吹响那个东西的？卡斯韦尔(Caswell)，你不会吗？"他喊了其中一个人，结果只听到角落里传来含糊不清的解释，于是他转向另一个人："杜伯里(Drewberry)，你行不行？那么，你呢，克拉肖(Crashaw)？"

这三个人马上道歉，哪怕只是去尝试一下的想法，也把他们都吓坏了。看来真的没有人愿意担当这个重任，直到他喋喋不休地威胁我们说，除非有人马上站出来乐意干这件事，否则，在这样或那样的废物们身上，他再也不会浪费哪怕一分钟的时间。一个从罗彻斯特(Rochester)来的满脸痘痘的年轻社会人员，多少有点自告奋勇，认为自己或许能吹号角。他直接在小号手华丽的位置下面坐了下来。

嗨哟！我们驾车驶出了大门，沿路前行，轻快地爬上了附近的一个斜坡。所有的人都非常兴奋地注视着周围的风景，那一天阳光明媚，乡村的景色格外生机勃勃。现在，小号手像往常在这种场合一样，把号角举到唇边开始吹奏出夸张的"嗒啦嗒啦"。让我们感觉伤心痛苦的是，尽管他的第一次尝试算得上是相当成功了，但是某个音节跑调了，有一个音"变声"了，就好像有人吵架的时候粗着嗓子喊一样。卡尔亨听到这个，不禁拉紧了手里的缰绳，后背也蹦得紧紧的，却没有说话。毕竟，有一个拙劣的号手总比没有的强。然而过了一会儿，他见号手犹犹豫豫地不敢再吹了，于是转身说道："喂，怎么回事，怎么不吹了？难道你就不能再吹了吗？今天，你就不打算再吹了吗？"

号手再一次举起了号角，洪亮而又振奋人心的"嗒啦嗒啦"声又开始响了起来。就在关键时刻，我们都虔诚地满怀期待，希望他这一次能优雅地吹过最危险的音调完美收尾，但是最后还是以令人沮丧不安的吱吱声结束了。这太可怜，太可怕了。所有人都蔫蔫的，泄气了。对此，卡尔亨又会怎么评价呢？不一会儿，他就回过身，露出黑得吓人的脸，"伟大的上帝啊！"他喊叫起来，"这是谁干的？把他丢下去！你们是怎么想的，你想让全村的人都知道我和一群疯子在一起吗？看在上帝的份儿上，你们谁会吹那个东西，来拿过去，吹响它！没有号手，我可不想在这里驾车！"

过了一会儿，人群里发出了开始让人讨厌的七嘴八舌的唠叨声，可怜兮兮的窃窃私语以及"继续吹吧"的声音，迫切地想要某个人此刻站出来牺牲一下自己。上一位号手坚持认为，他能和其他人吹得一样好。到底是什么让他吹成这种样子？一定是号角的问题！

"好吧，"作为权宜之计，卡尔亨最终喊道，"难道没有人愿意去吹那个东西吗？你们的意思是想告诉我，我把你们这帮人驾车拉出来，你们当中，居然连个小小的号角都没人能吹响吗？如果我要打交道的人，是一大群鞋子推销员和商店的巡视员，那我仓库里保存的那么多昂贵的汽车，又有什么用呢？见鬼了！随便一个小孩子都能吹响这个号角，那个东西吹起来和吹鱼哨一样简单。要不是我得自己驾着这么多马，我就自己去吹号了。快点，来吧！克里根(Kerrigan)，你能吹号吗？"

"卡尔亨先生，事实是，"这位衣冠楚楚、温文尔雅的克里根是费城(Philadelphia)淀粉业百万富翁的继承人，他解释说，"我已经有好几年没有机会练习这个了。如果你想让我吹，我就试试看，但是，我不敢保证——"

"试试看！"卡尔亨强烈坚持，"如果吹过那么长时间的号角，你不会比那些笨蛋吹得更差劲的，吹吧，快吹吧！"

克里根转过身，信心十足地想要从上一个人失败的阴影中摆脱出来。他润湿了嘴唇，并调整了唇形，上下晃动着号角，然后——

"上帝啊！"卡尔亨喊道，他拉住马车让马车完全停住，"快停下！吁，吁！你的意思是说，这是你吹出来的最好的声音了吗？这声音难听死了！吁！不管怎么说，我怎么是带了一群牛到这里来了？吁！在这个村子里，我自己也是名声在外的，并且这里的人对这些事情也了如指掌！上帝啊，吁！为了这驾马车，我花费了几千块钱，为的是能让这群绅士们享受一个愉快的下午。可是，我得到了什么——一群笨蛋！一群没见过世面的酒鬼！好吧，我受够了！我想明白了！我要把这该死的东西劈碎了当柴火烧，再也不会驾车出来了！你们，全都下车！我再也不会拉你们任何一个人了！你们走回去，或者随便去哪里，随你们高兴，去地狱也行，都和我无关！我是想明白了，下车！我得尽快驾车返回车库，如果能找到条近路就好了。想想看，我还得把这么个大家伙劈成柴火呢！”

我们一个个都垂头丧气、疲惫不堪地从车上爬了下来，他疯狂地驾着车驶过转弯处就消失了，留下我们一群人站在那里，然后三三两两地开始往回走。必须承认，我们穿着制作精良的制服，沿着这蜿蜒的小道向位于山顶的住处步行，不得不小心翼翼的。这些骂人的话简直太难听了！一点也不像安息日该说的话！有多少次，我们希望他那彪悍的爱尔兰灵魂能够到达地狱的最底层，到达那几乎神圣不可侵犯的地方去。他被我们咒骂得体无完肤，我们用最具艺术性的词汇和最华丽的辞藻咒骂他，甚至超越了我所听过的任何人类语言，我们话里话外都怒气冲冲的。

真该听听我们那些犀利的话，简直像镶嵌的宝石一样珍贵！

你们应当听听在回去的路上，我们是怎么诅咒他的。

即便如此，我们还是留了下来。

大约两年以后，我和几个朋友又路过这里，当我提起卡尔亨，朋友也知道这个地方，于是便想顺道拜访一下。在我逗留期间，那些久闻此处大名的人常常驱车穿过广场，经过维修店的大门，甚至会停下来，看看能不能碰巧遇到卡尔亨，与他说上几句话，哪怕只是打声招呼。在夏天，卡尔亨有个习惯，在草坪上搭建一个巨大的绿白条纹的帐篷，相当漂亮，里面放上一张现场办公的桌子、几把露营椅子、几本书和一些报纸。在炎热的日子里，他不忙着对付我们的时候，就坐下来看书。不论是在帐篷里，还是在其他什么地方，他总是会升起一面小的信号旗，大概是告诉来访的客人或者朋友：他就在这里。无论如何，正是这面旗子让我明白了，他想要也愿意让我再去看他，他看起来仍然像一头凶猛的狮子。作为“客人”，方圆 10 英尺以内，所有人都禁止靠近，更不用说进入了。然而，作为路过的游客，我们也许会驻足停留，许多人也的确这么做了，这让他记起我们曾经是他谦逊的奴隶。我们会离队过来祝福他健康强壮。在这种时候，如果游客看起来很有趣，或者他还能记得他们，他就会屈尊到帐篷门帘边，拿着《拿破仑在洛迪》（*à la Napoleon at Lodi*）或者《格兰特将军在威尔德内斯》（*Grant in the Wilderness*）站在那里，算是第一次和当地的居民进行交流。

不管怎么说，出于好奇心，我非常想去再看看他，想知道他是不是还记得我。我让现在的主人发动了汽车，开到了帐篷门口。卡尔亨正在那里看书，我感觉自己正在陷入一场冒险的活动，而且还必须得好好表现一下自己。我轻快地跳下车向他走去，回忆起自己和他的种种过往。带着半讥讽的表情，他似笑非笑，嘴角轻蔑地微微上翘，他认出了我，握住了我伸出的手；看起来他对我的朋友并不感兴趣，便转身走进了帐篷。我给他介绍，一位是知名的海军军官，另外一位巨大庄园的主人，就在离这里数英里之外的地方。和他相处以来，这是我第一次有机会发现他竟然那么和蔼可亲。他非常赞同地接受了我朋友的祝贺，并且向他们暗示自己以前的时候比现在还要好很多。他说马上就有事要做，不然的话，就会带我的朋友到处参观一下。要是某个周六下午，如果他们给他打电话或者恰好路过的话，他会接待他们的。

我马上就发现岁月丝毫没有在他身上留下任何痕迹。现在他六十二三岁，仍然像以前那样精力旺盛，精致整洁。他待我彬彬有礼，就好像他从来没有吓唬过我似的。“天呐，”我说道，“当个游客可比当客人好多啦！”过了会儿，我们对他表示了感谢和敬意。对我而言，这个地方让我着迷，使我不得不多看几眼，那个布置简洁的设施，那些苛刻的养生之道，还有他的帐篷里那种近代禁欲主义和斯巴达式的风格。更重要的是，也是最让我震惊的是，极少有人能了解他，知道他在帐篷里读什么书，当我走进来的时候，他放在桌上的书，我忍不住去看他合在小桌子上的书，那是莱基（Lecky）写的，书名是《欧洲道德史》（*History of European Morals*）。

如今！

好吧！

回顾

在这次拜访过去两年以后，我试着认真地记下对他的真正的想法，于是我合上了随笔，写下了下列一些想法。这些附加的想法，我认为是值得一提的，并且代表了我关于他的最好的想法：

“托马斯·卡尔亨属于那样一个社会阶层，如果人们可以用当时的道德和宗教文学来评判的话，传教士和世界上传统的商人、律师、法官以及信誉良好的公民，大概都试图达到那个阶层，并对其进行改革。然而，在他的疗养院里，聚集了具有相同规则的代表，即所谓“更优的社会组成”。在这里，不论是思想还是灵魂上，我们看到他们突然被控制住了，至少在理论上，被他们认为可以把他们从水火之中挽救出来的人所掌控了。

“随着教会和社会对卡尔亨的观察，他们看到了自己直接圈子之外的所有的生命。事实上，卡尔亨是半禁忌中一个引人注目的人物，作为一个影响力颇弱的人物，人们在许多争论、讲台、讲道台以及出版物中都提到他。现在，一位部长来到了疗养院，他被自己的生活习惯击垮了。同样是这位卡尔亨能洞察得很清楚，既教条又独裁的心理习惯是他患病的根本原因。卡尔亨的道德勇气震撼了他，并用明显残忍的方式将他从旧习惯中拖了出来。卡尔亨对他了解得非常精准，甚至比了解自己更了解他，他影响了治疗的结果。

这种让人惊讶的情况，无疑为那些在人群中寻找劳动力的人燃起了新的亮光。那些成功的投机商人、拳击手、小偷、酒馆老板、出版商、骑师和类似的人，天生具有的智慧、内在的精神敏锐和洞察力，才成就了如今的他们。事实上，在体育界和不循规蹈矩的花花公子中，你常常会发现，从人性的角度来看，即便不比别人更好，他们也不比别人差。与这个粗陋的、现实的、过于赤裸裸的世界打交道，他们从中学会了很多。这个世界一贯的自命不凡和痴心妄想基本上都被撕碎了，他们被这些残酷的现实打击得伤痕累累。通常，对传教士、教会组织和改革家，这些混迹于咖啡馆里、被传教士和道德家们随时随地谴责的对象有一个更清晰的认知；相比传教士、教会组织和改革家们而言，他们传教士、教会组织和改革家们的认识比这些人对自身的认知相对更加重要。

“在我谦逊的判断中，这就是为什么教会和所有与其目标有关的那些没有取得比他们更好的进展。当他们自觉地渴望让这个世界变得更加美好的时候，他们完全沉浸在自己的世界和理论当中，为自身的随心所欲所阻碍，并且受限于对是非善恶的认知，由此导致他们中的大多数活跃的人被忽视，除非是远离他们，跳出来从外部来看待他们。人和人之间若即若离才不会相互影响。如果能知道，有一天，曾经被卡尔亨亵渎和冒犯过的传教士或者法官能接触到这位角斗士，并把他的观点灌输给他，就像这位角斗士能够轻而易举地治好他的小毛病一样，那就实在太有意思啦。

为了对传教士、道德家等这些人公平起见，我想再加上一点，和他们争吵不休的像卡尔亨这样的人，可能没有表现出任何的美德和完美，但是绝对不喜欢他的那些人的缺点也不代表他所代表的东西。与此同时，所谓的“运动”或许会完美地回答说，他们所争吵的“自命清高”与任何真正令人钦佩的品质无关，反而与他们对美德和责任的过于狭隘的诠释以及他们对类型和阶层毫无根据的概括有关。

就这样吧。

纵使有千种争议，也只有让时间来评判了。

6

一位真正的“大家长”

就在几年前，你或许曾在密苏里州的某个不大不小的县城的街道上，见到过一位真正的“大家长”。此人个子高高的，白头发，身体健壮，精神矍铄。他常利用一天里的闲暇时光，在街坊邻居间四处走动，带去同情和真挚温情的关切。或许，有人会把他错认成是沃尔特·惠特曼，他倒是很像活着的沃尔特·惠特曼。又或者，细看的话，他晚年高高的额头和浓密的引人注目的白发与布莱恩特极为相似。诚然，彼时他已年逾古稀，但仍在当地的市政委员会里鞠躬尽瘁，仍保持着那些累积了一辈子的广泛的兴趣爱好。

在本文所述的这段特殊日子里，他最有趣之处莫过于他的一些小怪癖，这些小怪癖来自于他多年坚定的自强自立的生活，但那都是些很可爱的个人特质。然而无情的岁月与身体的日渐衰弱，让他的这些小怪癖都难以维系，只剩下了他那一次次的善行义举被人传颂。从他洪亮而悦耳的嗓音和有力而火热的演说家一样的说话口吻，仍可依稀感受到他当年令众人折服的好口才。他举止大方而富有魅力，依然保持着旧式的礼貌，令陌生人都感到宾至如归。当他义愤填膺时，仍会拿出每一个坚信正义必胜的人身上所应有的勇敢与果决。

尽管那时候他岁数大了，如果有什么需要跟大家说道说道的事儿，或身边有人眼看要做出错事儿了，他就变成了喋喋不休的“先知”，就像是当地的以赛亚或者耶利米。每家每户都能听到的他的话。因为他会巡回演说,并在每家每户门前停留,把居民喊出来,摆一大堆事实和讲一大堆道理来证明自己的疑虑并非空穴来风。在整个演讲过程中,他总是一成不变地保持着伟大的演说家应有的庄严姿态。

显然在这种时候,他几乎全神贯注于他讲的事情。这是我从他其中一个女儿那里听来的,他的这个女儿也是他忠实的崇拜者。她告诉我,他有时候会在自家草坪和大街上演讲,虽然身旁空无一人,他还是会摇头,比手画脚地抬胳膊,就好像在面对着一大群观众。

“过去,他常常把他的大帽子推到额头的大后面,”她有一次说,“而且通常是在冬天的时候,他也不怕冷,把上衣脱掉,就搭在手臂上。偶尔他会站着不动,像是在跟同伴讲话,他挥舞着手臂,像是要表明一些观点还是什么别的。当然,他身旁没有任何人。然后,他会边走边用拐杖使劲地杵着地面,就像是在强调他讲的观点,就这样走着回屋。”

他做任何事情都这样全神贯注。曾经,我亲眼见他牵了一头泽西种宠物奶牛回家,他挤奶时也用了同样庄严的架势和坚定的态度,就像他在某个公开的会议上,站在公众面前,就某个重要议题向大家发表演说一样。他从来没有表现出他与周围人的不同,或者他的优越感,只有对人间万物的深切同情。每个人都是他的兄弟,每个人都是诚实的。一头牛或者一匹马,都应该像人一样得到同情和仁慈的对待。如果你相信他的话,你就该相信,要是有人捡了钱包,50人中会有49个把钱包归还失主,而且还不要报酬。

他在这个小县城生活了这么多年,生于斯,卒于斯。从牛开始,对每一个活物,他都能叫上名字来。病人、穷人、寡妇、孤儿、精神病患者和各种受扶养人都受到过他的特殊照顾。多年来,每个周日下午,他经常挎着一篮子食物往返于穷苦人家,这成了他的习惯。食物是他善良的妻子做的,随食物分发出去的还有慰问和建议。偶尔在某个冬日,他发现有人正遭受着他以前闻所未闻的苦难,回家后往往沉浸在这悲伤里不能自已。

“孩子他妈,”他边走进屋里,边用上述提到的演讲家的口吻对他的妻子说,“我又发现了一家穷人。他们搬进了索姆森(Solmson)家楼下的破酒馆里,你知道那里,七漏风八漏气的。”这些话都是以最戏剧化的方式表达的,为了表明是很重要的事情,他把大衣扔到床上,把拐杖立在墙角。“有一个男人和几个孩子在那儿。孩子的母亲死了。他们在去堪萨斯的路上,但是天太冷了,他们不得不停下来等待开春。他们没有食物,也几乎没有什么衣服。我们难道不能找点什么送给他们吗?”

“在这种情况下,”他女儿有一次对我说,“他通常总会一路自言自语,好像在讨论政治,你永远也猜不透他的想法。”

然后他会自己动手帮助妻子找出一些杂七杂八的、可以送人穿戴的东西。送东西回来,他又叫嚷着开始演讲,好像这趟“慈善之行”是他最不该做的事情。他每次演讲的主题几乎都是公共部门的失误或不作为,应该立即引起重视,虽然这是不可能的。

他非常热衷于以上帝的名义去帮助别人,不完全是宗教的缘故,通常是出于他虔诚的秉性。尽管在晚年,他一直不断地拒绝去教堂做礼拜。他用圣詹姆斯的套话为自己辩护说:“在我们的上帝和圣父面前,纯粹而纯洁的宗教是这样的:去探望患难中的孤儿和寡妇,并保护自己不受世俗的玷污。”通常如果被人逼得太紧,他会以善意的暴力来回应。有件最感人的轶事可以作为他这段话的佐证,是他女儿告诉我的。她说:“肯特(Kent)先生,是县城里的一个穷苦人。他去世之前病了几个月,我父亲经常去探望他,有时候一天去一次。他会和他在一起待上几分钟或者一小时,陪他一起唱歌,祷告,满足他的精神需求。教堂的牧师住得远,一个月只来一次。这个职责就落到某个人身上,我的父亲尽了自己的一份力量。他以这种方式帮助过的许多穷人,都对他表达感激之情,常常让他觉得他花费的时间得到了巨大的回报。

“比如说,肯特先生最喜欢的歌是《我站在约旦河惊涛骇浪的岸上》(*On Jordan's Stormy Banks I Stand*)。他让我父亲为他唱这首歌,于是就经常能在他的小屋里听到我父亲清澈的嗓音,这似乎能赋予病人力量。

“我记得有一次,肯特先生说他想听某一首歌。我父亲对这首歌不熟悉,又很想答应他的要求,就回家问我能不能让我的一个朋友去唱给肯特先生听。

“因为我们那时候还是孩子,他牵着我们的手,走进病房。肯特先生的脸色一下子亮起来,我父亲对他说:‘肯特先生,你今天早晨要我唱的那首歌我不会,但是这些小姑娘会,她们来唱给你听了。’

“然后,他轻轻朝我们挥挥手说:‘唱吧,孩子们。’

“我们就唱了。等我们唱完后,他跪下来祷告,不是祈求这个可怜的人能够痊愈,而是祈祷他能够信任上帝,无惧死亡。我对死亡的感受从未如此深刻,在死亡面前也从未如此自信过。这个人不久以后就去世了,我相信他得到了完全的安宁。”

还有一次,他和几个朋友坐在小镇的法院门前聊天晒太阳,一个邻居激动地跑来大喊:“怀特先生,怀特先生,快回去。赛德勒(Sadler)太太需要你帮忙。”

他解释说,他所说的这位太太快死了,但是她害怕在最后一刻会窒息而死。她让身旁的人去喊我父亲,我父亲是她的老熟人,因为她相信他祷告的功效。当时这位“大家长”没有穿上衣,也顾不了那些了,匆匆忙忙赶了过去。

“怀特先生,”病重的女士看到他激动地喊,“我想请你祷告,让我不要窒息而死。我不怕死,我只是不想那样死去。我恳求你为我祷告,让我免于那种死法。我太害怕了。”

从那位女士的神态看,她非常紧张。他尽自己的所能去安抚她。

“现在听我说,不要怕,赛德勒太太,”他庄严地大声地说道,“你不会窒息而死,我为你向上帝祈求,这种灾祸不会降临到你的头上,你不需要有任何恐惧。”

“你们也跪下。”他向聚在这里的亲戚和邻居命令道,他们有的是跟随他来的,有的是早就在这里的。然后,他捋了捋额前的白发:“让我们现在祈祷,这位善良的女士平静的离世。”在人们随着他的话下跪的沙沙声里,他举起裸露的双臂开始祈祷。

毫无疑问,通过他那华丽的措辞和坚定的信念,他使所有听众都感到平静和安宁,包括那位生病的女士。她听着听着就陷入了一种宁静的昏睡之中,显然所有的痛苦已从她的脑海里消失了。然后,在整理房间时,他停了下来,退到房子前面的院子里,坐在树荫下的长凳上,擦擦湿了的额头,恢复了他的镇静。过了一会儿,病房里传来的一阵轻微骚动表明斯人已逝。几个邻居走了出来,其中一个说:“好了,一切都结束了,怀特先生。她已经去世了。”

“知道了,”他十分自信地回答,“她不是窒息而死的,是吗?”

“是的,”另一个说,“上帝答应了她的请求。”

“我知道他会的,”他以惯常的响亮而自信的讲话方式回答道,“祈祷总是有回报的。”

然后,看了一眼已经去世的女士,又和其他人说了几句话,他就离开了,就像什么都没发生过一样平静。

过了一段时间,我碰巧听到了这样一件事。有一天,我和怀特先生坐在他的前廊上,我问他:“怀特先生,你真的相信,上帝在那种情形下直接回应了你的祈祷吗?”

“当然了!”他几乎有点目中无人,但却带着一种让人永远不会误读的人情味儿,大声喊道。“他当然回应了!他为什么不回应呢——面对这样一个如此忠实的老仆人?肯定的,他回应了。”

“难道不是你的声音和力量所带来的气氛的变化吗？在这种情况下，你意念的力量发挥了作用。心有灵犀。”

“当然，”他说，仿佛这一直是他的一种信条似的。“我知道。但是，毕竟，那是什么呢——我的意念，你的意念，声音的力量？不管你怎么想，这都是上帝的旨意。”

谁能忍心去反驳一个如此虔诚的教徒呢？

正如我以前说过的，穷人、瞎子、疯子和各种各样的受害者总是他最深切同情的对象。关于他做此类善举的实例，总在最意想不到的时刻活生生地展现在你眼前。然而，总是带着一种难以言喻的温情暖意的调调。事情是这样的，有一天我们坐在他家的前廊上，热烈地讨论政治借以消磨那个沉闷的下午。这时，他家门口的大街上出现了一个古怪的、衣衫褴褛的、有点精神错乱的人。他漫无目的地东张西望，奇怪地盯着栅栏上的东西，懒洋洋地看看路的尽头，又奇怪地盯着头顶上的蓝天。那人显然是个疯子，是个精神错乱的人。不过，他是不会伤人的那种。让他自己到处走动，这样就省了县里照顾他的费用。老人长话短说，用手指向他，并悲哀地摇了摇头。

“你看看，”他可怜巴巴地挥了挥手臂，对我说，“看看这个！这个可怜的，精神错乱的人，没有人照顾他。他哥哥是个勤奋的马鞍工，他姐姐死了。他们都没有什么钱。”他停顿了一会儿，然后补充说：“我不知道在这种情况下，我们该怎么办。州政府和县政府并不总是尽职尽责。这里的大多数人太穷了，也帮不上什么忙，有那么多的人需要照顾。似乎有时候你觉得自己什么都做不到，只能让他们任由上帝的摆布，然而你却又连这一点也做不到。”他又悲伤地摇了摇头。

我本想谴责县里，但他非常宽厚地解释说，就此事县里已经征收了重税。他当时似乎也不知道应该做什么，但他觉得非常伤心，以至于暂时把他刚刚还沉浸其中的激烈争论完全忘记了。现在，所有的交谈暂停，他陷入了沉默，沉思着坐在大摇椅上默默摇晃。

一天，在他路过当地的贫困救济农场时（这是我自己得知的），他遇到一个男人正在用鞭子殴打一个可怜的痴呆病人，痴呆病人是不懂事的，因此他理解不了自己为什么会挨打。两个人在木头堆旁边，痴呆病人正在哭。老人从他的车子上跳了下来，跳过围栏，举起胳膊，去质问那人。那人是农场里请的护工，他看到这一幕很惊讶。

“别再打了！”他大叫着。“你为什么殴打一个痴呆病人？”

"为什么,"这个护工解释说,"我想让他把木头搬进去,他不肯干。"

"这不是他该干的活儿。他不是来这里干这个的,而且他也听不懂你的意思。他住在这里是为了得到照顾。你要再敢打他,我就得管一管这事,还得管管你这个人了!"

这人知道老人不好惹,也清楚他在社区里的声望,就极力狡辩说,有些活儿必须让被看护人干,这个人太倔强。唯一让他明白的办法就是鞭打他。

"闭嘴,"老人咆哮着,威慑着这名县里的雇工,"你自己做得不对,你自己心里清楚。我会处理这件事的。"他急匆匆地赶去了县法院,留下施暴者在那里惴惴不安,但他随后把鞭子小心翼翼地在屋里藏了起来。当地的法院当时并没有开庭,只有书记员在。他走下过道,站在他面前,右手举到宣誓的高度。

"让我宣誓,"他郑重地说,没有多余的解释,他注意到书记员正盯着他,"我希望你能采纳我这些宣誓过的证词。"

那位书记员十分了解来人的脾气秉性。从政策和规定的角度来看,他的行为往往是不合常规的。让他宣誓完毕,就二话不说,拿出墨水和纸,"大家长"就开始讲。

"我看见了,"他说,"在这个县农场的院子里,不到一个小时以前,一个可怜的、无助的白痴病人,他根本就不明白别人要求他做的事,县里把他送到那里是接受照顾,却被那里的护工马克·谢菲尔斯用牛皮鞭子打了一顿。原因竟然是那个白痴病人不懂得把木头搬进屋里,而这活儿本该是由他马克·谢菲尔斯干的,你想想,"他补充说,完全忘记了他证词的性质,他现在是在做笔录而不是为了让听众听到,他开始了对滋生这种暴行的整个制度进行了最言辞激烈和最才华横溢的责问,"一个可怜无助的白痴病人,不能在他自己混乱的头脑中组织出一个明确的句子,被一个聪明的、健康的畜生殴打着去干活儿,而且是去干本该由这个畜生干的活儿,他就是被雇来干这活儿的,他自己太懒不想干。"

他还讲了很多别的话,比如说,美国人民和这个县的人民应该感到羞愧,这种罪行居然被允许存在,并且当事人竟然还逍遥法外。这是个活生生的例子。书记员意识到怀特先生在社区里的威望,而且极有可能会持续跟进他的指控。于是,恭敬地默默听完他的演说,记下一些重点,当然他有充足的时间来写。然而,等他写完了,他大胆地提高嗓门抗议。

"你是知道的,怀特先生,"他说,"谢菲尔斯是我们党的成员,是我们任命的。当然,现在发生了这种事太糟糕了,他应该被辞退。但是如果你打算以这种方式公开这件事,那么可能会对我们下个月的选举造成不利影响。"

老人回过头，用最炽烈的目光盯着他，显然他几乎不能理解如此狭隘的想法。

“什么！”他喊道，“跟选举有什么关系？难道你想让民主党饿死穷人和殴打疯子吗？”

对方被问得哑口无言，老人怒气冲冲地走了。至少这一次，在这个特殊的情况下，不管怎样，他仿佛闪电一般，净化了这里的政治氛围。在一个月后，施暴的护工被辞退了。

然而，他在政治上的影响早就以同样的方式为人所熟知。有一段时间，他是该县重要的政治人物，拥有演讲的天赋。显然，他的这种天赋超越了他周围的人。人们走好几英里的路，只为听到他的声音，他利用机会在每一个重要的问题上都发表了自己的观点。他以前有个习惯，比方说，当他有特别重要的事情要说，他就自费印制布告宣布他要演讲，他自己把布告运到城里找地方挂起来。我听人说，到他演讲的时候从来都不缺听众，几英里内两党的民众都会来听他讲话。

就我个人而言，我从来不知道他的形象在过去是多么的高大，或者他是多么的令人钦佩。直到有一天，我遇到一个孤独的单身汉。他住在离“大家长”约15英里远的一间小屋里。他当时在社区里非常有名。我去拜访是好奇于他的与世隔绝和不问世事。他已经五年没有去过最近的邻村，十年没有到过中等规模的县城。自然，他很珍惜他年轻时的日子和缤纷的往事，给他留下的回忆。

“我不明白，”有一天在讨论现代政治家和政治声望时，他对我说，“政途的升迁真是一个奇怪的游戏。我不明白，你认为应该升迁的人却偏偏不能。虽然他们很伟大，但这好像并不能帮不上他们什么忙。”

“你为什么这么说？”我问。

“以前在丹维尔有个人，我一直以为他会得到升迁，但他没有。他是我见过的最好的演说家。”

“他是谁？”我问。

“阿奇·怀特(Arch White)，”他平静地说，“他是一个真正伟大的人。他是个好人。因为，很多时候，我开15英里的车去听他演讲。我以前喜欢去丹维尔，就是这个原因。他以前常在那里，有时他说不了几句话，就会让大家群情激奋。”

“光靠演讲，可当不了政治家。”我不是想反驳他，而是趁机想让他打开话匣子。

“哦，我知道，”他回答说，“但怀特是个好人，是我见过的讲话最实在的人。至少在我看来，他能切中问题的要害。我觉得他一直是一个很棒的演讲家。我曾经看到多达2000人聚集在海希尔，大声呼喊重复着他说的话，在几英里之外都能听到。”

“你觉得他为什么没有得到升迁呢?”我站在自己的角度问他。

“我不知道，”他回答，“我猜，或许他太诚实了。你知道，有时候在政治上是这样的。他是个意志坚定的人，无论发生什么事情，他都会在大会上讨论这个话题。每当他们想歪曲事实，做不正直的事儿时，就想把他踢出去。无论如何，他没有得到升迁，我也一直百思不解。”

在丹维尔，你可能也会听到其他的故事，全都可以拿来印证这种观点。这都是些非常有趣、令人愉快的故事。就这样，由一个不重要的事件引发了一场旷日持久的政治争论。但它却揭示了这位“大家长”的性格以及他对慈善和责任的诠释。

有个年轻人，县里所有人和“大家长”都对他知根知底。他来丹维尔，要么喝酒喝光，要么赌博输光他姑姑给他的那点儿钱。有一天，到了夜里，他还没有喝到不省人事的地步，发现自己当时陷入非常窘迫的处境。因此，他想了个招儿，他先骑马出城，走了一段路，然后撕破自己的衣服，在自己身上弄上伤痕。然后往回走，跟人诉苦，说他被人拖到路边殴打，最后被抢劫。他努力把自己的衣服撕得很破，甚至身体上还保留了他反抗留下的伤痕为证。最后，在乡村雨夜黑暗的街道上，在烂泥里被巡视到此的县司库救起，一副非常悲惨的样子。县司库久闻怀特先生的慷慨，他的门总是对遇到困难的人敞开。他拉着这个年轻人把他带到了“大家长”的门口，他亲自请求老人帮忙。“大家长”顶举着一盏灯高过头，终于出现在门口，向外张望。

“在呢，”他喊道，就像他平时那样盯着“受害者”，“你想让我做些什么?”

“怀特先生，”司库说，“是我，年轻的斯奎尔今晚需要你的同情和帮助。他在去他母亲家的路上遭到了殴打和抢劫。”

“谁?”“大家长”走到门廊上问道，他把灯放下来盯着那个人，以便能看得清楚点。“比利·斯奎尔!”当他看清楚是谁时，喊了出来。“莫顿(Morton)先生，我不会把这个人带进我的房子的。我认识他，他是个酒鬼，是个骗子，没有人抢劫他。这是一个幌子，我希望你把他从这里带走，把他送进旅馆，我将支付他过夜的费用，但他不能进我家的门。”他退回去，关上了门。

司库对这一幕感到大为震惊，但他回过神来再次敲门，并向他的朋友宣称，他认为即使是心存疑虑，也没有任何一个基督徒会采取这样的立场，而真正的宗教肯定不会让人这么做。那人受伤了，且身无分文。他甚至还引用了一位好心的撒玛利亚人的典故。有个到耶利哥去的人落在了强盗手中，为好心的撒玛利亚人所救。这场争论一直持续到深夜，直到“大家长”最后挥手赶他们离开。

“别再给我引经据典了！”他终于挑衅地喊道。他手里提着灯，带着演说家的气势挥舞着，“我读过圣经，里面没有任何一句话要求我来保护骗子和醉汉，一句也没有。”他再次走进去，关上了门。

然而，这个年轻人最终还是由他出钱安排了食宿，而且没有受到任何的指控。虽然很多人像怀特先生一样，相信他犯有盗窃罪。但反对的政治阵营并不这么看。然而，很多争议冒出来，说老怀特在那种情形下缺乏人情味，他因此被嘲讽了很多年。虽然他一直认为自己是对的，上帝从来没有要求他去救济骗子和醉汉。

谁都能感受到他的善举中总带有幽默的一面，这也是人们最乐见的。即使他自己回想起来，也会发现他曾经留给大家的印象，他面对挑衅时微笑着回应的样子，他在不同场合中古怪的态度。以下收集的这些典型的趣闻轶事，一部分来自他自己，一部分来自那些目睹过事件的人，还有一部分来自主持审理案件的法官。

曾经有个叫摩尔(Moore)的人跟他住在同一个社区，这个人年轻时是个烟草采摘能手。后来手受伤了，就改行做了鞋匠。虽然不至于到绝望的境地，但他也活得相当无奈。怀特先生从儿时起就认识这个人，见证了他各个时代的多舛命运。例如，从前他一天赚多达几美元——在当地可是高薪—到后来他一把年纪，背着修鞋的工具箱，十里八乡走街串巷才能靠修鞋勉强维持生计。那时候，这位曾经的烟草采摘能手沦落到了如此卑微的地步，成了鲍比摩尔叔叔，一个贫穷的、快要被人遗忘的鞋匠。他早年的事鲜为人知，而现在，他只有几个愿意接济他的朋友，他和他们在一起度过一年中最好的时光，从春天到秋天。因此，他每年会有十天的时间在怀特先生家度过，期间为所有的家庭成员修鞋子。从这里再去另一个 10 英里外的熟人家里，在那里享用刚刚成熟的美味水果。然后，他会去拜访一个友好的农场主，他的家在更远处的密苏里河，他在那里一年钓一次鱼。就这样慢慢地往前走，直到最后，他将抵达一个到处都是苹果榨汁机的地方，在那里为秋季画上一个句号。到冬季，他就结束了旅程。第二年的春天，又在怀特先生家开始他新一轮的奇特旅程。当然，“大家长”认识他，并欢迎他来串门。

但随着鲍比叔叔年纪越来越大，即使用了这个办法，尽了最大努力，他还是几乎难以保证自己能舒舒服服过个冬。而冬季有接近六个月的时间，他只能偶尔得到免费的食宿。他太虚弱了，不想长久依靠在朋友家做客度日，最后他向"大家长"提出了申请。

"我是来找你的，怀特先生，"他说，"因为我觉得，在冬天我没法照顾自己。我的手疼得厉害，很容易疲劳。我想知道，在冬季的几个月里，不管怎样，你是否愿意帮助我住进县农场的医务室？到了夏天，我想我还是可以照顾自己的。"

简而言之，他说得很明白，在夏天他更愿意外出。这样，他就可以去拜访他的朋友们，仍然可以享受他的晚年生活。

"大家长"显然为这一呼吁所感动，他抓住他的胳膊，向法院走去，审理此类案件的法官当时正在那里，他大声说道："过来，鲍比叔叔。我看看该怎么帮你解决这个问题。你的晚年不应该遇到这种困扰——而且你一把年纪还如此努力地讨生活，就更不应该被这么对待了。"法庭上当时正在审理一起案件，在闯进法庭一会儿后，他故意带着鲍比叔叔走到法庭的过道上，这样做扰乱了法庭诉讼程序，他边走边说："法官大人，我请您特别审理这个案子。这案子的确非常重要，又非常可悲。"

观众目瞪口呆地听着。法官是他的一位有判断力的老朋友，他严肃地审视着这个新出现的古怪行为。

"怎么了，怀特先生？"他询问道。

"法官大人，"怀特先生以他最认真、最雄辩的方式回答，"这个人，你可能认识，也可能不认识，他是这个县的一位年迈而可敬的公民。他几乎一辈子都生活在这里，他每天都过着正直的生活。"他望着周围感兴趣的观众，接着说："可以证明，他是否是这个县里的最好的烟草采摘手之一。梅休(Mayhew)，"他顿了顿，对坐在长凳上的其中一位观众说，"你知道鲍比(Bobby)叔叔总是诚实地谋生吧？大点声，告诉法官大人，他是不是？"

"是的，怀特先生，"梅休快速地答道，"他是这样的。"

"莫里森(Morrison)！"他喊道，转向另外一个方向，那里坐着一个老农民，"你觉得这个人怎么样？"

莫里森先生正要回答，法官打断了他。

"怀特先生，本庭已经知道了，他是一个诚实的人。那现在你有什么诉求呢？"

"好吧，法官大人，"此时，大家都笑眯眯地打量着他，他举重若轻地发挥着他演说的特长,继续说道,“这个人一直是以诚实的方式谋生的,直到几年前他的手在这里受伤了。从那时起,他就很难找到活计,一直在以修鞋为生。可是,现在他年纪太大了,除了春夏两季,他都挣不到足够多的钱糊口。所以我把他带到这里,想帮他在县医务室里找一个地方安身。我想请您向医务室发布命令,让他入住,我带着法院的命令和他一起去,让他得到妥善安置。”

“好吧,怀特先生,”法官看着站在走道上的两个人,回答说,“我现在下令。”

“但是,法官大人,”他接着说,“这件事我想破个例。摩尔先生有几个朋友,他喜欢在夏天去拜访他们,朋友们也喜欢让他去拜访。我希望,在夏天的时候,他能有机会出来看望这些人,也来看望我。”

“好吧,怀特先生,”法官说,“准许他有这个特权。现在,还有其他事吗?”

老人对这些细节感到满意,就带着鲍比叔叔离开了法庭。然后,同他一起到医务室,在那里他出示了法庭的命令,就离开了。

有一段时间,他与他卑微的受助者相处得很好,鲍比叔叔得到了很好的安排。有一天他又回到他的朋友那里去了。最近,他医务室的房间有一些新的情况。他和一个有点精神错乱的人住在了同一个房间里,那人在夜间四处游荡,严重扰乱了他的睡眠。睡眠对他来说至关重要。

“怀特先生,我想知道,你能不能让他们安排我自己住,”他总结道。“我需要睡觉。但是他们说,没有命令他们不能这么做。”

“老家长”再一次把鲍比叔叔带到了法庭,像往常一样打断了一般程序。他坐在那里,开口说道:“法官大人,这个人是摩尔先生,我不久前带他来见过您。他过去这段时间一直住得很舒服,他很感激您下的命令,正如他将跟您说的那样。而且,我也要跟您说,他是一位老人,法官大人,最重要的是休息。最近,他们安排他跟一个一个可怜的、精神错乱的病人住在一起。那人梦游症特别严重,这让他很痛苦。我和他来这里,是想请您允许他单独住一个房间,在那里他可以独处,不受打扰。”

“好的,怀特先生,”法官说,“就按你的要求办。”

老先生没有回答,转身带着鲍比叔叔离开了。

又过了好几年,一切都很平静,直到鲍比叔叔因为年事已高变得虚弱不堪,他害怕自己将不久于人世,他来找他的朋友,要他答应一件事。

“怎么了?”他问。

鲍比叔叔描述了一棵古老的橡树,它就长在离丹维尔(Danville)几英里的浸礼会教堂的院子里。他说:“我希望你保证,等我死了,无论我死在哪儿,你都要保证把我埋在那棵树下。"他没有给出什么特别的理由，只是说他一直喜欢那棵树，喜欢从那棵树上俯瞰到的风景，但他把他的这个请求当成个秘密，并请求怀特先生一定把他的遗体运到老橡树那里去。

怀特先生一直非常尊重朋友的怪癖和奇思怪想，所以就答应了。几年以后，突然有一天他发现鲍比叔叔死了，而且已经下葬了。这件事让他惊讶不已。在当地，应该没人知道他想要的特殊下葬方式，"老家长"立刻想起了他的诺言。

"遗体在哪儿？"他问。

"啊，他们把他的遗体埋在了何烈山(Horeb)教堂那棵古老的白橡树下。"有人答道。"什么！"他惊异地叫道，想到自己失去了做善事的特权，"是谁让他们把他埋在那里的？"

"这还用问，当然是他自己啊，"朋友说，"我相信，这是他最后的愿望。"

"那个讨厌的老东西，"他大声叫道，真够有意思的，"他让我相信我是唯一知情的人，好像只有我一个人关照他的葬礼。现在你看看他——死了，又默默地被埋了。这个老东西！你敢信像鲍比叔叔这样的老朋友会做出这样的事吗？不过，"过了一会儿，他又加了一句，"我想我知道是怎么回事。近来，他在这里变得如此衰老无力，他一定是疯了——否则，他决不会对我做出这种事。"

发完这通牢骚，他就心平气和了，过去的事就让它过去了。

7

小莫泊桑

1906年的春天，我开始渐渐了解他。一个不过二十四五岁的年轻人，身材看起来矮胖又结实，有着沉着坚定的眼神和敏锐又具有穿透力的思维，有些冷漠，却又散发着活力和强大的气场。他同我见面时并没有说太多话，却能够猜中我的心思，他立刻就给我留下了深刻的印象。坦白地说，我非常欣赏他，尽管我一眼就能看出他对我的印象并不深刻。说起来，我比他年长10岁，是一个并不出名的杂志社编辑，刚被招进来（这一点他并不知道），希望能改善杂志原本惨淡的境况。为了挣到几美元，他同意为前任编辑写一篇极其荒谬的文章，主题令人难以置信，说是报纸写作是女性的职业。无论是有人要求还是鼓励他这么写，我认为至少他应该得到那份钱。

"你为什么把时间浪费在这样的事情上？"我微笑着问他，试图责备他，同时又想鼓励他，因为我对曾经的管理者所分配的许多类似的任务感到厌烦，而如今我不想沿用同样的方式，"在我看来你的能力和天赋远过于此，为什么不写一些更值得你花时间的文章呢？"

"我的时间，见鬼了！"他恼怒的样子一下子让我想起好战的雪橇犬，"你试试在这个镇上找出来一家杂志社，看它是不是愿意买我认为值得花时间的文章！你和其他人一样：只会说大话，但你根本不想要任何有价值的文章。你想要的可能只是符合理论，或者顺应‘我们的政策’的一些微不足道的文章。我明白了。把我的文章给我，你不必接受它。尽管是有人要求我写的，但我仍然可以把它扔进垃圾桶里。”

“别急，别急！”我回答道。我钦佩他的勇气，他对美国现存的编辑和图书出版状况的蔑视令我动容。他是如此地年轻，在我看来，他的表达方式像动物一般原始和野蛮，然而这多么有趣！他身上有种新生而纯净的特质，就如同新开垦的田地或原始大草原。他展现出了我那个国家所有不谙世故的年轻力量，但比通常表现出来的更有“冲击力”，至少理智上是这样。“现在，不要激动，不要怒吼，”我低声说道，“我知道你说的是真的，他们并不是真的想要你提供的文章。但至少我不是这样的。我们当中的大多数人都是为别人工作，为高高在上的发行部工作，对我们来说，写出来的文章远远超出大众的需要和品味是不可能的。一直以来，我都和你处于同样的境况，现在也是如此。对了，你从哪来？”

他告诉我——密苏里(Missouri)州——几年前他还在它的州立大学待过。

“那你现在想做什么呢？”

“这和你有什么关系？”他不耐烦地回答道，带着一种由内而生的、明显的优越感，好像他极度厌恶并拒绝回答在他看来我那种居高临下的问题，“即使我告诉你，你可能也不会明白。现在我只想写足够多的杂志文章来谋生，仅此而已”。

“朋友，朋友！”我拍手笑着说道，“真是好样的！真的，你很有意思。但是，你我现在必须认真讨论一些实质性的问题。你想写一些有趣的文章，再好不过了，你可以为此得到报酬。我很欣赏你，无论如何，在我看来，你写的文章或者说其中的大部分似乎都能满足我的要求。如今，你想写点有价值的文章——至少是比这一篇要好的。而我也想在这本杂志中发表一些有价值的文章——比如纽约都市生活色彩的真实写照，如果这样的东西能在一本普通杂志上刊登就好了。大体上，这就是我想要的。”接着，我向他概述了在我带领下的杂志所采用的原则，告诉他我曾经出过名为《百老汇》(*The Broadway*)的“白灯”(“white-light”)月刊，并试图将那里重新塑造成一个民族或国际大都市的形象。听完我的话，他的情绪稍稍缓和了些。

“好吧，也许有这样的想法，有些事情可能会成功。但我不确定，可能你是能做成这件事的人。”他强调了“可能”二字。“至少，这值得一试，从这个镇上虚伪的编辑和出版刊物来看，在美国，没有人想要任何像样的文章，”他咬着嘴唇说，“我有我自己的抱负，但我不指望在这个城市甚至这个国家的杂志中来实现。我不相信在这能发生任何的改变。”

“嗯，的确如此，”我说，“目前仍然是这样，你对这本杂志也不能期望太多。毕竟，这本杂志想要受人喜爱。我们试试如果用真正有趣的文章，它能够发展到何种地步。还有，如果你认识其他像你这样的人，把他们带过来，我需要他们。另外，我会为你的这篇文章付报酬，只有我会给它出高价，以后我也会让你给我写一些别的文章，明白吗？”

我笑了，他也笑了。当他选择让步时，流露出一种有感染力的热情，但始终是一种压抑着的热情，有些愤世嫉俗甚至让人难以接受；我认为他会向着自己的目标努力。后来，他走了，大约一周后，我才见到他，这是他第一次尝试带来我想要的文章。

这段时间，我正忙着安排人手，见到他后我便决定，如果可能的话，把他也包括在内。倘若他经过培训后能写“特刊”的话，我会把他当作一个带薪的“特刊”作家。他看上去如此的聪明有雄心壮志也因此承诺了许多。此外，他第二次来时留下的那篇小文章，尽管思想要点没有很好地组织，但单纯就其表达而言，写得非常好。

接下来，他尝试着写出了一篇更好的文章。如果我没记错的话，那是一篇震撼人心的纽约东区(The East Side)的写照，旨在吸引城市之外地区的读者，尽管色彩和表达的明确性以及用词是极好的，但就像第一次那样，缺少对要点的合理安排。我向他说明了这一点，如果他愿意，我可以告诉他如何改得更好。他似乎非常愿意，也很急切，尽管带着一点拘谨的表情，就好像他在这个问题上迁就我似的，但仅此而已。他很快就领会了如何有条理地写文章，在外边房间的一个桌子上工作了一会儿，给我带来了他重新整理的材料，但并不尽如人意。在之后的几周和几个月里，他都以这种方式和我一起忙于“特刊”和其他的一些事，他似乎终于掌握了我的理论，或至少总结出了一个自己的方法，这令我非常满意。不久，我就以固定的薪酬正式雇用了他。

现在看来，我们过去尝试做的事情以及那时的情况真够可悲的——一边要经受着商业市场的冲击，一边要为发展事业出谋划策，还要进行那些本没有必要的解释和争论。我们在新办公楼的房间里办公，房间里装满了尚未安置利用的木材，这些木材用于把整个房间隔开。有人对此开玩笑说，“这会把我们分开。”我们的出版商也就是老板是个个头矮小、精力充沛的人，有着充满活力及丰富生动的灵魂，他的自我主义和中产阶级的信念都是出于“推动”“野心”“亲近生活”“抨击”等等的需要，是个典型的美国人。他每个小时都会突击检查我们，或者说是突击检查我，讲述着他实现梦想的“各种理由”，并向我们提出“各种方法”，而我迅速召集那个小组的做法就是为了满足他。

因此，对于我来说，有必要做一些不同的事情。现在急需一些关于都市生活和情节的新辞藻；陈旧、缓慢和有几分浮夸的报道方式需要改变，至少在目前是这样的。我想到，那个年轻人似乎能帮我做这件事。他精力充沛，对生活充满热情，急于描绘出这本杂志力求刻画的独特气息，有他在我身边我觉得更好、更有力量了。城市的发展壮大，既定街区的特色和氛围，一些巨大社会财富、事件、状况和犯罪活动，这一切都让他产生了浓烈兴趣；另一方面，他也很容易教，很快就能明白什么是我想要的，能写出必要的条理性。我向他简短地解释了写作技巧后，他对“特刊”的写作艺术了如指掌，从那以后，就再也没有给我带来什么麻烦。

但对我来说，更有趣的不是他能成功的领会我“特刊”的写作理论，而是他的性格。因为在这种工作条件下，他的性格在与我日复一日密切的工作接触中渐渐显露出来。我很快知道，也很高兴能了解到，他的文章中没有三流作家矫揉造作老套的幸福结局，也不是空洞又无意义的文学作品，相反，他作品中的声音听起来就像我第一次在与各种各样有文学抱负的人打交道时感受到的那样，那种确信、理智、尖锐和毫不故作伤感的辞藻，在欧洲那片大陆（The Continent）最优秀的作家中是很常见的，这是一种完全摆脱了感伤、虚张声势和伪善的辞藻。他的写作风格像湖水一样清澈，像雨水一样朴素；色彩简单，浪漫幽默；即使有点太过于虚荣和自负，也仍然可以理解他，因为他写得有理有据。我过去常与各种各样拥有文学和艺术抱负的人打交道，也曾经是负责出版的一员，我觉得他是我见过的所有人里面最优秀的，是令人耳目一新的一股清流。

几周后的一天，基于知道我很注重小说、诗歌、短文或散文中所阐释的纽约精神，他给我带来了一首名为“九行诗”（“Neuvain”）的小诗，我对此非常感兴趣。它是如此的简洁、有力，却又如此精致，是一首双八行两韵诗，运用法国旧体诗结构，却融入了现代的元素和街头巷尾的风情：人行道上停着的汽车、奏起乐曲的手风琴和正在跳舞的孩子。不过这个标题似乎不太自然，用英语单词“春天”似乎更合适一些，但那代表了他当时的心情，是他个人的文学喜好。他更倾向于以莫泊桑（de Maupassant）为代表的法国学派，但那时我并不知道。

“写得太妙了，”我激动地惊叹道，“我喜欢这首诗，让我看看你还写过什么。你写过短篇小说吗？”

对于回答，他只是用一种审问、傲慢又轻蔑的目光盯了我一会，好像在说

"让我看看你是否真的值得我花时间和精力在这件事上"或是"这种所谓可悲的试探心理原来只是怀疑我可能会写短篇小说"。而看到我只是非常亲切地对他笑了笑,他终于放下架子说:"当然,我写短篇小说。你认为我都会写些什么呢?"

"我猜你可能只对小说,戏剧,或诗歌感兴趣。"

"不,"他停顿了一下,仍带着同样傲慢的表情回答道,"我想专门写短篇小说。"

"好吧,"我在内心对自己说,"这是一个初出茅庐而又恃才放旷的年轻人,但现实生活将会给他一些教训,以至于多年以后,他才能有所成就,他需要得到鼓励,就像不久之前的我。除此之外,如果我不在经济上鼓励这类的工作(这是最好的方式),谁又会这么做呢?"

大约一个星期后,我得到了另一个更令人满意的惊喜之作。有一天,他仍是那副桀骜不驯的样子,带给我两个短篇小说,并轻轻地把它们放在我的桌子上,只留下一句话:"我相信,如果是我选择,我可能会读这个。"读完这两篇小说,我开始发觉自己好像发现了一个完全成熟的天才。在这两篇小说中有很多崭新而又与众不同的观点,非常清晰尖锐,简洁而又独具思想[《第二动机》(*The Second Motive*);《正义的人》(*The Right Man*)]。在此之前,我在别的杂志社工作时,一直试着解决短篇小说的问题,我对于美国短篇小说的发展趋势很悲观,还有长篇小说——根本找不到,以至于一旦我找到了,它就可以出版了。我过去写的《嘉莉妹妹》(*Sister Carrie*)遭到了读者强烈的反对和令人心寒的冷漠,美国人无法忍受那些略带严肃话题的小说,这足以让我相信,这个世界似乎将任何一件略微接近真相的事都当作最讨厌的事件之一,甚至是有犯罪可能的事。有的人不敢"大声说话",有的人不敢叙写生活真实的样子,即使他自己就过着那样的生活。我之前从这个杂志社的老板那里得过到警告——作为美国伪道德最热切、雄心勃勃和最令人忧虑的代表,他结合了海盗般的占有欲和内在正义的绝对信念,他希望小说中出现一些新内容,就像他所描述的那样,出现一些比"多愁善感"更具男子气概、更栩栩如生的内容。但若想出现在目前的杂志中,那么,第一,这种小说仍必须对普通读者有强烈的吸引力;第二,情节引人注目,而且纯净,尊敬的普通读者当然会理解这个词的意思——毫无疑问,像这样一对坚固的小磨石终将会打磨好任何一篇精彩的故事。

我仍然没有绝望;或许还有事是可以做成的。虽然我叹了口气,但我还是希望我的老板破例让步,支持一些优秀的文章,或者,就像俗话说的那样,"糊弄糊弄他”，但当然，这样做有没有意义，就取决于自己了。我的梦想是寻找到更多这样的年轻人，或是一种能成真的尖刻的现实主义，即使在许多的限制之下，这些小说仍可以发表。想象一下，当我在小说中发现了这两点是多么的满意，不仅有能够真正欣赏的故事情节，而且还可以出版，甚至能够让所有那些仅有一点点生活经验的人都产生兴趣。准确地讲，这些故事情节讽刺又刻薄，但仍带有幽默感和色彩感，如此灵巧、干净利落，读后可以引人大笑。我给他打了个电话，和他说了很多，几乎说了自己能想到的所有——就像我现在有时想的那样，这是一个错误，因为艺术应该是长期的——我毫不犹豫地敲定了这两篇文章，也希望能找到更多像这样的文章。

此时此刻，顺便说一下，其实我早就应该说，我进一步扩充了员工：雇用了一位极其耀眼又性格古怪的艺术指导，他是个有爆发力、不知满足、饱含情感色彩的天才，拥有真正的魏尔兰（Verlaine）-博德莱尔（Baudelaire）-罗普斯（Rops）的灵魂，他不满足于每月对杂志的整理和修饰，而渴望创作，渴望绘画，渴望作诗，渴望音乐和舞台表演，他能够穿梭于从他一出生起就接触的上层社会。同样，到目前为止有一位爱尔兰（Irish）-天主教的版面编辑，他毕业于著名的教派学校，是古典拉丁语的化身，相比出版这本杂志，他对圣哲罗姆（St. Jerome）和他的拉丁文《圣经》（*Vulgate*）更感兴趣。他的优势是他能一直让人产生兴趣——“我从他那里学到了有关贺拉斯（Horace）的知识。”另外，严格来讲，这里也有非常年轻漂亮有趣的人，比如，韦尔斯利（Wellesley）-蒙特霍利奥克（Mt. Holyoke）-布林莫尔（Bryn Mawr）文学艺术与评论主义学派的那位十分迷人又有趣的、有学问的少女。她在隔壁房间与艺术指导、版面编辑和办公室男孩一起工作并担任助理编辑和审稿人。这位年轻女子十分难得，在某些方面的表现也颇为突出，我担心，她有时会对我松散和不矫揉造作的方式有所蔑视，正如我在雇用她之前所推断的那样，她仍然热切渴望在小说和其他剧本艺术中发现一些新的、重要的东西，就像完成任何一个好的作品一样。她曾进行过无数次的筛选、分类、删减——过程非常严格。起初，L 很讨厌她，称她为“笨蛋”“骗子”“装模作样的人”等等。除此之外，还有一群不断发展壮大的作家、艺术家、诗人、批评家、改革社会的梦想家，和一些我不了解的其他人，他们希望通过一些真正强有力的杂志来达到他们目标，现在他们开始以我们的杂志社为中心，一时间杂志社云集了许多有抱负的人；宛如一个饶有趣味、生机勃勃、又咄咄逼人的世界。

至于 L，这一切对他来说都是新的，他和其他人一样感兴趣，甚至着迷。他有时会对此作出十分快活的回应，想知道是否还有什么没有挖掘出的美妙的、国际化的、持久的东西。他很快成为我所遇到过的最执拗、甚至最令人不安的年轻人之一。有时，对于说话让人愤怒，做事让人厌恶，他似乎极具天分，不仅是对我，而且对别人也是这样。在这里遇见我之前，他从未听说过我，我觉得他一定认为我一无是处，不太可能是一个编辑，当然，也不可能会是个作家，更不可能是一个可以向作家提出任何建议的人。我帮助过他，但他好像认为那是理所应当的。至于我的艺术指导，L 起初认为他是个傻子，后来又认为他是个天才；对于我的版面编辑也是如此。

至于 E 小姐，那个韦尔斯利-布林莫尔-蒙特霍利奥克学派的助理编辑，从一开始就同意我的说法，认为他确实是一个有前途的作家，一个真正的天才。我说过，他一开始轻视 E。后来，除了他自我吹捧的本领之外，E 因他的魄力、他真诚的决心、他锐利的洞察力而受到了很大的鼓舞。可能是由于 E 的容貌和身材上的魅力，E 成功地让 L 对她有信心起来，并使他信服，她不仅是他才能的忠实崇拜者，而且是一个对任何高水准的事物都有品位和判断力的人。从那以后，在任何办公室，他就像一只一半关在笼子里的野生动物一样讨人喜欢。

但关键是，他受到了杂志出版商 M 的公然冒犯，他甚至找不到恰当的词来形容自己对 M 的鄙视想法。L 曾十分大胆地对我说，出版商 M 不过是一只“如老鼠般四处躲藏的金雪貂”，一只“为博取某种信任和其他利益的金融媒鸽”，是一个“狡猾的只知道赚钱的小老板”。这是因为 M 总是走入办公室并四处强行进行一场谈话，当然，他急于聚集所有人的不同能量和热情。L 最厌恶他的事情之一是 M 当时享受最高物质福利时的神气，明显地炫耀自己，还故作姿态，比如他仔细剪裁过的衣服、他的车，还有和他有关的各种其他组织中到处跟随他的众多助理和秘书。

正如 M 常说的那样，他的想法是消费并享受生活，但他却不是这样做的。他只是引诱别人去做。他的一个习惯(L 一定印象深刻，那时他还是一个涉世不深的新人)是让他的一个个雇员无论何时何地碰巧遇见谁，都要宣布他从一个“重要”会议到另一个“重要”会议，在或不在自己的办公楼内，电话信息可以接通或禁止，可能，他正沉浸于一场文学聚会中，或是与一个又一个员工或是一组员工建立信任，对此他会很快满怀激情。另一件他的虚荣之事是他让人人知晓他的汽车，甚至他几乎被那些鲁莽的秘书强行逼进了他的车里，这是因为他之前的命令，他坚持自己是被迫进行某些重要活动的。或者派他的某个雇员，无论他碰巧在哪——在俱乐部，在餐厅，如果有必要的话，甚至是午夜——在他的家里，和他讨论一些重要的话题。而雇员应该叫上一辆出租车匆忙赶到岗位，以免M一直等下去。

“天呐!”L曾经在我面前评论过：“想想看，一个能思考的人却因为每周的收入而不得不对这样的事情心存感激！真的应该有人用鸡毛掸子来敲他，然后把他杀了!”

但是，在这种氛围中L又是以怎样的方式发展的呢！这挺有意思。起初，在该杂志步入正轨、有所业绩之前，我很高兴能在办公之外的时间与他交往，他是一位充满好奇而又生动有趣的朋友。他对生活十分狂热，对那些陈旧的、自己讨厌的或根本不想看到的事物都无法忍受。有时为了避免遭到拒绝或至少是刻薄的反对意见，我也很难开口去说些什么。我很高兴注意到他对自己所见的事物充满热爱，他和所有第一次来到大城市的青年有着相同的反应——壮观的大桥，即将竣工或正在挖掘的新隧道，港口和海湾，科尼岛(Coney Island)，两个还在建设中的了不起的新铁路枢纽。然而，大多数情况下，他却陶醉于与众不同的甚至令人压抑的街区——第八大街，例如，他后来写了一个有关于此的非常不错的故事(《一支安静的二重奏》*A Quiet Duet*)；“盗匪出没地”就位于曼哈顿(Manhattan)的西区(West Side)(或许过去是)，在第八大街和第十大街间的，第三十六和第四十一街道之间；小意大利区(Little Italy)，位于德兰西(Delancey)下面东区的沃思街(Worth Street)以北；唐人街(Chinatown)；华盛顿大街(Washington Street)(在美国的叙利亚人的居住区)；希腊人在西区的第二十七和第二十八大街之间。所有这些以及纽约(New York)多元生活的多面性完全吸引了他不知满足的注意力。有一次，凌晨2点行走在第八大街上——当时是夏天，我带他看了看后方的贫民窟——他非常激动地对我说：“上帝，我多么讨厌在这个小镇上睡觉！我真怕在我睡着的时候会发生什么事而我看不到!”我确信，那正是他一直以来的感受。

在那些日子里，他十分纯朴，是个典型的斯巴达式的男孩。他从不饮酒，住在一间廊底小卧室里——在第八大街的某个地方，他在简陋的小快餐店里吃饭，我相信——对他来说，那里的人物形象远比食物更重要。(敬意——没错，我对他充满了敬意!)理智上讲，他是如此的严厉又充满野心，以至于我站在他面前几乎都是敬畏的。我对自己说，这里有一个真正能做事的人；让他随心狂野吧。在美国，他或许就应该这样。

在这短短的一段时间里，L所透露的早年生活是多么的不堪！如果可以这样形容的话，我渐渐了解了一点儿他早期所遭受的贫困与磨难。在堪萨斯城

(Kansas City)，他曾经是一名报社记者，或者说曾努力成为一名报社记者，曾为了支付学费，在他毕业的中西州立大学(The middle-West State university)的餐厅和洗衣房打过工。后来，L 曾协助一些摩天大楼里的门卫——在堪萨斯城的某些地方，我认为——也是最令我欣慰的是，他从未强调过这些是自己年轻时所经历的磨难，也从未对自己所经历的"苦难"作过任何评价。更没有夸张地用不以为然的态度来看待这些经历——另一种可怜的姿态。从 L 身上我了解到，在他年轻时曾由铁娘子般的母亲四处带着，他似乎以一种严肃又爱争论的方式尊重着自己的母亲，压抑着自己的谈话，好像根本不喜欢说任何有关的事，然而有时会把她形容的很粗俗，但有这样一位为他做出明显牺牲的母亲，对他来说已经非常好了。

他的母亲曾经在西部采矿营地经营一家餐馆，后来把还是呜咽着的婴儿的 L 裹在披巾或斗篷下徒步穿过了莫哈韦沙漠(Mojave Desert)。很明显，L 不知道他的父亲是谁，也不太关心母亲之前做过什么。他说，在自己还是个婴儿的时候，他的父亲就死了。后来，L 的母亲在得克萨斯(Texas)的一些铁路酒店做过厨师，并把他送到了那里的学校读书。后来她还做过"喊骂婆"，如果你知道这是什么意思的话，就会明白这意味她曾是放高利贷者的雇员，用来强迫那些拖欠债务的人，尽管微不足道又可怜，但债主们当场在她们所有同事面前支付费用，她们就到欠债人工作的那家有违法行为的商店大喊大叫！后来她还做过私家侦探！做过保险代理人——上帝知道这是怎么回事——她是个有点像粗俗男人的女人。但她始终紧握着这个男孩不放。他是她的心肝宝贝，毫无疑问更是她完美的梦。她依次把 L 送入公立学校、高中，还上了大学，把自己尽一切可能挣到的钱都汇给了他。后来(实际上在那个时候)，她仍在争取到纽约为他料理家务，只是 L 不想，也许是意识到自己需要更多的自由。但就像他向我坦白的那样，他定期写信给母亲，在后来的日子里，我相信他给了母亲一部分收入，让母亲为他存起来以备不时之需。后来，在 L 死后的作品中，我发现了一个非常美好的故事《他的母亲》(*His Mother*)，他用严厉却又充满爱意的措辞描述了母亲和他自己，这是他自己灵魂深处柔软与冷酷的融合。

让我抱乐观希望的是，那时 L 一点也不关心那些以各种形式漂浮在他美国世界里的微小的道德和经济上的定义和区别。事实上，他似乎完全摆脱了它们，甚至与它们相对立。他所听到的关于人类灵魂的内在和永恒的完美声音已经荡然无存，确实是这样，右耳进左耳出。他尊重这些美德，但他了解也预料到，正是死亡那些让人憎恶的恶习给了他们存在的理由。对他来说，小偷几乎和圣人一样重要，这也是圣人存在的原因。而且，更好的是，他对美国政治或社会没有丝毫兴趣——这是一个极好的迹象，也毫不参与在金融和社会上“引领成功”的美国梦——这是另一个高贵的标志。如果一个人有这种本领，那么所有的生活都是迷人的，可接受的，可解读的；拥有这种本领是不同凡响的——值得付出千辛万苦来获取它。

但那时普通的美国人多么不愿意接受他，因为他脑子里仍然塞满了关于艺术家和艺术胡言乱语的书籍和图片，接受L就像接受任何一个质朴的、乳臭未干的乡巴佬，他敢用泥泞的脚攻击神殿的外门！他有着喧闹、压抑、易怒的灵魂，更像是个年轻的铁路制动员或者说“制动手”而非艺术家。或许有人会说，有时L的语言很粗糙，思想上很残暴，使他完全无法与伟大的小说、伟大的艺术观念或艺术殿堂联系在一起。他希望能和强大的人并肩而坐！——那个粗野的青年，像一位浮夸的理发师一样将一头深棕色头发在一侧分开，并把一边的头发全都梳到另一边耳后；穿着一双厚底的毫不美观的棕色鞋子，和一身做工毫不精良的套装，戴着棕色的小圆帽，多数情况下，都是带舌的帽子，在野蛮粗俗甚至无礼地拉扯过后，遮住了一只眼睛；在寒冷的春日里，他仍然穿着那件粗毛呢大衣，由于受潮和不讲究地乱坐，这件衣服前前后后出现了许多“褶皱”；L抽空就会傲慢地取出玉米穗轴烟斗和廉价的袋装烟草点燃；那个举止咄咄逼人，令人愤怒又充满活力的青年——简直一副年轻恶棍的模样，他似乎愤愤不平地忍受着，甚至想找一个人证明这并不是他的全部！肯定地说，考虑到他在智力和艺术上的自命不凡，他身上有一些野蛮而又非常出色的东西（这并不滑稽）。有时，甚至是L的易怒和虚张声势得以让我们成为朋友。我说过，他太咄咄逼人，太强有力，太偏执了。他应该温和一些。在其他时候，就像他说的那样，我觉得他需要达到那种程度甚至“更好”。我想要对他做一点改变——但我没有——尽管有许多令人愤怒的小状况，我始终对他着迷，有时差点恼火，而实际上他是故意这样的，他似乎在用一种野蛮的技巧来减少他脑海中所设想的我那高高在上的优越性。有时我觉得他应该被杀——就像一位父亲在沉思一个难管教的儿子——但是我这种情绪很快就消失了，而L的文学能力可以弥补一切。

对于这本杂志而言，一旦它有所发展并引起人们的注意，L对我来说就是最有价值的人；并不是说他直接做了多少事情，而是他为我们都必须要做的工作提供了一个明确的标准。令人好奇的是，所有与杂志有所接触的人，很快就了解L的为人了。起初，我对他的进步感兴趣，在任何可能的情况下，只有对他有好处,我都会适当地介绍他。而后来,我完全折服于他的心智能力和正直,他的梦想和批判技能,他设法以自己为中心打造一个圈子,寻找一群年轻的作家、艺术家、诗人、剧作家、有抱负的音乐家;这是我所见过的一个好玩又有趣的圈子。他们的集会地点好像同样是在后街的那些破旧的快餐店,甚至是在时报广场的主干道上,或是晚上在我离开后,以工作为借口,在彼此的房间或我的办公室里碰面。在那段时间里,空气中到处充满了关于最新歌手、舞者、戏剧的谣言,还有刚开始创作或正在创作之中的故事以及发人深思的文章和随笔。如果有充足的资金支持,那么这里就会是令人渴望的可以四处嬉闹或真正放荡不羁的午夜晚餐了。而金钱并不充足,在他们这群人中间有无尽的借贷和"偿还"。我开始注意到并最终令我紧张不安的是,在这个圈子里最满怀热情的成员竟是我的艺术指导,他一定是波西米亚(Bohemia)勇敢的骑士,如果有这样的骑士的话。还有她——布林莫尔-韦尔斯利学派的代表、我的版面编辑以及其他后来和杂志有或多或少联系的形形色色的投稿人,都同样一直追随着他。

这个小圈子虽然没有直接令杂志社盈利,但使杂志社充满了活力,我现在相当确信当时是"意识""联系""赞同"等许多主要趋势和暗流促进了该杂志获得成功和优先权。这个圈子对我来说很有价值,它构成了一个"参谋团",并从四面八方带来了各种各样成百上千有趣的点子。现在,将从国外引进一位能在爱好虚名的美国人中间引起巨大喧嚣、迄今为止闻所未闻的男高音,一名从未在美国听说过的新雕塑家或画家,一位伟大的演员,也可能是诗人或作家。我听到大量关于新运动的传言,包括雕塑、绘画和剧本艺术都做好了突然来到这个世界的准备。整个圈子中充满温暖、充满朝气、充满梦想。他们见闻广博,满怀希望,而我过去常常望着他们,想知道如果可能的话,哪一个人会注定实现他的梦想。

无论如何,我对L从来没有过丝毫的怀疑。的确,他开始倾向于更自由的方式,希望自己穿梭于各种社交活动之中,并且永远是这种快乐不可缺少的一部分;他有时饮酒——而在我看来,这主要是因为我那狂野的艺术指导,他对物质或艺术方面毫无了解,也毫无节制,而且不惜任何代价完全支持狂饮作乐的事业。关于那个圈子的漫游计划,我不止一次听见L严厉地说明:"不,不!我不去。我现在就要回家!"他有自己想要写的故事,要完成的文章。但是,如果是在某个特定的时间,他经常会同意。如果他经过的时候,他们仍在某个地方,或者是第二或第三个地方,他会去找他们。显然,L绝不会让自己的工作受到丝毫影响。

正是这个时候，我开始了解他文学倾向的真正来源和意义。正如我现在所发现的，L确实痴迷于欧洲大陆，尤其是法国人对写作艺术的观念。他曾研究过莫泊桑、福楼拜(Flaubert)、博德莱尔、巴尔扎克(Balzac)、缪塞(de Musset)、桑(Sand)、都德(Daudet)、小仲马(Dumas junior)和左拉(Zola)等作家以及埃尔维厄(Hervieu)、布尔热(Bourget)、路易(Louys)等大量近期的作家和与他们同时代人的作品、性格及经历(恐怕，尤其是后者)。然而，最重要的是，莫泊桑的人生和艺术，他的研究方法，他那没有偏见的生活观，他对道德和宗教的自由，甚至是他的情感倾向让L印象深刻。在L文学生涯的初期，尽管他无法摆脱那无可救药的、在他成长过程中早已经深入骨髓的美国人的性格特点，我真的相信他是在拼命地模仿莫泊桑。在来找我之前，L最早将他的希望和作品寄托在某位西部评论家兼编辑身上，那个评论家在L死后写信给我，关于在我之前，他就认识L，并观察到："L对十九世纪末的文学艺术格外着迷，甚至还进行宣传，是我让他清醒过来的(我希望记录天使能把我的功劳记到荣誉卡上)。"我想是这样的；但L仍然对此非常感兴趣。他很钦佩法国的插画艺术家奥布雷·比尔兹利(Aubrey Beardsley)，黄皮书作家魏尔兰、博德莱尔、罗普斯，甚至是奥斯卡·王尔德(Oscar Wilde)，他的观点更有实际价值，更接近普通民众，甚至更激进。

我一直认为，对L来说很可惜，他在杂志社的出版商及老板面前极力表现自己，而老板也从先前满足于看到杂志的商业事务有条不紊地运行，到现在因杂志已经引起了人们的注意而决定允许他分享杂志的文学和艺术声望，应该真正地把他和杂志紧密地联系起来，并且应该承认他是杂志真正的源泉和灵感了——这是当时我去杂志社工作后从没想过的。当时他很明确地和我达成一致，认为任何时候都不会有这样的干涉，而现在他却主动提出了一个创立顾问委员会的计划，该委员会将由他和我之前所创建的工作人员组成。

我无法反对，而且这对我个人来说，并没有让我感到很烦扰。有一段时间，我一直感觉在这家杂志社工作并不是一件长久之事，而是我人生的一个小插曲。我对L的感觉也是这样，他对有技巧的杂志作品越来越感兴趣。与此同时，我没有找到可以立即安排自己工作的方式就离开了，这让我在那一小段时间内，感觉自己或多或少成了一名旁观者。在此期间，我注意到M对L的影响越来越大，我对此感到不满，如我所见，这终究证明对他是有害的。对他来说，M不是合适的指导者。M是一位才华横溢但极其肤浅、重物质的人。他坚信拥有这些物质——房屋、土地、公司股票、俱乐部的一席之地、同那些物质丰富的人拥有一样的圈子——是真正地在做着对现在或将来都很有意义的事。他对艺术或文学基本一无所知，也不知道如何在杂志或写作过程中营造个性和微妙的基调(尤其是后者)，正是那令人愉快的事才能真正吸引并留住一个人，尽管如此，他还是坚信自己做到了。更重要的是，M 不仅决定要交朋友，而且还要抓住所有那些因我而吸引来的人，以备日后对他自己有用处，而在这些领域中，也不乏许多已经颇有成就的群体，那些已经以一种更常见和更受欢迎的方式获得声誉的人，也会因而认为自己拥有了一个追随者，并有权力对他们自己的作品和杂志要求高回报，而不考虑内在的价值。M 经常谈起金钱、金钱的吸引力和购买能力以及所有物质事物的意义所在。然而，自相矛盾的是，他现在希望这本杂志不仅能成为代表金钱的发光体，而且还能在文学和艺术思想方面是最优秀的。

当然，这是不可能的，但他一直似是而非信口开河地争辩着，就某些方面而言，M 的个性极具吸引力，充满欢乐，既不墨守成规也不令人讨厌，曾一度吸引了很多人。随后他甚至非常迅速地开始与围绕在我身边的那些人交朋友，与他们就杂志正确的经营方式进行长时间甚至私下的讨论，露骨地暗示过所有人，尤其是他所交流过的每一个人，将要与他们分享一个美好的未来。奇怪的是，M 这种与众不同而且(就像我原本想的那样)不利的个性似乎对 L 非常有吸引力。

我并没有声称结果是致命的。如果 L 结交的是一位更年长或者性格更稳定的人，或许至少可能有些价值。但在我看来这一切来得太快了，如果这种友谊真的会有，也本应该是付出更多努力的结果。关于这些事情，L 应该是最提防的——因为它充分展示了纽约社会和夜生活以及物质生活的肤浅乐事——M 是最徒有其表的。在这方面，我找不到一个更诡计多端、更能迷惑他人的人，也找不到一个如此淡漠的人，只是利用别人达到他微不足道的目的。M 有很高的天赋可以让华而不实和无价值的事物显得有价值，甚至完美。早些时候，L 曾不止一次“诅咒他”(当然，是在他不在场的时候)，对于 M 的美国中西部的交易观点，L 用他独具表现力的措辞，将它们形容为卑鄙的社会和物质的理想。然而，我看得很明白，即使在那个时候，他的思想已经开始遭受毒害。因为我们必须记住，L 对纽约很陌生，那时他还非常年轻，几乎一无所有。毫无疑问，他对 M 的物质生活、拥有一切的满足感、独占欲略感嫉妒，甚至 L 试图围绕自己营造一系列看似地位显赫的小交易氛围。

好吧，那或许也不能证明是毁灭性的，他只是需要一个人来帮助他保持真正的自我，保持个人能力，不断地提醒他，如果可能的话，让他对自己严肃的鉴赏力保持清醒。而事实上，L 身边几乎被追随者和助手包围了。

不久，离开了 M 后，我接受了另一个编辑的职位，被迫或多或少地关注行内各种流行杂志。我很不安地发现在各种出版物中都出现了一些故事——尤其是在 M 的出版物中，一时间非常兴盛——这些故事尽管展现得很有技巧，很克制，也展现了对事物真实色彩的渴望。但仍然证实了我一开始就有的担心，他们可能:做了明显的妥协。必然的幸福结局，这是所有美国小说的诅咒，竟给他留下了深刻的印象——通过谁呢？让我感到真正不满的是，L 开始写一些故事，至少一些是有关于:第一，一位为了广告而成功放弃了艺术梦想的年轻女性；第二，一位有魅力的中年的女人，渴望放荡的生活，但没落下好下场，典型的美国风格；第三，一幅其乐融融的圣诞画面[狄更斯(Dickens)写得很感人]；第四，一位百老汇的媒体经纪人通过一系列不道德的行为混入一家大酒店，偶然与一位完美的年轻社会男子约会，她先是成了酒店经理，后来又变成了有钱的女继承人。等等，等等，虽然并不都是这样，但至少有一段时间是这样——在他设法生活和工作的那十年。

而更重要的是，我有时会听到或偶尔看到一些与 L 有关的令人沮丧的消息。我真得认为 M 对他的年轻门生有一种真正的喜爱，就像他对任何事物的喜爱一样，M 忠于他的诺言，向他保证每年给他大约 3000 美元；在 L 二十四五岁的时候，送他到斯德哥尔摩(Stockholm)，向他引见著名的假极地发现者库克博士(Doctor Cook)；允许他去巴黎创作各种文章；送他去罗马；送他去中部(the middle)和遥远的西部；送他去百老汇进行戏剧和社会学研究。也好，M 想要的只是 L 的作品中多一些“精神高涨”的辞藻，幸福的结局——或者至少是不粗俗消沉的——然而我对 L 的想法是，他虽然有天赋，但应该把自己局限在小说艺术中而不要考虑任何的理论或结局类型，正如我相信的那样，从长远来看，他最终一定会用那种方式来创作。我当然不反对他各种各样的经历，目前看来他采用的创作路线似乎与现实主义写作相距甚远。只要他没有忘记自己的理想，无论他何时写作，无论时间早晚，这些故事肯定会有清晰流畅、深刻尖锐、绝不妥协的故事情节，就像他最初的创作风格，热衷于用他那同样不偏不倚又不受道德约束的观点给人以启迪。

但在遇见 M 并为其工作后，在新的安排下，他一时间明显着迷于 M 的个性，在我看来 L 似乎逐渐忘记自己的理想，实际上开始接受 M 那些似是而非的说理，而后者很容易编织，就像蜘蛛织网一样。在这方面，我坚决认为是 M 产生了不良影响。例如，在他的指导下，L逐渐成为出入知名的、仿冒波西米亚小饭馆的常客，这是极其令人厌恶又天真的模仿事件，坦率地说，这个小饭馆打算冒充最原始、最真实的古英国饭馆。就其木制品而言，用烟熏或深着色的橡木来代表古老英国的内部设计。墙上放满了长柄奏乐管和英国人狩猎与饮酒作乐场面的照片，着染黑色又不加装饰的桌子上四处散落着有关骑马、驾车及乡村生活的报纸，给它增添了上层社会的常客们没有概念却又极其渴望的不拘礼节的氛围。在这里，L后来新结识了一群优秀的朋友圈子，远不同于第一次环绕于他身边的那个圈子——一位没有功绩却相当自命不凡的社会诗人；一位华尔街经纪人，佯装成俱乐部常客，爱讲故事、"爱看头场戏"等等诸如此类的人，和几位年轻的充满雄心壮志的剧作家——所有人都在寻找通往百老汇天堂的成功之路——L开始假装自己是这大城市的密友之一，似乎就是它怀中的孩子，是这个最闪耀地区众人瞩目的焦点和最爱——典型的M的行为举止。我偶尔会见到L，更有说服力的是，到如今，他的着装比我第一次见到他时穿的那件更加鲜亮。他的小圆帽，或者说他的俏皮带舌帽，是他西方梦的体现，现在已经由一个十分炫耀的方顶常礼帽所代替，我相信它备受送葬者、某些严肃的银行家及一些牧师的青睐，只不过是浅棕色的。他的西装和马甲是由亮色的英国粗花呢制成，红褐色或人字纹灰色交替出现，他的皮鞋有着纽扣式的完美鞋头。他常常携着一根沉重的手杖，提着一个明亮的皮革手稿箱，似乎极其沉醉于生活和写作这一伟大而戏剧性的事业中。当时我读过他的文章："一个人必须享受这个世界上的快乐，也必须承担这个世界上最严酷的劳动。"在那家饭店里，L以一种显贵的礼节，纡尊降贵地对待经理和侍者们，向根本不认识他的厨师朋友传话，他的排骨或牛排就这样做好了。他的这些朋友中，或许至少有其中一位（诗人），是他每天5点参加重要的国际象棋比赛时要见的，在那之后，读一份晚报，点一份排骨。麦芽酒——而不是啤酒——它应该倒在一个锡杯里才更得体。这是唯一绅士作家可以喝的酒，名副其实。

我很抱歉这样写，因为毕竟年轻人必然会有自己的放纵。尽管如此，我一直期待着更好的L，看到最初纯朴艰难的梦想完全成为了一场一文不值的表演，我有些失望。此外，像《正义的人》《甜蜜的梦》（*Sweet Dreams*）、《断了手指的男人》（*The Man With the Broken Fingers*）、《第二动机》这样的二三十个故事，比他要出版的一千个故事都更有价值，而从中获取的利润让他变得装腔作势。

此外，在他和M成功的前期，他娶了一位曾在商店做记账员的年轻护士，她严肃而真诚，从某个角度来看，是个很有帮助的人，因为她可以把L的家庭琐事处理得井井有条，还能给他生了孩子，确实如此，但是她对L想要做的事情无法理解，或者说对此毫无天赋。除了她的持家能力，她没有文学或艺术细胞，对“交际”也没什么技巧或兴趣。所以，自然而然，L也不怎么在乎她。或许他的脑海里装满了伟大的艺术思想，渴望着今后崇高的社会地位或许能带他去往任何地方。L买了一个离纽约有些远的农场，据说在那个群体里居住的都是成功出众的作家，他有时会冒充农民，像个西部的农家子弟一样割草晒草；而且就像自己已经成为了一位伟大而又隐居的作家似的，当他兴致盎然的时候，他会待在他小房间里工作，房间里环绕着由精美皮革捆绑的书籍，常常会有形形色色的追随者造访，他们想看看这类天才们完美的生活。拥有一个农场并把它打理好，在当时看来，是一位作家要做的事情。贺拉斯就这样做过，他是一个十分独特的人，精通文学，有批判能力，而且在所有艺术方面都很有品味，但对简单的工作毫无兴趣，甚至无法忍受。我听说，他穿着丝绸衬衫，戴着一个单片眼镜，偶尔来这里帮L堆干草，他属于第一种人；第二种人——则是十分迷人又聪明的闲荡者，然而，他们却没有远见没有梦想——来吃，来喝，来谈论许多要他们想要完成的事，来窃取一些想法，来借点钱或者来吃一点吗啡，然后离开；第三种人鼓吹他的成功或者说他所提议的成功的原因在于创作戏剧；第四种人在L的鼓励下，来作了一幅画；第五种人来创作乡村诗歌；第六种人，是经纪人或是赛马道侦察者或是城市调酒员(这最后一种人是来看风景的)，他对L的想法感到很奇怪，像L这样的人竟然愿意居住在这个村庄。这里尽是饮酒作乐，真正的酩酊大醉，根据约翰逊派(Johnsonian)拉伯雷(Rabelais)先生和莫里哀(Molière)先生的传统，疲倦的才智和一个人的天赋都会沉浸于这条能让人感到慰藉的黑麦遗忘河之中。

无论如何，这样的事情需要花钱。此外，毫无疑问，由于我年轻的朋友L想要分享这个时代物质的辉煌(这是M喜欢鼓吹的学说，如果你愿意，甚至是理所应当的)，他必须负担这一切，至少在一段时间内必须这样。在东区的高档广场上，一套公寓的租金一直十分昂贵，加上其他的开销，对L来说，经济上要承担的债务太多了，这所有的一切大都是为了炫耀，让人们认为他自己获得了文学上的成功。有时(他的几个好友告诉我)，面对银行存款余额的突然耗尽，他会搬离某个他过了几个月豪华生活的优质公寓或街区，尽最大可能搬走他的家具，或者丢下它们和身边的各种债务，转而躲到一些破旧的房屋甚至独立的小房间避难，在那里，百感交集又深受巴尔扎克、博德莱尔、约翰逊(Johnson)、戈德史密斯(Goldsmith)、魏尔兰等伟大的文学和艺术传统的鼓舞。他会毫不停歇地在有一定收益的手稿上拼命辛苦工作,这些高报酬发表在成功杂志上的手稿将为他赚到足够多的钱使其重新回到聚光灯下——甚至能搬入比之前还要豪华的公寓。无论如何,到目前为止,他的第二个孩子已经出生了。他对家庭的关心增多了,婚姻仍很乏味。尽管如此,在L的公寓里,或是在纽约一个上演精彩节目的波西米亚风格的餐厅里,他还是习惯毫不犹豫地继续请他的朋友们、上面提到的那些圈子或精神好友们共赴晚宴。总之,他是一个相当成功的短篇小说作家和评论家,即使是在相近的、更有难度的流行小说领域,他仍然坚信自己能取得成功。

正是在此期间,请允许我插叙一件事情,一天晚上我正在百老汇剧院大厅等待着一位应该在现场露面的朋友,而这时,L衣着怪异地出现了,他的着装和当初相比十分荒谬,正如我现在有点担心的那样:低俗又粗劣的年轻美国人打扮,至少是愚蠢无知的,他满意于自己在外观上像个笨蛋似的装扮,只要他有雪莱(Shelley)一样的头脑。L的西装可以说是商店货架上的那种旧衣服,粗劣而且不合身;鞋子是半筒短靴,几乎积满了灰尘;头上戴着淡黄色与棕色相间,布满交叉条纹的长舌帽。他穿着一件短的、剪裁极差的起绒粗呢大衣,手大胆地揣在裤兜里,迫使衣服的翻领大开。而且,他看起来似乎也是有些喝醉了,并且非常无礼。我的想法是他的醉态和打扮是故作姿态,要不然就是他需要一套这样的服装,而曾在附近的某个街区寻找过类似的仿品。让我们宽容地接受最后一个理由吧。他的身边有两个追随者陪着,他们在尽最大的努力制止他。

“快过来! 不要大吵大闹了。我们可以看表演了!”

“我们当然会看表演!”他吵着回答说,“经理在哪儿?”

经理本人是个自命不凡的矮个子,身着礼服套装,从附近一个角落极不友好地盯着他。

“这是L先生,”其中一个追随者走上前并向经理解释,“他在M的杂志社工作,有时会写短篇小说和戏剧。”

经理向L鞠了个躬。毕竟,M的杂志在百老汇有重要的意义,还是有礼貌些为好。于是这三个人也礼貌起来,随后他们就进去了。

就我而言,我讨厌这种情绪和变化。这并不关我的事——他的生活是他自己的——但我还是厌恶。我不相信他像看起来的那么糟糕。L有真实的判断力。这只是他孩子气的虚张声势和炫耀,而现在正是他克服这些问题并冷静下来的时候。我真的希望时间能改变这一切。

有一件让我抱乐观希望的事，就是在这之后不久，M的杂志社破产了，没有了半点财政保护，我觉得这给L造成了很大的损害。另一个我观察到的有利迹象是，约有16份少量的短篇小说，包括那时候L文学能力逐步上升发展时期其作品的精华，都送到了当时我所在的财务状况还不错的出版社。而尽管他没有给我留一句话（我真的觉得他小心翼翼地不肯来见我），我还是留下了那些作品并最终在我的建议下得以发表（我相信，这些作品销售了接近500份）。但让我感到欣慰的是，这些故事中没有任何一个可以算作是同他最初的观点相妥协的故事。更好的是，这些故事中添加了我所关注的问题——L是有意的，我确信。我很高兴参与了它的出版。"至少，"我说，"他并没有丢弃自己最初的理想。他现在可以继续了。"

而从那以后，我在其他杂志上看到了L写的一些真正有价值的文章，写得特别好但发行量很小。一个西方的批评期刊开始发表他的一系列文章，对此我敢肯定他什么也没得到。三四年后，再一次发表了另一册故事，是由同一家西方报纸发行的，但不像他第一次写得那么好了。L在努力做严肃的作品；但当他再也负担不起的时候，他仍然追求、也显然渴望看到那些农场的壮观景象，或是想待在纽约餐馆，又或是想待在昂贵的公寓里。他仍然还写幸福的结局或是与自己的初衷相妥协的文章，写那些任何杂志社看了都会接受的故事，而很明显，他在为这些杂志社开拓一条平稳的销路。与此同时，电影剧本市场已经发展起来，他也为此写了剧本。在他死后，一份完整的手稿和几部"舞台剧本开篇"转交予我，这证明了他的目光也转向了舞台。有一天，一位与我们俩都相交甚好的人向我保证，L已经寄出了许多精彩的故事，只是为了让这些故事被退回，这样他可以哭一整天然后肆虐发怒，咒骂美国对严肃文章的态度——我认为这是极好的迹象，对一个人最好的灵丹妙药就是他必须放弃耀眼的物质期望从而发现真正的自我。"还来得及，还来得及，"我说，"他要冲破M复杂思想的外壳，做一些了不起的事了。他控制不了自己这样做，他曾经想要赢得欢迎、获取成功的了不起的梦想，终将会慢慢遗忘。"

有一段时间，我听到了一点L和电影相关的事，L向别人建议了一些剧情并赚了一点钱。后来我又在同一家西方批评报纸上看到了他又一系列的文章——是那家报纸的编辑亲自出版了L的书——其中一些写得十分出色，深刻而真诚。尽管他们并没有给他挣到什么钱，但我觉得L正朝着正确的路线发展。令我十分惊讶的是，后来的一个星期，出现了一篇热烈详尽赞扬我的评论，考虑到当时的情况，我决定不发表任何意见；过了一段时间，大概三周后，我接到 L 的电话，他说："你还记得我吗？我能来看看你吗？"我请他吃晚饭，他来了，竟然——他还是那个前铁路男孩——竟然手捧一大束红玫瑰来了。这让我很感动。

"你是怎么想的？"我愉快地问他，对他笑了。

L 脸红得像个女孩，还是有些急性子，我想，可能因为他觉得我（也许他曾希望我不要）在审视和挑剔，可能觉得我在嘲笑他，而我没有。"我希望把它们送给你，我就带来了。为什么我就不应该呢？"

"你知道，如果你想让我收下它，你就应该把它带来。总之，能得到它们我真的太高兴了。不要认为我是在批评你。"

L 微笑着，并且立刻从他现在所称的"昔日的时光"谈起，这对于我们飘然而逝的日子是一种悲哀的评述。事实上，他似乎无话不说，说得很快也饱含热情。他重温了许多 M 的事情；提到 K 这位出色的艺术指导，现在已经精神失常了，身体状况很不好；也提到了我们都曾在其中的那个圈子；还提到那时候他年轻和不成熟的观点。"你知道，"L 最终还是坦白地向我承认，"后来我母亲总是告诉我，离开你是我犯的一个错误。你对我有更好的指导。她是对的。我现在知道了。然而，生活就是生活，无论如何我们都要解决生活中的各种问题，突破我们自己。"

我完全赞同他的看法。

L 向我讲述了他的妻子、孩子和农场的情况以及他的健康状况和遇到的困难。看来他有时只能勉强维持生计，其他时候做得很好。他最大的痛苦之源是写流行杂志，他觉得推销一件好东西很困难。"的确是这样。"我说。午夜时候 L 离开了，许诺还会再来，并邀请我在方便的时候去他那的乡村做客。我答应了。

但一件又一件事干扰了我们的约定。我去了南部，六个月后才回来。有一天，L 再一次打电话给我，说他想要见我。我当然请他过来，他来到之后谈到了自己的健康状况。有位医生是他的老校友，确定他得了布赖特氏病（Bright's），而且随时可能会死。他想要知道，万一发生了什么事，我是否可以替他保管好他的手稿，而其中大部分，都是他最严肃认真的作品，但从未发表过。我同意了。然后他离开了，此后我再也没有见到过他。一年后的某一天，我得知 L 在三天前死于肾脏疾病。他曾到西部去见一位电影导演；在回东部的路上，他病了，曾中途停留，在朋友们的陪伴下找地方接受治疗，或者做手术。几周后，他回到纽约，但拒绝休息，并相信自己不会死那么快。他一直拒绝回家，在城中待着，直到突然倒下。或者，更确切地说，他遇见了自己最喜欢的医生，一个像他一样粗暴的知识分子，有一些古怪的要求，表现得强势、目标明确、实事求是，也许——这正是L最喜欢的心理状态——医生告诉他让他回家睡觉，因为他将会在48小时内死去！——这种确定无疑的话语或许能和其他事情一样帮助L死去。不管怎样，照料他的妻子想要反对医生的话，她希望自己和孩子们还有L一起努力与这令人沮丧的断言作斗争，但他还是上床睡觉去了并且真的死了。在最后一天，毫无疑问，L意识到自己的生活一直是多么的平庸，他最重要的志向和伟大的梦想大体上是如何被激情、物质需求和愚蠢的机会所磨灭的（在生命的最后一刻，他能够这样理解是多么的难得）他崩溃地哭了好几个小时，然后就死了。

一位了解L最后那段经历的朋友，相当讽刺地对我说，"他是在与披着医生外衣的死神打交道。你见过他吗?"我明白他说的就是那个医生，"他看起来就像是为丧事承办人做的广告。我的确相信他是试图证明自己能否通过暗示的力量杀死一个人，接着他恰好遇见了L。你可知道L是多么的敏感。没错，就是那个医生杀了他，和你用子弹杀死一只鸟一样。他说'你已经死了'，然后L就死了。"

还有，他以前的赞助人M。在L生病死亡的时候，他仍欠L为那个不幸的杂志所提供的最后几天的服务费用1100百美元。M从来没有被要求偿还债务，因为他已经坠入了破产的陷阱，却又卷土重来，微笑着用各种手段继续下去。是的，他又有钱了，被评为首富，是大公司的总裁，但他欠L的1100美元还是没有归还，而现在已是不合法的"收藏品"。他的银行存款余额，由当时的一个朋友证明，正好是10万美元。

但L的太太，丈夫去世后便急于找到摆脱困境的办法，她不知道该向谁求助，只好写信给M。家里没有食物，没有药，一时之间根本无法养活孩子们。现在那1100美元——他是否可以还一点点？L曾考虑过这个问题——

一封回信不久就寄到了，而且这是一篇非常感人的文件证明。M在信上说，得知这个可怕的消息后他震惊了，目瞪口呆。这是真的吗？怎么会？他那位年轻的才华横溢的朋友？不可能的！在听到那个可怕的、悲伤的消息后，他痛哭流涕——是的他哭了——哭了——又哭——一直哭——甚至他过了一会又哭了起来。生命是如此的令人悲伤，如此的冷酷残忍。就他而言，他从来没有经历过如此悲惨的事，这是不幸的。他负债累累，这些欠债困扰着他，让他夜不能寐。他简直不知道自己该怎么办。他现在债台高筑，只要轻轻一推，他就会垮掉——粉碎——直至毁灭。所以,就算他抱头痛哭,就算他心痛欲裂,尽管如此,他也无能为力,什么也做不了,不知所措。他极其苦闷,被现实狠狠地击倒在地,但还是——他后来签了字,写了一则附言。内容大概是说,在他重新审查自己事务后,他刚刚发现,通过在另一个方面的节省,他可以勉强凑齐 25 美元,他现在把钱一起封入。上帝是不是已经设计好了,在这个悲伤的时刻,他应该得到更好的安排!

尽管如此,我立刻派人去拿手稿。他们回来了,两个行李箱里堆满了凌乱的手稿,还有一个公文包;我听他们说,还有第三个行李箱,里面装了不少于 100 篇手稿,主要是故事,在某个地方丢失了!最近 L 的太太和孩子们经济上非常困难,而且不止一次被迫移居。L 的太太被迫——但我难以对此讲出。只能说,L 这样的结局和他自己的现实主义之笔所渴望讽刺的那样如出一辙。

手稿终于完成了分类、制表和阅读,产生了两册出色小故事集,都是没有公开出版的,而现有已出版的材料都一律是毫无价值的。前面曾提到过,L 还尝试写过一个流行喜剧,一个令人悲痛的故事,和一卷散文,还有一篇很薄但非常有意思的诗集,如果出版商发现了它们——这些最令人赏心悦目的文章,都会表现出对其形式、色彩和情感的喜爱和欣赏。我尽自己最大的努力把它们整理好,但最终——

然而它们始终没有公开出版。

附言:关于 L 留下的所有文章,都是最好的,可以说尽管他不是一个伟大的心理学家,但由于有时某种程度上自命不凡的断言,有人可能会不假思索地认为他是。至今,他既没有任何固定的艺术理论,也没有自己明确的风格,尽管他在模仿当时的莫泊桑,当时的欧·亨利(O. Henry),还有当时的爱伦坡(Allan Poe);但也必须说的是,他在缓慢而确定地接近其中一人,在表达用词和流露本性方面,他表现的原始、有力又清晰流畅。有时,L 会转向一种相当华丽的表达手法,而其他时候则是冷漠甚至严苛的朴素手法。然而他的文章基本上饱含色彩、美好、情感以及必要的尖锐思想。就像他的偶像莫泊桑一样,他没有强烈的道德或社会偏见,没有真正了不起或扰人的想象力,对财富也没有任何复杂的想法。就像所有绘画大师把眼中所看到的生活用画笔描绘出来一样,L 把美国和生活看作要画的风景,并为其上色。虽然他有真正的讽刺天赋,但直到他死的时候,他还没有完全激发这种潜能。他仍然保留着一种或另一种的偏见,这打乱了他作品中原本极其稳定的色调。然而,如果他没有被很多的事情扰乱该多好。但在美国，和在其他地方一样，通常会抨击雄心勃勃而又认真地作家——在有关才智和现实生活方面，对其本性和真诚持有偏见，任何一个有天赋的人在谋生之时都会遭到随之而来的困难——他本该做得更好。如果L能继续活着，他最终一定会实现自己真正想要的。他那极其准确而敏锐的观察力，他的文学品味，他对工作的精力和自豪，注定会引领他走向成功。这些都是必然的。照L现在每年留下作品的速度判断，十年后，或许有人会说，在美国文学作品的神殿里，即使他不是伟大的人物，毫无疑问他一定是拥有持久影响力的人物，而他很可能是那样的。这样而言，如果只是考虑他所拥有的天赋，很有可能他将会得到广泛的认可。

8

村里的冤家

曾几何时,在康涅狄格州(Connecticut)的某个渔村,除了龙虾捕捞、修船造船之外,还有几家商店和杂货铺,供此处海岸劳动者的日常所需。这里住着一个杂货铺老板,名叫伊莱休·伯里奇(Elihu Burridge),他的一生在道德和社会方面都非常成功,但作为村民却很失败。

在他60岁的时候,虚荣和欲望充斥着普通人的生活,而他却已不再追名逐利,此时的他像极了帕森·瑟德利(Parson Thirdly)的传统画作,为那个年代增添了不少幽默色彩。他有一双月形圆眼,长长的上唇,嘴巴像倒挂的月牙,大耳长脸,脸颊上蓄满了羊排骨般的络腮胡,看起来非常像幽默的艺术家怀着无比虔诚的心所描绘的教士。此外,他的身形如牧师般瘦削,中等个头,安静寡言,所以很容易给人一种牧师的印象。他衣着老旧,裤子虽破却修补得很整洁,在店里总是穿一件又旧又油腻的浅蓝色条纹棉布套头衫。他和他店里所有的一切,昏暗沉寂,一眼望去让人觉得他郁郁寡欢且脾气暴躁。

比他还"了不起"的是他的店。这么多年我见过许多十分整洁的店,给我留下了深刻印象;但如此杂乱不堪的,还是头一次见,着实把我惊到了。首先,店内到处都是齐颈高的桶和箱子,且极其混乱。昏暗油腻的过道上堆满了食物,通向看不到的阴暗角落。挂着的旧标识牌上打的广告,都是已经不再出售的商品，早就被人们遗忘了。镀金的相框由于时间太久而发黑，里面奇怪地描绘了孩子和满是商品的华丽杂货店，现在几乎全被苍蝇屎覆盖着。在墙上标记货架的指示牌也几乎都看不清字迹了。角落里和柱子上结了厚厚的蜘蛛网。许多他用来称重的秤，只有三个还偶尔用用，上面都沾满了油、猪脂、灰尘和泡沫以及那些曾经热销的货物残渣。猪肉、猪油、糖浆和钉子放在各个犄角旮旯的桶里。此外，还有一些家用器皿、船索、家具和其他好多跟杂货生意没有任何关联的东西。

一天下午，当我第一次走进商店的时候，注意到了一本打开的《圣经》(*The Bible*)，正好是《士师记》(*Judges*)这篇，旁边还有几张纸，上面写着一些问题。第二次是去买油和醋，两个从小港口的游艇上下来的陌生人，正互相抱怨着从没见过这样的东西。第三次去，遭到同伴的拒绝，说这个店太脏。看到还有其他的店，我们就决定去别处买，但在别处买到想要的东西可不是那么容易的事。

“请问在哪儿能买到熨斗？”我刚来村子的时候在邮局问道。

“最有可能在伯里奇的店。”

“你知道在哪儿能买到船的桨架吗？”我问一个在镇上码头闲逛的男孩。

“伯里奇的店。”他回答。

有时候我们想要的桨架、泡菜和金黄糖浆以及其他一些必要的东西，只有去伯里奇的店里才能买到。因此，尽管他店的状况有点糟糕，但至少有很多我们需要的东西。

一般去他店里买东西的时候，我们的对话都比较简短直接。一天，我们弄丢了管他借的水果罐子，于是就找了一个很相似的还他。正要道歉时，他却打断了我：“不过是一个罐子，对吗？”

还有一次，我委婉地跟他说还欠着我 8 美分，因为之前从他这儿买的火腿罐头是变质的，他惊叫道：“好，我马上还你。”随即就从他松垮的套衫里把钱掏出来给了我。

有一天，我问他这里卖的某个东西好不好。“如果不好的话，”他边说边抬了抬眉毛，“你的钱就是你的，把钱拿回去就行。”

“这就是你的经商之道？”

“是的，先生。”他答道，长长的上嘴唇顺着下嘴唇一抿，像合起来的老虎钳一样。

一天，我想买把摇椅，直接被推荐去伯里奇的店，说那儿是唯一可能有摇椅的地方。

“请问有家具吗?”我问。

“有一些。”

“摇椅呢?”

“没有,先生。”

过了一两天,我想买个桌子,来到他的店,发现他去了邻城。

“请问有桌子吗?”我问店员。

“我不知道,”他答道,“里屋有一些家具,但我不清楚,老板不在不敢卖。”

“为什么?”

“呃,他不喜欢我卖其中任何一件,这有点奇怪。我不知道他打算用这些家具干嘛,啊!”他又用一种奇怪惊骇的语气补充道,“他就是个怪人!这后边有好多东西,桌椅什么的都有,并且在这街头的棚子里还有更多,但他似乎从来都不想卖,听他还跟人说什么都没有。”

于是我困惑失望地摇了摇头。

“别这样,我们去里屋看看吧,就看一眼也没啥坏处。”

我们来到后边,在许多装猪肉和糖浆的桶、旧报纸、箱子和标识牌之间,有大量家具:桌子、摇椅、脸盆架、衣柜,全都在角落里胡乱地堆放着。

“哇,这有这么多摇椅,”我惊呼道,“正是我想要的那种!而他却说什么都没有。”

“天啊!我不知道,”店员答道,“这也有桌子,可我不敢卖给你。”

“为什么他说没有摇椅呢?”

“天啊!不知道,不过他不打算做家具生意了,一件也不想卖,而我也不清楚他打算用这些干啥。”

“好吧,”我失望地说,“那桌子呢,你能卖吗?”

“不能,除非他回来。我不知道他想用这些干啥。”

“这个怎么卖?”

“我不知道,他会告诉你。”

我从这窗户肮脏、闷不透气的里屋走了出来,站在门口,说:“他究竟怎么了?为什么不收拾收拾呢?”

店员再次振奋。“哈!”他惊呼道,“收拾收拾!啊!我倒想看看有没有人想试试。”

“可以啊。”我鼓励地说。

“啊!”他窃笑着,“有人在伯里奇先生不在时,确实想试着收拾一下,在他回来的时候，差不多整理了三分之一，天啊！你真应该看看他当时啥样！噢，上帝！”

“他干了什么？”

“他干了啥？应该是他没干啥！啊！只不过是拿起东西又到处乱丢，还说他啥都找不着了。”

“不会吧！”

“啊！就是这样！有个人来买锤子，他说东西都混到了一起，找不着。和螺丝、水桶等所有东西一样，他从货架上把它们拿下来，本来是放整齐了的，结果又摊了一屋。啊！现在我肯定能找到想要的东西了，”店员停了停，环视下四周，接着说，“从那时起，就没有任何人想要整理这儿了，我敢肯定。天啊！”

“什么时候的事？”

“大概有 14 年了。”

这种不同于普通经商方式的剧变让我感到震惊，于是开始思考起因。一天晚上，我碰到了当地的一名理发师，他身形瘦削，一头黄棕色的头发，爱打听闲事，一副急于表现出对社会上的事无所不知的样子。

“伯里奇是个什么样的人？他经营着一家古怪的店。”

“伊莱休是有点古怪，”他答道，而脸上露出的笑容却出卖了他刻意显得保守的样子，“要说有什么缺点的话，那就是他的信仰太坚定，似乎和这里的任何人都意见不合。”

“怎么回事？”我问道。

“我要是知道怎么回事就好了。他跟别人在一些事情上有点儿分歧，一年到头，无非是关于一些复兴啊、会议啊，而且在冬天比夏天还要激烈。”

“什么意思？”

“嗯，当他们不能享受划船和周末消遣时，反对情绪会更加激烈。”

“伊莱休呢？”我问道。

“嗯，他似乎和大家相处得并不是很好。他以前在浸礼会，但离开了。然后去了格雷洛克（Graylock）的教堂，但也不在那儿了，再然后去了诺斯菲尔德（Northfield）和尤斯蒂斯（Eustis）的教堂。他去过好多地方，甚至都到了长岛（Long Island）。现在我觉得他应该去了阿默斯特（Amherst）的教堂吧。”

“到底是为了什么呢？”

“噢，我猜他只不过是太固执了吧，”他停了停，没回过神来，直到最后才说：“他经营着一家很有意思的商店。”

“正如比利·德拉姆戈尔德(Billy Drumgold)曾经跟他说:‘伯里奇,你的店已经具备一艘全帆装备的船需要的所有东西,但还缺一样。’‘缺什么?’伯里奇问。‘一个二手布道坛。’‘也有。’他回答着,带他上楼,果然有一个。”他继续说。

“好吧,”我说,“他要用这个干什么呢?”

“鬼才知道,他有这个,又没啥错,他们说,现在还有呢。”

时光如箭,随着夏天的消逝,独特的生活迹象渐渐显露。在诺安克(Noank),显而易见,伯里奇与大家的宗教观不合,并且他和这个地方也合不来。此外,这里也确实有些与他为敌的人。

一天,我去邮局寄信,鼓起勇气和局长谈起这件事。

“您认识伯里奇先生吗?那个杂货店老板。”

“嗯,我想我应该认识。”他激动地说。

“他是怎么回事?”

“噢,真是个牛脾气——最爱吵架的人。我从来没见过这样的人。我猜他因为生我的气,再也不来这儿拿他的信了。大概因为我有帕尔默(Palmer)先生的帮助吧。伯里奇写信说我应该把他所有的信都寄到米斯蒂克(Mystic),然后他每天要走上三四英里去那儿,只是为了刁难我。这是违法的。我大可以不这样做,每天重写三四次他的地址,但我还是这样做了。他真是个倔脾气,这就是他的问题。”

我没有时间聊下去,过了一会儿,我坐到一家知名造船商的店里,这家店在一条安静的小巷里,顺着这条路能通向村子。一天,有人提到伊莱休这个名字,突然一股暖流涌上来,我感到很惊讶。提到宗教的一些话题,我说伯里奇似乎特别虔诚。

“是的,”船匠马上说,“他很虔诚,但他只是给别人念《圣经》,而不是给自己。”

“什么意思?”

“至于为什么,大概是他想掌控事情吧。只要你跟他意见一致,所有事就都对了,如果不一致,他就用《圣经》来反对你。这就是他。”

“他曾经和你意见不合过吗?”我问,怀疑其中是不是有一些私人恩怨。

“只要我认同他,我们就一直都是好朋友,”他苦闷地说,“我们从小一起长大,差不多将近60年了,一直很友好,从不吵架,前提是我们意见一致。但我一不赞同,他就会针对我,之后我们就再也不说话了。”

“出什么事了?”我关切地问道,很想知道这奇怪的状况到底怎么回事。

“哎，”他说着，放下了手中的活儿，注视着我，“我有时会说些违心的话；也就是说，为了友好，我会同意不该同意的事。因此，我对伊莱休一直都这样，直到有一天，他跑过来跟我说关于特定救赎的事，我是更追求自由解放的，我相信单凭信仰就能得到普世救赎。而伊莱休过来开始跟我说他的信仰。最后问我一些关于特定救赎的事情，是否同意他的看法。我告诉他我不认同。从那天起，他就翻脸不认人，一句话也没跟我说过。”

我不清楚，在当地，除了宗教分歧还有没有别的，直到有一天，我碰到了第二个和邮政局长交好的人，在我们正谈论性格特点的时候，我提到了伯里奇。

“他挺好的，只要你按照他的方式来。反之，他就完全变成另外一个人了。”

“他似乎很坦诚、直率。”我说。

“你所了解的所有关于伊莱休·伯里奇的事我都知道，”他充满感情地说。“没有一件事不知道，我一直和他在一块儿生活。和他一起在这个镇子长大，一起上学。从小到大，除非他能控制的事，否则什么都反对。我知道他所有的事情。”

尽管这个男人表现得很痛心，仿佛在暗自哀悼，但是我却有种温暖的感觉，忍不住笑了。

“你们两个怎么了？”我问。

“太多了，我也不知道，”他声音里充满了悲哀、艰辛和不解，“在我来这儿工作之前，我们每天都见面而且聊得很好。他过去常常有好多契据和文件要签，但每当我路过的时候，他都会招呼我进去。自从我开始在这工作，他就对我很冷淡，我想了想做过的事，也没觉得有不对的地方。最后，我写信问他我们之间是不是有什么误会，能不能找个时间地点谈谈，把事情说清楚。”他停了停，接着补充道：“我真希望你能看看他给我写的信，就是他，这个基督徒写给我的，我真希望你能看看。”

“不然给我看看吧？”我好奇地问。

他走进办公室，拿着一份旧信出来，四年了，他一直珍藏着。他递给了我这已被翻旧、泛黄的信，我读道：

“马修·霍尔库姆(Matthew Holcomb)先生，

“尊敬的先生：您给我写信说找个时间地点谈谈我们之间的误会，我想说时间是永恒，地点则是上帝指引我们去判断的地方。

“真诚的，伊莱休·伯里奇。”

我读的时候，他一直看着我，刚一读完他就说：“我从未说过一句反对他的话，一句也没有。我也从未做过一件冒犯他的事，一件也没有。我不知道一个人怎么可以允许自己那样写。”

“或许这跟政治有关，”我说，“你们不属于一个阵营，对吗？”

“不，我们是同一党派的，”他说，“有时候我想可能是因为我开始想要到邮局上班的时候，得到了船厂的支持，不过那时候我们还挺好的。”说着他看向远方，好像这事儿是个难解的谜一样。

这家船厂由一个非常有魄力的人经营，他跟这个崛起的地方一样，狭隘且笃信宗教。老帕尔默先生是船厂的创始人，在这条街上和村里的会所一直都很德高望重。主要的杂货店、煤场、船帆作坊、旅馆等等都有他的参股。他的看法在当局的政策决定中举足轻重。老先生沉默寡言、谦逊低调，有一次我看见他很贴心地帮助一个残疾人走过小巷到当地的浸礼会教堂。

“伯里奇和帕尔默之间发生了什么？”我最后问了一个修帆工，心想或许在这儿能解开这个谜。

“一山不容二虎。”他简洁地回答。

“哦？意见不合吗？”

“他们都想当老大，”他说，“但是现在，伊莱休风光不再了。”他停了停接着说：“我替伊莱休感到难过，他本质上是个好人，如果你顺着他来，他会是你见过的最友好的人之一。他对穷人很好，并且我敢肯定他是村子里赊给别人账最多的人。不管你信不信，他是不会通过法律要债的，从来都不会，先生，他是个热心肠的人，但就是喜欢把控一切。”

“帕尔默呢？”我问道。

“他也一样，爱掌控一切，也很热心，但比伊莱休有钱多了，因此人们对他关注更多。就这样。在伊莱休备受关注的时候，他也是你见过最好的人，仁慈、慷慨、高尚。人们都喜欢被追捧，至少一些人是，你也知道的确有这样的人。而如果没有继续受到追捧，他们就会变得尖酸暴躁。这就是伊莱休现在的样子，尖酸又有点孤僻，几乎弄得所有人都疏远他，除了他妻子和一些亲戚。这港口很热闹，从船上下来的生人很多，所以每个人都有能力在这儿开杂货店，所做的只不过囤些好货，这就是为什么他的店生意这么好，而几乎所有当地人却不待见他。”

这位船帆作坊的贤人令人感到十分舒服，听完他的话，一天下午我又去杂货店看了看这位长脸冷酷、沉默寡言的伊莱休。他正坐在发霉角落的阴影里，脸上没有一丝喜悦。全神贯注，严肃庄重，像极了旧时的清教徒，眼里还带有几番忧郁，如此悲伤失落，但却没有一丝冷漠。门口有两三个孩子在玩耍，当他朝我走来，其中一个孩子侧身跑向他，把胖乎乎的小手放在他手中。

“你的孩子?”我问，力图表现得友好些。

“不，”他答道，低头慈爱地看着孩子，“她是街头一位法国女士的孩子，经常来看我，是不是呀?”说着，伸手捏了捏孩子略有婴儿肥的脸颊。

小孩儿用脸在他松垮的裤子上蹭了蹭，抱着他的膝盖。伊莱休就这样安安静静地站着，直到她松手，才接着干活。

一天，我坐在修帆工的作坊里，顺便说一下，这位修帆工是伯里奇的连襟，我对他说:“我想你能不能详细地告诉我关于伊莱休的一些事情，他是怎样变成现在这个样子的? 你应该知道，毕竟你一生都住这儿。”

“我确实知道，”他亲切地回答，“你都想知道些什么?”

“他和帕尔默之间所有的问题;他是怎样和这里所有人都疏远的。”

“好的……”他开始说道，其中有很多处停顿和解释，删繁就简，以下是事件的细节:

25 年前，伊莱休是诺安克镇首屈一指的村民。在内战结束时，他开着一家小杂货店，后来发展到经营百货，从船舶索具到五金器具。那时候，作为港口的诺安克镇靠打鱼达到了繁荣时期，能满足各种各样的远程航海。此外，捕鲸规模也很大，远征捕鲸用船都从这里装备。有钱的船长也经常在这里上货，上好三桅帆船装得满满当当，把商品运到世界各地;在旺季，渔民通过捕捞鲭鱼、鳕鱼、鲱鱼，一天能赚上 350 美元，每年的必需品供给能达到数千美元。

伯里奇是当时唯一首屈一指的商人，自由、坚定又信奉宗教，这使他促成了大部分的生意。他有房子、土地，又是当地浸礼会教堂的执事，也是当时政治、社会和宗教问题的参事，他的建议几乎都会被采纳。每年的 7 月 4 号，他把镇上所有的孩子都叫店里来，给他们吃冰激凌。每个平安夜，他都在街上驾着马车，带着几桶糖和坚果，分给追逐嬉戏、欢快喊叫着的年轻人，直到他们所有人都满意。到了滑冰的季节，他还会准备一个池塘，花上几千美元筑坝拦住河水，就是为了让孩子们有个地方滑冰。他还建了座图书馆，使人们能有个适合看书的地方，特别是年轻人。

新年的早上，他都会去看看诺安克镇上所有贫困、丧亲和独居的人们，并带上一马车礼物，给每家每户都送上他的慰问，友好地和他们握手。他同样也去看望独居的富人，正如他常说的，富人也是孤独的。

只要有人去世，想给遗孀遗孤留下一点财产的，伯里奇都会接管。人们在临终的时候都会把他叫来，他也总是积极地接下所有事，却从来没要过一分钱。好多年后，为他认证遗嘱的老法官看到他这么慷慨，也不收任何钱了。一看见伊莱休过来就朝他大声说："伊莱休，这次又是什么事呢？又一组遗孀和遗孤需要我们照顾了吗？"

伊莱休解释完后，他又接着说："伊莱休，我真希望有一天能有富人叫你处理点儿事，这样你就能得到好处，我也跟着沾光了，嗯？伊莱休？"然后打趣地戳一戳伊莱休的肋骨。

这些善行一直进行着，也见证着他在当地的富有和地位，但后来发生了变化，他渐渐衰落，而另一个人，罗伯特·帕尔默（Robert Palmer）开始崛起，"剥夺"了伊莱休的卓越和权威。

帕尔默在那时候是个小船厂的老板，起初并不算什么，但发展很快。他也出生在诺安克，比伯里奇大几岁，在伊莱休已经成功的时候，他正从一个船匠慢慢地赶上来。帕尔默长相俊朗、热情积极，有着卓越的商业头脑和强烈的宗教信仰，凭着辛勤劳动和不断积蓄，内战后不久，就拥有了一席之地。其他城市都是从他这儿订船，最终他开始为一个大铁路公司制造大量船只。

在帕尔默成为附近最大的雇主后不久，产业就开始扩大到船舶索具和杂货百物，最后为他的工人开了一个杂货店，还开了家旅馆。现在当地人开始把他看作首屈一指的村民，总是谈论他的发家，还经常当着伯里奇的面。起初，伊莱休觉得并没有什么，假装自己之前的威望没有被削弱。此外，许多行业最后都被帕尔默兼并，这些被兼并的人看到他的发展，很是恼羞成怒，但他们依然站在伯里奇一边，或是假装承认他才是二人当中最重要的人物。随着时间的流逝，大概 30 年或更久，他们当中有些人放弃了，有些人死了，还有些人因缺乏生计被迫离开。只有伯里奇和他的生意得以维持，但却不复从前，他也不再是什么举足轻重的人物了。

自然而然，他在当地的权威第一次受到挑战，在这个权威通常被挑战的地方——他们俩都去礼拜的教堂。教堂有五名理事，尽管只有一个人可以当理事长，肯定非伯里奇莫属，不管他怎么想，其他人都会立马赞同。但是现在帕尔默也是其中一员，那些教堂里"热情"的人，因为得到了他给的好处，对他感恩戴德，趋炎附势。他们选帕尔默为理事，想他之所想，做他之所愿。但对伯里奇而言，他们不过是一帮奴隶、马屁精。

接下来的琐事使不和的情形进一步恶化。第一次关于权势的较量来了，从亚拉巴马州（Alabama）来的流浪传教士想晚上用教堂讲课，这事必须马上定下来，而当时帕尔默没在，其中一个理事说"有人想要使用教堂"，并解释了原委。

"嗯，"伯里奇说，"最好让他用。"

"你认为在帕尔默先生到之前我们应该对此作出决定吗?"这个理事回答。

尽管伯里奇觉得没理由等，但其他理事非要等，还就此休会。伯里奇因自己不被看重十分生气，也很受打击，却不得不等帕尔默来，还是在他自己的教堂里啊。

"为什么，"他对一个人说，"我们什么都不是！而那个人是国王?"

从那时起，教会和其他地方意见不合的情况就很常见。尽管谁也没承认有私仇，但在当地事务上，二人的观点总是相反。其中一件算是无关紧要的琐事，即关于村子是否划区；另一件是建设天然气和自来水的公共设施；第三件则是命名州代表。自然而然，不管这些事对帕尔默有没有好处，对伯里奇来说都不重要，然而他却试图让他们明白，这将会产生一大笔公债，而寡妇和孤儿是支付不起或者不需要这些东西的，于是他开始在各种公共场合发言，慢慢地，矛盾愈演愈烈，在许多人眼里，伯里奇只不过是个牢骚满腹的"消极分子"，想要拖大家的后腿。

尽管他在很多事情上处于不利地位，但在其他事情上也有所收获，虽然没什么用。这一点上，可以说是渔业上的衰退彻底明确了二人的成败地位。捕鲸业消失了，鲭鱼和鳕鱼得到离村子越来越远的地方才能捕到，三桅甚至双桅帆船的船主都不在这儿买装备了。伯里奇的店只能依靠当地人的光顾或小港口贸易维持生计。更糟糕的是，看到帕尔默生意依然这么红火，他心里很是不满，后来，帕尔默拥有 350 名拿工资的工人，甚至他的工头和主管都被视为镇上有影响力的人物。他的儿子和两个女儿长大结婚后，产业也有所分支，他们成了那些曾经和伯里奇做过生意的人的老板。而伯里奇的杂货生意衰退，且随着年龄的增长，更加信奉宗教，渐渐地，他开始变得爱争辩，不停地争论现在与他为敌的教堂，其布道坛对《圣经》的解读是否合理。前些年他那些顺从的追随者如今也拿神学跟他对峙，公然反对他，而他回应得很快，有时也有点愚蠢。因此，一天早上，一个转而站在他对立面的老朋友兼教友来到店里说："伊莱休，你的宗教信仰非常虔诚，但我看见你做了一件有违《圣经》的事。"

"什么?"伯里奇抬头问道。

"我看见你卖烟。"

"我还看见你抽了呢。"他冷漠地回答。

“我知道我抽烟，”他回答道，“但是，伊莱休，我告诉你我要怎么做。如果你不卖烟，我就不抽了。”他看上去就像给他绝望挣扎的兄弟设了一个完美的圈套。

“就这么定了，”伯里奇立马答应，“一言为定！”

从那天起，他的店里就再也没有卖过烟，尽管当地的需求量很高。

此外，在昔日处于顶峰时期，他接下了当地管理公墓的活儿，而这只不过是个负担，根本无利可图。按他一贯慷慨的行事作风，便自己掏钱来修缮公墓，远远超乎教堂主事的想象。比如，教堂想换个新的地下墓室，理事们筹集了 300 美元，伯里奇自己拿出 700 美元，最后建成了。尽管在这么一个显赫的位置上经常这样做，还是有人说他厌烦公墓管理，并想要辞职。

在后来更加糟糕的日子中，转而投奔新权势的理事心里盘算着，既然伯里奇说疲于管理公墓，不如就找个合适的、愿意看管的熟人。他立即明白了自己已经风光不再，在任何事情上都不重要了，教会并不想让他插手任何事！因此，他十分苦恼，最终辞职。此后，每一个当初同意他离开的人都成了他的死敌。他尖酸刻薄地说着自掏腰包的 700 美元是多么不值，并嘲笑理事在其他事情上做出的决议。不久，他就在教堂人见人烦，在如递盘子一样交接完所有公务后，他便立下重誓，绝不踏进墓地半步，尽管依然去做礼拜。

退伍军人协会为南北战争中战亡将士准备的“纪念日”活动周而复始地进行着，伯里奇曾经非常热心地参与筹备。5 月 30 日一大早，他们在休息厅前集合，伯里奇也在其中，在安排好细节之后向公墓出发，花圈、礼炮也准备就绪，但没人想到伯里奇直到门口了，大家都枪在肩，穿得整齐划一，而他很明显格格不入，于是就独自回家了。因此他发誓再也不进公墓了，这个他之前关心和捍卫的地方。

现在人们都用奇怪的眼光看他，他变得古怪，毋庸置疑，但也不可理喻，不是吗？有一位内战时期的上校，出生并居住在附近的诺斯菲尔德镇，当时他带领一个团，伯里奇也在其中，但他在战争时期，由于严重不服从命令而被不光彩地停职。尽管在一次著名战役中负伤，团里也表彰了他，但他自己自暴自弃，多年来也被人遗忘了，最后又没能领到抚恤金，穷困而死。临终前，上校叫来伯里奇，先回想起了他曾带领打的那场战斗，之后请求伯里奇看在家人的分上，如果可能的话，希望能够抹掉污点，拿到抚恤金。

伯里奇非常热心地答应了，找到了当地的国会议员，马上开始干起来，但是由于对他的反感，两年过去了，这事儿没有任何进展。后来他又找到退伍军人协会处理这件事，但也没有结果，最后他直接去找了一个州参议员，向他讲述了事实，国会审查后，死去的上校光荣退伍了。

此后，有天他在当地退伍军人分会里，对这件他认为早已公开的事发表言论，指责协会的冷漠。

“如果那个人不是逃兵，就不会耽搁这么久了。”他的一个敌人，帕尔默船厂的工头说道。

伯里奇听后立刻站了出来，眼睛里充满了感情。总是充当演说家角色的他，带着一种奇怪的演说风格，详细地描述了过世上校的生活、服的兵役、受的伤、长期的折磨和最后死于贫穷的事实，最后生动地描述了一场战役[安蒂特姆(Antietam)]，讲述了上校勇敢地夺取敌人旗帜并因此负伤的事。

他说完后，协会里的人无比激动，并非常想要支持他，但有人要求他收回那些反叛的话，其影响就被大大削弱，强迫无果后，他们还想要针对他的演讲进行控告，使其接受军事法庭的审判。

这件事使协会内部怨恨颇深，实际上国民军现在已经分裂，而他认为的公平正义也无法执行，最终也放弃了。后来，他和他的老战友在很多方面都争论不休，讽刺教会所谓的正规性和基督教义，指责他们对死去上校的冷漠无情，并多次在公众场合谴责国民军、教会和船厂这些他称其为“小上帝”的伪善和不老实的勾当。

在他宗教事业的鼎盛时期，他曾经的牧师好友，后来投奔了首要人物帕尔默先生，一个星期天，在布道坛公开地谴责他是教堂和基督徒的敌人！

“会众里有个人，”他高声叫喊道，伴随着一阵突然爆发的激昂演讲，“他装作基督徒和浸礼会教徒，内心深处，却是教会最可恶的敌人。地狱和所有恶魔都不如他对信仰的邪恶，并且他不卖烟了！”

最后这句话立马让大家知道是伯里奇，所以他起身离开了。经过一番思考后，决定断绝与教堂的联系，并在一个周日去了格雷洛克，此后每个安息日他都会过去，每次都去不同的教堂。就这样持续了 6 个月，他想要个更方便的礼拜地点，最后加入了尤斯蒂斯的浸礼会教堂。如果不是他细致地思考自己的过错，可能现在还耿耿于怀，他对伸张正义的坚定信念，以及对镇上那些背弃宗教教义和教理的人的厌恶，最终使他怀疑《圣经》被普遍误读。这种质疑，加上他想要用《圣经》来证明自己的清白，于是决定研究《圣经》。他说会研究的，因为他会学习希伯来语和希腊语，这样就可以从原文中查清所有有问题的字词和段落。

为此，他开始研究这些语言，以至于这件事情的重要程度使他忽略了生意。他把《圣经》和用语索引放在店里靠近门口的一堆肥皂箱上，日复一日地投入学习当中，这个小店的经营也变成了自助式。他最后勉强掌握了希腊语和希伯来语，并发现一个常用词——“忏悔”，还有神以自己的形象造人，完全掌握是非对错，于是坚信诺安克镇上诽谤他的人清楚他们自己所做的一切，尽管他的爱可以容纳一切，但在得到原谅之前他们必须忏悔。

在潜意识的主导下，他从头到尾读了一遍《圣经》，发现所有关于爱的信条：互相关爱、原谅你的兄弟七十个七次、爱那些恨你的人、化恶为善、卖掉所有赠予穷人，这些都是忏悔时必须要侍奉的。此外，他开始在尤斯蒂斯宣讲这些东西，在这里他有个主日学校，直到那里的牧师对他说：“我们不想你在这里。”当地流传是“当着他的面”说的。

他听从了，然后每周日都会乘船穿过松德(Sound)海峡到长岛的一个教堂，在这里他也宣扬着跟以前相同的观点，直到被牧师私下斥责，被当地的报刊抨击。不得不离开之后，他又去了阿默斯特，孜孜不倦地说着自己对《圣经》里的一些内容有与众不同的看法，并要为别人解释。据我了解，到现在他依然安心地去那里做礼拜。

“神经，”船匠说了这么多后总结道，“不关伊莱休什么事，他就是伤心、气愤，想当个大人物，却失败了。”

我想着这些事，还有他和孩子们之间亲昵的关系以及他对过世上校的帮助，一天，来到他店里，说：“伯里奇先生，你完全相信《圣经》吗？”

“是的，先生，”他回答，“完全相信。”

“相信每一句话都是对的吗？”

“是的，先生。”

“如果你的兄弟冒犯了你，你会原谅他多少次呢？”

“七十个七次。”

“你会原谅？”

“是的，先生，只要他们忏悔。”

“只要他们忏悔？”

“是的，先生，只要他们忏悔。这是《圣经》的指示，你可以在《马太福音》(Matthew)卷找到，‘他若懊悔，就饶恕他’。”

“但是在他们忏悔之前，如果你没有原谅他们，”我说，“你会怀有敌意吗？”

“不，先生，我不会记仇。我只是拒绝原谅他们。”

我看着他，有点惊讶，但他看起来是如此坦诚，我不由地笑了起来。

“你是怎样遵从‘彼此相爱’这条要求的？你肯定不能同时做到爱和拒绝原谅吧？”

“我不是不原谅他们，”他重复道，“如果约翰（John），”他指着这时恰好经过店铺的一个穿着古铜色大衣的老人说，“要是冒犯了我，我一点也不在乎是什么，不管多大多卑鄙的事，只要他过来跟我说，伯里奇，对不起，”他像演说家一样挥挥手，向后扬了扬头，“过去了！过去了！啥事也没有了！都过去了！”

我在那站着，被他的气概惊呆了，整个空气中都弥漫着他的力量和感情。他对《圣经》的解读如此明显地带上了萦绕在心头的悲伤。善良和仁慈溢满心灵，除了之前的追随者——那些曾是他的朋友、现在又都远离他的人。

“你依然去探望穷苦的人吗，和从前一样？”我曾问他。

“我宁愿不说。”他坚定地说。

“是这样吗？”

“是的，先生。”

“依然是每年新年？”

“是的，先生。”

“嗯，你会有好报的，不管你信不信。”

“我已经得到了。”他慢慢地说。

“已经得到了？”

“是的，先生，已经得到了，就是每一双接受我帮助的手。”

他笑了笑，然后似乎非常不合时宜地说：“我记得有一次新年去了一位独居的夫人那里，给她带了点东西，一篮子葡萄还是其他水果之类的。我待了一分钟，你知道我从来不会留很久，跑进去说声‘新年快乐！’留下东西，就出来了，又说‘早上好，玛丽（Mary）姑姑！’”

“早上好，伊莱休。”她说。

“不久留了，玛丽姑姑，”我说，“只是想送您这些礼物，新年快乐！”

“呃，先生，”当我刚要转身走时，她揪住我的衣袖说：“伊莱休·伯里奇，给我你的手！”你知道吗，我还没反应过来，她就亲了我的手！是的，她亲了我的手！

“现在，”他停了停，眼里饱含深情地说，“你知道我是不是得到了好报，对吧？”

9

“空虚、空虚”，传道者说

有时候，一个人的一生可以清楚地展现一段历史。所以，接下来我要说的这个故事，于我，非常有意义。

第一次遇见 X 是在美国使用金融手段和金融形势达到顶峰的时候，那个时候世界各国还或多或少地可以包容他们的宏伟成就。这对老摩根先生（Mr. Morgan）、贝尔蒙特先生（Mr. Belmont）、哈里曼先生（Mr. Harriman）、萨杰先生（Mr. Sage）、盖茨先生（Mr. Gates）、布雷迪先生（Mr. Brady）和其他有杰出才能的很多人来说，却是一个黄金时期，1907 年经济危机就足以证明这一点。现在，那些知道《疯狂的金融界》（*Frenzied Finance*）、《非法财富》（*Lawless Wealth*）还有其他产生巨大财富的类似手段的年轻人，如查尔斯 · W. 摩尔斯（Charles W. Morse）（1907 年经济危机的受害者）、F. 奥古斯都 · 海因策（F. Augustus Heinze）（另一个受 1907 经济危机影响不甚明显的受害者）、E . R . 托马斯（E. R. Thomas）（野心勃勃的年轻百万富翁、他本人也是一个富二代）、大卫 · A · 沙利文（David A. Sullivan）和 X，虽然反对他们，但却效仿其手段。在这里我不想提及他的名字，是因为虽然他名气不大，但现在仍存活于世，或许并不想承担来自公众异样的眼光，因为最初的名气早已不复存在。

在我认识 X 之前，是吕西安 · 德 · 谢（Lucien de Shay）让我对 X 有着如此大的兴趣。他是一个钢琴家、声乐老师，整天游手好闲，还能鉴赏地毯、挂件、画作、家具，而这些正是X当时非常感兴趣的。因为那时他刚好在长岛建了一所大房子，想要融入艺术、时尚、文化，张扬各种元素。在那个时候的美国，很多千万富翁都想达到这些效果，但本身却没有如此高的鉴赏能力。德·谢就是大都市中广为人知的怪才之一，既懂艺术，又懂时尚，随时可以为那些有钱人、有权人服务，通常兼任有钱人的品位、形象和发展顾问。而这些特殊人群是如何收费的呢？是支付现金还是其他的，我无从知道。他也算是我半个知己了，曾经帮我"修过边幅"，并在我处理各种出版物资料时给过我建议。后来，事实证明X—还不是一名真正意义上的千万富翁，那个时候的他初出茅庐，虽然有各种发展可能，他的最终目的是快速取得实质性胜利。他几乎和所有美国千万富翁一样，追求的是新鲜、速度、另类、个性和肉欲上的享受，而不是文化或审美，虽然如此，他们却从来都不会忽视文化、审美。

但即便是这样，在那样一个张扬、甚至是浮夸的年代，他仍然是一个典型千万富翁的形象。如果说那些稳重、保守、上流富人拥有大房子、大气奢华的随身用品，那么像X这种波西米亚式的富人有的只有张扬、鲁莽和幻想。他们把所有积蓄都花费在这方面上，任何其他人在这方面都无法企及。

一天，我的这个朋友对我说："我想让你见见这个X，你会喜欢上他的，他人还不错，也很有魅力，有点像俄罗斯大公爵，他的言行和品位甚至可以和美第奇家族或博尔吉亚家族媲美。这会儿他正在长岛(Long Island)建一所大房子，建成需要花费五六十万美元，现在已经很有看头了。他的工作室在C，当然现在还在规划中，里面有各种可爱的玩意儿，都是我帮他买的。他本人也不呆板，20岁的时候写过一本书——《伊卡洛斯》(*Icarus*)，写得还不错。他自诩这本书在某种程度上算是他的自传。他读过你的书(《嘉莉妹妹》*Sister Carrie*)，非常同情赫斯特伍德(Hurstwood)。他说书里有一部分内容能让他想起自己的斗争经历，所以很想见见你。他以前也在报社工作，虽然没人知道他的钱是怎么来的，但是我知道他的确有钱花。他下定决心要好好活，而且现在也活得很精彩，这样真的很棒。"

虽然我从来都没听说过这个人，但他的描述确实引起了我的注意。因为在美国，有钱人实在是太多了。后来，德·谢多次跟我提起他。最穷困潦倒的时候，他甚至给人擦过皮鞋；走在纽约街头的雪地里，鞋帮掉了，连一件暖和的衣服都没有；他从俄罗斯移民来美国的时候，身无分文。但现在，他成立了四家银行、一家信托公司、一家保险公司、一家火险公司、一家大型房地产公司……所有这些听起来都非常不可思议，自然能够让我兴趣大增。白手起家的故事什么时候又让人觉得乏味过呢？

应德·谢邀请，我在某个周三下午4点钟的时候，来到X的工作室。一个朋友打电话让我有时间一定要过来，有很多非常有趣的人已经来了，而且这里还能见到很多名人。有两三个非常著名的歌剧演唱家已经到了，还有非常漂亮的意大利歌唱家兼魔术师，是一位名副其实的冒险皇后，她不光人长得美丽动人，声音更是悦耳动听。她的美貌令人惊为天人，当地周报上有好几页都是她的特写照片和全身照。此外，这里还有几位轻歌剧演唱家和舞台剧演员、一位男低音歌唱家、作家、艺术家和诗人。

我如约去了。那个地方，还有那里的人，确实深深地吸引着我。那里气氛非常欢快，多姿多彩，让人心潮澎湃。主人和宾客也确实很有意思，至少于我而言是这样的。有这种感觉不是因为工作室很特别，或者装修风格非常有格调(但仅仅是装修就足以让人流连忘返)，而是那里的气氛非常优雅，待在那里让人觉得很舒服。这个人简直可以说是无所不有，有各种朋友、顾问、仆人、随从。曾经我一度觉得天鹅绒和丝绸给人一种傲慢无礼、奢侈逸乐的感觉。一个真正手握大权的人，通常都会伪装成优雅自在、平易近人，他们或多或少都面带微笑，待人友善。

开始的时候，主人还没有出现，我见到一些名人，他们的谈话间透着一股都市波西米亚风。还有一位意大利女魔术师，举手投足间，长长的耳环叮当作响，如叮咚的泉水，甜美可人。德·谢曾悄悄告诉我她是X最近刚交的女友，在她身上也花了不少钱。“你真该看看他都给她买什么了！”他压低声惊叹道。“天呐！”女演员、交际花们穿着小礼服，穿梭在人群中，屋外汽笛声沸沸扬扬。诗人、作家高度赞美主人的慷慨气度和品位，让我更是对他心驰神往。只看一眼我便能知道，他真的是竭尽所能收集一切可能收集的有趣东西，就好像一个人天生喜欢闲散、无忧无虑，在社交生活和学习工作中都非常欢快。我从来没有见过比这里更智能的会客厅。

我的朋友谢是这家主人的心腹，所以可以领我参观这个地方的内室。有那么一两次，我们身边没有太多人，其他人都在房间(音乐室、餐厅、舞厅、图书馆等)里聊天时，他会领我参观厨房、餐具室、酒窖，这里还有很多密门、通道，墙上的花朵形状或图画后面的弹簧，按一下会打开或关闭一扇门，通向一个房间或通道。每一个房间都相互独立，得从其他密门或通道才能进入，而这些房间通常都不向外人开放。比如，秘密卧室，甚至还有秘密休息室！其中有一间看起来非常严肃，只有一张桌子、一个钢保险柜，还有两把椅子；除此之外再没有其他家具。这间密室位于整个房子的中心位置，非常安静，似乎是用于商业会谈，密不透声。我还觉得这家主人充满异国情调，沉浸于奢侈享乐，是一个纯粹的异教徒，几乎不懂得在这个世界上生存的人情世故，对此也漠不关心。

我第一次见到这家主人是在画廊里，那时候我正要打算离开，画廊挂了很多荷兰和西班牙流派的佳作。我发现他是一位英俊潇洒的年轻人，虽然有点发福、冷漠、昏昏沉沉，但还算是有朝气。他比普通人稍微高一点，身材很好，面色红润，圆圆的大脑袋很是帅气，嘴唇红润丰盈，标志性的下巴上留着山羊胡。每次化装舞会上，他都会扮成巴克斯或潘。他的举止非常得体，也很高雅，好像自己非常了解生活，而且已经实现了所有(至少一部分)愿望。他微微笑着，问我有没有见过所有客人，希望我用餐愉快，喜欢这里的音乐，并询问我能否在人少的时候过来，或者更好是可以跟他和我的朋友德·谢共进晚餐，他好像是那种可以随心所欲的人。还抱歉现在不能多和我聊聊。

有趣的是，第一次见面他就给我留下深刻的印象；不是因为他的财富(我的朋友中不乏比他更富有的人)，而是因为他自己本身的一些特质。从他的身上，我看到了梦想、浪漫、友好、博爱、庄严，真而正的富人通常不会拥有这些品质的。我脑海里浮现出裂口鞋子的画面，他的生活质量非常高，但是绝不吝啬、小气或不相信别人。这里的气氛让人轻松，主人非常慷慨，有点浪费，但绝不仅是虚有其表，它们好像在说：和外面世界各种技术带来的利润相比，生存和享乐的花费算什么？从他身上，我看到了当今很多大富豪，华尔街真正的风云人物玩儿的大范围阿拉丁式的冒险。

第一次见面后不久，我又一次受到邀请参加一个更奢华的宴请，格调更加奢侈，虽然刚到那里的时候还不知道那是个什么样的宴会。宴会从午夜12点开始，我看到的那些粗野、充满异域风情的东西直到今天都还历历在目。不仅人们的服饰、挂件和摆设非常奇特，而且宴请的气氛本身就很放松、梦幻、另类。很多人非常大胆，具有探索精神。宴请过去几个月后，大家还津津乐谈！欢愉！狂热！心灵和身体都纯粹地陶醉！人们的穿着如此华丽，我从未见过，同一时间同一个地方能看见很多漂亮女人(让人如此眼花缭乱)，充满异域风情，带来极致的感官享受。在我印象里还有镀镍冰块盘，底下装有轮子，上面撑着没打开的香槟酒。宾客需要稍微举手示意，或眼神示意开酒，一次只能打开一瓶，盘子上面通常都摆满东西。远一点的餐厅的一面墙上有着精致的小礼品，可以供人们食用。音乐室里有四重奏歌手，为舞池中舞动的人们奏乐。好几个房间的角落铺着花色地毯，还有可折叠沙发床。舞蹈和演唱都极好，非常独特，无拘无束，给人带来的感觉和这里的谈话一样让人舒服。清晨来临(宴会在午夜后才开始)，宴会氛围格外柔和，渐渐变得热情似火，在这种环境下是没有办法作任何决定，这里看不到希望，醉生梦死，非常神秘又极度奢华，任何形容的语言在这里都变得苍白无力。在这里可以看到人性得到完全解放，没有丝毫虚情假意。大概凌晨四点钟的时候，舞者上场，应该说是那天晚上的高潮。他们的头上、腰上、胳膊上带着花环，迷人的躯体上除了玫瑰花瓣，几乎没有穿带任何东西，所到之处玫瑰留香。最后这些舞者也加入进来，开始排成一队，后来又都散开了——艺术家、作家、诗人——他们从一个屋子跳到另一个屋子，和领舞的女人一样酩酊大醉，他们在十几个房间里唱歌、游走、摇摆、舞蹈，进进出出。酒足饭饱后都打不起精神来了，疲惫不堪，只能躺在沙发或角落里，最后让人搀扶着上了出租车。但是在我的印象里，这家主人一直在场，那么安详、冷静。他微笑着，好像丝毫未受影响，待人始终温和、亲切，好像永远都不知疲倦。他在那里维持宴会，否则的话这里恐怕早就没人了。

我说这些只是为了描述那些年间的一些常见活动。那个时候，因为我对他充满好奇，所以参加了十几次这种大大小小的活动和宴请，心里记挂的不仅是X，还有生活本身、高端品位背后奢侈的可能性和资源。很多人脑子里庄严的梦想和快乐，这些想法最终可以结出丰硕果实，这些梦想非常怪异，又如此雄壮，只有一国之君才能利用受奴役的人们实现。我记得某个周五下午，我们十几个人——有作家和艺术家在他纽约的工作室里闲聊，喝东西。那个时候他没有什么好的想法，突然或者之前早就想好，现在才建议所有人去他在长岛的乡间别墅去，那个时候还没有完全建好(或者说是还没装修好)，但足够我们娱乐的，我们可以带些必备品。

后来再想起这件事，觉得他可能不是偶然提议的，我们不知不觉做了一件对他非常有利的事儿。那个时候还有工作要做，还有建议要提，还需要向监工、室内装潢师和园艺师咨询；X做所有事之前都会和别人商量。为什么不在沉闷的十一月搞一次庆祝呢——所以——

至少我们中大多数人都同意这一提议，仅仅是因为短途旅行本身就让人觉得非常奢侈、愉悦人心。他立马安排了四辆车，三辆直接从车库里开出来，还有一辆临时调回的。随后他给一个著名饭店的主厨(他跟这家主人关系密切)打了几个电话，一会儿就有人送来了几篮子食物。随后四辆车也停在楼下入口处。那天黄昏，天儿灰蒙蒙的，阴冷并且有雾，我们上了车，一行人中有诗人、编剧、小说家、编辑(他公开声明过自己很看不起演员),我们上车后没有耽误就立马出发了,路上走了45英里,从下午5:30一直走到7点。

后来,我会经常想起那一路,车里的氛围,还有从中可以看出来的这家主人的立场、观点。他表情一直都很庄重、安详、警觉,但同时也非常高兴,让人愉悦。他给人一种非常温暖、独特的感觉,同时又会让人觉得有些冷漠、算计。好像他一直对自己说:"这一切都只属于我一个人,安排这一切也不过是为了取悦我自己而已。"在我看来他并没有把我们当成密友或朋友,我们在他眼里,不过是一些好看逗乐的鸟儿,或是某种标本,可以在艺术和社交事务上给他提供一些建议,仅此而已——所以他才对我们感兴趣。同时,在他的算计中,我们无疑是他生活中的调味剂或光线,他很渴望拥有这些。而我们也发挥了自身的作用,只不过在他的算计中,他才是真正的主人——坎·格兰德(Can Grande)。他可以"允许我们进入其中,也可以把我们扫地出门",或其他类似想法。我们只不过是他的玩具,漂亮的羽毛,像跳梁小丑一样存在的艺术家。能让我们"待在他身边"已经是一种恩惠了,华丽的皮毛衣服和帽子下,他把自己看成格兰德公爵。

但是我真的很喜欢他。那是一个非常难忘的夜晚,是他为我们安排的。受惊的马儿留下一串脚印,男男女女们打破夜的黑暗,好像街道是他的私人赛场一样,我自己都被汽车疾驰的速度和路况惊呆了——到了那里是晚上7点,8点的时候落座吃晚餐,那是我吃过的最丰盛的晚餐。那个时候房子里的暖气还没有装好,但是大壁炉里燃烧着大圆木,整个房子并不冷清,电还没有安好。那个时候还在安装私人用发电机,但是点着蜡烛和油灯,发出的光也异常柔和。其中一个房间没有门,但挂着一块大地毯。那里有很多地毯、挂架和图画,其中很多还没有挂好。还有很多非常有意思的进口家具,都还没有拆封,箱子上还有海运唛头和海外城市名称。起居室、餐厅、音乐室和图书室都很大,里面有很多地毯、长沙发、椅子还有各种乐器——还有钢琴,给人一种豪华奢侈的感觉。墙壁和天花板已经装饰好了,我不得不说装饰色彩非常绚丽。外面是大大的阳台和走廊,第二天早上我才知道,从这里可以看到一片荒凉的大海,景色非常壮观。白色沙丘!遥远的海平面!还有轮船!楼上有九间一居或两居室,都带独立卫生间。地下有厨房、餐具室、暖气炉、酒窖等等。外面是棕色沙滩,形状各异,有圆丘形,甚至还有固沙草覆盖的小山形。

那天晚上一直在刮风,不能到外面找乐子,所以我们整晚都待在室内。我出去走了一会儿,看到用混凝土砌成的宽走廊,非常适合放松娱乐,边上还有沙丘。室内非常暖和、喧嚣，酒窖里的藏酒多得更是让人眼花缭乱。这家主人由此来到这里，心情非常愉快。他最喜欢看自己的房子一点点装修成形，虽然这种感觉不是那么强烈。他好像经历了很多，想要把任何事情都做到极致，进行到底。我们谈了很多，那晚时间过得很快，有几个人还能弹奏、演唱，其中有一个诗人还背诵了优美的诗歌。他还向我们展示了一些家具和雕塑——其中一尊是青铜农牧神，一件就高 3 英尺。那个时候我一直想要联系一位可以在金钱或其他方面真正享受生活的人，他脑子里似乎在想着各种事情。他曾经说巴黎有两个叙利亚，有这种可以展示的地毯，他还雇用了一名代理专门为他的新房子采购最好的地毯。德·谢最近给他介绍了一位意大利伯爵，他在意大利有一所大房子，但是承担不起房子的维持费用。他届时会接手部分装修工作，当然会作出一定修改。他那个时候好像还不知道蒙蒂切利和曼奇尼的画作。他刚刚收集到这两个画家的几幅画。随着新房子的装修，我必须得出去才能看到。那个时候，这些画作和家具都会摆放就位，他会邀请一部分人参加周末聚会。

谈话又回到音乐和舞台上。从他的品位、财富和技艺上，看得出女人在他生活中占很大一部分，但他并不是把她们仅仅当作玩具，她们在他的内心生活占据的位置犹如嫔妃在亚洲皇帝心中占据的位置。德·谢告诉我，他很大一部分花销都在伯爵夫人身上，她从不轻易见客。舞台和百老汇上充满来自不同领域的漂亮女人，很多人他都认识，或者可以轻易得到。所以，我也会认识其中一两位吗？

“我告诉你，”喝了好几杯酒后他说，“过段时间我们得在这里举办一场聚会，一次不同凡响的真正的聚会，德·谢和彼露（另一个艺术家）得和我一起好好想想，我认识可以跳三种不同风格舞蹈的舞者”——他开始列举他们的优点。我分明看到了女人在他生活中也仅仅占据一小部分而已，她们只不过是他的成功和权力的装饰品罢了。一天上午，我们回到自己的房间，聊天的内容涉及生活和艺术中都市情人最爱的大部分主题。

第二天早上非常美好，微风拂过，海面一片波光粼粼，让我重新认识了这座房子装修的富丽堂皇和宏伟壮观。坐在沙滩上，面朝大海，感觉棒极了。没有规定早饭时间，我们可以随便什么时候下楼。桌子的一边是俄国式茶壶和咖啡鼎，卷状、块状食物应有尽有，摆放整齐。可能是因为我来得比较早吧，这家主人看到了我，我下来的时候他已经起床，穿戴好了，我们在房子周围散步，看着该看的风景。

我很好奇，虽然我之前去过很多华丽甚至更奢侈的乡间别墅，但都从来没有像这间一样吸引我，并且这间别墅竟还在装修中。它虽并不耀眼，但却与众不同，气势宏伟又诗意盎然。从外面看，它坐落在大片海域和沙滩上，走廊很宽，铺着红色混凝土地板，镶着很多石头花坛，可以种鲜花，摆放石板凳。而漫长的散步才刚刚开始，距离海滩大概有半英里远，长约有 1.5 英里，用他的话说是“纯天然状态”，漂流木、石头还有所有的一切都深深吸引着我。就还剩一个观光游艇长码头没有建成了，从浴室和海滩都能看到向远处延伸的海滩，不超过 300 英尺。从陆地上看，是一个高高的山丘伸进大海里，那时已经建成了一座塔，从底部进入方便乘凉、休息，混凝土地板上有一圈圈长凳，上面的塔顶像是一座荒凉的小型灯塔，从旋转式混凝土楼梯上去可以到塔顶上来。

我不禁注意到这家主人的藏品和处事手腕。他很健康、自信，同时又充满乐趣，但不会自鸣得意，至少他没有给我留下这种感觉——非常激烈。他那会儿正在建一个非常宏伟的工程，生活质量正在接近巅峰。不止有百万元财产，更不用说他的超一流品位了，这里已经体现得淋漓尽致了。他指着房子和大海之间的一片沙滩，看起来好像一只红黄相间的大鸟落在沙滩上，说道：“你如果春天再来这儿，花园里会长出四万株玫瑰，几乎天天都有海风，这样走廊里就会花香四溢，四周都有玫瑰环绕，很多都可以常开。”

我们参观了马厩、车库、刚建成的喷水井、绕海轨道，还有离房子、大海有一定距离的低洼花园。

明年春天我又一次来到这里——实际上已经来过好几次了。那个时候玫瑰花已经开了，轨道也建好了，墙上的画作也挂上了。虽然这里没有按计划进行，完全可以想象后来可能会挤满很多聪明人士，他们比那些难以相处、作风犀利的所谓圈内人士更好相处。有艺术家、作家、编剧、歌唱家、女演员，还有来自外面世界的普通人士——大部分年轻男士来这里似乎都只为结识漂亮姑娘、模特还有长相还算可以的其他女孩儿。

这种场面不能说不壮观。一位男管家和很多随从来来往往，为宾客服务着，门口处有一名男仆负责接待客人，还有一名女管家和很多面部表情凝重的女仆负责打扫卫生。客人可以在这里打高尔夫、网球、桥牌，可以赛车、钓鱼、游泳，悠闲地喝酒，或在角落里或坐在地上静静地读书。这里艳遇不断，大家不断地打情骂俏，晚上的时候鬼鬼祟祟地出来进去，没有人会过问谁来过，也没人问你有没有结婚，只要保持最基本的礼貌即可。这种事情在其他场合也会发生，只不过这所房子和院子到处都是来来往往的客人和路过的朋友，他们的车在轨道上轰鸣。我以前在其他地方见过很多迷人的服装，也听到过更有智慧、信息量更大的谈话。

那年秋冬，我公务繁忙，几乎没有闲情关注他人。那段时间我听说过有关X的很多消息，兼并银行、开始新的冒险活动等等。突然那年冬天的一天，天气晴朗，所有报纸都在报道一次规模庞大的金融危机，而他成了报道的焦点。报纸上说，他的第一家也是最重要的一家连锁银行，更不用说担保公司还有长岛上的一些电车轨道项目，都受到金融危机的影响。奇怪的是，之前并没有针对他的负面报道，当前的新闻和社评中竟对他大肆辱骂，更有甚者将他说成是卑鄙恶劣的暴发户，说他打着银行、信托公司、保险公司、陆地和城市轨道投机计划的旗号敛财。他利用投机手段赚取的钱财不属于他，因为他洗劫、欺骗穷人。然而在这漫天的谩骂声中，我第一天就注意到这么一段话，因为我对这件事和他本人都非常感兴趣。这段话是这样写的："昨天华尔街报道高级警司H从营房处打听到X现在的处境，营房里的人因为他在长岛牵引地区的举动，对他倍加愤恨。这是华尔街的"幸运补丁"之一，新来者取得的成功并不能带来极大的快乐。"

另一篇则写道："长岛铁路公司的南岸地区至纽约和皇后郡的运输故障是此次危机的导火索，几乎200万美元的盈利都进了X兜里。据说部分华尔街大佬非常不满，关停了铁路运输业务，因为他们不想让他待在这个圈子里，并且有足够实力把他赶出去。同时，还有来自其他各个方面的压力，一起涌向他。票据交换所拒绝清算他的银行业务。X非常需要现金，但是还坚持对这一项目的高投入，目前已进展到关键节点。这给他带来非常不好的影响，而且还妨碍了运输，直到他无力支撑。"

这两段报道还附有大量数据，证明他在何时、何地、如何在不同银行之间"做假账"，所有这一切都在他的掌控下，而大部分都归他所有，他拿出大部分资金为他的新公司抵押贷款或有价证券用，这本是华尔街惯用的伎俩，大家对此心知肚明，却又都默不作声。

对此我不仅非常迷惑，而且为X的戏剧性崩塌感到震惊。因为我对金融知识及其运作方式也略知一二，也明白这种击溃他的是什么，这一击是绝对致命的。但是我又问自己，如果他真的拥有这么多公司51%或以上的股份，一个阴险狡诈的恶棍怎么可能做到这样呢？毕竟所有权是所有权，控股权是控股权。从报道上看，我认真浏览了所有有关他的报道，他的计划也并没有那么阴暗。

随后的几天又发生了一系列事情。其中一件是，他一度想从纽约工作室窗户跳楼自杀；另一件是，他试图服毒。现在又突然冒出一个单身姐姐，我从认识他以来就从来没有听说过这个他最亲近的家人。这个女人的姓都和他不同，她的姓后面比他多了“奥维奇奥维奇(-ovitch)”。她把他送进疗养院，在那里他最终承认了自己是个罪犯，然后又被送到医院，最后到警察局自首。很多有名气的大律师和银行家开始纷纷介入这个案子，开始那些说他是疯子的那些名气很大的精神病医生和在法律界如鱼得水的大律师，现在却说他没有疯。他的姐姐是一位有名的医生和科学家，扬言她是他最亲近的亲人，并且他已经丧失自理能力，提出将他所有财产转移到她的名下。为此，她宣称X已经疯了，而且患有严重的妄想症，觉得自己是被那些金融家迫害至此的，事到如此，对我来说这一切都已一目了然。是他们两个导演了这场戏，部分原因是希望能够在此次破产中留住一些财产。与此同时，还发生了一系列奇怪的事情：一些和X虽然个人交往不甚密切的，但有密切金融往来的政治和金融名流，拒绝转移财产。这些人一边大呼他疯了，又一边说这一切都是他一手策划好的。他在百老汇、长岛和纽约工作室的生活被扒了个底朝天，钱再多也不够他那样挥霍无度的。没有人曾和他一样放荡不羁，尤其是那些杰出的金融家。

从那以后不知又从哪儿冒出一桩新故事。布鲁克林(Brooklyn)贫民区里住着一对老夫妇，生活极度贫困，自称是X的父母，说多年前，他和姐姐不安现状，野心勃勃，后来离家外出打拼，只是偶尔有时候回家跟他们借钱，到最后很少会回家。为了证明自己的说辞，他们还拿出前些年他们之间通过的信件，还有一些老照片。虽然他和他姐姐极力否认，但照片上还真的有他和他姐姐，他们确实是这对曾经在布鲁克林做面包师的老夫妇的儿女。我不知道是谁把他们挖出来的，但他们这么做的目的非常明了。他姐姐一直宣称自己是他最近的亲人，如果这一说法不成立，X即便疯了，财产会立马被强制拍卖还债，拍卖价格自然有利于他们赚钱。自然是那些想要结束X事件的人凭空捏造了这对老夫妇，但是这个大金融家曾经到处吹嘘自己来自俄国，他的父母(或假父母)都还在俄国，他确实是俄国沙皇的私生子，被一个贫苦家庭带出国外。然而现在，这对老夫妇被带出布鲁克林，被迫和他相认。他们没有说他和他姐姐是如何抛弃他们，或者做了什么伤害他们的事情，也没有说随着他们慢慢长大开始渐渐疏远甚至忽视他们，他们改头换面，沉浸在一个自己父母曾经梦想过的世界里。还有人指证他的姐姐作伪证，有效地阻止了她控制他的财产，这就给那些金融家们赢得了足够时间准备。自然有舆论强烈谴责她，他们竟然可以公然拒绝接受自己的父母。实在太可怕了！还有一些周末报道，并配有煽情图文，大肆传播他的房子、工作室、银行、汽车、游艇、名流宾客，然而人们却忽视了那些人捏造他父母的动机。有些图片上面，面对X和他的姐姐，这对夫妇显得格外苍老、无力，确实非常打动人。他们坚持说自己是他的父母，不时还掩面哭泣。但这是为什么呢？他竟然否认这一切！他的姐姐对此十分愤怒，但还是勇敢地站在他这一边，拒绝承认他们是他和她的父母、朋友——这自然是为他好。

我这辈子从来没有见过如此行事的所谓“朋友”。我在他家里和公司见过的所有人，包括很多知名艺术家、演员、金融家、音乐家，所有人都参加过他的晚宴，坐过他的汽车，喝过他的酒，现在几乎没有人承认自己认识他，对外声称与他仅仅有过几面之缘—哦，只是点头之交罢了！当有人传闻那些午夜宴请、醉酒舞蹈、乡间别墅举行的机车晚会还有那些热闹的嬉戏打闹时，我认识的没有一个人承认曾经去过那种地方或者听说过这些。比如，在所有人当中，我认为和X交好或关系最为亲近的当属德·谢了，他完全可以算得上是X的心腹。但他反而是那些叫嚣着不认识X、不熟悉他为人的人中声音最高的一个！可正是他告诉我X的夫人，还有她和X之间的关系，也是他怂恿我四处走动，尤其是到X这儿来。他一直都对我说X是一个很了不起的人，很大方，非常值得结识。而现在，他又是那个在对X的讨伐中叫声最高的，假装自己从来没有和X密切交往过，惊讶地挑高眉毛，就甚至好像从来想象不到那些他切切实实策划过的事项。他总是把“你听说过吗”“你知道吗”“从没想到”这样的话挂在嘴边，这样总能在茶话会上给自己赢得荣誉。对于X的一切，他表示很震惊，在知道X洗劫贫困儿童和孤儿时表现得尤其惊讶。虽然我从来没有在任何报纸上看到过他在乎过任何人被抢劫——我这么说非常直接。而华尔街一贯的做法就是用从皮特那里抢来的钱去支付保罗，也就是说X用他控股的一家公司的资产支撑他控股的其他公司的发展，用一只手洗另一只手，这在金融界是一种极为常见的手段。如果这种做法都不被允许的话，整个金融界岂不早就垮塌了。

尽管如此，很快他所有财产就被“合法”没收、充公了。开始的时候，代表地区检察官和州政府银行厅的精神病医生声称他神志正常，被指控盗用公款。后来，他的姐姐请求将其财产转移到自己手里，代他管理，但是被赶出法院。她被赶出去的时候嘴里振振有词说自己是他最亲近的亲人，他们的父母还在美国。再后来，他的银行、信托公司和各种财产（包括那所乡间别墅）很快转移到接收人（这种叫法可以说非常贴切了）手中，这个案子按照“债权人”的意愿终止了。X最终被关进监狱，入狱时他还在抗议自己没有罪，说自己有偿付能力，或者在州政府银行查账员或部门查账前他是有能力偿付的，说自己是这场冷血阴谋的受害者。他们利用州政府银行厅和其他手段把他排挤出金融界，仅仅是因为他想要发展壮大，因为他不慎涉足华尔街最上层、把关最严密的位于纽约、布鲁克林的铁路轨道领域。

一天他公开向大陪审团宣称，他被查的那天，正坐在自己的大办公室里，他的办公室就在纽约市内最豪华的几栋摩天大楼的其中一栋里，整整有一层楼大，三百六十度全景视角（我想这也是他患“妄想症”的又一例证），助理说有电话找他。据他的助理说，有一位华尔街和美国著名金融家Y先生，打电话找他。X没有做任何准备，对方只是问他是不是X，后来又说：“我是Y，请仔细听好我接下来要说的话，我想让你滚出纽约轨道生意，或者说你摊上事儿了。我打电话只是通知你一声，做好准备吧。”然后对方野蛮地挂断了电话。

“那个时候，我就已经知道，”X继续向大陪审团说道，“讲电话的人在纽约华尔街甚至其他地方都拥有绝对权力，他肯定能说到做到。如果不退出那单干完就能挣两百万美元的生意，是根本没办法脱身的。但是我又想加入到这个行业中去，并且也找不出任何不能这么做的原因。如果我不那么做，我只不过会面临一大笔损失，仅此而已。但就在那个时候我鬼使神差般地听信了那些怂恿我争取这一冒险的那些人，并把注意力转移到其他事情上了。从他们接下来的表现看，我经常会怀疑他们那个时候怎么会给我那种紧迫感呢。或许是我自己一无是处、盲目自大吧。当时我可以从与西部电力做的一单生意中获取更大利润，我觉得我能做到。后来我发现所有那些之前有意向要买或至少在观望的人突然变得非常冷淡，接下来不久，我在其他生意上也非常不顺，需要大量地周转现金，州政府银行厅开始查我，控诉我欺诈，宣布我破产，关停了我所有银行账号。

“这一切发生的时候你就知道发生了什么，大叫‘着火了’，几乎可以摧毁一栋完好的剧院建筑，储户撤出，股票大跌，又要调查又要请律师，你的财务助理吓破了胆，离你而去。没有什么比金钱更冷酷无情的了，时间会证明一切，那个时候我并不是没有偿还能力。账面上确实有部分假账，但是在那种时候，为了应付突击检查，又有哪个大银行不做假账。我只不过是在做所有人都在做的事儿而已，他们只不过是想要我滚出这个圈子，当然他们也做到了。”

不论采用哪种诉讼形式——合法的，还是像X那样被人为设计的，被告人最终都要被送进监狱，在那里待一段时间。终于他的告白打动了其他9个杰出人才，他们都是金融家。八年后，在重新检查了所有证据后，我确信X是这场冷酷阴谋的受害者，他们不过是想要把他排挤出去，随后侵占原本属于他的巨额财富。很明显，他有能力做到他所在的那个年代最有手段最冷酷的金融家可以做到的一切，但他们不想让他分食一杯羹，也不想和他竞争。就像古时候对待那些谋权篡位的人一样，他们认为最好的办法就是把他扼杀在摇篮里。

但他那时风华正茂！一路走来，伴随着多少艰辛与泪水！有报纸报道了一封他写给母亲的一封信(1892 年 8 月)，那个时候他最多不过十八岁，刚开始工作，是一名图书代理商，上面写着：

我敬爱的双亲：不管你们能不能施舍我点儿什么，请务必立即给我答复。请记住这是我第一次也是最后一次伸手跟你们乞讨。你们能给那个孩子几百块，我现在只是要 15 块钱而已。我是家里最小的孩子，我的父母亲，难道你们就真的能够残忍拒绝我吗？没有这 15 块钱，接下来的两三个周我都不会有饭吃。

看在上帝的份儿上，请不要忘记我跟你们乞讨过什么，求求你们快点儿寄给我吧，这样我就不会再打扰你们了。我跟你们说过，利昂会给我 10 块钱的，签完合同，他已经付了 15 块钱。所以加上你们的 15 块钱，我就有 25 块钱了。这 25 块钱，我可以用 10 块钱买张票，剩下 15 块钱就是我这两三个周的伙食费了。

请快快给我回信，不要浪费时间了，要么把钱寄给我，要么跟我明确说不给。请记住如果你们不给我，以后我也不会和你们有任何联系。

“你们的儿子，——”

下面是一个叫亨利·唐若(Henry Dom)的证词，他是威廉斯堡(Williamsburgh)一个面包师，不知道为什么竟然说他认识 X 好多年了：“从报纸照片里我一眼就认出他们(X 和他的姐姐)了，我曾经给 X 的父亲打工，那个时候他在威廉斯堡做面包师，经常向路易斯 X 博士读 X 和他妻子写的信，那个时候，路易斯还在费城学医，而 X 还是一名学生，但早晚还在他父亲的面包房帮忙。他根本不想帮忙，还经常抱怨，父母经常拿他打趣。他那个时候很自负，喜欢装作是聪明人，他们那时候总对朋友说 X 以后会有大出息。我离开他们面包店五年后，还碰到了他的母亲，她说 X 现在在学银行学，混得挺不错的。

“他破产入狱七年后，那个时候已经被放出来了。我看见他的时候，是在纽约不起眼的一个街角里。那个时候我在等车，他从对面过来，看起来过得并不快乐，显然是在思考些什么。他穿得并不太好，虽然看起来还不错，但是缺少了当年的那份精致。他的帽子，不过是一顶普通帽子，既不是罗曼诺夫式帽子，也不是旧时引领潮流的帅气的巴拿马帽。他看起来很疲惫，风尘仆仆的样子。

“看见他的第一反应是想上去和他打招呼，但是再一想还是算了吧，因为他根本没有看见我。如果我和他打招呼了，可能我们会相互拥抱，也可能他根本就不记得我了。但当他走过我身边的时候，我脑子里突然浮现出他海边的那座大房子、他的工作室、汽车、那四万株玫瑰、那年夏天他房子里拥挤的人群，城里城外的宴请，带着耳环的夫人（后来嫁给了一个法国贵族），然后又想到了他年幼时写给母亲的信，那双冬日里破掉的鞋子，他父母残忍的拒绝，那个金融巨鳄打给他的那个电话。'空虚、空虚！'传道者说。社会这片海岸边上，尸横遍野。

"他在下一个路口停顿了一下，显然是不确定要走哪条路，停顿片刻后左拐、消失了。自此我便再也没有看见过他，也没有听到过他的任何消息。"

10

了不起的鲁尔克

我第一次见他的时候，是在斯佩克(Spike)的维修车间的机房里，他正在给一个小发电机打地基，嘴里还大声嚷嚷着他的一些抗议和要求。和他在一块儿的，还有12个意大利工人，个子都不高，皮肤黝黑黝黑的，年龄在25岁～55岁，他们正忙着从停在大厦旁边的车子里，把原材料搬出来。车上堆着的是碎石块、水泥、旧木板、手推车还有其他工具等，所有这些材料，都要用到马上开工的项目里。他就站在快要开工的商店门口，扒掉了外套，也撸起了袖子，不停地操着他的爱尔兰口音的英语大声喊道："来啊，马特(Matt)！来啊，吉米(Jimmie)！赶紧拿过铲子来！还有镐！铲点沙子过来，还有石头，水泥呢？哪有水泥啊？天啊！我现在需要些沙子！你们在搞什么？你们到底来做什么呢？快点，把水泥拿来！"不一会儿，他不再吵吵嚷嚷了，平静了下来，默默注视着一切，好像他本该就是这个世上唯一有权站着发号施令的人。

那时候，因为生活所迫，我反对所有的老板，尤其是像他这样苛刻的老板。"真是一个苛刻的工头啊，"我暗自想着，"简直残暴不仁！"然而我记得他看起来并没有让人觉得那么讨厌——但也没有让人非常喜欢。他中等个头，身材臃肿，脖子上堆着肉，有一头灰白的短发，还留着一个小胡子，眼睛倒是明亮清澈，闪着亮光，是典型的爱尔兰人那种灰色的眼睛，神态里还带着一种不容置疑的权威，好像在说“我才是这里的老板”，虽然他确实就是老板。难道爱尔兰人注定要成为统治世界各地的首领吗？

他的活儿谈不上多复杂，也算不上多重要，倒还挺有趣。他负责的项目是要挖一个10英尺宽、12英尺深的沟槽，先用木板使其“成型”，然后混凝土混合后浇筑到沟槽里，再用一些铁棍将发动机——丝毫不差地固定在机座上。这活儿干起来虽不紧迫，也没有多么令人激动。但假如你天生亢奋，不怎么顾及事情是不是正向前推进，又喜欢吵吵嚷嚷，你又会做些什么呢？显然，我的这个工头很喜欢大声嚷嚷，喜欢制造一种轰动的氛围。不管做什么，不管在哪里，他总是弄出点声响来，所以他不断来来回回地小跑着，还边跑边喊着：“来啊，马特！来啊，吉米！赶紧拿过铲子来！还有镐！”有时，他下的命令就好像突然爆发的雪崩一样，排山倒海般涌来，比如说“快拿起来，放下它！向前一点！后边一点！往里点！再往外点！”有时还会加上他喜欢的感叹词：“耶稣啊，那个无辜受到迫害的人！”后来我才知道，原来那是他在做祷告。简而言之，他只是一个狂野的爱尔兰人，这就是他的全部——像南吉·多拉（Namgay Doola）一样讨人喜欢。

但是，在那时，我真的有点害怕他，我打心眼里觉得他就是一个恶毒的工头。我觉得他是个“爱尔兰野蛮人”！想到人们要为这样的野蛮人工作！工人们要在他的压迫之下工作！我心里就很不是滋味。然而，很快，我发现他没有看起来那么令人讨厌，然后我就开始喜欢上他了。

我的态度对他发生改观，是因为他的工人们对他的态度。虽然他一直频繁地下命令，但是工人好像全然不在意那些命令，也不会强迫自己干活。工人们无论如何也不会把自己逼上死路。他得监督工人，有时候扯着嗓子大喊：“拿起来！拿起来！拿起来！拿起来！”或者是“快放下！快放下！快放下！快放下！”直到感觉工人的神经都疲惫到极点了，他才会停下来。但事实上，工人们似乎并不在乎时间一分一秒地过去，相反，他们似乎把这当作理所当然的事情，是必须要做的，也是一直准备要做的。他们走路的节奏慢慢悠悠的，就像那些走在第五大道（Fifth Avenue）和百老汇的闲人一样。有些工人拿着木板或石头，好像木板和石头也变成了价值连城的宝物。如果有人看到，肯定会忍不住笑话他们，因为这一点儿也不协调，还有点荒谬。总算看透了一切，我冒昧地笑了出来，而他趁机反唇相讥，不过并无恶意。

“哈！哈！哈！”他嘲笑我说，“如果你需要和他们一样辛苦工作，你就笑不出来了。”

虽然我本意想说“工作确实比较辛苦”但我还是这样回答他：“是这样吗？

好吧,我不觉得他们在逼迫自己,当然你肯定也不这样想。你没有传说中说得那么残暴啊。”

然后我向他解释,我不是在嘲笑他们,而是在嘲笑他,只是他没有真正明白我的意思,只理解了我的字面说法。因为我只是一个临时工,不是正式工——我只是在我身体条件允许的范围之内工作,每小时只有 12 美分的工资——接着我们谈论了铁路上的一些事,我们的友谊也就这样开始了。

那天早上,我了解到,鲁尔克(Rourke)是负责纽约到 50 英里之外那条铁路其中三条分轨的小项目的泥瓦匠工头。他手下有十几个人,还有一辆汽车,载着他们在工作的地方来回奔波。他负责建造混凝土平台、涵洞、煤箱、人行道、桥梁和建筑码头,实际上,任何可以由碎石块和水泥,或者砖头和石块制成的东西,他都可以建。因此,公司会根据实际的需求,把他派到各个地方。他当时还跟我说,有时候为了 7 点钟赶到工地,他早上四点钟就要起床。他辛苦工作的大铁路公司也绝不是个慈善机构,不会把他或工人们的休息看得很重要。同时,他自己也坦白,他不介意自己工作这么辛苦——总之,他喜欢这份工作。他已经为这个公司“风雨无阻”地工作了 22 年了。无论是黑夜还是暴风雪的天气,都没影响过他的工作。“肖尔(Shewer),我得到那里去干活,”他露出了他那爱尔兰式的笑脸,难以捉摸,还带着一丝探究的意味,“如果我躺在床上,他们不会付给我工资,如果你也每天这样,那么我也不会付你工资的,”他看着我瘦弱而且骨架不太明显的身材,补充了一句,“那能让你成为一个真正的男人。”

“是吗?”我低声地问道,“你挣多少钱啊,鲁尔克?”

“每天 2.5 美元。”

“你不用说了!”我回答他,还假装很是高兴的样子。

这个慷慨大方的公司每天付给他 2.5 美元,让他每天工作 10 个小时,主要负责监督的工作还要建造一些重要的项目,这让我很吃惊。或许,正如我们在美国所说的那样,他“有权”感到快乐,只是我看不出来。同时,我不禁想到他当时的情况比我好太多了。我生着病,每小时挣 12 美分,工作 10 个小时,而且整天面对我的工头,对我来说还是一种精神上的折磨。因为他总是喋喋不休,脾气暴躁,有一头红褐色的头发,像一个无知的笨蛋,我很想摆脱他。同时,我也不是不能这样做,只要能找到一个认可我的工头把我调走。然后,我发现我越看这个特别的工头,就越喜欢他。他亲切善良,真诚简单。我决定吸引他的注意力,让他把我调去他手下工作。

“鲁尔克先生,你想不想带我走,让我为你工作?”向他解释了为什么我在这里之后，我满怀希望地问他。

“肖尔，还是想想吧，”他安慰我说，“一切都会好的。”

“我必须得为意大利人工作吗？”我问他，同时也想知道我应该怎么用锄头和铲子来谋生。因为在当时我的身材太瘦弱了，所以我的问题可能逗乐了他，他需要的工人体格都得是强壮乃至强悍的。

“除了用锄头和铲子下苦力，你可以做的工作还有很多，”他安慰我说，“肖尔，这里没有白人可以做的工作，就让那些黑人去做吧，看看他们强壮的后背和胳膊，再看看你的后背和胳膊。”

我羞得面红耳赤，这些我看不起的贫穷的意大利人，他们的身体比我好太多了。

“但是你为什么叫他们黑人呢，鲁尔克？”过了一会儿，我问他，“他们也不是黑人啊。”

“啊，天呐，但他们也不是白人，有一件事，肖尔，”他补充道，“人人都能够通过外表辨别出来啊。”

我不得不赔笑。他的逻辑武断而且无厘头。

“好吧，那他们就是黑人。”我说着，然后岔开了话题。

在我恳求跟着他以后不久，就被批准了。在那天，我就加入了他的工队，或者说是他的帮派，他自己是这样叫的。他正在哈莱姆区（Harlem）以北的一个小站威廉斯布里奇（Williamsbridge）那儿建一个混凝土煤仓。那里风景很秀丽，绿树环绕，而且绿草如茵。相比在那个昏暗的室内商店，环境改善了很多，对我来说，这就是一个休养的天堂。啊，清晨的阳光仿佛都在微笑，绿叶茂盛，微风轻拂。

当我到工地的时候，鲁尔克正在火车站台下的基坑里，用他的铅锤和水平仪在做计算和测量。我满怀希望地看着他，然后他抬头看了看我，笑了笑。

“你终于来了。”他笑着说。

“是啊。”我笑了笑。

“很好，你来得正是时候！我要把你调去办公室。”

“没问题啊。”我回答道。在我想说点其他别的事情之前，他就爬出了基坑。白色牛仔裤上还带着新挖出来的泥土的气味，然后从他发旧的灰色的外套里，掏出了一张又脏又皱的信，最后终于用他那粗大而又笨拙的手指展开了那封信。然后他把它举起来，挑衅地看着它。

“我想让你去伍德朗（Woodlawn），”他继续说，“你去那里打理那堆螺母——上面堆着一个小桶——你需要去签收了订单，付清款项，然后把他们海运给我。然后你再去办公室，把所有账目都填到表格上去。”他又一次摸索着拿出了另一张弄皱的纸，这次是一张黄色的(我是多么了解啊)，很快我知道了那就是 O. K. 空白表格，所有收到的货都需要填入表格并且签字，即使是一根木头，一个钉子或者一个螺母。公司要求所有的工头都这样做，这样就能保证记录整齐清楚。如果没有这个表格，会计部门就做不了账了。同时，鲁尔克一直在埋怨填表是“荒谬”而且“不合常理”的。“你以为有人会偷公司的东西吗?”他说着这话，带着一丝愤怒和挑衅的意味。

我立刻明白了，他曾经因为这个事违反了铁路上的规则，而且受到了“责备”，他正为这“鸣不平”。他非常愤怒，典型的皇家爱尔兰式的脾气，挑衅而且好战。而且，倘若我或者其他人的到来可以减轻这种糟透的“荒谬行为”，他会很高兴，他大概这样想过。他虽然不是那么缺乏经验，也没有想到，我可以帮他解决这所有的麻烦。事实上，时间也已经证明，这是我能来这里的唯一原因。

当我出发去伍德朗的时候，他让我给他的上级捎了一句话:“告诉他，只要收到货，我就会签字，绝不会提前签的。”他声明。

在路上，我明白了他说这些不是为了让我传话，而且他也不打算这样做。这只是爱尔兰人做事的方式。我去了伍德朗，处理了那些螺母，然后去了办公室，把它们记录了下来。在那里，我见到了主任秘书，一个身材精瘦的舞蹈大师，穿着一件高领、时髦的套装，他似乎也愤怒到了极点，他立刻跟我解释说:因为鲁尔克没有递交表格和其他的材料，而且鲁尔克好像也不明白，他作为主任秘书，需要这些材料来补充好所有的记录。有时候，一个多月甚至更长一段时间，鲁尔克都没有登记表格，货物散落在各处，鲁尔克用到他们的时候，他才想起来要登记。他最后说想听到鲁尔克的解释。我便向他说明了鲁尔克的想法，他想把所有的货物都放在站台或者其他地方，等他用到的时候，再把它们记到表格上。主任秘书听完我的话立即大发雷霆。

“怎么这样啊!”他大声喊道，同时心烦意乱地挠着他的头发，“他觉得我是谁啊? 他觉得我该在我的报告里给他编些什么啊? 他把那些货都留在站台，他需要的时候才拿，对吗? 他就是个该死的笨蛋，你回去告诉他，我就是这么骂他的，他早该知道了。你回去告诉他，我需要一个完整的表格，所有寄给他的东西都签好字，我立刻就要，不要有任何错误，不管是一个螺母还是一车沙子的记录，我都需要他存档。他现在必须履行义务，否则一定会出事。我再也受不了了。他觉得我这报告容易写吗? 我真希望他能让你在这处理这些事情。这样就能给办公室省去很多麻烦，而且还能保住他的工作。有一件事是可以肯定的：从现在开始，他一定要履行他的责任，不然要么他滚蛋，要么我滚蛋。”

这些相同的表格以及25份拖了很久的报告和计算结果，既可以回顾过去，还能预见未来，包括他工作的所有细节，收到的所有材料，甚至还包括一笔打字机纸张的支出，这些就是困扰我工头的生活琐事。后来，我了解到，差不多他全家人，至少他的儿子和他的两个女儿，晚上都会帮他处理一部分工作。另外，尽管就实际的建筑工作而言，他们绝对起不到任何作用——而建筑工作正是鲁尔克感兴趣的地方，它们是这个系统的一个重要组成部分，让人们有可能完成所有的工作——但显然这一点他还没完全弄明白。同时，办公室的专业程度也不尽如人意，那就是：一旦有人能够一股脑儿地说出他的报告，而且形象地用事实和数据来证明它，他就比他的上级优秀，也不管他的技术缺陷是什么；反之，如果他的报告不清楚或者证据不充分，他的工作效率就可能被忽略。鲁尔克隐隐约约地明白了这个规则，却对此很不满。他知道自己的工作已经做得足够好了，可是这些接连不断的报告和表格困扰着他，而且还阻碍了他的发展。很显然，报告对项目没有任何帮助，但是，他们却对工程贡献颇多，确实就是这样。虽然他比其他工头要优秀很多，然而，就是因为他在会计方面缺乏技能，或多或少还是让人觉得他很失败，尤其主任秘书经常这样觉得。当然，我告诉他我会尽我所能完成任务，然后就出发了。

但是，当我回来的时候，我决定谨言慎行一些。虽然我干不了用铲子和镐的体力活，而这个工作和那些体力活关联不大。因此，我尽可能地向他解释主任秘书的悲惨处境，告诉他除非立即搞定这些事，否则主任秘书将要丢掉工作。

“你知道怎么回事了吗，鲁尔克？”我恳求地问他。

他看起来好像明白了，但是他依旧很生气。

“表格！表格！”他喋喋不休地附和着，但是态度已经稍微有些缓和了，“他想要表格，对吗？好，你不妨就把表格交给他。我觉得他也就靠这个过活，所以他老是叫喊着表格。你是不是觉得我既是一个记账员又是一个工头；糟糕透了；表格！表格！”虽然他开始时很生气，但渐渐安静了下来。

不一会儿，他幽默地打趣着说：“刚刚的事，我早就忘得一干二净了。”

接下来的一个月，对我们来说是忙碌的一个月。我们要在莫里桑尼亚(Morrisania)铺一个平台，在塔里敦(Tarrytown)建个烟囱，在怀特普莱恩(White Plain)修一条人行道，还要在塔卡霍(Tuckahoe)挖建一个大水池。除了这些，还要在范科特兰(Van Cortlandt)和芒特基斯科(Mount Kisco)建站台，在海布里奇(Highbridge)和阿兹利(Ardsley)建水塔,在 Caryl(卡尔)建人行道和排水沟,在布朗克斯(Bronx)公园建涵洞和灰坑,还要在梅尔罗斯(Melrose)建四十个混凝土码头——所有这些项目都需要管理和计算,更不要说实际的工作,比如监督工作以及真正的建楼工作,这些鲁尔克自己都可以打理好。在当时,在我看来,这个做了那么多实际工作的工头,竟然都没有配一个助理或者会计来处理那些无穷无尽的材料,简直太荒唐了。而且,如果鲁尔克精明点,他至少会让他的手下变成他永久的助理——但是很明显他没有想到。反而更依赖他的家人,做一些辅助的工作,比如订货、查看原材料是否按时到货乃至于最后卸货这些活,其实这些活应该找一个工人,而鲁尔克自己做了所有的工作。

尽管如此,他还是认为自己是一个娴熟的工人。我没见过比他技术好的工人。当然了,他也更喜欢监管的工作,下坑爬墙,测量一些数据,指导指导工作。有时候,要加快某个艰巨的项目进度的时候,他还会用 T 刀、卷尺、水平仪和铅锤来辛苦地工作几个小时。他总是努力地把工作做好,你永远不会听到他抱怨劳累。相反,他吹着口哨唱着歌,如果有什么地方出了问题,突然之间你会听到一阵吵嚷声:"出来吧! 出来,现在! 我的天啊,你没弄明白吗? 快放下! 快放下! 你们做什么了? 我告诉你们什么? 你们就没弄明白我的意思吗? 你们这群黑鬼!"

"天呐!"我想着,"又怎么了?"

你可能会想,是不是发生了什么大事;然而,其实没什么大不了,只是一点点小小的误差,影响了工况,但也很快就调整过来了。他这次发火可能会持续一段时间,在这期间,那些意大利人会激动地走来走去;然后鲁尔克就会平静下来,清清嗓子,然后哼起优美的旋律,唱起几句过时的爱尔兰歌曲《快来吧》("Come-all-ye")。

但是,鲁尔克令人讨喜的地方在于他对生活现实的掌控力——他对工作的熟练程度是一方面,没有异议,也不需要报告或计划来证明,从他亲自完成的一个个项目就可以看出来。当我和他一起工作的时候,除了那些文书的工作,其他什么事都不会打扰到他,即使天塌下来,8000 名主任秘书亲自找到他威胁他,让他交上报告和报表,他也会泰然自若地让他们等到工作完成。有一次,当我打断他,问他工作中有没有什么问题困扰到他让他觉得很心烦时,他打断我说:"当然是报告! 报告! 这些报告有什么好啊! 提到报告,我就觉得恶心。这些报告跟这个工作有什么关系呢? 如果跟工作没关系,哪里应该需要这些报告?"我发自内心地回应着他:"哪里都需要啊!"

他讨人喜的另一个原因是他对待自己工人的态度，尽管经常大发雷霆，但他依旧带着善心，那是一种天生的亲密与慈爱。他总是开开玩笑，来抚慰人心。比如说，他早晨到了工地，总是乐滋滋地宣布开工："来吧，伙计们，今天一天的工作很带劲，拿起铲子来，吉米，把卷尺拿来，马特！"然后他就下到基坑里去了，他会一直乐呵呵的，除非出现一些麻烦，阻碍了工程进度。我可以顺便说一说，马特和吉米，也是意大利人，他俩是鲁尔克的心腹，差不多四十来岁的样子，他俩都比较穷困，脸上长满了皱纹，风尘仆仆地，飘摇于风雨中。他们历经风霜，经历了上帝的磨难，现在在鲁尔克的庇护下做工，鲁尔克就是保护他们的巨大力量。

马特是一个有趣的小意大利人，细声细气的，举止也很得体，鲁尔克非常喜欢他，但他俩在一起总是喜欢吵架。他会下到马特开工的洞穴里，不一会儿，就能听到从那里传出骇人的骚动声，大喊着："把它放在这里，我说！把它放在这里！下来一点，这里，这里，天啊，你们听不懂人话吗？"当然，偶尔还能听到马特刺耳的咆哮，他毫不畏惧他的领导，也不怕被打。他和鲁尔克在一起搭档已经很长时间了，他不但没有为他的咆哮所震慑，反而早已经习惯了。有时，鲁尔克也会爬出洞，气得脸和脖子通红，嘴里吐着热气，他已经怒火中烧，吼叫着："我要让你滚蛋，我不会再跟你吵架了，你这个疯子！你有什么好的？你可以做什么工作？啥也不会干！啥也不会干！我现在就要让你滚蛋，这样我耳根就能清静了。"然后，他就扭动身体，继续咆哮着，除非别的什么事情引起了他的注意，他才能安静下来，如往常一般。无论如何，我总觉得，尽管干活的时候遇到一些困难，但他还是喜欢一连串的工作，总之还是很开心的。有时候，他不和马特说话，就会回家，刚开始我能还猜测一下马特的结局，不过很快我就看得更透彻了。通常就是，第二天一早，马特就像没事人一样，而鲁尔克也好像看起来全然忘却了一切。

曾经有一次，我问他："鲁尔克，这三年里，你威胁过马特多少次要解雇他啊？"

"肖尔，"他讨好地大声笑着说，"男人说话的时候，并不总是认真的。"

他手下的工人里面最幽默的，就是前面提到的那个吉米，他皮肤黝黑，有一双和善的眼睛，是个说话很温和的卡拉布里亚(Calabrian)人，他有着马基雅弗利(Machiavell)人的精明，还带着一丝傲慢，他和鲁尔克住同一个社区，就在离这很远的哈莱姆区的一个小镇上，那里住着很多意大利人，鲁尔克就像护着一窝小鸡的老母鸡一样，因为他把所有的意大利人聚集在那里。奇怪的是，吉米总是被选中,替他安排家里的大小事情,就像是鲁尔克的贴身男仆一样,他被选中的原因可能是他的一些优点,虽然我还没发现,当然肯定不是速度快。他每天跑来跑去,像个差役一样做着那些事,衣服又破又旧,上面沾满了尘土,还松松垮垮的,让他看起来像是一个从下水道里刚出来的落败的土匪。然而在工作上,无论是什么活儿,吉米永远都不会真正地去做那些苦工。他总是躲避工作,或者忙于其他事情。但是因为他能熟练操作水泥搅拌机,并且知道如何装载和卸载工具车,这两个还算比较清闲的工作,所以从来也没有人议论他。如果有人敢谴责他,比如说我(想要干涉吉米),他会回答:"是的,我知道——我的工作是什么啊,十五年前我就和鲁尔克在一起,我知道——我要干什么啊。"如果你向鲁尔克告状,他只会笑嘻嘻地说"哈哈,吉米很狡猾呢",或者说"我要抓住这个老狐狸",但是最后往往吉米还是啥活儿也不干。

然而,有一天,吉米没有遵守鲁尔克下的特殊命令,虽然没有造成真正的损失,但是结果很可笑,令人们都记忆深刻。公司有一项严格规定,任何预定在该站停靠的列车在靠近、停留或离开期间,为了防止人们踩到或跌进任何打开的洞口中,需要把工程项目遮住。鲁尔克很清楚这个规则,并且在通知单里也留了一份复印版存档了。此外,他还特别委托吉米去处理这个事情,这个任务恰好适合这个意大利人,因为这让他有充裕的时间忙里偷闲,假装在处理着这个事。而这也是他铸成大错的原因。

在这个特殊的时刻,吉米没有注意到这件事。我们一直在威廉斯布里奇建站台,在挖一个煤矿坑,这时,火车载着总领班来了。总领班在车站下了车,检查一下工程目前的进度。当火车到达那里的时候,洞口大开,鲁尔克在洞口下面大喊大叫,手还比画着什么,当然他完全没有意识到,大家也一直忽略他的命令。那个领班,顺便说一句,我相信,他应该对鲁尔克还挺欣赏的,赶紧走过来,低了低头,轻声说道:"怎么这样呢,这样不行啊,鲁尔克,火车到这的时候,必须把工程遮一下,我都已经告诉过你了,你知道的啊。"

鲁尔克抬起头来,又惊又愧,他竟然在上级面前犯了这样的错误,他几乎不知道该说些什么了。无论如何,我觉得是不是能够应该尊重上司一些,因为他没回答领导的问话,反而怒气冲天地大喊吉米。吉米于是跑过来,像往常一样,嚎哭着:"怎么了?怎么了?"

"怎么了?怎么了?"鲁尔克嘲讽他,带着一种爱尔兰式的极度愤怒,"你觉得你这个笨蛋做了什么错事?你为什么把那个洞露出来?火车出来的时候,我不是告诉你不要露出个洞吗?我没告诉你要处理好这些事吗?你们所有人,到底在做什么？你们都做了什么？你还能做什么啊？你怎么能让这样的事情发生啊，威尔逊先生(Mr. Wilson)正好到这来的时候，洞怎么就开着了呢？”

他的脸红透了，几乎红得发紫，激动得满头大汗。在指责声中，威尔逊先生皮肤黝黑，又看着还有些忧郁，深受营养不良的困扰。我这样想着。他就站在一旁，脸上带着一种被逗笑又友好，但又嘲弄而严肃的表情。我相信他也不想太严厉的。

吉米傻眼了，不知道该说些什么。面对鲁尔克的愤怒和领班的出现，他尽了最大的努力去盖住洞口，以便弥补自己的错误，同时结结巴巴地说要去拿泥刀。

“泥刀?”鲁尔克瞪着眼睛大喊道，“我要泥铲，你是喝醉了吗？你现在要做的就是拿一个泥铲把这洞填上，难道等火车开过来把你们都从轨道上撞飞吗？这个洞还敞着口，威尔逊先生就在这里！我是这么告诉你的吗？我是花钱雇你做这个的吗？都给我老实点！这是泥铲吗？我先把你铲了。我要敲碎你们这些意大利人的脑袋，我干得出来。用木板盖上，别再让我看见有其他地方还敞着口。我会让你们都闭上嘴，你们这些胡说八道的疯子！”

一切终于结束了，载着领班的火车开走了，鲁尔克恢复了平静，这事一点儿也不光彩，这个可怜的意大利人有点惶惶不安。

大约一个小时后，另一列火车又到了，不知是因为一些施工中的必然规律，还是这个意大利人慵懒闲散惯了，这个洞又敞开了。当时，吉米在仓库后面的某个地方，可能去抽烟了，而鲁尔克像往常一样在洞里。然而，这次不幸的是，来视察的不是领班，而是主管本人，主管平常沉默寡言，性格内敛，而这个人是鲁尔克最敬畏的。他性格坚毅，思想深刻，而且要求严格。我好像从来没看过他的笑容。他走到洞口，责备地说：“你就把那个挖的洞露在那边，火车就要来了，鲁尔克，你不觉得这不太靠谱吗？”

“吉米!”鲁尔克喊道，他跳到地面上，问道，“吉米呢！我的天啊，现在这个混蛋意大利人去哪了？我不是告诉他不要让这个洞口开着吗!”然后他自己把木板推到那个洞口上去。

吉米突然意识到自己摊上事了，以最快的速度飞奔过来，好像惊魂未定似的。他的脸变得苍白，如一个黝黑而且肮脏的意大利人，紧张到他的面部表情还不由自主地时不时地变换着。鲁尔克气得都想杀人了，激动而又羞愧的他都说不出话来了。这里还有主管在呢，他必须要听从命令——主管是不会允许在他面前杀了这个意大利人的。他只能憋着气，耐心等待。他竟然丢了这么大的面子，当着他尊敬的主管的面丢了人了！他的脸和脖子都涨得通红，他的眼睛里充满了愤怒。他只是瞪着他那个顽固的亲信，好像在说："等会再收拾你！"这列火车终于开走了，他敬爱的大主管安全地离开了，他只能把他所有的怒气都发在了吉米身上。

"15 分钟前，我就让你把洞盖上，你没盖好，对吗?"他吼他，"你没把洞盖上！那你告诉我，你做什么去了?"

"我在给混凝土加水。"吉米弱弱地央求着说。

"给混凝土加水?"鲁尔克大吼一声，他是如此的愤怒，他愤怒的脸猛地靠近了这个意大利人的脸，"给混凝土加水，是吗？真可惜，你怎么没有掉进那块泥地上，你这个该死的黑佬，淹死你才好！给混凝土加水，对吗？我在这里，威尔逊先生过来了，他怎么看待我的工作，你这个黑心的意大利人的儿子！好！我去给混凝土加水，我要用镐砸开你的脑子，我一定会！我要把你扔进混凝土里，憋死你，你这个笨蛋，你这个疯子！我要叫你滚蛋，把那个洞敞开，我自己进去。我要让你快滚蛋！上帝啊！你快走吧。我再也不想跟你在一起共事了，再也不想让你给我添麻烦了，你这个混蛋，不要再让我看到你了!"然后他快步走过去，好像要把他撕碎似的。

吉米很清楚他的处境很危急，但他太聪明了，鲁尔克总是抓不到他。他俩说话的过程中，他一直在慢慢地后退，鲁尔克根本够不着他，他还想逃跑呢，简直是一个壮举。很显然，他以前经历过许多次这样的场景。他先是躲到仓库后面，等到鲁尔克回到洞里开工，他就回来了，在人们看不见的洞口处选择一个安全的位置站岗，然后当下一班火车来的时候，在火车靠近之前就把木板推过去，也没再多说什么了。鲁尔克似乎没有注意到他。他甚至没有看到他在那里。然而，第二天早上，鲁尔克像往常一样来上班，只喊了一句："过来，马特！过来，吉米!"就像什么都没有发生过一样。我惊得下巴都掉了。

有一件事，甚至更可笑，却更好地说明了鲁尔克的居住环境。这件事发生在海布里奇，10 月份一个寒冷的星期天的早上，山上的水渗流，冲坏了一些铁轨，鲁尔克接到命令，要求马上建立一个下水道，因为是周六下午才下的通知，要求周天开工，这个事很不寻常。尽管有命令，鲁尔克，这个虔诚的天主教徒，被强迫着开工之前，还是及早去做了弥撒，以前，他都在周天固定做礼拜的，他要穿上长长的双排扣外套，在这之前，我从来没看他穿过，那个外套给他敦实的身材增添了有趣的线条感。但是那个外套实在太紧了，而且还破了，我想，应该是因为从他结婚那天起，每个星期天都要穿。除此之外，他还戴着一顶棕色的德比帽，至少对我来说，这打扮，我一点儿也不熟悉。

我对任何事情都好奇，希望尽可能地出门见识世面，去凑凑热闹，于是九点钟便到了那里。快到10点，鲁尔克才到。与此同时，我在码头上烧起了火把，因为我们在哈莱姆河(Harlem River)旁边，凛冽的风吹着。然后，鲁尔克从教堂里走出来，面带微笑，也很和蔼，带着一种周天去做礼拜的兴奋的心情，但是显然，他有点意识到自己可能过于盛装了。

"我，"我探究地看着他说，"你看起来很帅啊，我从来没有看到你这样打扮。"

"这你不用说啊，"他回答道，"我知道我看起来已经帅爆了。"

然后，他开始检查项目进度。但是我可以看到，尽管他的工作非常忙碌，他仍然很清楚自己的衣服不太合宜，而且我们的看法也困扰到他了。他的日常装束才更适合他工头的身份。

一直到中午，一切都很顺利，天上一片云也没有，我们眺望对面的轨道时，看到一个人迟疑地向我们走来，他身材魁梧，弯着腰看着鲁尔克——那是个爱尔兰人，跟鲁尔克差不多高，比他年轻一点，衣服的纤维很粗糙。他脸红得很，很光滑，也没有胡子，一顶黑色的德比帽拉到了眼睛上边，穿着一件略显褪色的紧身棕色西装。他应该是喝醉了，就算没喝醉，差不多也快醉了，这从一开始就看得出来。鲁尔克看到他的那一刻起，他似乎已经很愤怒了，或者说马上就要发脾气了。因为他脸上的表情完全变了，脸一下子胀得很大，跟他平常生气一个样，好像他的肺都要气炸了。

"这个混蛋！"我听到他低声说，"啊？这个该死的怎么来了？"然后那个陌生人越走越近，"谁告诉他我在这儿的？是办公室的人告诉他的吧。"

不管是谁告诉他的，这个陌生人跨过了铁轨直接向他走来，从表情和行为能看出来，来者不善。

"或许你现在就应该让我拿到这笔钱。"陌生人开口说道，鲁尔克没接话，只是盯着他。陌生人补充说："现在我想知道，什么时候给我安排斯卡伯勒(Scarborough)的工作，我已经等得够久了。"

在他说话之前，鲁尔克被激怒了，变得咄咄逼人。他似乎有点不安，又有点羞愧，觉得这个人竟然来这里了，特别是在这个平静的安息日早晨。

"我已经告诉过你了，"一段时间后，他反驳道，"你已经得到了应得的东西，而且还多给你了。你没有完成你的工作，就离开了这里，我不可能再多给你时间了。如果你想要更多，就去办公室，问问他们是否愿意给你钱。我这儿没有钱。”然后他在火把前换了一个舒服的姿势，把双手放在了背后。

“你还欠我 7 美元，”他直接忽略了鲁尔克的回答，说道，“我现在就想要回来。”

“不可能的，你不会得到的，”我的工头说道，“我什么也不欠你的，我告诉你，我不欠你一分钱。”

“是吗？”那个人回答道。“好啊，咱们走着瞧。你最后还是得给我，无论如何我都得到我的钱。没有人能欠我的钱。”

“我什么也不欠你的，”鲁尔克坚持说，“你最好赶快离开，你不会得到任何东西的，如果你想要别的，那你去办公室要。”然后他大步走到那些意大利人站的地方，直接无视了那个陌生人，抱怨着说那个人喝醉了。那个陌生人又跟上了他，到了他站的地方，继续吵吵嚷嚷。“我没喝醉，”那个人说，“我现在再问你一遍，你到底还不还钱给我？”

鲁尔克尽可能不理他，大声嚷了句：“快走吧，你这个醉汉。”

“不可能的，”鲁尔克继续说着，“我不会给你钱的。”

“相信我，”那个陌生人说，“无论如何我一定要拿到那个钱。”但此刻，他一动也不动，只是不确定地四处闲逛着。对于要回那个钱，他也没有什么确切的计划，或者他可能已经放弃了。

鲁尔克不想再注意他，但他还是被激怒了，因为他一直在挑衅，他回到火堆旁，试图表现得镇定自若，但这位以前的工人，这个非工会的泥瓦匠，这个醉汉，跟着他，站在他面前，目中无人而且气势汹汹地，一直盯着他看，显然还没下定决心自己能做什么。不久，鲁尔克，为了缓解尴尬沉闷的局面，也没有其他的目的（因为一些指责的话已经说了），转过身来，开始拨弄火堆，最后弯下腰，躺在一根木头上。一刹那，他好像突然有了灵感，我不知道是不是因为鲁尔克长大衣的底边以一种最惹人眼球的时尚的姿势悬挂，这给那个陌生人大大的灵感。现在那个被火光映红了脸的闯入者向前一跃步，一边用敏捷又有力的方式紧抓着了鲁尔克，然后猛地一拉，鲁尔克的大衣就从后背那里直直地撕裂了，从裤裆到屁股都开了。只听陌生人嘴里大喊着：

“你们不给我钱，是吗？你们不给我，是吗？”

然而，现场突然发生了巨大的变化。就像舞台剧一样来了个迅速大逆转，鲁尔克立刻站起来，转过身，大声地说：“好啊，你这个混蛋，你竟然撕了我的大衣，是你干的是吧！现在我要教你怎么做人！我教教你怎么做人！准备好了吗，我要修理你，你这个醉汉，大懒汉！”同时，鲁尔克向敌人移动过去，绕了一圈

（我认为可能在控制他的愤怒和情绪），然后他把手张开又合上，他的眼睛看起来好像被他狭窄的眼睑完全遮住。与此同时，这个陌生人显然意识到危险的来临，他开始后退，与鲁尔克在火炉旁斡旋着，看起来两个人好像在表演战争舞蹈。他们不停地在绕圈，好像两个霍皮（Hopi）小伙子或者是祖鲁（Zulu）的战士，只是他们的头上没有带羽毛和珠子，目露凶光，还带着一丝狡诈，恨不能杀死对方，俩人都攒足了劲。这时候，鲁尔克向他喊道："来吧，现在！准备好了吗，现在！我现在就给你点颜色看看！我现在就修理你，你撕我的大衣，是吧？准备好吧！准备好了吧，我这就给你上一课！来吧，来吧，现在！来吧，现在！"

他俩好像互相打量着对方，也好像在寻找某种神秘的方法，围成了一个圈。尽管即将发生的争斗是悲惨的，我禁不住还是注意到了鲁尔克后背的滑稽——那件漂亮的长大衣直直地从背上扯开，大衣底边像风扇一样在风中飘扬，露出了他的背心和周天洗白的衬衫——大家都忍不住为马上发生的事笑了出来。这太滑稽了。那个陌生人脸上，带着一丝醉汉严肃的神情，一副视死如归的样子，虽然荒谬，但也令人印象深刻。

无论发生多严重的事，我都不能参与其中，比如现在，除了我自己和那个意大利人，所有人都很激动，蓄势待发去想去捍卫他们的领导和主人，来自附近车站和上面街道的乘客，还有其他帮派的领班，都想加入到战斗中，一个看上去完全能够同时应付鲁尔克和他的对手的健壮的粗暴野蛮人，也加入了这个激动人心的战斗圈。他费了很大劲才弄清楚发生了什么，然后大工头突然插了进来：

"怎么回事？都过来，现在！这一群人是怎么回事啊，鲁尔克？你们不会在这里打架吧，是吗？把他抓起来，或者去他家——你说你认识他？——那也不要在这里打架。你们是想老板现在过来吗？"与此同时，他庞大的身躯挤进了这两拨人中间。

鲁尔克被打断以后，平静了一会儿，但他还是极度愤怒，还有一种被羞辱的感觉，他喊道："看我的大衣！看我的大衣被他弄成啥样了！看看他对我做了什么！大家伙儿，你们觉得我要忍着吗？我绝不能被这样一个游手好闲的人这样羞辱，我给他发的钱已经比他干的活多很多了，他活干了一半就走了。这次我要修理他。我要教教他怎么做人，永远不要在别人工作时来骚扰，我要修理他，"紧接着，他又一次向前发起攻击，但这个大工头也不会轻易就此罢休的。

"好吧，那咱们还是报警吧，"他极力安抚大家的情绪，"你们不能在这里打架，当然，你也不想这么做的，老板会怎么想？你们自己怎么想的呢？"

与此同时，他转过身来，去找那个来找事的人，想问他到底要干什么，但那个人已经逃跑了。看到聚集的人群，他意识到很可能这次遇到大麻烦了，比他想象的严重多了，他就沿着轨道朝莫特黑文广场走去了。

“我要修理你！”看到他跑了，鲁尔克大喊着。“你得付出代价，我要抓住你，等等，这次，你跑不掉的。”

暴风雨总算暂时过去了，无论如何，那个人走了，不久，鲁尔克就离开了他的家，去了弗农山庄(Mount Vernon)，去帮着处理那个陌生人悲惨的状况。我从来没有见过一个人如此堕落，也没有遇到过这样一个人，下定决心一生“赖上别人”。后来，我小心翼翼地询问他到底做了些什么——那是一两个星期以后——他回答说：“肖尔，你怎么对付那样一个游手好闲的懒汉呢？他没有钱，即使把他关起来，也一点儿也帮不上他的妻子和孩子。”

就在基尔肯尼(Kilkenny)，一切都有了完美的结果。

在我到达后不久，鲁尔克就告诉我公司要在莫特黑文广场(Mott Haven Yard)建造一座大楼，将作为广场的重要交换中心。根据他的说法，这将是一个重要的项目，要在3个月内，用砖和石头建一个60英尺高、200英尺宽的交换中心。公司希望做一个完美的计划，这样他们可以自己开工，而不用再承包出去，这也是公司一直希望避免的。从他的态度和谈话中，我判断出鲁尔克非常渴望拿到这个项目，因为在来到这个公司工作之前，他曾是很有能力的承包商，而且我确信，上天已经很不公平，没有让他始终如一地待在同一家公司。另外，他觉得他有点大材小用，现在做着一些泥瓦匠的零碎工作，而以前他做过那么重要的工作。他渴望再一次成为一个真正的工头，官大一点的，他向公司说明，他可以接这个项目，这样他就能够在领导面前留有好印象，尽管我还没有弄明白他到底有什么目的。他还不能成为一个最合适的总领班。与此同时，他有点害怕那些文职雇员所需要做的细节工作，那些报告，报表对于他来说就是可怕的梦魇。

“顺便问一下，你感觉怎么样啊，特迪(Teddy)？”在这段时间里，他经常打听我的健康状况，比以往任何时候都更关心我的健康。我想，我得离开了，因为我的经济状况已经越来越糟了。

“很好啊，鲁尔克，”我总是会这么说，“好得不得了，每天都感觉越来越好。”

“太好了，你正好合适那个岗位，如果你再呆一到两年，你也会能升职。你太瘦了，你需要更多的营养，”然后他亲切地锤锤我骨瘦如柴的胸膛，“我就从来没有得过病。”

“是好事啊，鲁尔克，”我开心地回应着他，我也很想要一直健康，“我打算尽可能地坚持在这里待下去。”

“你确实应该这样做,这工作对你有好处啊。如果我们能接一个新楼,对你会更有好处,在那里,你有足够的时间可以放松。”

“放松,的确是啊!”我这样想着,但我没有这么说。相反,我对这个精力充沛的爱尔兰人和他的雄心壮志很赞同,我想帮助他,并敦促他去争取到项目。我间接地向他暗示,我很懂他的想法,他很感动。他是一个感恩的人,他容易激动,喜欢自力更生,所以如果想要帮助他,应用一种秘密的方式,或者是一种不为人知的方式来帮助他。他宁愿独自挣扎,最后失败,尽管我也不知道真正的失败会不会降临到鲁尔克这样一个能干的人身上。

三个星期后,那个项目真的给他了,然后我亲眼见识到,他充分展示了他爱尔兰式的掌控力和自负。我们搬到了莫特黑文广场,那里巨型铁路轨道和大楼交错矗立,我们要建的项目就在这个广场的中心。公司分给了鲁尔克一大拨工人,他得心应手地使唤着这些工人。一共有 40 多个意大利人,还有一些冒牌的木匠和泥瓦匠(他们不是那些精明的鹰派,得足够聪明才得以加入公会,而是另一种的挥霍者和失败者的象征),他们负责做挖掘地基等等这样的预备基础工作。然而处理所有这些事情,鲁尔克都得心应手,看着繁忙的工作在一直向前推进,他很高兴。他会绕着工地走来走去,露出欢欣的表情,而且会高声嚷嚷着下命令,那声音整个社区都能听到。看着他我也很高兴。有时候,他会站在工人挖地基的那条长长的壕沟里,工人们排成一个队,弯着腰干活,他非常满意,边搓着手边说:“我们的工作进行得很不错啊,特迪。我甚至能看见通往楼顶的路了。”他一直精力充沛,斗志昂扬,接着又折磨和劳烦他的工人去了。

“你想把它挖出来吗,伙计,”或许,“你不该这样用这个镐,你不知道吗,应该这样用。”有时,他会下到壕沟里,示范怎么干这个活,常常逗乐工人。他常常会向我展示他的小绝活或他的本领,比如把一个小铲子扔到 10 英尺远的地方,这样它就能插进一块木头上;把带着土的铲子翻过去,土块还不会掉下,这样类似的简单的绝活,嘴里还总是说:“等你们能做到的时候,你也能做泥瓦匠了。”

当他厌倦了和外面的工人在一起的时候,他就会到那间小木屋里去,我在那里保存了很多通知和报告,把他用得到的材料都整理好,他很不用费事,就能查看这些文件。他感到一切都很顺手,他会很惊叹:“你太适合这个岗位了,特迪。你是一个好的记事员。如果我要是当了总统,我就让你做我的国务卿。”

但是,鲁尔克真正感兴趣而且感到开心的是那些泥瓦匠的到来——这些劳动世界的鲁莽强盗,随心所欲地来去自如,不需要任何的帮助,也不允许任何的干涉。显然，鲁尔克羡慕他们的不计后果和独立，同时，他也希望控制自己的工人，这样才对他有利——这个任务需要一个最善交际的人。我人生中从来没有见过这样一群人，这一群工会的泥瓦匠，他们冷酷无情，不顾别人的看法，这令我很吃惊。我想我应该这样说，他们是——我们现代化劳动世界中的海盗和船长基德(Captain Kidds)，他们要求每天工资 6 美元，随时随地开工和停工，他们敢做最少的活，一点也没有羞愧的感觉，即使在最关键和危急的时刻放弃任务，他们也能欢欣鼓舞，惹怒那些被迫雇用他们的公司代表，不论大公司的代表，还是小公司的代表。说真的，我不反对工会工人。如果我不需要对付他们的话。我喜欢他们。因为他们代表着躁动而又生机勃勃地生活。

显然，鲁尔克想让他们能一直来这里干活。我想，他们的到来满足了他内心的渴望，他渴望再一次同他一样真性情的、强壮的、意志坚定的、好斗的人吵嚷，他们不会对他的斥责逆来顺受，而会奋起抵抗，这正是他所希望的铁汉们该做的事。他从不厌烦谈起他们。

“等着他们自己 30 个人或 40 个人站成一排，”他曾经有一次看我给他们开会的时候这样说，“每个人每天都要垒 600 块砖头，才能脱掉工作服，那时候你就会见证激动人心的时刻，我的伙计。就是那个时候。”

“我能看到什么啊，鲁尔克？”我饶有兴致地问。

“他们给我们惹得麻烦已经够多了，肖尔，这里没有什么了不起的意大利人，你愿意和他们说话就说，你不用怕，你应该和恶势力斗争。

“好吧，这事有点奇怪，”我补充说，“你认为你可以应付他们吗，鲁尔克。”

“对付他们！”他惊呼，他已经极度愤怒了，马上就可能发生冲突。“对付他们，这 1000 个人！我对他们都了解，每一个人都了解，他们的小把戏，他们绝对骗不了我，但是，我的伙计，”他补充说，“这是一个好差事，你得跑到他们办公室看看他们的工作时间。”(这是铁路工人要钱和工资表现。)“你能做的事情，还有很多，我告诉过你啊。”

“你不是故意说你将解雇他们的，鲁尔克，是吗？”我问他。

“肖尔！”他大喊道，带着一种权威。“为什么我不应该呢？他们和其他人一样，为什么不能解雇他们呢？”然后，他停顿了一下之后补充道：“但是，现在应该是他们来问我给他们点时间而不是我给他们时间，不要害怕，不需要你来告诉他们。如果他们的工作不适合，那就给点时间。等他们早上他们醒了酒，感觉不舒服的时候，到时候你就能发现我们的泥瓦匠都是什么货色，我的伙计。”

我承认这种事情，他似乎比我明白得更透彻，事情本身也有趣。既然他们如此糟糕，我也好奇为什么他会雇用他们。

“你去哪里找工人呢？”他想知道。“工会里的工人是最好的而且人数最多，外面那些工人没有那么多啊。而且他们都干活松散，如果不是铁路反对工会，我也不会和他们有所交集，”他考虑了一会，补充说，“他们有权利去做他们愿意的事，肖尔，他们不是普通的工人，他们不是。如果他们愿意的话，一天可以垒八百块砖，而且没有怨言。如果你在他们的职位上，你也会这样做。如果已经找到了别的工作了，人家不可能继续给你干活的。我不怪罪他们，因为我自己也是个泥瓦匠。”

“你不是认真的吧，你也会像你说的那些工人那样吗？”

“肖尔！”

“好吧，虽然我不认为这有什么光荣的。”

“我也有我自己的权利，”他大声说，有点生气了，“什么样的人才会继续给你卖命啊？”这没有意义，也不可能。事情绝不是这样的。

“非常好。”我说道。还好事情进展很顺利，一切总算结束了。

泥瓦匠们来了，他们确实像一群海盗。性格独立，气势汹汹。一旦涉及他们的权利以及他们有权享有的形式和程序，他们就极度拘泥于细节。我惊讶地盯着他们，在大多数情况下，他们都是强壮、健康、勤奋的，但他们对自己享有的权利却十分警惕，对自己泥瓦匠的技艺感到很自豪。说真的，他们好像在考验圣人的耐心，更不用说来挑战这个身体健康、喜欢争吵的爱尔兰工头了。“首先，”铁路工人过去常说，他们想知道是否有非工会的人在干活，如果是的话，他们会被解雇吗？——如果没有干活，那么这个情况会给鲁尔克带来争吵的机会，而他早就想快点改变这个局面了。虽然非工会的工人都走了，然后，他们想知道他们何时何地能拿到到他们的钱，是否能随时随地见票即付钱，当然这也添了很多的麻烦，因为铁路上每月只发一次工资。然而，这个问题，在特殊安排后，也调整好了，那就是建筑部门随时准备好付钱给他们，只是需要我每次都跑到部门办公室去，拿到他们的报酬，分发给他们。然后，他们（大部分人）争论了一个小时，他们每小时到底铺多少砖，他们在一条工作线上或砌一块墙需要多少工人；他们工作的时间是多少，他们已经工作了多久，还要再干多长时间——所有这一切都对于鲁尔克来说，都是信手拈来。他在这一方面都是内行，他高喊几句，或者打着手势，决定他们是否离开，去往何方——然而，所有这些事情都调整了，他们终于同意开始工作了，当然这个项目飞速进行。虽然场面很宏大，非常鼓舞人心——四五十名泥瓦匠都在工作，其中一半也可能是帮手或搅拌机工人，一群意大利人搬运砖块，还有一些木匠正在另一个工头的带领下，随着墙越垒越高，安上了房梁和托梁。

鲁尔克一直都在争论、打着手势，和这个人争论，和那个人争吵，给泥瓦匠还有其他人打电话，让他们“下来”，看他们的工作时间。“下来！”“下来！”然后会看到他冲到办公室，有点挑衅，甚至紧跟在那些泥瓦匠身后胁迫他们；鲁尔克要求我立即做一个核对表，然后去“办公室”拿到钱，而泥瓦匠们一直在试图让其他的人和他们在同一个战线。偶尔，只有在极少数情况下，鲁尔克才会和他们休战。一般来说，泥瓦匠们急于离开这里，花掉长期以来攒的钱，而鲁尔克对他们是走是留，漠不关心。“他愿干啥就干啥吧”，他会痛快地宣布。对我来说，这一切就像是喜剧在上演。

然而，到了最后，他变得冷静了，因为太累了，项目也在逐渐完成。在这段时间里，鲁尔克有时候会在砌得越来越高的墙上的脚手架上走来走去，有时会在地面上，在他的工人前面来回走动，双手放在背后，脸上还带着一丝古怪的神情，他的整个肢体显示出他暴躁好战的个性。因为一切进展顺利，他挑不出毛病，但仍然可以看出他很好斗，他也经常这样表现。即使是现在，他偶尔也会和一些强壮的泥瓦匠或其他的人争吵起来，所以他经常被降职到办公室，但也不是经常这样。

但是在 12 月份，一个寒冷的日子里，大约就是 3 个星期之后，我刚刚说了我不能再拖下去了，我得离职了，因为我的身体恢复得差不多了，而且我的钱包越来越紧，不论我愿不愿意，我必须想办法赚更多的钱，这时候，却出大事了。鲁尔克和马特和吉米以及其他那些意大利人，都在大楼的大厅里，项目已经接近完工，起重机的锅炉放在了大楼里边，正好就放在了三面墙连接的地方，一场意外爆炸，把墙炸毁了，二楼和三楼的托梁也都炸松了，三楼上的 15000 块砖全部掉到了房间下面。好长一段时间，砖头和木头如飓风一般落下，终于砖头全部落下来了，但是鲁尔克和五个意大利人被埋在了房子下面，除了吉米以外，其他的人都或多或少地受了重伤。有两名意大利人直接丧生。1/3 的人随后也相继宣布死亡。特别是鲁尔克，因为他不幸地站在了致命的位置上，所以受了重伤。他的腰部以下被一堆砖块完全埋了起来，肩膀上还压着一个巨大的托梁，压在他身上，割伤了他的脖子和耳朵。当我们进入大楼时，他的样子非常可怕，被鲜血和痛苦笼罩，形势如人们所预料的那样严峻。

“我快窒息了，伙计，”他开口说道，“我的腿被压住了，不是我的身子。”快帮我一下，那些意大利人还被压在底下。

顾不上听他说什么，我们先赶紧帮助他脱身，我们每个人都像机器人一样扔掉砖头；但也没什么用。

“快去那个矿井！”他坚持说道，那些意大利人在那里——有马特和吉米。你们把他们救出来，我这也就好了？快去，快去找他们！”

我们一直在工作，有其他人也过来了，很快大批的人也过来帮忙了，他们从广场或者机械车间过来。尽管被困在一大堆建筑材料中，而且大多数人受伤很严重，但却没有人反驳他，他仍然坚持尽他所能地指挥我们。现在他整个人更加迷人了，他的形象真的比他健康、没有受伤的时候更高大了。在我看来，他现在是一个童话中的巨人，像是半个神仙，一部分是人体本身，一部分由砖和石头构成，以半神半人的眼光注视着我们所付出的努力。

“过来，现在——把托梁拿到后边去，把那个男人身上的砖块拿走。看不见吗？就在他的头那边——那边！我的神啊——在那边！”

你可能会认为我们是意大利人，一群可怜的穷人，不是他的救命恩人，只是个奴隶，听从吩咐，被迫去救他。

然而，过了一会儿，我们开始营救他和他的五个助手，就像我说的那样，其中两个人都死了，而马特的头伤得很重，而吉米，这个沉着冷静的人，只是肩膀上被砸了一下，留下了一道印。当然，他或多或少有些后怕，即使在这种情况下，他看起来还是有些滑稽。“真是个大灾难啊”，恢复镇定以后，他感叹道。“好像世界都崩塌了。了不起的鲁尔克！了不起的鲁尔克！了不起的鲁尔克去哪了？”

“我在这里，你这个小意大利，小无赖，”坚强的鲁尔克亲切地喊道，吉米被救出来了，他还被压在底下。然后，他虚弱地问他：“你伤得严重吗？”他的声音里带着一丝悲伤。

“还可以，鲁尔克。快来帮鲁尔克！”吉米回答着，他自己也抓起了砖块，救援“鲁尔克”的工作就继续了。

他终于被救了出来，但是也没有否定我们的努力（对他的过度担心），在我们齐心协力疯狂拉下托梁和房梁时，他大声喊道：“不用着急，不着急，我没有伤得那么严重，放轻松。把木板拉到那边去，吉米。”

但是，我们发现，他被“固定”在那里了，并且“受伤”状况已经非常严重了，虽然他坚持说他没事。尽管我们当时不知道情况多糟糕，但是他的臀部被木材挤碎，腿也被穿破，而且内脏器官也都错位了。当我们把所有的东西都清除之后，他就崩溃了，好像突然意识到自己的境况很严峻。他被放在院长带来的帆布油布上，油布铺在铺满碎屑的地面上，两辆救护车的医生正在对他进行抢救。当他们检查他的伤口时，他意味深长地看着这些医生，还提出一两个幽默的建议。最后，当他们准备好移动他时，他问怎么回事，我们告诉他没事，他好奇地看着我，在看到了我眼神里的担忧时。他应该是意识到了情况有多危急。

“我想去看看神父，特迪，”他小声说道，“而且，如果你不介意，我想让你去弗农山庄告诉我妻子。你如果不去告诉她，他们之后会给她发电报。不要把实情全部说了，不要让她觉得事情很严重。没必要这样，我伤得没那么重。”

我答应了他，过了一会儿，医生给他注射了一剂可卡因，来减轻他的痛苦。过了一会儿，他失去了知觉，然后，我把他交给了医院的管理人员，匆匆离开，把牧师送走，然后出发去告诉他的妻子。

此后的一个星期，他一直在死亡边缘徘徊，毒素已经侵入了他的血液，最终他死去了。他生前的最后两天，我曾经在医院见过他，试图安慰他，我谈到了生活的好多不确定性，还说到负责吊装发动机的工程师太粗心大意了。然而，他并没有抱怨。

“你必须对生活有所期待，”这是他唯一的看法，“你不能想着永远不受伤害。虽然我以前的工人都没有死伤情况。但这就是生活，你明白的。”

了不起的鲁尔克啊！弗农山庄的所有意大利人都知道他，而且敬爱他，大家都去了他的葬礼。对大多数人来说，这是一件大事，他们都来了，挤满在鲁尔克经常做礼拜的砖砌教堂里，马特也在那里，还裹着绷带，悲恸至极；吉米，虽然过去老谋深算，现在情绪也很低落。他沉浸在悲伤中，哭哭啼啼的，眼泪透过他那黑色、坚韧的手指，如雨滴般滚下。

当人们把遗体抬进教堂时，他嘴里呢喃着：“了不起的鲁尔克！了不起的鲁尔克！”当遗体从教堂里抬出来的时候，他紧跟着，低着头。当他们把遗体放到坟墓里时，他实在受不了了：“了不起的鲁尔克！了不起的鲁尔克！我跟他共事了 15 年啊！”

11

市长和他的人民

接下来的这个故事，是关于一个公众人物，如果说这种效应有任何价值的话（和道德家正相反），他的政治和社会效应对那个时候的全美市民来说都非常重要。如果没有，或者，到底有没有，谁又知道呢？总之，到现在已经没有人记得他还有他做出的事业了，毕竟故事已经过去这么多年了。

他就职的城市是马萨诸塞州（Massachusetts）北边的一个沉闷的新英格兰（New England）矿区，4 万平方米，生活在那里的人们并没有什么乐趣可言。他从出生就在这里，到 66 岁离开到外地发财之前从没有离开过这个地方。那个时候，他在当地很多工厂工作过，几乎或多或少地接触过这里的所有人。他是一名工厂鞋匠，或者也可以说是一名做鞋工，只负责那个年代整个做鞋流程中的一个环节。尽管这样，他仍不失为一个勤勉的工人，一个周能挣上十好几英镑。要知道，这在那种地方，这个工资已经不算低了。

他天生就是个人道主义，或者是因为他生来谦逊，总是不得已地能注意到他人的难处，最后终于组织了一个学社，学习、宣扬社会主义，后来不断发展壮大，直到他们学社有资格推举一名候选人，表达某种政治观念。他是学社第一发起人，随后的若干年内，都是这个学社中的市长候选人。支持他的同仁数量多到可以引起一小部分政治家的关注，学社会员（固守着传统的愚昧美国习俗）

成为其他人无病呻吟时的指望，脑子里是各种愚蠢的想法，幻想着个人对其同胞需要承担的责任，指望着他可以坦诚、合理地管理公共事务，更确切地说是管理他们所在城市中的事务。在全美范围内，我们都是智者，致力于为同胞们争取利益，尊重他们的福利。成员数量极少，只不过是人们茶余饭后的笑料，仅此而已。

但是，大约 1895 年以前，学社一直都在推举候选人，直到那一年，他们成功拉到五十四票，这个票数足足是其之前获得选票数量的两倍多。一年后，选票达到 166 票，接下来的一年达到 600 票。直到那年胜选的市长去世，组织了一次特殊选举，这次选举中，学社拉到 601 票，数量之多令人惊叹。一八九八年，这一常年候选人如常被提名，获得了 1500 票，1899 年，他又参与竞选，获得了 2300 票，由此胜选市长。

在这个传统的新英格兰工业城市里，轻描淡写是不会引起人们重视的。不知您是否研究过新英格兰-清教徒式、自卫式的，但同时又愚昧、自私的心理状态？虽然这个穷鞋匠胜选市长仅仅一年的时间，人们就不再对此感到惊讶。那些没有选他的人们还有几个年长的传统政治、宗教人士嫁给了他们的教堂，并遵守所有这个清教徒式工业城市的所有惯例，都为此而哭泣。当然，没人知道新市长是谁，或者他到底代表了什么。有人公开断言他身后的学社是无政府主义——随时准备着控诉美国境内出现的一切新鲜事物，认为应该通过法律途径阻止他的就职，而这对那些穷困潦倒、社会地位低下的人也是如此。最糟糕的是，有人指出他曾经是个工人！并且此前还做过杂货店店员，每个月只能赚 12 英镑或者更少！这个谦逊的鞋匠的胜出带来的自然、直接的后果就是，直接进行财产分配、强制所有雇主每天支付每个劳动人员 5 英镑费用（这在新英格兰是闻所未闻的薪资水平）、个人权利的一般约束和颠覆（当然是在美国都没有人提及的一些事物），开始出现在传统美国人的心中。一些了解重点和这一草包的价值的资深政治家和企业家都或多或少地有些不满情绪，但因为知道后来可以打破这种局面，心里还是有所慰藉的。

一天傍晚，从偏远街头上的一段对话，我们可以很好地看出当时的状况。

“这人到底是谁啊？”他在街上偶遇的陌生人问道。

“啊，我觉得没什么特别的。听他们说，他就是一个杂货店售货员。”

“新奇吧？我从来没想过这种人还能有出息，奇了怪了，去年都还没有听说过他们。”

“好像很多人都在怀疑他们到底能做什么。”

“我也很好奇，根本就不信他们说的无政府那一套，普通人怎么可能和市长有一样的权力。”

“就是。”另一个说道。

“不管怎样，既然他赢了大选，我们就该给他个尝试的机会，我还真想看看他长什么样。”

“哎，没什么特别之处，我知道他。”

“很年轻吗？”

“嗯。”

“他从哪儿来的？”

“哦，是当地人。”

“他以前真的是个鞋匠？”

“是啊。”

这个陌生人又问了一些其他问题，随后拐进一个角落。

“嗯，”临别的时候他又说道，“我也不知道，自己竟然想要相信这个人，真想亲眼看看他，晚安吧。”

“晚安，”另一个挥挥手，说道，“下次你再看见我就会知道了，站在你跟前的正是我们的新市长。”

问话那人盯着他的背影，他是一个6英尺高的普通市民，比例适中，年轻的大长脸上深嵌着一双灰色的眼睛，又像褪去光鲜的蓝色，目光格外温柔。很难将这样一个形象和臭名昭著又耸人听闻的政治家联系在一起。

公众最开始知道他的时候，对他的评价是“太年轻了”。

另一种常见的评价是“到底为什么啊，他不过是个杂货店售货员而已”，其他怀疑、谴责的评价就没有必要一一罗列了。

并且，从政治角度上看，他也根本不可能是一个政治天才，但这人却很有意思。品位不高（或没有什么教养），也没有任何远大抱负，他仍然可以感觉到邪恶的存在，还有通常可以解决的社会不公现象，他还能意识到需要重新组织影响力。这样可以缩小无组织、愚昧穷人和众多自然（是，甚至都不能被理解）增值受益人之间巨大的贫富差距。累计普通资本的经济智慧的目的何在：狭隘地想要成为普通亿万富翁？

无论如何，人们看着他每日往返于办公室和住宅，并在第一波兴奋消退后，得出这样一个结论：他也没什么了不起的。

进住这个虽小却舒适的市政厅办公室后，他开始联络“圈中人”，这是多年来一直沿袭下来的惯例,没有人曾想象这样一个孤独年轻的市长可以带来什么变化。资深政治家安静地坐在那儿安排街道清理、照明、改善工程、各种供货及互利关系等相关合同。

"我不觉得他能做什么损害我们利益的事儿,"其中一个对另一个说,"他没什么了不起的。"

新市长不善言辞,也不太容易相信别人,既不冷漠,也没有激情。然而,他做事却能全神贯注,有人认为这种评价还"有待商榷",他雪茄抽得很厉害。

在他就职后不久的一个早晨,市议会长对他说:"我觉得我们应该组织一次合同承包会议,您会发现他们已经开始着手处理这些事儿了。"

"太好了,"他回答道,"我正好有话对议员们说,早上我会发你。"

这个资深政治家好奇地盯着他,他也看着这个政治家,虽然不带攻击性,但好像是只要他们愿意,就能愉悦地达成一致。随后他回到办公室。

第二天公布了他要说的话,大意是:"城市的所有承包工程分包都应有附加条件,雇佣工人的日工资不得低于 2 美元。"

接下来的不满声并没有持续太久。

"胡说八道。"办公室职工愤怒地吼道。"社会主义""无政府状态!""必须要制止这种说辞""这座城市一年内就得破产""哪有承包商能一天能支付普通劳动力 2 美元,政府根本没有能力支付任何承包商这么做。"

在市政厅的利他主义的深奥辩论中,市长回答道:"整个城市的财富加起来也没有最富有市民的财富多,我们必须得寻找承包商。"

"我们走着瞧,"持反对意见的译员说,"这人肯定疯了,他还真把自己当活菩萨了,可以普度众生,创建大同世界,简直疯得不可理喻,就这样。"

幸运的是,八名议员中有三名都支持新市长的经济理念,他们都是他的竞选搭档。虽然不能提出决议,但是可以利用市长否决权阻止决议的实施。因此,如果分包合同不符合市长意愿,根本就无法实施,这方面,新市长有着绝对优势。

"我们整天在这干坐有什么用!"僵持了几个周,大家都已经疲惫了,议会持反对意见的主要议员抱怨道,"他有否决权,我们无论如何都不能通过合同,干脆算了吧。"

所以最后还是同意了这个附加条件,合同以最低日工资为 2 美元获得通过。

新市长的追随者为此欢呼,甚至比他还高兴。新市长为人非常谨慎,不太乐观。

“同志们，革命尚未成功呢，”他提醒革新学社社员们，“要稳住人们的信心，‘再次获胜’，我们的路还长着呢。”

在之前合同承包体系中，所有工资水平都很低，甚至没有报酬，所以很多工程都无法完成，承包商还会找很多借口。垃圾、尘土日积月累，纸屑乱飞，之前独得拨款的承包商还想一如既往地这样做。

“就我听说市民们从未有过如此大的意见，”一天早上市长对这个人说，“那你去打扫街道吧。”

这个承包商是爱尔兰人，身材魁梧，颈项粗大，下巴浑圆，一副暴发户的模样。他打量着新市长，眼里露出不屑，心里琢磨着他是想要一部分拨款呢，还是真的做事就这么严肃。

“那个，我们好商量。”他说。

“没什么可商量的，”市长回道，“我想让你做的不过是打扫街道而已。”

承包商走了几天后，城市街道真的干净了，只不过仅仅干净了几天。

新市长亲自在街道上转悠，发现有没收的垃圾，又把他新认识的承包商叫来问话。

“上次我就说了这个了，嗯……M 先生，”他说，“你必须得履行合同规定，你要不做，有人愿意做。”

“啊，我会清理干净的，您放心，”这人说道，“一天 2 美元确实太高了，但我会把他们清理干净的。”那人像放机关枪一样，解释了 5 分钟。

之后便离开了，又一天早上，新市长出来散步，到这个承包商办公室找他。

“够了，”他说，从嘴里抽出雪茄，手臂在眼前弯成 90 度，“你不用再做这项工作了，明天我会给你下正式通知。”

“你的办法根本就行不通，”承包商叫嚷着，声音里透着咒骂，“一天两块钱根本就剩不下什么利润，见鬼去吧，大家都心知肚明。”

“很好，”新市长柔声回答，“那就让别人试试吧。”

第二天，他又指派了一名新的承包商，并且给他制定了工程进度表，写明应该雇用多少人，可以产生多少利润，这名承包商做到了。每天都能仔细打扫街道，清理垃圾。

后来公共学校需要建立一所新的手工培训学校，建设工程需要承包出去，市长向市议会中资深承包商抛出一枚炸弹。他们已经选中一名承包商，议员们在计算他们的利润，在一次公开讨论该事项时，市长说：“先生们，我们市为什么不建呢?”

“这怎么可能啊?”议员们回答说,“我们是一座城市,不单单是一个人;根本没有办法了解详细情况。”

“我们可以雇用自己的工程师和承包商,试试吧。”

随后会议厅陷入沉静,但是市长对这件事很坚持。他召集了一名建筑师,给出了一个低得荒唐的预算,之前任何一栋公共建筑都没有出现如此低的报价。

施工图提交给议院,一名议员查看时说道:“看这儿——这可不会给我们市带来好处,议员先生们在这种冒险事件上应该拿定主意,你只不过是在打着低价的旗帜浪费城市的资金,有利于你获取选票。”

“我会公布所有到货的价格,”市长道,“这样人们就能看到建筑的施工过程了,那时候我们再看它到底有多便宜。”

为了阻止敌对党派的政治阴谋,他保存好到货材料单据,并公开将它们与其他建筑所用近似数量的同种材料相比较。这样就可以让公众知道整个施工过程,低价的政治诉求遭到蔑视。这栋建筑是第一栋由市民建成的公共结构,并且是所有城市建筑物中价格最低、质量最好的一栋。

这些服务本身就很优质,后来市长注意到正在生成一种强大的阻力。而且如果他要维护自身利益,必须做点什么能让公众喜欢上他和他的事业。

“我可能要更加诚实一点,”他告诉他的一个朋友,“但是,诚实只能让人们单枪匹马,公众对他们自身福利并不是那么感兴趣。这不能让他们安心,我们也没有时间了。我需要做的是给他们留下深刻印象,知道我是有价值的,我没有办法指望承诺或长相确保我再次胜选。”

他打量了下自己,然而发现独立市政行为受强制性法律的极大限制。他曾经承诺过,比如,要尽他所能降低过高的煤气费,并消除平面交叉口。但是法律规定,如果不能连续 3 年内投票通过,市政当局不得采取上述行动——这是代表此类利益的公司在市长就职之前很早就已经采取的一项预防措施。所有选票都必须支持这项计划行动,否则便不会成为一项法律。

“我当然知道这些承诺本身是没有问题的,”他对一个朋友说,“并且这些法律本身就是很好的借口,但是这 3 年人们不会从我这儿找借口。如果我想再次当选市长,我必须得做点什么,而且动作要快。”

城市内有一家燃气公司,最初资本金为 4.5 万美元,随后增长到 7.5 万美元,那一年扣除所有费用后,净盈利总额达 5.8 万美元。已经准备好像往常一样扩充资本，将股份增加至50万美元，市长想如果这个公司可以从7.5万美元投资中获取如此大利润，就有能力向政府支付50万美元的百分之六，并把这份股票收入纳入政府，这样就可能将燃气费用从1.19美分降到一个更合理的价格。但是，还存在连续3年通过的法律规定，保卫着大公司的利益，使他们可以在任何时候都能高枕无忧。

市长请来了他的公司法律顾问，并研究了气体定律，发现州政府存在这样一个州理事会或委员会，从整体上管理燃气公司、倾听市民认为自身遭受不公待遇抱怨。

“这个就是我要找的。”他说。

既然自己没有当局权力，他决定向这一委员会提出这些事实，并建议委员会降低燃气费。

谈及此事时，他发现此事导致的反对意见绝不仅仅局限于当地，降低当地燃气费用面对的是整个高昂的州和国家燃气费用系统，在这方面做的任何变动都会威胁到成千上万家大油脂、燃气公司的利益。

“您的意思是要坚持这一计划?”当地酒吧里一名重要人物，一天早上采访他时问道，“我代表的是对我们当地燃气公司感兴趣的先生们。”

“当然了。”市长答道。

“那么，”在这个并不受信任的私人利益代表者规劝了他好一阵子，并提出各种“原因”说明新市长不继续这项计划会带来更多利润，也更有利于其政治生涯后，说道，“能说的我都说了，现在我就想告诉你，你要对抗的是一个大财团。坚持这样做的话，你会毁了自己的。你现在要做的不单单针对的是这个城镇，而是整个州、整个国家。这些公司是绝对不可能让你赢，你也不会赢的。你做不成这个的，因为你还不够强大。”

市长微微笑了笑，并回答道他自然不能就这事儿说什么。

律师走后第二天，市长让他的法律顾问查看了该公司自其成立以来的所有年度报告和一家经纪公司出具的报告，这家经纪公司替这家公司出售其发行的大量股票。他还请了一名燃气专家，为人们制定出一个可行方案。

市长和他的顾问查看后发现，从公司首次成立以来的前30年内，每年一直以10%的比例支付其股本分红；并在过去十年里，公司有了极大的发展，虽然如此，股利率为每年20%，甚至是25%。了解到所有成本及费用细节后，他们乘火车去了州政府。

当这个无足轻重的政治组织代表到达州政府，并在约好的时间走进委员会的私人会客房时，政治界变得前所未有的兴奋。每个燃气公司、每一家媒体代表及所有其他人民代表都感到非常好奇，非常关注他即将打响的这场战争。他下榻的旅店内、州政府举行该听证会的该委员会会议室里，有一群记者已经在等候。他们想要了解他为什么要这么做，是“自愿”这么做，还是受某些竞争公司指使。而事实上，他这么愚蠢地较真，真是让人难以置信。

“先生们，”市长在州议会大厦委员会会议室内向他面前威严的法律精英们表明立场时说道，他们时刻准备着击垮他的说辞，“在这件事里，我有一个失误，我这就说给你们听，这个失误就是公共利益程度。我大老远过来原来是为了表达我自己的个人观点，但是现在我想要公开。我发现公众本身对此很感兴趣，或者应该会很感兴趣，我会申请把自己的事儿推到后天。”

因为从公司角度考虑，这个提议确实非常不明智，所以公司委员会委员们对此一直犹豫不决。但是委员会实际上又没有什么权利做什么事情，只能答应了他的要求。同时，新闻媒体表现出的兴趣给他带来更大的动力坚持下去。他从自己管辖的区域内找了几名代表和议员，并强迫他们认识到他现在正在为之奋斗的这件事儿，公开审理那天早上，代表会议室里挤满了很多观众。

听审开始后，这名年轻市长走上前来，简短说明了他的观点后，要求进行公开审理，认为当地条件不公平，并要求邀请一名专家到场。这名专家是燃气装置和照明设备的国家级检查人员，他已经有 20 年的从业经验，完全有能力分析市长所在城市燃气用户的情况。

听到这里，委员会大吃一惊，但是示意可以听审这座城市的专家顾问意见。陈述时，一束明亮的光线照在他身上。

各个燃气公司顾问随意打断，市长本身也不断在争论着，但是他的回答简洁有力，别人根本没有什么余地可以反驳。相反，那些顾问转而喋喋不休地讨论其他城市操作燃气装置的方法、机械成本、人力成本及其他类似事项，企图躲避市长的追问。实际上，背后是高额利润和这个州内所有其他公司目前的意图。实际上，不管结论如何，哪个地方的高额公司利润都令人不安，所以委员会经过再三考虑后，为了避免毁灭性政治打击，最终决定将燃气价格降到 80 美分。

这一决定在当地引起的巨大反响自不必多说。市长回去后，受到了民众的热烈欢迎，其中包括很多人曾经一度都非常害怕他的人。但是他心里明白这种热情不会持续很久，这里依然存在很多反对之声，这件事甚至唤起了越来越多的反对者。他的私人生活、过去和他精明的或私人行为都会备受关注，寻找其他公共机会或表现出事不关己的态度，都能导致他败选。

竞选时，他曾经站在讲台上宣称胜选后他们的政党会废除平交道口，因为道口维护已经引发许多事故，群众频频抱怨。现在，他开始计划处理这件事情。

他做这件事儿时，自然也会受到上述法律的限制。法律规定任何城市如果没有在连续三年内通知民众，并且每次均需获取民众同意，否则不得废除平交道口。这条法律规定限制的不仅仅是某家燃气公司（一家注册资金 50 万美元的小公司）了，而是控制新英格兰的所有铁道——所有精英、立法人、法院和陪审团都赖以生存的铁路。此外，这一问题必须同时被视为他的竞选筹码，这样一来会制止更多其他雄心勃勃的政治家。但是，市长不会被制止。他开始四处游说，对方当然也展开了他们的行动，在竞选进入白热化阶段，各方都不相上下，一家大型铁路公司决定要先发制人。就在这时，州议会中医院突然秘密引入一条法案，表面上将宣布允许各城市在连续赢得三票后可以在三年内废除平交道口这一法律规定的期限改为四年，这一法案通过前甚至都没有进行政治探讨。

市长知道这个消息后，乘坐最早的一趟车来到州议会大厦，到达大厦时正好赶上议会讨论这项法案。他及时赶到并请发言，顿时让讨论氛围热烈起来。但一轮旗鼓相当的投票过后，议会通过了该议事。

随后市长介入其中。

一阵自言自语后，他开始介绍自己，脸上严肃的表情给在场的每一位都留下了深刻的印象，他说："我因为反对这条规定而受到指控，这条法律的实施，作为一项政治事件，会影响到我再选的希望。如果没有立体交口，就不会有人给我投票。先生们，我想你们还没有搞清楚我们市民的脾气和智慧。是你们意识到了这件事情的政治性意义，但是我可以向你们担保，这件事情完全不同于你们的设想。在我看来这么做是十分愚蠢的，如果通过这项规定对我来说有任何意义的话，我自然会双膝跪地，虔诚地祈祷它尽快通过。没有什么能让我更快速地胜选，也没有什么能雪藏反对意见。如果你们指望上面这些事情能让我胜选，你们只需随意干涉我们市的权利即可，而且还能搞定这件事，这样的话，我自然不会再要求什么了。"

负责这项规定的议员仔细权衡了他的这番话，接下来的几周时间都在处理这件事情，试图作出决定。

同时，竞选的时间也临近了。随着市民对政治生活热情的高涨，当下处理这件事情似乎是很不明智的。但当地正酝酿着一场激烈的"战争"，所有可能的反对元素因为各种力量和概念集结起来，几乎不可能对此进行解释。民主党、共和党、禁酒主义、有钱人和宗教人士聚集在一起，他们只有一个目的：打败市长。不知从哪里冒出一项倡议，主张成立一个 50 人的市民委员会，负责将城市从“商业压迫和无政府主义的节流政策”中解放出来。民主党、共和党、酗酒人士和反对酗酒人士都应邀来到同一个中心会议室。在这里创办竞选刊物，既不缺金钱，也不缺人才。他们公开指控就交口危险铁路向该机构领导人开出的空头支票，需要填的是要拿下这名企图改革旧方法的政治暴发户所需的任何代价。

不出所料，反对派大肆宣传有悖事实的言论。目前的指控是市长和铁路部门勾结，试图向市民强加巨大费用负担，原因是规定城市可以强制铁路抬升轨道的法律宣布市民需要承担 1/5 费用，剩下的 4/5 由铁路部门承担。这样一来，会给纳税人增加 25 万美元税负，而回馈却很少。所有好处都让铁路部门占尽了。传单上写道：“延期，直到铁路部门承担全部其本应承担的费用。”写手们早已屈膝于可以支付他们报酬的那群人了。

市长和委员会虽然没有钱，但他们利用传单和街角演讲的形式，向人们解释，即使会额外增加 25 万美元税收，每个人也不过只增加了 6 美分税费，最终漂亮地解决了 10 年内每人每年需要额外支付 5 美元税费的呼声，竞选如常进行。

目前所有可能出现的指控都已经露面。如果市长没有被打败，所有那些荣誉商家自然得离开这座城市。这自然会吓怕投资资金的持有人，工厂将会停工，人们也会跟着饿肚子……没人蠢到投资这样一座水深火热的城市。

为此，市长宣布公司会因所获收益取得公平回报。他或者他的机构人员挨家挨户地进行调查，发现支持他的人数增长非常可观。对方的最新计算表明，他们目前获得的票数足以击败市长。要想获取绝对性胜利，市长必须要多拉 300 票。直到最后的那个早晨来临前，他都一直在从支持对方的选民中拉票，向他们承诺。

大选当天的前一个晚上，竞选活动结束，对方自信满满，荣耀收场。双方支持者都聚集在街角和城市会议室。

各种雄辩充斥着街头巷尾，汽油乐队花车来来往往，播放着各种音乐和对对方的谩骂。市长反对派甚至还安排了一场盛大的游行，他们从临近城市借来成千上万匹马，人骑在马背上，冒充热情的公民。

“马票不作数！”市长打出一条标语，削弱了涌入人群的热情，并让成千上外支持自己的人捧腹大笑，他们需要这种激励。

第二天投票开始，这一次，他表现得有理有节。不仅选票上占绝对优势，而且超出对方两百票，狠狠地打击了对方。这是一场振奋人心的胜利，但对对方来说，却是莫大的悲哀。之前买进的一车烟花，堆在轨道上，显得格外凄凉，很显然，在不久的将来，轨道将会加高。事后不得不将这些烟花半价出售给胜利者们，对他们来说是最大的侮辱了。

此后一年内（这座城市中，市长任期为一年），商业毁灭信息也越来越少了。燃气价格调整到 80 美分，成立了一家手工培训学校，施工成本公开，象征着政府的诚信。自来水厂规模扩大了，水费也降低了，城市街道从此也干净了。

后来，市长又采取了一项新措施。在他第一年执政期间，每周会召集革新学社开会，他本人会出席会议，自由讨论工作计划及遇到的困难。现在，他打算公开召开这种会议。

此后一年内每周三晚上市民的自觉意识都会集中得到体现，这反过来会给市长带来更大力量，让他更受欢迎。市政会议在公众集会的大厅里举行，所有人都可以参加，市长既是主持人又是嘉宾，可以向公众解释他的行动及工作难点，并征集大家建议。选民聚集在这里，不仅可以倾听，而且还能给出自己的建议。

“先生们，”他多次使用这作为开场白，“这个周我过得很困难，因为我有很多棘手的问题要处理，现在我想给你们讲一讲。首先，大家都知道我的局限之处在于我在议会中的权利，但是目前已经有三名议员支持我了，我们双方之间都做出让步，达成一致，共同发展。”

接下来他又详细阐述了这些难题后，大家开始讨论，即使是最普通的劳动人员都可以自由给出自己的建议，而每个问题也都能征集到最广泛建议。以“需要做什么”这类话语提问的话，往往会得到最有用的建议。当然也会得出一些执行力较弱或者不可行的解决方案，并发现症结所在。既可以使激进人士得以平静，又可以鼓励保守人士。整个政治局面非常复杂，无才人士可能会带着对市长职位或意图的误解离开。

5000 甚至更多相关市民每天会参与进来，解释、辩护、支持市长的职务，他们认为，因为自己了解政治，所以不会导致任何误导性概念。大家说他在任何事件中的目的和倾向通常都很清晰，被认为是比整个美国范围内的其他任何政府官员都更亲近自己的选民，只有不讲理的党派才会反对他的执政方式。

这样过了一年后，总统竞选临近了，同时必须要准备市长再选。这次没有燃气垄断企业问题，街道也是干净的，合同执行也没有问题；普通人的政治兴趣因参与议事也得到满足。只有平交道口问题还没有解决，要解决这个问题还需要赢得下一轮选举，他的记录是唯一可用竞选论证的。

然而站在另一面的是当地被击败的两大政党和铁道部门。后者还在不断坚持，目前已经将这两大政党组织起来，形成一股强大的反对力量。他们收买报纸媒体，夸大竞选的全国性意义，非法从其他地方移入铁道手进行投票。在竞选最后一个周，他们发起了一场激烈的竞选比赛，最终是金钱赢得了竞选。市长获得了 5400 票，对方候选人获得了 5450 票，这名候选人同时还是该政党的总统候选人。

这对市长来说是一个痛苦的打击，但是他仍然能够轻易承受，许多人认为他是一名哲人。他离职的时候，心情极为简单、平静，三天后，他到当地一家大型制鞋厂应聘，继续当一名鞋匠。

“什么？您不是来找工作的吧？”门卫惊呼。

“我是来找工作的。”市长说。

“好吧，你可以工作，但我觉得你现在应该可以找到更好的工作。”

“等我学完法律课程后，”他回答道，“但愿以后会吧。目前我还是想做这个，了解普通大众的生活情况。”扎上随身携带的围裙后，他就去工作了。

然而，过了没多久，他就被辞退了，主要是因为他的敌对党派急于把他驱逐出这个地方。有人说他找这种简单工作是在“哗众取宠”，认为他这种行为很虚伪，因为他完全不需要去做这个，真正的目的是为自己的将来积累政治资本。之后，当地一位支持他的杂货店主向他提供了一份店员的工作，说来也奇怪，可能是出于人道主义和宗派主义，他竟然接受了这份工作。但无论如何，他在这里工作了一段时间。又有很多人谣传他这么做还是为了积累政治资本，方便以后获取政治利益。这种说法可能、也可以是真的，每个人都有为自己坚信事业奋斗的方法。所以，他在这儿工作了一段时间，很多机构对他褒贬不一，或是嘲笑或是赞美他所谓的杰弗逊式的简单。这次我遇到他的时候，发现他很高、很宽容，也很有能力，是一个有趣的人。他主动向我诉说了他所经历的一切。他真的非常有趣，在那个年代，是一个值得纪念的人。

他有一所简陋的房子，说是房子，其实就是一间办公室或一个小窝，和任何普通店员或工人可能居住的小房子一样，里面收集了各种简报，赞美的、询问打听的，还有辱骂的，这些都能为这个城市最高机构候选人带来荣耀。从粘贴簿和塞满冗长报道和全国各地报纸社论的信封中可以看出，那个时候他的每一次行动，对人民来说都是非常有必要的。当然，他也被某个阶层监督过、监视过，也被忽略过，同时也被其他阶层欢迎过、赞美过、邀请过。杂志编辑曾宣扬过他做出的贡献，来自大城市的记者曾搜索过他真实的观点，全国各地的市民联盟也曾邀请他去演讲。但是，这么多年过去了，他还是一个年轻的人。在政治和哲学生活上，他都不是一个过分聪明的人，而只是一座小城的前市长，无流派组织的一位代表人物。

现在退休了，是那些在他脑海里依然鲜活的记忆、自己对未来怀抱的希望、在保持节操的前提下选择接受公众出于好奇心对自己的诽谤辱骂，让他活得更加舒服自在。

“你真的想知道人们是怎么想我的吗?”他又一次问我，“嗯，这是报道，你可以看看。”然后他递给我一沓极尽丑恶的诽谤言语，把他刻画成一个狡猾奸诈的人民公敌，甚至把他说成是一个无政府主义跳梁小丑。我不由地佩服起他的禁欲情怀了，真的胜过他的任何一个诽谤者。这些昭然若揭的连篇谎话并没有惹怒他，显而易见的误解似乎也没有干扰到他。

“你想要知道什么呢?”在我仔细研究了他的职业生涯，想要写入一本杂志(不知什么原因，这本杂志一直没有出版)后，他这么问我。我当时正在努力让他承认他相信他树立的形象在以后的日子里定会硕果累累，我不确定他是否同意我。“人们不常记事儿;他们一直在忘却。你直接站在他们面前向他们宣扬一些他们感兴趣的事务的时候，他们会记住你，仅此而已。可能是降低燃气费用，或者是组织一个演奏美妙音乐的乐队。我发现，人们喜欢坚强的人，也只有坚强的人才会这样——不管是好人、坏人还是冷漠的人。如果比我更坚强的一个人或一家公司谴责我，或者比我花费更多金钱购买啤酒、作更宏伟的承诺，这对我来说‘也就这样’。总之目前，我面对的是一家强大的公司，比我个人要强大。我现在要做的就是走出去，为自己赢得更多力量，多少并不重要。人们对我或你，或是对你的或我的想法并没有太多兴趣，因为他们本身很强大，这是个比较有趣的现象，他们会轻易上当受骗。这些和我对抗的大型公司还有他们的顾问、政客和新闻媒体让我看起来很弱小、卑微，所以人们会遗忘掉我。如果我能走出来，集资 100 万或 50 万美元，彻底击垮这些公司，他们就会崇拜我——只是一阵子。然后我还得再次出去筹备 500 万美元，或做一些别的事儿。”

“确实是这样，”我说，“毕竟，民之声，神之声。”

一天晚上，坐在他的门阶上，房子坐落在这座城市非常不起眼的一个角落里，我问道:“上次的落选有没有让您很沮丧呢?”

“一点都没有，”他回答说，“行动，然后有所反应，这是定律。所有这些本身只关乎时间罢了，或者是应该这样，或者也不是。那些可以解决人们真正需求或应该享有的需求迟早会胜出的，我是这么认为的，但我不知道，这点我可以确认。我希望如此，这样世界就会越来越好了。”

在他平静稚嫩的脸上，淡蓝色的眼球充满智慧，从他的眼睛里看不出一丝他对自己奇观经历的不满。

“你一直都这么冷静吗？”

“我觉得自己和任何其他人一样，他们似乎认为我做的所有工作都证明了我的价值所在，”他说，“嗯，或许是这样，利己主义可能是真理，也是最佳力量来源，我现在还不太清楚。当然我的同情心是完全相反的。‘他应该在监狱缝制鞋子’，一家报纸媒体曾经这么说我，另一家建议我去尝试做在我智力范围内的事情，比如碎石头或铲土，大部分媒体都认同。然而，”他故意抽动着他的大嘴，非常幽默，“如果我只是待在原来的地方，或者离开这里，会让他们很满意，他们想让我离开，对他们来说，我离开是最好的解决方案。”

他好像在刻意压制嘴边上的微笑。

“这是来自敌人的呼喊。”我评论道。

“是的，先生，来自敌人的呼喊，”他重复道，“但不要认为我觉得自己到此为止了。恰恰相反，我只是回归到我以前的方式，重新思考这件事。我希望自己一两年内可以解决自己的问题，可能我得离开这儿，可能不需要。不管怎样，我会在其他地方东山再起的。”

然而，他必须要离开，公众舆论是绝不允许他再次当选的。后来，他在纽约谋了一份儿还不错的管理差事。五年后，他去世了。他已倾尽自己所能，但是在那个时间、那个地方，群星闪耀，或许时机不对吧。可能他缺乏领导力，不足以让自己脱身。他的支持者没有聚集在他周围保护他，可能是他还不够有魅力—总之他只是个异教徒、没有道德，亦非宣传家。命运之神没有像光顾他人一样为他而战，忽略了成千上万名失败者。但是不是所有人的一生都是失败的，偶尔一两次可能看起来是成功的，是这样的对比给了他们希望？每一件事我们都付出太多——我们的梦想和一切。

对他的革命活动来说，可能来得太快，或者又不是。直奔主题。

但是对他来说呢……？

12

W. L. S.

生活中的小讽刺不会一直都那么明显。我们可以听到隆隆的悲剧声,但很少可以看到现实的模样。所以,接下来我要记叙的这几件真人真事可能稍有价值。

我初次拜访 W. L. S-Jr.,是在 1895 年的冬天。以前我只是知道他,或者更确切地说是只在几幅生动有趣的画随附的周日报纸上看见过他的名字。这几幅画描绘的是纽约市夜景,作为彩色增刊出版 11×18 英寸,这些都是市民和游客最喜欢的壮丽景观——蒙蒙细雨中的麦迪逊广场(Madison Square);灯火通明、车水马龙的威利区(Bowery);从第十四大街(Fourteenth Street)一直向北延伸的第六大道(Sixth Avenue)。

那个时候我还是一名年轻编辑,在寻找这种有趣插图,后来需要为圣诞节专号配插图,就决定拜访 S。我对艺术一无所知,所以看见书中的插图或各种文学评论都会收集起来,所以总是认为它们非常奇妙,想要寻找并认识这些插图画家。

这一次没有让我失望。那个时候的艺术家——这里我主要说的是美国艺术家——对这类事情有着非常强烈的情感。就在几年前,他们还都争先恐后地去巴黎,到那里不是为了去学画画,而是探索、模仿那里的艺术家们的工作和生活。接待我的是一个身材矮小、细瘦、斜眼的男人，穿着机车服，脸上永远挂着吃惊的表情。一只眼一直盯着你看，眼神里流露出一种奇怪、静止的庄严，这是因为他戴的眼镜产生的一种感觉。他的皮肤很不好，可以说是蜡黄色的，留着浓密尖锐的胡子，带着金边眼镜，几乎和他的鼻子垂直。他的额头很高，眼睛时刻处在警戒状态下，栗色的头发，凌乱不堪，整个人显得非常紧张。除此以外，让我最为感兴趣的是他散发出的一种令人焦躁、快活的自负感。

这是我们第一次见面，当时的我无暇关注其他。因为那个时候，我对他充满敬畏，十分关心他的报价，不知道他到底想要多少钱，至少离开时能不畏他的成就和独立。

我提起了其中一幅画。“用作什么?”他问道。

我告诉了他。

“你是说想要插在两张纸的中间?”

“是。”

“嗯，那样的话，300 美元。”

我着实被他吓了一跳，因为我的预算最多不超过 100 美元。

“买了版权后，可以在所有杂志上用，”看到我犹豫后，他又说，“还有各种增刊。”

“我最多不会超过 100 美元。”考虑了几分钟后，我说。

“不会吧?”他说道，声音很尖锐，好像随时要来谴责我。

我摇摇头。

“好吧，”他说，“我得先看看你出版物的副本。”

这段对话的主要价值在于它教会了我，有些时候，一个男人的行为不能反映他的心情。本来我觉得他很不耐烦，漠不关心，但是现在看来，不是这样的，他只不过是有一点点无礼，比较容易激动，这点倒像是法国人的做派，做事儿有条不紊。最后，他同意以 150 美元出售，严肃地告诉我不能再还价了。

我去拜访 S 时，他的幻想和野心让我涨红了脸，那时候他马上就要实现了。但是，他并没有达成，实际上 150 美元已经非常公道了。然而，他的能量好像马上就要完全爆发出来了。

我曾一度认为他野心勃勃，年轻气盛，极度渴望被人们认可。他知道他有才华，表现得很漠不关心，这可能会惹恼一些人。此外，他不会轻易受影响，有时会提出相反意见，看他心情，一心扑在他的理想和抱负上。

因为要多次使用这幅图画，和他接触了几次，正是那个时候让我更好地了解了他。在某些理念和要求上，我们有着共同的观点，这拉近了我们彼此间的距离。后来，我很快发现他的洞察力和绘画技术远在他人之上。他能极其轻松地谈论各种话题——文学、艺术、政治、音乐、戏剧、历史，他好像读过最新的小说；看过许多时事剧；和重要人物交谈过。西奥多·罗斯福、前公安局局长（那个时候已经是州长了）经常到他的工作室做客，和他攀谈，有时还会一起下棋。他还有一个很有名的建筑师朋友，认识很多艺术家，其中很多都在这栋楼或者很近的地方有自己的工作室。此外，他还认识文学作家和商人，他们所有人似乎都非常喜欢他的公司，很乐意给他打电话闲聊，在他工作室消磨时间。

我们那时候才第二次见面，走的时候，他给我看了他亲手做的轮船——一个中等大小的模型，各个部件都非常完备，锅炉房里甚至都有火夫，如果有油和水，可以按小时行驶。很快我发现，他的机械构造技艺也非常高超，是几个工程协会会员，他会从井井有条的计划中抽出一部分时间学习、解决机械问题。

"啊，这不算什么，"他看到我对模型的尺寸和精美叹为观止时说，"如果你哪天有时间，我给你看点别的，你可能会有兴趣。"

随后，他告诉我自己还做了几个军舰模型，非常希望哪天可以放在长岛某处池塘，试试他们的战斗力。

"我们改天一起出去，"他看到我有兴趣后说道，"让他们打仗，到时候你就知道了！"

到我们出去前还有些日子，但这天终于来了。

"我们明天出去，"他说，"明天早上 10 点左右，你能来我这儿吗？"

第二天早上刚过 10 点，我就到了他的工作室，5 分钟后我们就出发了。

我们到长岛后，直奔第一个海湾，松开他的宝贝战斗机，这时的他是非常欣喜的。

研究了一会儿这个狭小入口的轮廓后，他用卷尺量了下，在两个地方插上两根小树枝，作为导杆，然后开始发动他的军舰。随后，调好船舵，然后把他们放在水上，让他们往导杆处漂过去。

完成这几个步骤后，他又仔细观察了当时的情况，把船只往前推了一英寸，到了对岸，然后开始测试蒸汽。

"我说好了，你就把杠杆推到这儿来，"他说，指了指固定在艉柱上的一个小铜把手，"你这么做之前，千万不要移动它，一会儿就开火。"

他急忙跑到自己的船停泊的另一边，检查了一番，像极了一个摆弄心爱玩具的小男孩儿。

他发话后，我移动杠杆，两只船开始冒蒸汽，驶向对方。他们的重量和速度设计完美，可以使其完全不受微风吹拂的影响，船头有裂纹声，这让他们晃来晃去，一起齐头并进。同时，还能开启战斗枪支，扫射范围很广，速度很快，像是左轮手枪。这个过程船只会冒很多烟，离开时，其中一艘船已经快要被水淹没了，另一只的左舷侧也开始进水了。S毫不犹豫地放弃了他的船只，跳下水，游向岸边。

整个过程中，他像一个有激情的小男孩儿一样，极富创新力。他没有笑，自从我认识他以来，一次都没有听他发自内心地笑过，只是偶尔会咯咯地笑。很显然，他只会用这种方式表达他的兴奋，通常还伴随着剧烈抖动，嘴上会嘀咕一会儿，目光闪烁。

我发现他的兴奋点来自工程科学，可以通过这个迎合自己。后来他向我展示所有他在做的机械作业和乐得其中的相关计划，肯定让他受了不少苦。这对他来说，仅仅是一项娱乐活动而已。和他一样，我也不自觉地沉浸在他发明的这些玩具中，但是制作过程中的那些复杂细部和漫长的制作过程着实让人很伤脑筋，因为他不仅要亲手画出所有部分中的发动机，而且还要购买原材料，铸造、钻孔、打磨每个单独的零部件。

我第二次拜访他时，深深地被一台精美的客运机车吸引了，那是那个年代纽约中央铁路公司999号复制品。轨道是铜制的，沿着书架铺设而成，这个书架可能是这间工作室之前的主人留下的。这件作品非常精美、强壮、厚重，跑起来没有声音，像一台缝纫机一样精致、优雅。周边镶着铜、镍，看起来像是要飞起来一样，她如此倔强又强有力地杵在那里，让人根本没有办法不想看它是如何行使的。

“你喜欢那个吗？”S看见我正看着它，大叫道。

“太棒了。”我说。

“看看它是怎么跑的，”他大声说，上下摆弄了一番，“一点儿声音都没有。”

他用手抚摸了下，又仔仔细细分析了它的质量情况。

“如果我是在鲍德温公司(Baldwin Company)，”最后他大声说，声音中充满激情，“就能制作出那种发动机，肯定能打破纪录。”

“我相信你。”我回答说。

这辆客运机车花费了他一大笔钱，也是他精美计划中的主要部分，还特意为它做了铜制轨道——可以绕工作室转一圈——大概有70英尺长。他制作的这台客运机车简直可以说是精美绝伦，装备齐全，有刹车、门廊、高温裂解气体等等，还在侧面画了图画“大普尔曼号”。我们混熟之后，有一天他用毯制旅行袋把所有轨道都从家里带了出来，想要展示下机车的速度，并添了几辆车，加上足够多蒸汽，让机车在屋子里飞驰，行驶速度非常惊人。他还特意加了一种设计，机车可以自动停下加水。也是在这个时候，他向我透露了他的伟大生物运动描记器计划，那正是后来移动图片的先驱。那个时候这种想法还是非常新颖的，听起来非常不真实，就像发明飞行器之前，大家都不会相信一样。

“我打算让它展示实际残骸的照片——发动机、汽车、人，还有撞车后掉下来的所有东西，不是模仿，是重现。”

“你打算怎么做?”我问。

“嗯，这就是关键所在，”他半开玩笑地说，“现在，你猜我会怎么做?”

“租一段铁路，制造一起事故，杀几个人。”我说。

“我有一个更好的办法，在铁路上策划事故不太真实，矿场倒可以。”

那个时候，这种事情还是很少见的，所以我非常好奇，“生物运动描记器”还只是一种幻想。

“就是它了，”他突然大叫起来，“你看见了这辆机车有多真实了，对吧?”

我承认我见过。

“那，”他透露道，“我现在在做第二辆，需要300美元，比制造客车花费多得多，现在我要在车顶上绘上一些风景画——峡谷、树林、河流、桥梁，溪水潺潺流过桥上的岩石，再从桥下流走。所以我得把轨道布置在岩石附近，穿过树林、桥梁，然后再拐进树林。”

“我打算把这两辆火车放上去，给它们计时，让它们在桥上相撞。在他们能看到彼此时，轨道旁的标杆敲击驾驶室，消防员挺身而出，好像要跳车。火车上桥后，驾驶室会爆炸，引燃汽车下面的石油和粉尘，然后燃烧殆尽。”

“然后呢?”我问。

“一切都是自动计划好的，所以你会看到人们跳出汽车，在岩石上翻滚，火焰腾升，蔓延到车辆，还有其他的一切，你不信么?”看我听后嘴角上扬，他问道。“看这儿。”他指向自己做的一个乘客模型。他又花费了一个小时展示所有这些复杂细节，直到我被迫承认这个想法既新颖又可行。然后又跟我说这种近距离范围内使用即时摄影(那个时候的叫法)会造成真实的尺寸，剩下的就是要实现事件的真实性了。

这之后一段时间内，我仍然对此持怀疑态度，但当我看到他制作第二辆列车，列车上的人物、仪表到逐渐成形，看到他和几家想要收购这一作品的公司进行交谈、会面，我非常确信他终有一天会实现这个想法的。

正如我第一次与S见面时说的一样，他还没有实现自己的任何梦想。就在这一刻，我知道事情要发生转机了。他无疑让我大开眼界，不管做什么事情，都透着天生的男子气概。

“我接了《妇女家庭杂志》(*Ladies' Home Journal*)一单生意，”一天他跟我说，“他们过来找我了。”

“很好啊，”我说，“是什么？”

“有人在写纽约的车站设施。”

他前面摆了一张油画板，上面绘有素描，是一辆驰骋在泽西草甸(Jersey meadows)上的午夜快车，烟囱着火了，枕木燃烧，发出微弱的光。画面非常逼真，仿佛可以听见发动机的轰轰声，场面热情洋溢。

“我想好好做，”他说，“可能对我有好处。”

不一会儿，他收到哈珀(Harper)的第一个订单。他无法掩饰自己的喜悦，迫不及待地想要开始。在这之前，西班牙内战刚刚爆发，他要画的这几幅图跟海军有关。

为了完成这个订单，他热情高涨，孜孜不倦。但是，他最爱的仍然是海洋建筑物，花了好几天的时间研究大型船只，不仅确定了应有的气氛，而且还画出了机械详图。他作图时，会把自己所有的情感都表现出来。

“你看见过这些图片了吧？”他交稿后第一天就问道。

“见过了。”

“我卖了个好价格，还要求他们用完后将它们还我。”

“他们听你的吗？”

“当然，我这么做，他们只会更尊重我的。”他说道。

在这不久后，他又为吉卜林(Kipling)的故事提供插图。

为此，他感到精神焕发，但同时又觉得郁闷、压抑，这可以从他结实身体的紧张动作看出来。

那时候，吉卜林到他的工作室找过他。这是一场特殊的会面，但是S像艺术家通常接待作者一样接待了他。他们谈论了毛条校样，然后作者就离开了。

“马上就要来了，”他说，无法抑制自己的感情，“我想做些有意义的事儿。”

从名不见经传到被人瞩目，这整个过程，他都住在自己的朋友周围——很显然，他的朋友很多，通常大家会聚在他的工作室开开玩笑、打打拳击、击剑，像我之前说的那样，还会做做机械。他的画、发动机制造、文学研究和娱乐消遣都在一个地方，使他看起来和以前一样，整个人都乱糟糟的。他搬到现在的工作室之前六个月，学会了击剑，经常画着画着就放下画笔，戴上面具，手持花剑，和朋友比试起来。

随着我们进一步接触，我发现他取得了很多成就，心胸非常宽广。他是一名骑车专家，同时还是一名马戏演员，拍摄水平比业余爱好者都要高。他会唱歌，声音很好听，很温柔，我是很不经意间知道的，从此知道他还会唱歌。这次该轮到我买戏票了，在一个特别的夜晚，我邀他一起去看戏。

“我去不了了。”他回答。

“好吧。”我说。

“今晚我是娱乐大家的，或者我会这么做。”他又说道，以示歉意。

“你想做什么？”我问。

“唱歌。”

“少来！”我说。

“来吧，”他回答，“今晚过来吧。”

最后我还是答应了，但听到他不经意提起的独唱声音后，我大吃一惊。他的声音非常清澈、有力，唱完后观众掌声经久不息，但他拒绝再次亮嗓。

对于一个反复无常的人来说，可以轻易看到成功给他们带来的影响，我似乎可以从他的日常行为看到成功在他生活中荡起的一圈圈涟漪。他每天都精神抖擞，为自己制定各种计划，他眼中全是要征服世界的欲望。我们认识的第二年，看见他从我办公室门塞进去的卡片后，我到他工作室去找他。他会习惯性地画上自己头部的轮廓，像是讽刺漫画中使用的轮廓，下面会写“我来过了”，有时还会写上一些想说的话。这天，他还是一如既往地神采奕奕，找我商量一件没有头绪的公事儿。他总能拐着弯地让我谈论自己对他的私人问题的看法，我很快发现，他又有有趣的事儿要说，最后，他说：“明年夏天我要去欧洲。”

“是吗，”我问道，“去玩儿吗？”

“嗯，一半儿吧。”

“另一半儿呢？”我问。

“我代表美国建筑联盟（American Architectural League）去参与制定一项国际协定。”

“我都不知道你竟然还是个建筑师。”我说。

“啊，我可不是，”他回答道，“至少我不是专业的，只是大致研究过建筑。”

“嗯，你好像有什么事情，路易斯（Louis）。”我察觉到。

“我很好啊。”他回答道。

他继续摆弄他的画架，就好像他在做决定他生死存亡的大事儿一样。很幸运，他可以把工作变成自己的兴趣，在工作中找到很多乐子。这个时候，他好像喜欢有人陪着他。

“你不知道我还是一名贵族吧？”他最后问道。

“不知道，”我回答道，以为他那个时候在说胡话，“阁下，您的封地在哪儿呢？”

“在德国，好心的先生。”他半开玩笑地说。

他突然发起火来，像往常一样，扔掉手里的刷子，站起来。

“你不相信我，是吗？”他大叫道，从他下滑的眼镜上面瞪着我。

“为什么不信你呢，你如果是认真的，我当然相信你。你真的是贵族？”

“是的，”他说，“我祖父是一名贵族，我父亲有一个哥哥，他继承了爵位和家产，他想办法得到的时候，却不幸去世了。现在，没有人过问爵位了——”

“所以你要回去承袭爵位？”

“正是。”

开始的时候我还是漫不经心地以为他在开玩笑，后来发现他是认真的。他是真的想成为S伯爵——把父辈的光环加到自己头上。

经历了这些以后，他真不在乎自己的贵族身份，而是想要寻找新的生活体验。承袭爵位只不过是一种新的体验而已，或者他是这么承诺的。他非常同情共和党的理论和机构——只是他认为自己的生活支离破碎。他的心是好的，但是在哲学和逻辑上面却中了毒。他可以推理出所有事情，从最新的数学理论到基督教科学，他天生就是一个个人主义者，绝不会随波逐流，也绝不会厌倦探讨思想的力量——普遍性思维——甚至是思想奇妙的分支和影响。同时，他还在一所英国学校学习哲学，喜欢用数学和机械方法论证特定的哲学真理。所以他用一种边长不等的多边形，论证了一种友谊理论，因为过于复杂，这里无法详细描述。

从现在起，我最感兴趣的是他的职业生涯。他是一个很有魅力同时也很暖心的朋友，从来不会忽视维持关系需要承担的责任。

他会用各种方式给我来信，我经常会收到他的消息，每2～3周和他吃一次饭，一起庆祝他的成功，现在我们聚的次数越来越多。一年春天，他去欧洲，整个夏天都待在那里，因为需要处理他承袭爵位的事情，这期间，他还拜访了多位艺术家、科学家，参加了几场科学会议。他为吉卜林的一本速读故事集画插图，在杂志中出版过，这让他兴奋不已，准备继续努力成为美国水彩协会会员。

我永远都忘不了他那么焦急地想要成为那个还算有趣的协会会员。因为不仅要展示，而且还要靠它们吸引艺术家的兴趣，让他们投票，所以他对这几幅画非常上心，日夜操持。他经常向我提起，让我从他的角度看他的想法。

“放手去争取吧，”我说，“你比很多人都更有这个资格，加油。”

他画了不止一幅画，而是四幅，全都寄过去了。这四幅画都非常有趣，两幅是海参崴火车站广场；另两幅是雾景和雨景。其中，三幅通过了审查，两幅被选中展示。第三幅没被选中，但他还是顺利成为会员。

我真心为他感到高兴，因为我知道他告诉我这件事的时候，他整个神经系统都紧张兴奋起来了。

从这不久后的一个秋夜，外面下着毛毛细雨，我们散步在百老汇（Broadway）街道上，每个人都在讨论着生活、抱负、未来还有其他一些琐事儿。大街上一如既往地拥挤，每个人的手里都散发着微弱的光，昏黄的路灯映在湿漉漉的人行路面上，分外美丽，灰色的鹅卵石，在细雨中蒙蒙发亮。

我们到了格里利广场（Greeley Square）（那个时候的广场上，流光溢彩、歌舞升平），S 突然拉住我的胳膊。

“这儿，”他说，“我想让你从这儿看。”

他把我拉到一个交叉路口，从这里不仅能看见格里利广场，而且还能看见海诺德广场（Herald Square）的一大部分，硕大的火苗攒动，还有店铺里的灯光和车灯闪烁，变化万千，又振奋人心。纵横交错的宽广人行道上，人流不断。马匹和电车横穿的地方，交通异常拥堵。抬头是高架车站，每当车辆通过时，车站里的灯光会格外耀眼，车里乘坐着各式各样的人，好像梦境中晃动的影子一样。

“你发现妙处了吗？看，L 字母下灯影交错。”

我顺着看过去，凝视着，对他产生了一种由衷的赞赏。

“看，就在我们前面——那潭水那儿——看见了吗？那儿通常是银色的，这会儿不是，那是一面棱镜，你没看见上面有好多光点吗？”

我告诉他自己看到了各种颜色，以前我都没有注意过。

“你可能会想，普通人是注意不到这种美景的，但是艺术家不一样，他们必须要看到全部，不管你有没有注意到。即使你并未留意，这种感觉还是存在的。”

我赞同他的这种想法。

“太壮观了，”他说，“它所蕴含的比人们心里能想到的要多得多，只是太容易被机械化、普通化。”

“为什么你不画这个呢?”我问他。

他突然很生我气,好像他一直在等这个建议。

“我就是要跟你说这事儿,”他说,“我要画,并且已经画了好几次了,还是没能画好,但我一定会画好的。”

直到美西战争爆发前,我听说过很多类似的梦想,并且一直都很强烈。那之后,他就一直忙于战争,我有六周都没有看到他了,有时不能见面也是因为我有公务在身,但我还是能看到他的名字。有一天在百老汇,霍夫曼小屋(Hoffman House)橱窗前聚集了一大群人,我停下脚步想看个究竟,发现是S的一幅海港防御画,作者好像是坐在海底完成这幅作品的。鱼群、碧水,还有一艘巨大战舰——什么都有,似乎还有鱼雷。看到这幅画,让我突然想去找他,他现在的处境比之前都要紧张、困难。彩虹末端的宝藏在他眼里从未如此耀眼,他的身体也因舟车劳顿而酸痛。

“我现在卷进来了,”他说,指的是战事,“我要到坦帕市了。”

“会去很久吗?”我问。

“第一次不会去太久,在那里就待三个周。”

“三周以后见。”

“那我们就说好了,”他说,“三个周以后,周天我们一起吃晚饭,怎么样?”

我走了,祝他一路顺风,感觉他的梦想很快就要实现了。他的名声越来越大,人们经常讨论他的一些战争题材画。那样,他就可以画下他的奖状,完成撞车计划,承袭爵位,成为一个伟大的人。

三个周后,我来到他的工作室。那时虽正值2月份,却不算太冷,感觉春天提前来了。原本我满心期待可以听到他在里面急促的脚步声,过来给我看门。但是,敲门后并没有反应,我又使劲儿敲了敲,里面还是没有应答,然后我又去敲其他几扇门。他可能和朋友在一起,也可能出去了。我悻悻地走了,想着可能因为战事延误了他的归期。

但是那栋大楼里他的工作室总是让我觉得不安,我想不应该是这样的,所以决定再去一次。周一,还是没人开门,周二也是一样。

就在那晚,我在萨马冈帝俱乐部(Salmagundi Club)的图书馆里,一位知名艺术家告诉我这个消息。

“你认识S,对吧?”他说。

“认识,怎么了?”

“你知道他去世了吗?”

“什么?”我说。

“嗯,他高烧不退,今早去世了。”

我看着他,久久不能说出一个字。

“太可惜了,”他说,“路易斯,他是个聪明的孩子,非常聪明,真替他父亲难过。”

不久便有人证实了他的话。他的名字出现在第二天报纸上的死亡名单里,这种名单总是那么敷衍了事,轻描淡写,除了名字,没有其他任何信息。好像只有寥寥数人知道他曾经存在过。

然而,他的死亡对我来说无疑是一个沉重的打击——他抱负远大,还有那么多计划没有实现,他的梦想马上就要实现了呀。

后来我见过他的小坟墓,还去了他空荡荡的工作室。桌子上还有几项发明,还有很多计划书,看来他还想做些有用的东西,但这些都不会再实现了。没有人会继续他的工作。

那个时候我总有一种感觉,好像自己在凝视一盏漂亮的台灯,灯光柔和、迷人,正当我沉浸其中的时候,突然有人吹灭了它,就好像一口气吹灭了成百上千个彩色气泡。我们辛勤劳作,心怀梦想,急速奔跑。突然,幸运之门向我们开启,我们走进去,永远沉浸在草甸中。我们迫切渴望得到些什么,甚至有时会让我们窒息,但是我们仍然会选择奔跑。

译后记

《十二个男人》(*Twelve Men*)的原作者西奥多·德莱塞(Theodore Dreiser,1871~1945),是美国19~20世纪现实主义和自然主义小说家,与海明威、福克纳并称为"美国现代小说三巨头"。

德莱塞出生于社会底层,迫于生计,他做过多种工作甚至包括苦力,因而积累了大量的生活素材;他还在报社做过多年的编辑和撰稿人,笔头基础雄厚。这些都为他日后的写作奠定了基础。德莱塞有多部传世作品,如《嘉莉妹妹》(*Sister Carrie*)、《天才》(*The "Genius"*)和《美国悲剧》(*An American Tragedy*),这些作品用现实手法赤裸裸的揭露了社会现状,是真实生活的写照,因而德莱塞的作品曾受当时美国主流社会的排挤和打压,但其艺术造诣是掩盖不住的。德莱塞对大量的作家产生了深刻的影响。1930年,德莱塞获诺贝尔文学奖提名。美国第一位诺贝尔文学奖获得者辛克莱·刘易斯(Sinclair Lewis)甚至在获奖感言中盛赞德莱塞更应获此殊荣。

德莱塞在非小说领域的成就不亚于小说领域。1919年德莱塞创作的人物素描作品《十二个男人》由纽约Boni and Liveright出版公司出版。此书共12章,分别描述了对他本人影响较大的12个男人,据德莱塞自己评论:"我在学术上最敏锐的经历、人情世故最通达的时期,以及心智成长最快速的阶段都源自男人、指向男人或通过男人,而非女人,尽管有个别例外情况。几乎每个职业生涯的转折点都因遇到了强大的男人,因为遇到了他们,心智成长进入狂喜的时光,生命似乎开花散叶走向新的阶段,就像热带的季节,洋溢着绚丽夺目的光彩。"在这12个男人中,有他的报社同事、做苦力时的工头、治疗抑郁症时的疗养院长,还有他的亲哥哥——当时的著名作曲家保罗·德莱塞(Paul Dreiser),书中贯穿着德莱塞自己的工作生活以及他的价值观,其手法细腻而精彩,是人物描写的佳作。

感谢山东协和学院及外国文学研究团队对本书的出版给予的资助和支持。本书倾注了译者们的情感和汗水,大家通力合作,用心研读,体会原作者的思路和书中的精神,所译的12个男人犹如活生生的伙伴,每天相伴左右。

愿读者朋友也能感受到德莱塞细腻的笔触,感受这12个男人带给你的力量。

本译著系国家社科基金一般项目"20世纪二三十年代美国文学中的中国文化生产研究"的阶段性研究成果(项目号:17BWW020)。

本书的编译具体分工如下:

钟京伟、霍新村、陈芸芸负责本书的整体选材、策划和审阅。其他章节分工参与如下:

1. Peter 陈芸芸
2. A Doer of the Word 闫照颖
3. My Brother Paul 赵翠秀
4. The County Doctor 陈芸芸
5. Culhane, the Solid Man 张杰
6. A True Patriarch 张杰
7. De Maupassant, Junior 彭超
8. The Village Feudists 王薇
9. "Vanity, Vanity," Saith the Preacher 滕兆燕
10. The Mighty Rourke 谢芸芸
11. A Mayor and His People 滕兆燕
12. W. L. S. 滕兆燕

由于译者才疏学浅,书中不当之处在所难免,尚祈读者批评指正。

译者

2019年3月